中国文学史纲

先秦 秦汉文学（第四版）

ZHONGGUO WENXUE SHIGANG
XIANQIN QINHAN WENXUE

褚斌杰 编著

北京大学出版社
PEKING UNIVERSITY PRESS

图书在版编目(CIP)数据

中国文学史纲.先秦　秦汉文学/褚斌杰编著.—4版.—北京：北京大学出版社，2016.8
（博雅大学堂·文学）
ISBN 978-7-301-27449-1

Ⅰ.①中… Ⅱ.①褚… Ⅲ.①中国文学—古代文学史—先秦时代—高等学校—教材②中国文学—古代文学史—秦汉时代—高等学校—教材　Ⅳ.①I209

中国版本图书馆CIP数据核字(2016)第198469号

书　　　名	中国文学史纲·先秦　秦汉文学（第四版） ZHONGGUO WENXUE SHIGANG · XIANQIN　QINHAN WENXUE
著作责任者	褚斌杰　编著
责任编辑	徐丹丽
标准书号	ISBN 978-7-301-27449-1
出版发行	北京大学出版社
地　　　址	北京市海淀区成府路205号　100871
网　　　址	http://www.pup.cn　新浪微博：@北京大学出版社
电子邮箱	编辑部 wsz@pup.cn　总编室 zpup@pup.cn
电　　　话	邮购部 010-62752015　发行部 010-62750672　编辑部 010-62752022
印　刷　者	北京虎彩文化传播有限公司
经　销　者	新华书店
	965毫米×1300毫米　16开本　23印张　310千字
	1986年10月第1版　1998年8月第2版
	2004年1月第3版
	2016年8月第4版　2024年8月第5次印刷
定　　　价	58.00元

未经许可，不得以任何方式复制或抄袭本书之部分或全部内容。
版权所有，侵权必究
举报电话：010-62752024　电子邮箱：fd@pup.pku.edu.cn
图书如有印装质量问题，请与出版部联系，电话：010-62756370

目 录

先秦文学

概 说 …………………………………………………………………… 3
第一章 文学艺术的起源和上古劳动诗歌 ……………………………… 12
  第一节 文学艺术的起源 …………………………………………… 12
  第二节 上古劳动诗歌 ……………………………………………… 18
第二章 中国古代神话 …………………………………………………… 22
  第一节 神话的起源 ………………………………………………… 22
  第二节 中国古代著名神话 ………………………………………… 26
  第三节 神话在文学史上的地位和影响 …………………………… 38
第三章 中国第一部诗歌总集
      ——《诗经》 …………………………………………………… 42
  第一节 《诗经》概貌 ……………………………………………… 42
  第二节 《诗经》民歌的思想内容 ………………………………… 53
  第三节 古老的民族史诗 …………………………………………… 75
  第四节 政治讽刺诗 ………………………………………………… 80
  第五节 祭祀诗和宴饮诗 …………………………………………… 86
  第六节 《诗经》的艺术成就 ……………………………………… 89
  第七节 《诗经》对后世文学的影响 ……………………………… 99

第四章　散文的开端和商周之际的散文 …………………… 101
第一节　文字的发明和书面文学的萌芽 ……………… 101
第二节　《尚书》 ……………………………………… 103

第五章　春秋战国时期的社会变化和散文的勃兴 …… 106
第一节　散文勃兴的社会背景 ………………………… 106
第二节　历史散文 ……………………………………… 111
第三节　诸子散文 ……………………………………… 130
第四节　先秦寓言文学 ………………………………… 162

第六章　伟大诗人屈原和楚辞 ………………………… 167
第一节　楚辞的名称和来源 …………………………… 167
第二节　屈原的生平 …………………………………… 172
第三节　屈原的作品 …………………………………… 178
第四节　屈原在文学史上的地位和影响 ……………… 216

第七章　杰出的辞赋家宋玉 …………………………… 222
第一节　宋玉的生平事迹 ……………………………… 222
第二节　宋玉的作品 …………………………………… 224
第三节　宋玉的重要地位和影响 ……………………… 239

秦汉文学

概　说 ……………………………………………………… 243

第一章　秦文学 …………………………………………… 247
第一节　李斯的生平 …………………………………… 247
第二节　李斯的散文 …………………………………… 250
第三节　《吕氏春秋》 ………………………………… 253

第二章　汉赋 ……………………………………………… 257
第一节　汉赋的兴起和演变 …………………………… 257
第二节　两汉著名的赋家 ……………………………… 261

第三节　汉赋在文学史上的地位和影响⋯⋯⋯⋯⋯⋯⋯⋯⋯ 269
第三章　司马迁和《史记》⋯⋯⋯⋯⋯⋯⋯⋯⋯⋯⋯⋯⋯⋯⋯⋯ 272
　　第一节　司马迁的生平和著述⋯⋯⋯⋯⋯⋯⋯⋯⋯⋯⋯⋯⋯ 272
　　第二节　《史记》的思想内容⋯⋯⋯⋯⋯⋯⋯⋯⋯⋯⋯⋯⋯ 277
　　第三节　《史记》人物传记的文学成就⋯⋯⋯⋯⋯⋯⋯⋯⋯ 289
　　第四节　《史记》在文学史上的地位和影响⋯⋯⋯⋯⋯⋯⋯ 302
　　第五节　班固的《汉书》⋯⋯⋯⋯⋯⋯⋯⋯⋯⋯⋯⋯⋯⋯⋯ 304
第四章　汉代诗歌⋯⋯⋯⋯⋯⋯⋯⋯⋯⋯⋯⋯⋯⋯⋯⋯⋯⋯⋯⋯ 309
　　第一节　汉初四言诗及其流变⋯⋯⋯⋯⋯⋯⋯⋯⋯⋯⋯⋯⋯ 310
　　第二节　楚声歌及其变体⋯⋯⋯⋯⋯⋯⋯⋯⋯⋯⋯⋯⋯⋯⋯ 317
第五章　汉代乐府诗⋯⋯⋯⋯⋯⋯⋯⋯⋯⋯⋯⋯⋯⋯⋯⋯⋯⋯⋯ 324
　　第一节　汉乐府的设立和民歌的采集⋯⋯⋯⋯⋯⋯⋯⋯⋯⋯ 324
　　第二节　乐府民歌的思想内容⋯⋯⋯⋯⋯⋯⋯⋯⋯⋯⋯⋯⋯ 326
　　第三节　《陌上桑》和《孔雀东南飞》⋯⋯⋯⋯⋯⋯⋯⋯⋯ 335
　　第四节　乐府民歌的艺术成就和影响⋯⋯⋯⋯⋯⋯⋯⋯⋯⋯ 342
第六章　五言诗的起源和《古诗十九首》⋯⋯⋯⋯⋯⋯⋯⋯⋯⋯ 345
　　第一节　五言诗的起源⋯⋯⋯⋯⋯⋯⋯⋯⋯⋯⋯⋯⋯⋯⋯⋯ 345
　　第二节　《古诗十九首》的思想和艺术⋯⋯⋯⋯⋯⋯⋯⋯⋯ 348

参考文献⋯⋯⋯⋯⋯⋯⋯⋯⋯⋯⋯⋯⋯⋯⋯⋯⋯⋯⋯⋯⋯⋯⋯⋯ 354
后　记⋯⋯⋯⋯⋯⋯⋯⋯⋯⋯⋯⋯⋯⋯⋯⋯⋯⋯⋯⋯⋯⋯⋯⋯⋯ 358
再版后记⋯⋯⋯⋯⋯⋯⋯⋯⋯⋯⋯⋯⋯⋯⋯⋯⋯⋯⋯⋯⋯⋯⋯⋯ 360
第四版后记⋯⋯⋯⋯⋯⋯⋯⋯⋯⋯⋯⋯⋯⋯⋯⋯⋯⋯⋯⋯⋯⋯⋯ 361

先秦文学

概　说

我们中华民族是一个古老的民族,具有近四千年有文字可考的历史。我们的民族有夙称发达的古代文化,是世界上文化发达最早的国家之一。我们勤劳、勇敢而富有智慧的祖先,曾以非凡的创造力,在漫长的历史发展过程中,创造了极其光辉灿烂的古代文化,为丰富人类的科学、文化宝库,做出了出色贡献。在我国丰富的文化遗产中,古代文学就是其中的一个重要组成部分。

按照我国古代文学历史的发生发展过程,从上古到秦统一以前,是我国古代文学发展的第一个阶段。由此而下,是秦汉文学,魏晋南北朝文学,隋唐五代文学,宋元明清文学。

从上古至秦统一以前这一阶段的文学,习惯上称为"先秦文学"。这个时期的文学,处于我国古代文学发生发展的最初时期。如果把我国文学的发展比喻为一条长河,那么这一时期的文学,正是处于发源阶段;如果把我国文学比作一座高楼大厦,那么这一时期的文学正是它的基石。因此,了解和研究这一时期的文学,对于认识我国文学优良传统的形成、审美意识的历史起源以及我国文学民族形式、民族风格的发生和发展,都具有特殊重要意义。

文学是社会现实生活的反映。我国的先秦文学,产生在我国的原始社会、奴隶社会和秦以前的封建社会初期阶段,它形象地反映了我国上述几个社会时期的人们的现实生活和精神面貌。

我国是古人类发祥地之一。从北京西南周口店所发现的人类遗骸、石器、灰烬等遗存来看,大约早在四五十万年以前,我国就已经有原始人群居住。又据考古发掘证明,我国旧石器时代和新石器时代的原始人遗址,曾经遍布华北、华中、华南、西北等全国广大地区。(旧石器时代,是指石器时代早期。这个时期的原始人所使用的工具比较粗糙,生产上只有渔猎和采集。新石器时代,是指石器时代晚期,这时期的原始人已学会磨制石器,制造陶器,开始栽种植物,从事畜牧。)这说明我们的祖先在远古时代就已经劳动、生息、繁衍在祖国广阔的土地上。当时的原始人,处在原始社会阶段,他们依靠集体进行生产劳动,共同占有生活资料,用极简陋的劳动工具顽强地改造着自然,同时也开始创造人类最初的远古文化。其中最具有代表性的是产生于母系氏族公社时期的以"彩陶"为代表的"仰韶文化"和父系氏族公社时期的以"黑陶"为代表的"龙山文化"。所谓"仰韶文化",指在河南渑池仰韶村首先发现,而后在黄河中游及其支流的渭河、汾河、伊水、洛水等广大地区又有发现的"新石器时代"的遗存。所谓"龙山文化",是指在山东章丘龙山镇首先发现,而后在中原地区、辽东半岛等地又有发现的高于"仰韶文化"的文化遗存。这两个时期分别离现在有六七千年至四五千年。就是在这样远古时代的遗存中,我们除发现了石刀、石铲、骨箭头、石箭头和石纺锤等生产工具以外,还发现了大量的当时占有重要地位的手工业品——陶器。当时的陶器不仅种类繁多,而且涂有各种彩绘,是一种很有价值的实用品兼工艺品。如当时的许多陶器很富于造型美,壶盖、系纽等都是精心设计、制造而成的,而且还彩绘着各种图案和图画。图案包括植物花纹和几何线条。植物花纹是将植物的枝叶、花瓣、籽实等以各种形状配置起来,形成匀称的图案;几何条纹有垂障纹、平行纹、圆圈纹、格纹、葫芦形纹、锯齿纹等,有的象征着同心扩散的水波,有的象征着绳索、渔网、编织物等。图画则有奔驰的野鹿、飞翔的野鸟、爬行的大龟等。这些对自然现象的描绘,无疑是他们在长期采集和农业劳动中,在狩猎活动中,对自然界仔细观察的结果,是他们对自己劳动生活的朴素描绘。由此可知,人类的最初的审美意识和艺术内容,都是在劳动中产生,是与他们的劳动生活不可分的。而这里还要特别强调一下的是在这一时期出现在陶器上的几何条纹。几何条纹同样来源于生活,来源于原始人对客观事物的观察,但它又不是对事物具体形象的简单的、机械的模拟,而是经过一定的综合、抽象、概括后的结果。因此,也可以说它是当时人类审美观念的更深一步的发展,有着更重要的意义。

劳动创造了远古文化,其中也包括原始时代的文学。我国原始社会的文学,由于年代久远,当时还没有发明文字,没有文字记录,很多都已亡佚不传。流传至今的只有少数的原始歌谣和一部分原始神话。原始劳动歌谣,是最早出现的文学样式。它们是原始人在生产劳动过程中集体的口头创作,是为了协调劳动动作、鼓舞劳动情绪而随口歌唱出来的。原始神话,也是在劳动生产过程中产生和发展起来的。在原始社会,由于生产力低下,人们对周围的自然现象还不能做出科学的解释,在严重的自然灾害面前也往往感到束手无策,因而便以幻想的形式来解释自然和表达他们征服自然、支配自然的愿望,这样就产生了神话。我国远古神话,散见于先秦和稍后的一些古文献中,比较著名的如共工怒触不周之山、女娲补天、精卫填海、夸父逐日、鲧禹治水、后羿射日等,它们有的反映了原始人类对自然现象的某种解释,有的则反映了他们在劳动过程中对自然界的斗争。原始社会还没有出现阶级,所以当时的文学也没有阶级性。我国原始文学虽然遗留下来的不多,但已经可以看到,早在原始社会,我们的祖先为了生存与发展,在与强大的自然力进行斗争中,已经唱出了高亢的歌声,创作了古老的歌谣;同时,还通过丰富的想象力,探索着大自然的奥秘,憧憬着未来的美好生活,从而创作出许多瑰丽无比的神话故事。它们是我国文学的光辉的开端,也是我们民族文学遗产中的第一批珍品。

文字的发明创造是人类文明发展的重要标志之一。我国何时开始有文字,现在还不能断言。《周易》《韩非子》《吕氏春秋》《说文解字》等书中,都说文字是某个"圣人"或一个名叫仓颉(相传为黄帝史官)的人创造的,其实远古文字当是劳动人民在长期劳动过程中,根据生活的需要而陆续创造出来的,决非某个人所能独创。据西安半坡村出土的仰韶文化陶器来看,其陶片上已有若干刻画的符号,大约就是中国最原始的文字。

　　大约公元前二十一世纪时,传说夏禹的儿子夏后启建立了夏朝。有关夏朝的出土文物很少,古文献所载的有关夏代的历史多属传说性质,其诗歌、谣谚和散文可靠的也很少。夏朝是否有文字,以及文字情况如何还不得而知。但自从甲骨卜辞的发现,证明至迟在殷商社会中期(约公元前十四世纪),我国已有了初步定型的文字,同时也有了用文字记载的历史文献。殷墟的甲骨卜辞,商代和周初的铜器铭文,《周易》中的卦、爻辞,《尚书》中的殷、周文告等,可以说是我国散文的萌芽。夏、商都是奴隶制社会,当时的文学对阶级社会的某些现实已经有所反映。据《尚书·汤誓》所引,有两句夏代歌谣:"时日曷丧?予及汝偕亡!"相传为夏桀时人民大众的呼声,反映了夏朝人民对夏桀暴虐统治的不满和强烈的反抗情绪。至于殷商散文,对当时的社会面貌就有了更多的反映。商朝的奴隶主迷信鬼神,鬼神权威至高无上。他们专设巫史掌管占卜,在办重要事情以前,都要预测吉凶祸福,并把其结果用文字镌刻在龟甲、兽骨上面,这就是卜辞。这些卜辞虽然多数很简短,但它多方面地反映了当时的社会生活、风俗习惯、社会制度,反映了当时奴隶的存在(甲骨文中"奴""仆""臣""妾""臧""奚"等字,都是奴隶的名称)。甲骨文虽然多数比较简短,但某些记人、记事的片断,已能做到比较准确、清楚,是我国最早的记事文的萌芽和原始形态。商朝的文告个别保存在《尚书》之中,如《盘庚》,记述商王盘庚率民迁殷时的几次讲话。《盘庚》的语言虽然显得古奥,但是文中表露了讲话者的感情,使用了一些生动的比喻,具有一定的文学性。《易经》是一部占卜的书,在功能及性质上与卜辞大略相同。其中的卜筮用的卦辞、爻辞,在神秘的外衣下,包含着某些社会经验的记载和某些哲学思想的萌芽,特别是其中还保存了一些古代歌谣,或用韵语写的近似歌谣的作品,在文学史上有相当价值。

公元前十一世纪中期,周武王灭掉商朝,建立了周朝,定都镐京(今陕西西安附近),历史上称为西周。西周后期,由于统治者的暴虐加重了对人民的剥削,引起社会动乱。幽王时期,国势日衰。到公元前770年,西周被戎族灭掉。幽王的儿子平王,在诸侯的救助下,东迁洛邑(今河南洛阳),历史上称为东周,紧接着春秋时期开始。这个时期的文学,主要是诗歌和早期散文,尤其是诗歌的成就突出,出现了我国第一部诗歌总集《诗经》(它最初叫作"诗"或"诗三百篇",《诗经》是它在汉代成为儒家经典以后的名称)。《诗经》共收入了西周初年至春秋中叶大约五百年间的三百零五篇诗歌作品,它的主要作品是民歌。这些民歌的内容十分丰富多彩,对当时的阶级压迫和劳动人民的反抗,对当时的徭役、战争、劳动生产以及男女爱情、婚姻等多方面的社会生活作了广泛的反映。它唱出了人民的爱与憎,唱出了人民的苦与乐,唱出了人民的理想和愿望。《诗经》的艺术表现手法也多种多样。它感情率真、充沛,语言优美、生动。它的进步思想和艺术成就,使它成为我国古代文学现实主义优良传统的开端,给后世文学以极大的影响。这一时期的散文,主要有编年体历史散文《春秋》,语录体散文《论语》,文告体散文《尚书·周书》中的一部分,以及铸在铜器上的西周铭文等。它们对春秋以后散文的进一步蓬勃发展都起了很大作用,在我国散文史上占有重要地位。

大约公元前五世纪前后,我国进入了战国时期(前475—前221)。春秋战国之交,是继奴隶制社会产生以后,我国古代社会又一次发生根本变化的时期。具体地说,也就是地主阶级的兴起、封建制的初步确立和奴隶主贵族的没落、奴隶制的解体。伴随着当时复杂的阶级斗争和政治斗争的,是意识形态领域里对旧思想、旧传统的冲击和突破,是文化学术的空前繁荣。本来在春秋时期,随着社会分工的进一步发展,社会上就出现了"士"这一新兴的知识分子阶层,他们打破了学在官府的垄断局面,私相授徒,传播文化知识。到了战国时期,各国统治集团为了壮大自己的势力,解决日益繁多的社会问题,都在广泛地延揽人才,罗致贤能,因此养士、用士之风盛极一时。这样,代表着各个阶级、阶层和社会集团利益的思想家、政治家和其他学者,大批地涌现出来,并形成不同的学派。这些学派中的代表人物,为了申说自己的主张,表达自己的社会理想,于是游说诸侯,著书立说,互相辩难,而形成一个前所未有的百家争鸣的局面。"百家"是指思想、学术流派之多。当时比较有影响和有代表性的是儒家、墨家、道家、法家以及阴阳家、名家、纵横家、农家、杂家、小说家等。

战国百家争鸣局面的形成和发展,同时也带来文学上散文的勃兴和繁荣。一些著名的思想家、政治家、历史学家的言论、讲学的记录和论著,同时也就是重要的散文作品。由于这些作家们的政治主张、思想性格不同,因此他们散文作品的表现手法和语言风格也各异,这样,在文学艺术上也形成了互相争艳的局面。如《孟子》散文,连譬善辩,气势磅礴;《庄子》散文,汪洋浩荡,想象丰富,极富浪漫色彩;《荀子》《韩非子》在文章结构和说理方面,也各具特色。历史散文,随着社会制度的巨大变革,在总结历史经验的迫切需要下,也长足发展起来。《春秋》还是极简单的历史事件编年纲目,《尚书》语言生涩,只是记言的文告,皆乏文采,而历史专著《左传》的出现,则表现出显著的进步。《左传》全书十九万六千多字,不仅篇幅长,内容丰富,而且善于描写复杂的战争场面和刻画人物。不少篇章,故事波澜起伏,场面雄伟壮阔,人物栩栩如生,有很强的文学性。另外,《国语》和《战国策》是分国记载当时诸侯各国大事的史书。尤其是《战国策》,极善记写行人(外交家)的辞令和策士的言谈,语言绚烂多彩,善于夸饰渲染,富有浓烈的文学意味。值得珍视的是,在上述的散文著作中,还创造和保存了不少寓言故事。这些寓言故事,采用比喻和象征的手法,把社会生活经验和哲理寄寓在简短生动的故事中,既闪烁着智慧的火花,又有引人入胜的故事性。无论从思想内容和表现技巧看,先秦寓言都达到了相当高的成就,以至为后代同类作品所不及。战国散文,不仅是先秦散文的鼎盛时期,也是中国古代散文发展史上极其重要的阶段。

在诗歌创作方面,战国后期出现了我国第一个伟大诗人屈原。爱国诗人屈原和他所创造的新兴诗体楚辞的出现,使《诗经》以后沉寂了大约三百年的诗坛又奇文郁起,大放异彩,在我国古代诗歌史上揭开了崭新的一页。在屈原以前,我国诗歌主要是民歌,是口头流传的集体创作,还没有出现把毕生精力和才能完全倾注于诗歌创作上的诗人。而屈原的出现,则改变了文坛上的这一现象,使我国文学史上第一次出现了著名诗人的名字。屈原是一个热爱祖国、坚持理想、憎恶黑暗、崇尚高洁的伟大诗人。他的炽烈的爱国感情和执着的追求理想的精神,加上古代神话和南方楚地民歌的哺育,使他创作了充满积极浪漫主义的光辉诗篇。从此,《诗经》和屈原的楚辞,就成为我国文学史上巍然并立的两座高峰,给后代文学以深远的影响。

在文学理论上、美学上,一些重要的理论观点在先秦时代也已经提出和得到初步的论说。这些观点散见于诸子等著作中,如孔子论诗、论乐和论"文"与"质"等观点,孟子论"气"与"言辞"的观点,荀子论诗、乐的观点,都涉及文学理论以及美学史上的许多带有根本性的问题,对我国文学理论和美学思想的发展颇有影响。

我们总结先秦时代的文学,可以得到以下几点认识:

(一)本时期文学处于我国文学史的开端,特别是原始时期文学,是我国古代文学的第一页。马克思称赞"希腊神话不只是希腊艺术的武库,而且是它的土壤","而且就某方面说还是一种规范和高不可及的范本"(《政治经济学批判·导言》)。产生在原始社会时期的我国神话,同样有这样的性质和作用。我国神话中所表现的那种不畏艰险、不畏强暴、追求光明、锲而不舍的伟大英雄主义精神,正是我们民族勤劳勇敢、坚毅执着的伟大民族性格的艺术概括,它的积极浪漫主义精神和奇幻多姿的艺术表现手法,也为后代的文学所吸取,成为我国古代浪漫主义文学的源头。这说明我国文学从开始就有一个光辉的起点。

(二)本时期的文学样式主要是诗歌和散文。虽然这两种文学也还处在发生发展的最初阶段,但都取得了十分辉煌的成就。《诗经》中的那些反映人民生活、唱出人民心声的诗篇,形成了我国文学一开始就与被压迫人民血肉相连的进步传统,而伟大诗人屈原的爱国诗篇,对于形成我国文学的爱国主义优良传统,也起了不可估量的作用。《诗经》和屈原楚辞,还分别代表了文学上的两种不同流派,是我国现实主义文学和积极浪漫主义文学的奠基者,在我国源远流长的文学史上起着典范作用。这一时期的散文作品,成就也是巨大的。虽然这时还文、史、哲不分,没有独立的文学散文,但它为后世的各体散文作品(包括小说、戏曲)的发生发展都准备了条件。它的精湛的语言技巧和修辞技巧,井然有序的说理和叙事,以及生动的故事性等等,都为后世许多文学作品所吸取,我国历代的散文家和小说家,几乎无不受到先秦散文的影响。

(三) 我国文学发达,文体繁富,样式众多,而后世的许多文体一般在先秦时代即已滥觞和有所孕育。如北齐颜之推的《颜氏家训·文章》就说:"夫文章者,原出五经:诏、命、策、檄,生于《书》(《尚书》)者也;序、述、论、议,生于《易》(《周易》)者也;歌、咏、赋、颂,生于《诗》(《诗经》)者也;祭祀、哀诔,生于《礼》(《礼记》)者也;书、奏、箴、铭,生于《春秋》者也。"另外,刘勰的《文心雕龙·宗经》也有类似的说法。这种把后世流行的各类文体都归于所谓"五经"所生,显然不无牵强,但后世许多文体,在先秦时代就已经产生或已萌芽,还是符合事实的。特别是后世许多新兴文体的产生和发展,往往受到先秦文学影响,也是事实。例如流行于后世、极盛于汉代的赋这一文学样式,就最早起源于荀子的《赋篇》,后又受楚辞的影响而进一步发展起来。至于后世的论说文、记叙文、议论文,以及奏议、哀祭等许多应用文体,直至五、七言诗歌的产生,无不与这一时期某些文体有一定关系,也是众所周知的。

综上所说,先秦时代是我国古代文学发生发展并取得了辉煌成就的时代。它以四五千年前远古文化为开端,而结束于公元前221年秦统一以前。在这样一个离现在久远的年代,我国人民所创造的当时世界上所稀有的古代灿烂文化,完全可以与古代欧洲的所谓"古罗马文化""古希腊文化"相映媲美。这是我们民族的骄傲,也是全体进步人类的骄傲。

第一章　文学艺术的起源和上古劳动诗歌

第一节　文学艺术的起源

我们中华民族有着悠久的历史,中国是世界上文明发达最早的国家之一。远在四五十万年以前,我国黄河流域已有原始人居住。这些原始人类经过长期劳动,自身和生产力都得到不断发展进步。据文献记载,大约到了传说中的神农、黄帝、尧、舜等时代,可能已经进入到氏族社会后期。正是在相当于传说中的这个时代,我国产生了以绘有各种精美图案和图画的彩色陶器为标志的仰韶文化和龙山文化。从这些原始文化遗物中,我们已可以看到远古时代中华民族最初的文化创造,以及中国原始人类审美观念的萌芽。

我国文字起源很早,虽然何时开始有文字,现在还不能断定,但自从甲骨卜辞发现以后,证明中国至迟在公元前十四世纪以前,即殷商奴隶制社会的中期,已经有了足供使用的大量文字(据统计,目前发现的甲骨文的单字,已达三千余个),有了用文字记载的历史文献,同时也有了书面文学的萌芽。

那么,文学的产生,中国文学的历史是不是就是从这时开始的呢?不是的。文学的产生和起源并不是在人类有了文字以后,而是早在文字发明以前就已经产生了。最早的文学是原始人类的口头创作,是流传在原始人类中间的古老的歌谣和神话故事。在中国原始时代,反映原始人类劳动生活的朴素的歌谣和神奇、美丽、光彩夺目的古代神话故事,是中国文学的开端,是我国文学史辉煌灿烂的第一页。

关于文学艺术的起源,是世界各民族共同存在的一个需要探讨的科学问题,这在历史上曾经有过种种不同的解释,可以说自从文学艺术产生以来,人们就开始试图回答这个问题。在人类社会发展的早期阶段,世界各国就都出现过一些关于文艺来源的神话。例如,在我国古代《山海经》一书里,就有"帝俊有子八人,是始为歌舞"的记载。又曾说:夏朝的开国君主夏禹的儿子夏后启,是一个神通广大的英雄。他曾三次乘飞龙上天,偷偷地把天乐《九辩》和《九歌》记录下来,带回到人间改编作《九招》,在"大穆之野"演奏。在古希腊,也有关于文艺女神缪斯的传说:宇宙之王宙斯和"记忆"女神曼摩辛结婚,生了九个神女,这九个神女分别掌管着诗歌、音乐、戏剧、舞蹈等等,人间的诗人、艺术家们就是得到她们的启示和教导,才创造出各种各样的文艺作品来。把文学艺术的产生归之于上天神灵的创造和赐予,反映了原始人极为幼稚的观念,在今天看来当然是荒诞可笑的。

随着社会历史的发展,各个时代的思想家、历史学家和文艺评论家,不断地对文学艺术的起源问题进行探讨,提出各种各样的解释。在众多解释中,影响较大的说法主要有游戏说、心灵表现说、巫术说和模仿说等等。主张游戏说者认为,人类有一种发泄剩余精力的本能,游戏和文艺就都是由于这种本能的冲动而引起的。这是十八世纪欧洲席勒和斯宾塞首先提出的理论。实际上,作为单纯消遣性的游戏,只是后来才可能有的,在原始人那里,游戏并非没有功利性质,这从原始人游戏的内容就可以看出。据考察,原始人游戏的内容,或为战争,或为狩猎,或为采集,总是与他们的社会生活需要相联系的,实际上是对战争,特别是对劳动过程的一种再体验和训练。如果说原始歌舞产生于游戏,是从游戏脱胎出来的,那么原始人的游戏乃是出于生存的需要和生产斗争,也是无疑义的。主张心灵表现说(亦称感情说)者认为,人生来就有一种表现自己感情的要求,高兴了就要笑,痛苦了就要哭。这种要求进而从声音、语言、形体上表现出来,就产生了音乐、诗歌、舞蹈等等。俄国作家列夫·托尔斯泰说:"艺术起源于一个人为了要把自己体验过的感情传达给别人。"他给艺术下的定义就是："作者所体验过的感情感染了观众或听众,这就是艺术。"(《艺术论》)实际上这种理论在我国产生得更早,《诗大序》说:"情动于中而形于言,言之不足,故嗟叹之;嗟叹之不足,故永歌之。"《淮南子·本经训》云:"心和欲则乐,乐斯动,动斯蹈,蹈斯荡,荡斯歌,歌斯舞。"这实际是后世对诗歌创作心理和经验的说明和总结,并不足以说明原始诗歌最初产生的具体动因。原始诗歌有它的特定的社会内容和形态,它的发生是不能单纯用表情这一动机来解释的。主张艺术起源于巫术者认为,诗歌渊源于原始巫术的咒语。原始时代生产力低下,生存困难,从而产生了企图用语言控制自然、支配自然的巫术,在巫术活动中产生了最早的诗歌、音乐和舞蹈等。原始人的某些艺术确实曾附属于巫术的活动,但当时的原始信仰本身,却是出于人类物质生产需要,因此巫术本身并非是文艺所由产生的最后根源。主张模仿说者认为,艺术起源于对自然和人生的模仿,这一说法始于古希腊的哲学家。如德谟克利特说:"在许多重要事情上,我们是模仿禽兽,作禽兽的小学生的。从蜘蛛我们学会了织布和缝补,从燕子学会了造房子,从天鹅和黄莺等歌唱的鸟学会了唱歌。"(《著作残编》)亚里士多德说:"人从孩提的时候起就有模仿的本能(人和禽兽的分别之一,就在于人最善于模仿。他们最初的知识就是从模仿得来的),人对于模仿的作品总是感到快感。"(《诗学》)类似的理论在中国古代也曾有过,如《吕氏春秋·古乐》载:"帝尧立,乃命质为乐。质乃效山林溪谷之音以歌。"也是一种模仿论。这种说法与前面一些说法不同,它肯定了文学艺术来源于人对客观世界的模仿,成为后世"反映论"的基础。但事实上,即使是从原始的艺术活动(包括歌舞、绘画)看,模仿也只构成艺术的外观,是手段,并不就是艺术的创作动机或目的。总之,上述关于艺术起源的解释虽各有不同,但他们总企图从人类的所谓先天本能出发,或者根据后世文艺创作现象加以推测,结果并没有真正科学地回答出这个问题。因为很显然,上面提出的一些解释,都不能说明文学艺术为什么只是人类发展到某一历史时期的产物，而不是更早，也不能说明原始的文学艺术为什么有它的特定的思想内容和形式，而不是其他。总之，以上种种说法，虽然都接触到文学艺术产生过程中的某些现象，但都是脱离了人们的社会实践，单纯从生物学角度的人和人的先天禀赋来回答，从而都没有能对文学艺术的起源做出科学的解释。

文学艺术发生的最终原因，只能从原始人类生存斗争的实际需要去寻找。处在人类最初阶段的原始人，不可能离开求食和保存种族等基本需要，而产生什么审美活动，而去从事什么艺术的创作。普列汉诺夫以唯物史观为指导，在研究了大量的历史资料后指出："人最初是从功利观点来观察事物和现象，只是后来才站到审美观点来看待它们。"他说如果不认识到这一点，"那么我们将一点也不懂得原始艺术的历史"（《论艺术》）。他较为全面地论述了文学艺术起源于劳动的观点，认为最早的文艺作品产生于人类的劳动过程之中，它是根据劳动的实际需要而出现的。

根据历史的考察，在文学部门里，最初产生的文学样式——诗歌，就是人类在从事集体劳动中，依照着劳动时的节奏，因袭着劳动呼声的样式而产生的。原始人的劳动多是笨重的体力劳动，所谓劳动的呼声，就是当人们从事一项吃力的体力劳动的时候，为了减轻一些疲劳，或为了在集体劳动中，协调一下彼此的动作，便自然而然地依照着劳动动作而发出的一种呼声。这种呼声具有一定的高低和间歇，因而形成一定的节奏，这种简单的节奏，正是诗歌韵律的起源。关于这一情况，我国古人也做过一定的观察，例如《淮南子·道应训》说："今夫举大木者，前呼'邪许'，后亦应之，此举重劝力之歌也。""邪许"，就是指人们在集体劳动时，一唱一和，借以调整动作、减轻疲劳、加强工作效率的呼声。举重时是这样，从事其他劳动时，也会是这样。可以设想，最早的有节律的诗歌也正是伴随着劳动、因袭着这种劳动呼声的样式而产生出来的。

鲁迅在《且介亭杂文·门外文谈》中，论到文学的起源时曾经有这样一段话：

> 人类是在未有文字之前,就有了创作的,可惜没有人记下,也没有法子记下。我们的祖先的原始人,原是连话也不会说的,为了共同劳作,必须发表意见,才渐渐的练出复杂的声音来。假如那时大家抬木头,都觉得吃力了,却想不到发表。其中有一个叫道"杭育杭育",那么这就是创作……倘若用什么记号留存了下来,这就是文学;他当然就是作家,也是文学家,是"杭育杭育"派。

这说明最早的文学创作,正是在集体劳动中根据劳动的需要产生的。当然,仅只是简单的"杭育杭育"的劳动呼声,也许还谈不上就是什么真正的诗歌作品,但它是原始人最初的歌唱,是后来有韵律、有节奏的诗歌赖以产生的基础。也就是说,当这种劳动中的呼声一旦被语言所代替或与一定的语词、语言相结合时,语言便有了它的歌唱形式,呼声也有了更丰富、确切的含意,于是一种具有节奏性、音乐性的语言艺术——诗歌,也就正式产生了。

诗歌的产生是这样,其实与原始诗歌产生于同一时代,并经常与原始诗歌结合在一起的原始乐舞,也无不是这样。原始的音乐,就是劳动音响的再现,最初的乐器几乎无不是从原始的劳动工具转化而来的。例如我国古代的敲击乐器石磬和其他一些弦乐器,就都是由原始的劳动工具石刀、石斧和弓箭的弦索改装变化的。原始舞蹈的内容和舞姿,则更明显地表现出是某种生产动作的模仿或某一劳动过程的重演。由于劳动是有节奏的,因而再现劳动音响和动作的乐舞也是依从一定节奏的,而古时(中国的或外国的)舞蹈、音乐、诗歌之所以经常是三位一体的,也正是由劳动节奏的一致性所决定的。

上面说到,诗歌的产生是由于劳动的需要,是原始人组织劳动、鼓舞劳动的一种手段,而乐舞的产生,在原始时代也同样出于劳动的实际需要,有着明显的功利目的。原始人的乐舞,模仿劳动的音响、劳动的动作,重演劳动的过程,这或者是出于训练劳动技巧、总结劳动经验的需要,或者是为了教育本部落的成员,激发他们的劳动热情,以便更积极无畏地参加生产劳动。也就是说,它们也无不同劳动生活的实际需要有密切关系。

前面说过,原始的诗歌和乐舞常常是结合在一起的,在《吕氏春秋·古乐》篇中,还保留着这样一段关于原始时代歌舞情况的记载:

> 昔葛天氏之乐,三人操牛尾,投足以歌八阕:一曰载民,二曰玄鸟,三曰遂草木,四曰奋五谷,五曰敬天常,六曰达帝功,七曰依地德,八曰总禽兽之极。

"操牛尾",是描写他们歌舞时手拿牛尾做道具;"投足",是说他们用踏脚来打拍子。所歌的八阕,"载民""玄鸟",大约是歌咏祖先的由来和他们的原始部落的图腾;以下则分别歌咏草木、五谷的生长;"敬天常""依地德",大约反映着当时人们对与生产有关的气候、土地的重视。总的说来这八阕反映了他们的原始宗教意识,也反映了他们种五谷、猎禽兽的劳动内容。按其记载,这组歌舞的场面还是相当宏大的,所歌的"八阕"想必各有相应的歌词,只是没有流传下来。因此,所谓劳动或劳动生活的需要,在原始人那里也包括他们在原始宗教幼稚的观念支配下产生出来的某种幻想中的需要。原始人不认识自然的客观规律,往往以为周围的世界是可以用自己的意志随便改变的。因此,他们相信自己语言的力量,相信他们歌舞活动的作用,认为用它们可以影响自然界,可以影响神(自然力的化身),于是常常把诗歌当作"咒语"来使用,也把歌舞作为娱神的工具。但目的还是为了满足对现实的要求,即企图用它们来控制自然灾害,或在生产中获得丰收。

总之,如上所述,最初的一切文学艺术,都是来源于原始人的劳动实践和劳动实践中的需要。它们或者是在劳动生产过程中直接产生出来的,成为组织劳动、激发劳动热情(所谓"劝力")的一种手段;或者是模仿和再现劳动生活情景,以巩固劳动经验,熟悉劳动技巧;或者是出于某种幻想,企图用它来战胜自然,争取丰收。正如高尔基所指出的:"要把费尽一切力量去为生存而斗争的两脚动物想象为离开劳动过程、离开氏族和部落的问题而抽象地思想的人,这是极端困难的。"

(《苏联文学》)因此,文学艺术的起源绝不是由什么人类的生物本能冲动所引起的,最初的文学艺术创作也绝不是什么超功利的、不抱任何社会目的的活动。离开人类的社会性,离开人类的物质生活条件和他们最基本的社会实践——生产劳动,去探寻和解答文学艺术的起源问题,都只能是唯心主义的、错误的。

第二节　上古劳动诗歌

原始时代的文学作品,由于年代久远,当时又没有文字可以记录,因此大都湮没不存,很少被保存下来,所谓"虞夏之前,遗文未睹"(《宋书·谢灵运传》),造成了后世研究的困难。我国古书中记载了一些所谓尧、舜传说时代的歌谣,如《击壤歌》《卿云歌》《南风歌》等,但都是出于后人的伪托,不可信。① 只是在某些古籍中偶尔保存下来一些质朴的歌谣,从它们的思想和形式上看,比较接近原始形态。如《吴越春秋》所载的一首《弹歌》②:

断竹,续竹,飞土,逐宍。(宍,古"肉"字)

这首短歌相传为黄帝时所作,但被说成是"孝子不忍见父母(尸体)为禽兽所食,故作弹以守之",这显然是后世的附会。我们从其内容和形式看,无疑是一首比较古老的猎歌。它反映了我国渔猎时代人民的劳动生活,描写了他们砍竹、接竹,制造出狩猎工具,然后用弹丸去追捕猎物的整个劳动过程。弓箭的发明,是人类摆脱原始蒙昧时代的重要标志。恩格斯曾经指出:"弓箭对于蒙昧时代,正如铁器对于野蛮时代和

---

① 《击壤歌》据传为尧时八十老人所歌,始见于皇甫谧《帝王世纪》;《卿云歌》据传为舜所歌,始见于伏生《尚书大传》;《南风歌》亦传为舜歌,分别见于《尸子》与《孔子家语》等书。清沈德潜《古诗源》与清杜文澜《古谣谚》均辑录。关于这些诗的著录情况和真伪考辨,可参阅朱自清《古诗歌笺释三种·古逸歌谣集说》。

② 《吴越春秋》,东汉赵晔撰。全书十卷,内容记述春秋时吴、越两国史实,并杂有各种异闻传说。《弹歌》见该书卷五。

火器对于文明时代一样,乃是决定性的武器。"(《家庭、私有制和国家的起源》)我国弓箭的发明很早,有所谓"少昊生般,是始为弓"(《山海经·海内经》)和"羿作弓"(《墨子·非儒》)的传说。当然,弓箭的发明,不可能归于个别人的创造,而是原始人在漫长时代中智慧和经验的积累。这首短歌无疑流露着原始人对自己学会制造灵巧猎具的自豪感和喜悦,也表现出他们获取更多猎物的无限渴望。诗很简短,但淳朴、自然,有很强的概括力,是一支原始型的优秀歌谣。

在《礼记·郊特牲》中,还记载着一篇相传为伊耆氏时代的《腊辞》:

土,反其宅,水,归其壑;昆虫,毋作,草木,归其泽!

伊耆氏,一说指神农氏,一说指帝尧。蜡,是古代一种祭礼名称。周代在十二月,举行祭百神之礼,称为"蜡礼",蜡礼上所用祭祷辞即称"蜡辞"。这首短歌从其明显的命令口吻上看,实际是对自然的"咒语"。大水泛滥,土地被淹没,虫灾,草木荒,眼看使他们的收获无望。在原始宗教意识的支配下,原始人妄图靠着这种有韵律的语言,来指挥自然、改变自然,使它服从自己的愿望。这正如高尔基曾说过的:"古代劳动者们,渴望减轻自己的劳动,提高劳动效率,防御四脚和两脚的敌人,以及用语言的力量,即用'咒文'和咒语的手段来影响自发的害人的自然现象,最后一点特别重要,因为它表明人们是多么深刻地相信自己语言的力量,而这种信念之所以产生,是因为组织人们的相互关系和劳动过程的语言具有明显的和十分现实的用处。他们甚至企图用'咒语'去影响神。"(《论文学》)

与此性质相同的,在《山海经·大荒北经》中还记载着命令旱神——魃——北行的短歌:"魃不得复上,所居不雨……魃时亡之,所欲逐之者,令曰:'神,北行!'先除水道,决通沟渎。"所谓"神,北行"一句,显然是一句"咒语",大约是由当时的巫人依据一定的调子来唱念的。后两句则是写旱魃被逐、旱灾解除之后,就会下雨,因此要做好

"除水道""通沟渎"的准备。原始人出于无知,把自然力加以形象化,而产生了神的观念。他们认为旱灾乃是旱神"魃"肆虐的结果,于是便幻想通过这种诗歌形式的语言,驱除旱神,以维护生存,为劳动生产创造条件。这类诗同样产生于原始人的生产斗争之中,是他们生产意识的延续,只不过是把人的能力、诗歌语言的作用理想化了。

另外,在古籍《周易》中,也保存了一些古老的歌谣。如《屯·六二》:

屯如,邅如;乘马,班如;匪寇,婚媾。

这是写抢婚的诗。一群男子骑在马上迂回绕道而来,原以为是敌寇,等到闯进门来把姑娘抢走,才知道是为了婚事。它反映了古代社会确实存在过的抢婚制度。这一短章仅十二个字,但写得曲折、形象,而音韵亦很和谐。

又《中孚·六三》:

得敌。或鼓,或罢,或泣,或歌。

这是写战争的,描写战争结束胜利归来的情景,战胜敌人以后,有的仍擂鼓示勇,有的坐卧休息,有的因失去亲人哭泣,有的在引吭高歌,寥寥十个字,音节顿挫地写出了一个动人的场面。

诗歌起源于劳动,最初是与劳动动作相联系的,因而人们在劳动动作中产生的呼声,就自然而然地决定了诗歌的节奏。但这种有节奏性的语言形式一旦形成,就逐渐固定下来,成为反映生活、抒发情感的一种特有形式,因此,即使不在劳动场合,不作为劳动伴唱的时候,它也同样作为一种诗歌的形式,即诗体而使用着。

我国原始型的诗歌大都是二言形式,这是由两方面的因素决定的。一是在原始社会,生产技术幼稚,从而劳动动作也很简单,而"歌的拍子总是十分精确地适应于这种劳动所特有的生产动作的节奏"(普列汉诺夫《论艺术》),这时劳动的节奏是短促的、鲜明的、整齐的,因而伴随劳动动作产生出来的诗歌,它的句式也必然是极简短的。第二,诗歌是与本民族的语言特点紧密相连的。在远古时期,人们的思维和语言还都十分简单,在当时的汉语中,单音词比较多,即一个词是由一个音节所构成;但一个单词并不能构成句式,也就是说,至少要两个词才能表达出比较明确的或相对完整的意思。这样,由两个词构成一个短促的句式,以与由劳动动作所派生出来的节奏相配合,就是原始型的最早的诗歌形式。当然,随着社会和语言的向前发展,诗歌的内容和形式都会多样化起来,同时,诗歌创作中的单纯的功利目的,也会逐渐渗透进更多的审美需要和审美趣味,这时诗歌也就成为独立的精神产品而出现了。如《周易》中《归妹·上六》的一首牧歌:

女承筐,无实;士刲羊,无血。

写牧场上男男女女在剪羊毛、拾羊毛。男的看起来在刲(割)羊,但不见有血;女的在承筐装着,但没有重量。这可能是男女双方边劳动边互相戏谑地对唱出来的。这首短歌有情有景,生动有趣。形式上看二、三言各半。

《吕氏春秋·音初》篇还载有一首一句之歌,后人称之为《候人歌》:

候人兮猗!

传说大禹治水,娶涂山女为妻。禹省视南土,久不归,女乃唱出这支歌,渴盼禹的归来。从历史发展上看,比较稳定的夫妻关系和夫妻感情,只有在一夫一妻制婚姻出现以后才有可能,而这时已属私有制萌芽后的氏族社会晚期。这首歌以二字为句,后拖歌唱性语尾长音,从而取得了特殊的抒情效果。《吕氏春秋》说它"实始作为南音"。它既是产生于我国南方的最古老的情诗,同时也开了诗歌以抒情为传统的先河。

原始氏族社会是一个漫长的年代,就当时的口头创作诗歌作品来说,其数量一定会是不少的,只可惜因为年代久远而湮没无闻。但从这仅存的少数孑遗来看,它们却闪烁着人类童年时期所特有的生动、活泼、天真的光彩,表现出我国先民们可贵的艺术创造力,同时为我国源远流长、丰富多彩的诗歌历史奠定了基础。

第二章　中国古代神话

第一节　神话的起源

在原始时代,除了原始的劳动歌谣以外,还存在着另一类文学作品,那就是流传在原始人类口头上的一些关于天神、怪异的故事,这些故事我们今天看起来,虽然荒诞无稽,十分幼稚可笑,但在原始时期,却曾广泛流传,并被信以为真。后代就称这一类作品为"原始神话"或"古代神话"。

马克思在《政治经济学批判·导言》一文中,关于什么是神话以及神话的性质,曾做过这样的说明:"任何神话都是用想象和借助想象以征服自然力,支配自然力,把自然力加以形象化;因而,随着这些自然力之实际上被支配,神话也就消失了。"马克思又说:神话是"已经通过人民的幻想用一种不自觉的艺术方式加工过的自然和社会形式本身"。学习马克思的这两段话,我们可以得到这样一些重要认识:首先,所谓神话,乃是原始人类幻想和想象的产物;它所表达的是原始时代人类企图征服自然力和支配自然力的愿望。神话的内容即神话中的那些所谓神灵怪异,虽然荒诞不经,但实质上不过是原始人把"自然力加以形象化"的结果。其次,神话的产生是有它的历史时代性的,神话产生在人类生产力极为低下的幼年时期,当人类的生产力得到发展,科学知识逐步发达以后,也就是当人类实际上能够支配自然和征服自然的时候,产生神话的时代也就过去了,神话也就消失了。

另外,马克思在后一段话中说,神话是一种幻想,但这种幻想并不是毫无根据的,神话的内容所反映的仍是自然界和当时社会,只是这种反映不属于直接的、科学的反映,而是在原始人极其幼稚的观念支配下,通过幻想的方式曲折地反映出来的。马克思还特别指出,它是"用一种不自觉的艺术方式加工过的",这里的意思是,所谓神话,在我们今天看来是一些十分生动、美丽的故事,是一种极富想象力的文学艺术作品,但对当时的原始人类来说,神话却并非是一种有意识的艺术创作,而是他们对自然界和社会本身所作的自以为真实可信的描述和解释。马克思上述的这样一些说明,对于我们了解原始神话的产生和性质无疑都是很重要的。

神话产生于人类的原始时期。产生在这一时期的神话故事,按其内容,大致可以分为三种类型:(一)关于自然神的故事;(二)关于英雄神的故事;(三)关于异人异物的故事。

首先,我们讲关于自然神故事的产生和它们的意义。我们知道,人类的原始时期,生产力是极为低下的,人们的思维能力也极为简单,这时的人类还处在所谓蒙昧或半蒙昧状态。他们对森罗万象的自然界和自然界的各种变化,都感到十分神奇莫测,没有足够的知识进行解释。因此,在他们的头脑中往往萦回着各种各样的问题,例如天地是怎样形成的;人类万物是怎样起源的;天为什么有时刮风,有时下雨,有时雷鸣电闪;太阳为什么东升西落;等等。对于这些问题,他们都没有能力做出科学的回答,于是就凭借某些狭隘的生活体验加以想象和幻想,以至认为一切自然物也像人一样,是有意志、有性格、有感情的,这就在原始人的头脑中形成了各种自然神的观念。原始人认为日有日神,月有月神,风有风伯,雨有雨师,雷有雷公,电有电母等等,以及一切山川动植物都有神,这些神有的凶恶,有的善良。它们或者肆虐,给人类造成灾害;或者对人们友善,是人们生活的依靠。总之,我们可以从这些自然神身上,看到原始人对自然界的幼稚认识和虚妄的想象,但从性质上讲,它们也表露着原始人对自然现象和自然界秘密的某种探索。在中国古老的神话中,就有关于风神飞廉、雨师屏翳、水神共工、旱神女魃和火神祝融等等的传说故事①，它们多被描绘成一些奇形怪状、性情暴戾的凶神恶煞，往往给人们带来各种灾害。显然，这是原始人类对于疾风、暴雨、洪水、荒旱、火灾等各种自然灾害原因的解释。而这些神灵本身，不过是原始人通过幻想将各种各样"自然力加以形象化"的结果。

　　在古代神话中，除了在万物有灵的观念支配下，出现了关于各种各样的自然神和它们的故事以外，还有许多英雄神的故事。英雄神的产生，同样也是原始人对现实的虚妄反映。原始时代，人们受到强大自然力的严重威胁，经常遭受各种自然灾害，但又往往没有足够的能力去克服它、制服它。于是就又产生了另一种幻想。他们幻想能够出现具有超人能力的英雄，率领他们或帮助他们去战胜自然和征服自然，成为他们的保护者或朋友。这样，他们便又在某些斗争经验的基础上，创造了各种英雄神和他们的故事。这些英雄神的故事，一方面表达了原始人对征服自然、战胜自然的强烈愿望，另一方面往往也是人类自己某些劳动经验和智慧的概括与集中。这是因为人类在与自然的长期斗争中，也初步积累了一定的斗争经验和生产技能，因而产生了一定的信心和积极乐观的精神。在这个基础上，他们便不自觉地依照人的样子，特别是本部族中出现过的某些具有发明创造才能或有出众智慧和本领的人物，加以夸张和想象，塑造出具有大无畏精神和无比神通的英雄神的形象。在这些英雄神身上和关于他们的故事中，往往可以看到某些古代历史的影子。例如在我国古老的神话中，有曾经治平洪水的大禹，有上

---

　　① 飞廉，又称风伯。王逸《楚辞章句》："飞廉，风伯也。"洪兴祖补云："应劭曰：'飞廉，神禽，能致风气。'晋灼曰：'飞廉鹿身，头如雀，有角，而蛇尾豹文。'"雨师屏翳，据《山海经·海外东经》记载："雨师妾在其北。"郭璞注："雨师为屏翳也。"《楚辞·天问》："滂号起雨，何以兴之？"按滂翳，即屏翳。水神共工，《淮南子·本经训》："舜之时，共工振荡洪水，以薄空桑。"宋罗泌《路史·后纪二》注："共工人面蛇身，朱发。"旱魃，《神异经》："南方有人，长二三尺，裸形，而目在顶上，走行如飞，名曰魃。所见之国大旱，赤地千里。"（《太平御览》卷八八三引）祝融，《山海经·海外南经》："南方祝融，兽身人面，乘两龙。"《墨子·非攻下》："天命融（祝融）隆火于夏之城间，西北之隅。"

射九日(实际表示战胜炎旱)、下除兽害的后羿,有发明药草和教民稼穑的神农,有率领人民战胜南方凶神蚩尤并有多种发明的黄帝。他们在神话中都是具有超人本领和神性的,但从历史上看多属于原始时代某些部族的领袖人物或发明家,不过在传说中把他们的本领夸大化和神明化了。在古代神话中,这种英雄神的故事占多数,这说明神话的产生主要不是出于对自然的恐惧,而是出于人类对于征服自然的要求和渴望,在一定程度上反映着人类对自己劳动经验和智慧的歌颂。

另外,在古代神话中还经常有许多关于所谓异人异物的故事。例如在我国古代神话中,就有诸如羽民国、讙头国和长臂国、奇肱国等故事。据说羽民国的人生有翅膀,能够像天上的鸟一样自由飞翔;讙头国的人生得人面,鸟喙,有羽翼,以捕鱼为生;长臂国的人手臂很长,而又灵巧,很会捕鱼;奇肱国的人会造一种飞车,能够驾风远行,免去奔走的劳苦。① 这些异人异物的故事,这种神奇的想象,无疑是出于原始人对于减轻劳动强度,提高劳动生产率,克服某些自然障碍的向往。他们看到海鸟捕鱼,可以自由灵巧地在海面上飞来飞去,并有尖尖的嘴巴把鱼很容易地啄起来,因而生有羡慕之心。广阔的地域,路行的困难,也刺激他们产生了关于"飞车"的幻想。人类的智力和思维水平发展到某一阶段时,有许多想法往往是不约而同的,西方神话中有所谓关于"飞毯"和"快靴"等等的神话传说,实际上跟我国关于"飞车"的想象,性质是类似的,都反映了原始人企图突破种种限制,增加走路速度,缩短走路时间的迫切要求。由此可见,神话中的所谓异人异物的故事,无非是原始人通过对某些自然物的观察,在突破自然障碍、谋求生存条件的渴

---

① 羽民国,见《山海经·海外南经》:"羽民国在其东南,其为人长头,身生羽。"讙头国,见《山海经·海外南经》:"讙头国在其南,其为人人面有翼,鸟喙,方捕鱼。……或曰讙朱国。"又见《大荒南经》:"讙头人面,鸟喙,有翼,食海中鱼,杖翼而行。"长臂国,见《山海经·海外南经》:"长臂国在其东,捕鱼水中,两手各操一鱼。"奇肱国,见《山海经·海外西经》:"奇肱之国在其北,其人一臂三目,有阴有阳。"又见《博物志·外国》:"奇肱民善为拭扛(一作机巧),以杀百禽,能为飞车,从风远行。"

望下而创造出来的。马克思在《摩尔根〈古代社会〉一书摘要》中说："想象,这一作用于人类发展如此之大的功能,开始于此时产生的神话、传奇和传说等未记载的文学,而业已给予人类以强有力的影响。"改造生存条件和生活条件的幻想和想象,对于人类的进步和社会的发展是有巨大积极作用的,我们不能忽视古代这一类神话故事的价值和作用。

第二节　中国古代著名神话

每个民族,都有它自己的神话。中国古代神话也是非常丰富、瑰丽多彩的,而且多数神话都含有十分高贵的理想和积极的意义。我国古代的神话,主要保留在《山海经》《淮南子》《列子》《楚辞·天问》和其他一些古籍中。我们知道,神话是在人类远古时代产生的,但那时没有文字,不可能得到记载,待人类有了文字以后,产生原始神话的时代基本已经过去了。只是凭着某些故事在后世的流传,而片断地被记载下来,而相对说来,时间已经很晚了。就以前面我们所举的那些古籍来说,都是我国封建时代的著作,而且并非是记载神话的专书,它们有的是哲学著作、历史著作、诗歌作品,只不过是出于某种缘由,而征引到当时尚在流传着的某些神话而已。因而这些书中所记载的神话,往往只是一些片段,有的还经过后人的增删改动,甚至打上封建时代人们思想的某些烙印,已不完全是古代神话的原始形态。这是我们研究古代神话所应注意的问题。虽然如此,通过众多古籍的记载,我国古代神话还是保留下来不少,有些神话也基本上保留了原始形态。例如上述的《山海经》,就是保存我国古代神话最多,而且也是更多地保留着古代神话原始面貌的一部书。由于这部书是研究神话的一部比较重要的著作,我们简单地介绍一下。《山海经》共十八卷,三万一千多字。旧传为夏禹、伯益所作,当然是不可信的。据后人考证,此书非一人一时所作,大约出于周、秦人的记载。这部书古代曾被说成是地理书、刑法书或小说,因书中每记一神或一个地方,往往要说明祭神之物,故鲁迅在《中国小说史略》中说:"《山海经》……盖古之巫书也。"全书分《山经》五卷和《海经》十三卷两大类,包含着我国古代地理、历史、民族、物产、宗教和神话等多方面的内容,据有人统计,书中所记神灵和神灵故事有四百多个,人形神与非人形神约为一与四之比。我国许多颇近于原始形态的神话,就是由它记载而得以保存下来的。因此,在神话的研究上,它有较高的价值。

下面我们就对我国古代一些著名神话作些介绍:

共工怒触不周之山

昔者共工与颛顼争为帝,怒而触不周之山,天柱折,地维绝。天倾西北,故日月星辰移焉;地不满东南,故水潦尘埃归焉。

这个故事,见于《淮南子·天文训》。①

共工,是古代神话传说中的一位水神,《淮南子·本经训》中,曾说"共工氏振滔洪水,以薄空桑",可知在神话中他是一个兴风作浪的水神。"颛顼",据司马贞补《史记·三皇本记》作"祝融"。② 祝融,是神话传说中的火神。作"祝融"应该更符合原来故事的面貌。因为在自然界中,水、火不能相容,所以在幻想中,水神与火神碰到一起就要大战,争个高下。

这个故事是古代人民对于天、地的上覆下载和日月星辰的西行,以及中国的地势和江河百川的东流所作的解释。按照这个故事的说法,天所以不坠,地所以不沉,是因为有天柱的支撑和绳索的维系;日月往西运行,江河向东流泻,是由于两个神灵的斗争,使天地倾斜造成的。这样的解释,今天看来当然是十分荒唐可笑的,但它表现了原始人对某

---

① 《淮南子》系西汉淮南王刘安招致门客,在其主持下集体编撰的一部论文集。全书共二十一篇,内容比较庞杂,但主要是宣传道家思想。其书在谈哲学时,常常征引一些古史资料和远古神话传说,为后世研究古代历史和古神话提供了不少难得的资料。此书又称《淮南鸿烈》。"鸿",广大;"烈",光明。作者自认为它包含着极广大而光明的道理。

② 司马贞,字子正,唐代学者,曾任弘文馆学士。撰《史记索隐》《补三皇本纪》共三十卷。

些自然现象的思考和探索,表现了他们极大的想象力。值得注意的是,在这种极不科学的解释中,实际也包含着原始人的某些生活经验。原始人通过劳动实践和观察,了解到柱子和绳索可以起到支撑和悬挂的作用,了解到一切物体都有沿着倾斜面向下滑动的性质等等,没有这样一些经验和观察,也就想象不出这样一些解释。同时这个故事还认为,嫉妒和愤怒相争等行为会对客观事物起极大破坏作用,这也曲折地表现了原始人的某些社会认识和社会感受。由此可见,有一些企图说明自然、解释自然的神话故事,虽然从整体上看是不真实、不科学的,但从某些枝节、某些部分上看,它们也是人类对客观世界(自然、社会)经过某些观察和思索的结果,一定程度上概括了原始人的生活经验,是人类认识史上的果实,闪烁着人类幼年时期某些智慧的光芒。

女娲补天

往古之时,四极废,九州裂;天不兼覆,地不周载。火爁焱而不灭,水浩洋而不息;猛兽食颛民,鸷鸟攫老弱。于是女娲炼五色石以补苍天,断鳌足以立四极,杀黑龙以济冀州,积芦灰以止淫水。苍天补,四极正;淫水涸,冀州平;狡虫死,颛民生。

这个故事,见于《淮南子·览冥训》。

女娲补天,是一个十分奇伟瑰丽的神话故事,它描写了英雄女神——女娲上补苍天,下治洪水、兽害,热情地拯救人类的故事。女娲在中国古神话中,不仅是一位曾经拯救过人类的女神,而且据另外一些书中的记述,她还是造人的女神,是人类的始祖。如《风俗通义》记载:"俗说天地开辟,未有人民,女娲抟黄土为人。剧务,力不暇供,乃引绳于泥中,举以为人。故富贵者,黄土人也;贫贱凡庸者,纼人也。"[①]关于人类起源的神话是各民族都有的,而且也都有相似的地方。如在古希腊传说中,人是天神普罗米修斯照着自己的样子用黄土捏成的;在北欧

---

① 《风俗通义》,又称《风俗通》,东汉应劭撰,是一部考释名物、时俗的书。原书三十卷,已多散佚,本条见《太平御览》卷七十八引。

神话里,人是天神奥定用木片雕削成的;等等。不同的是,中国这则神话中,除说女娲抟土造人外,还说"引绳"造人,还说这种"引绳于泥中"而成的人,仿佛是些粗制品,所以成了贫贱凡庸者。显然,这不是原始人应有的原始思想,这说明在一些神话中,在后世流传、记录时,已渗入了阶级社会的意识,表现了被后世统治阶级篡改的痕迹。这是我们研究古代神话应加以鉴别、剔除的。

关于女娲补天的故事,大概是接续在女娲造人以后的一个情节。这个故事的产生,大约是因远古时代可能有过一次大灾变。其时,天崩地陷,水火成灾,猛兽从山林中外逃,到处食人,险恶的环境几乎到了使人类无法生存的地步。这次大的灾难是怎样产生的,一定还有有关的神话,但有没有留下来,已经不得而知了;或者远古时期曾经发生过类似山河改道或地震等巨大灾难。总之,人类曾面临着一场无法抗拒的浩劫。但这时伟大的女神、人类的母亲——女娲出现了。她智慧、勇敢、慈祥,承担了炼石补天、杀猛兽、填洪水、消灾除害的艰巨任务,而最后终于把人类从濒于灭亡的境地拯救了出来,创造了使人类得以继续生存的条件。这个神话无疑反映的是往古人类与大自然的一次大斗争,而且是一次胜利的记录。前面已经说过,神话是原始人类幻想的产物,是他们与自然界作斗争的曲折的反映,是他们征服自然的愿望的体现。而这个"补天"故事是如此的美丽而有气魄。远古时代人类的生活环境是相当恶劣的,强大的自然力随时威胁着他们的生存,但在这个故事中,却表现出原始人不屈而乐观的精神。在他们看来,天破可补,地陷可支,水可填,火可灭,一切猛禽怪兽都可以擒除。在英雄女神女娲的身上,分明概括着人类对自己力量的信心。

夸父逐日

夸父与日逐走,入日;渴,欲得饮,饮于河、渭;河、渭不足,北饮大泽。未至,道渴而死。弃其杖,化为邓林。

这个故事,见于《山海经·海外北经》。①

这个神话塑造了一个英雄夸父的形象,非常生动、感人。故事说英雄夸父,追逐太阳,竟敢与日竞走。夸父为何逐日,故事中没有记述②,但古代原始人的神话,都是表达生活中的实际愿望的,只是由于未记载完全,不得而知。但我们推想,原始人生活条件十分困难,例如取火、用火便十分不易,因而漫长而寒冷的黑夜就是一种威胁。照原始人看来,太阳神如果忠于职守的话,就应永驻天空,为人类照明送暖,而太阳每日东升西落,来去匆匆,正是故意刁难人类。或者就为如此而幻想出这样一个逐日的故事。

故事中写夸父,在接近成功的时候,由于干渴,体力不支而失败、牺牲了。但我们的原始人,却通过这个悲剧故事,写出了他们与大自然作斗争的坚强意志和大无畏的英雄气概。故事写夸父在牺牲之后,还"弃其杖,化为邓(桃)林",把他的手杖化作一片桃林,可以供后人纳凉、食果。他未能成功的原因是炎热、劳累和干渴,因此,他临死时的心愿就是为"逐日"的后继者留有一个纳凉歇息之所,以及可以润喉、解渴的果物。这种至死不忘为后人造福的精神,以自我牺牲为后继者开拓成功之路的精神,正是我们民族几千年来伟大斗争精神的反映。

这个神话在描述夸父这个英雄形象时,无疑是十分夸张的,如说他接近太阳时,被灼烤得十分干渴,"饮于河、渭;河、渭不足,北饮大泽",即说他一口气把黄河、渭水两条巨川大河都饮干了。这样一种形容,充分表现了夸父与日"逐走"的劳苦和必然挥汗如雨的巨大体力消耗。同时,用吞河饮渭的神奇描写,也向我们展示了一个不愧能够敢于和日逐走的巨人的形象。故事最后,"弃其杖,化为邓林",这一想象,更把

---

① 《山海经·大荒北经》也记载有夸父追日的故事,其文详略有不同:"大荒之中,有山名曰成都载天。有人珥两黄蛇,把两黄蛇,名曰夸父。后土生信,信生夸父。夸父不量力,欲追日景,逮之禺谷(按指日入处),将饮河而不足也,将走大泽,未至,死于此。"

② 关于夸父追日,研究者一直有不同理解,如水火之争说(吕思勉《读史札记》),与时间竞走说(杨公骥《中国文学》第一册),追求光明和真理说(袁珂《古代神话选释》)等。

英雄夸父至死不忘后人的高贵品德和心灵之美表现了出来。

精卫填海

发鸠之山,其上多柘木,有鸟焉,其状如乌,文首,白喙,赤足,名曰"精卫",其鸣自詨。是炎帝之少女,名曰女娃,女娃游于东海,溺而不返,故为精卫。常衔西山之木石,以堙于东海。

这个故事,见于《山海经·北山经》。

《精卫填海》的故事,是十分神奇、美丽动人的。它大约产生于我国东部沿海一带的原始部落。这则神话通过少女变鸟,誓向大海复仇的悲壮故事,反映了远古人民在征服自然、与自然作斗争时的英勇不屈的坚毅精神。

据《述异记》记载:"昔炎帝女溺死东海中,化为精卫……一名誓鸟,一名冤禽,又名志鸟。"①所谓"誓鸟",是说它对危害自己生命的自然力发誓报仇,不达目的永不罢休。"冤禽",是说它牺牲在盲目自然力下,十分冤屈,令人同情。"志鸟",是说它志向宏伟,意志坚强,有不屈不挠的精神。这些别名表现了古人对精卫精神的赞扬和对威胁他们生存的盲目自然力的仇恨,以及他们誓死要与自然进行斗争的决心。

故事写精卫"其状如乌,文首,白喙,赤足",十分美丽可爱,她本是炎帝的少女,因到东海去玩,不幸被淹死。但她却死不甘休,就变成一只美丽的小鸟,"常衔西山之木石,以堙于东海",要把大海填平。这是一个多么感人的故事。这个故事,与"夸父逐日"一样,都有浓重的悲剧色彩,但它们有一个共同的精神,就是个体生命的结束,并不是斗争的结束。人死化鸟,这是幻想,一只小鸟要去填平一望无际的海洋,也显得过于幼稚和不自量力,但她所表现出来的死而不屈的精神,却是一种教育后人,永远鼓舞人心的力量。晋代诗人陶渊明就深为这一故事

---

① 《述异记》,旧题南朝梁任昉撰。全书两卷,清王仁俊辑佚文一卷。内容庞杂,大约后人辑类书所引并增入其他杂记而成。因《梁书》任昉本传未提及本书,书中又记有任昉死后事,故亦疑为托名之作。引文见该书卷上。

所感动,在其《读山海经》一诗中说:"精卫衔微木,将以填沧海。"表现出无限悲壮赞颂之情,由此也可以看到这一故事的影响。

后羿射日

> 逮至尧之时,十日并出,焦禾稼,杀草木,而民无所食,猰貐、凿齿、九婴、大风、封豨、修蛇,皆为民害。尧乃使羿诛凿齿于畴华之野,杀九婴于凶水之上,缴大风于青丘之泽,上射十日而下杀猰貐,断修蛇于洞庭,禽封豨于桑林。万民皆喜,置尧以为天子。

这个故事,见于《淮南子·本经训》。

后羿射太阳的故事,在古代神话中,是非常有名的。《山海经·海内经》也记载说:"帝俊赐羿彤弓素矰,以扶下国,羿是始去恤下地之百艰。"屈原《天问》中也有"羿焉彃日"的话。另外,还有关于后羿的许多其他记载,如他还是著名的"嫦娥奔月"①神话故事中的男主人公。可知在我国古代神话中,关于后羿的故事是比较丰富和流传颇广的。

后羿射日,是一个歌颂征服自然、颂扬为民除害的英雄神——后羿的故事。这个故事的产生,大概是因远古时代曾发生过一次以至数次的大旱灾,由于当时原始人幼稚的观念,他们把干旱的原因归为太阳太多,所谓"十日并出",以致造成严重的灼热、干旱,禾焦草枯,威胁到人类的生存。因此,他们认为只要射下多余的太阳,就可以免除干旱的灾难。这是原始人对于旱灾原因的幼稚的解释。其实,在古代神话中太阳也是神灵,据《山海经·海外东经》记载:"汤谷上有扶桑,十日所浴——在黑齿北——居水中。有大木,九日居下枝,一日居上枝。"意思说,在极远的东海中有个地方名汤谷,是十个太阳洗澡的地方。水中有一棵大树,叫扶桑,九个太阳住在下面的树枝上,一个太阳住在上面

---

① 《淮南子·览冥训》:"羿请不死之药于西王母,姮娥(按即嫦娥,"姮",后避汉文帝刘恒名改作"嫦")窃以奔月,怅然有丧,无以续之。"又汉张衡《灵宪》:"嫦娥,羿妻也。窃西王母不死之药服之,奔月……嫦娥遂托身于月,是为蟾蜍。"按《灵宪》书已佚,此据清严可均《全上古三代秦汉三国六朝文》辑录引。

的树枝上。另据同书《大荒东经》记载说："汤谷上有扶木,一日方至,一日方出。皆载于乌。"是说住在大扶桑树上的太阳,每日轮流从东方启程到西方去,一个太阳回来了,另一个太阳才出去。它们都喜欢骑在神鸟的背上飞行。从这两段记述来看,在中国古神话中,天上的太阳确乎一共有十个,它们住在东方的一株大神木上,每天有一个到大地上空值班,轮流为人类照明、送暖。管理它们的神叫羲和,由于"羲和湎淫,废时乱日"(《尚书·胤征序》),导致"十日并出",造成大旱灾,使人类难以存活。人们出于制服旱灾的愿望,于是就幻想出一个善射的神箭手后羿,射去九个太阳,只留下一个。从此以后,人类才减轻了旱灾的威胁。同时后羿又射杀了许多毒蛇猛兽,使大家能够安心地生活和生产,在大地上安居乐业。

这个故事曲折地反映了人类遭遇到的旱、风、虫、兽等自然灾害,同时又以后羿这一英雄神的出现,一举除去诸害,反映了人民征服自然、战胜自然灾害的强烈愿望。从这则故事来看,它既热情地歌颂了英雄后羿,也赞扬了劳动工具和战斗武器"弓箭"。

恩格斯说,人类蒙昧时代的"高级阶段""从弓箭的发明开始","弓箭对于蒙昧时代,正如铁剑对于野蛮时代和火器对于文明时代一样,乃是决定性的武器"(《家庭、私有制和国家的起源》)。这个故事也表现了原始人类对于新的发明创造的赞美。

鲧禹治水

> 洪水滔天,鲧窃帝之息壤以堙洪水,不待帝命,帝命祝融杀鲧于羽郊。鲧复生禹,帝乃命禹卒布土以定九州。

这个故事,见于《山海经·海内经》。

这个故事反映了上古人民与洪水斗争的事迹。鲧是为人民而牺牲的英雄形象。他为了治平洪水,解救人民,而触犯了上帝的权威,以至于被杀害。这与希腊神话中不顾自己惨遭迫害而从天庭窃火给人类的普罗米修斯形象,具有同样的感人力量和光辉。更有意义的是,这个故事写鲧虽惨遭迫害致死,但他仍没有屈服,"鲧复(腹)生禹",他的儿子禹终能继父之志,战胜洪水,反映了当时人们在斗争中前仆后继、不屈不挠的伟大战斗精神。鲧、禹父子两代治理洪水,是我国古代流传最广、内容最丰富的神话。《山海经·海内经》这段记载实在过于简单,还不能看到它的全貌,例如据其他一些古书记载:"鲧死三岁不腐,剖之以吴刀(按宝刀名),化为黄龙。"(《开筮》)①"昔者鲧违帝命,殛之于羽山,化为黄熊,以入于羽渊。"(《国语·晋语》)意谓鲧被害后并没有死,说他化作黄龙或其他动物,潜沉于羽山下的深渊,想必还有一些曲折的故事。特别是关于禹,古书中还有不少残留的记载,如说他治水时非常艰难困苦,也非常智慧。为了排泄洪水,他曾开凿龙门,疏通九河,使洪水顺利东流入海②;说他为治理洪水,到处奔波,三十岁尚未娶妻,路经涂山时,娶涂山女为妻,四天后就又离家去治水,一直在外十三年,三次路过家门,顾不得进去看一看③;等等。当然,在禹的身上,人们也赋予他许多神性,如说他曾经变化为熊来开山,能够命令龙来帮他治水,具有无比的神通④,然而,他却具有人的美德、智慧和性格。在传说中,禹是最受人歌颂的英雄。荀子《成相篇》说:"禹有功,抑下鸿,辟除民害逐共工……禹敷土,平天下,躬亲为民行劳苦。"在原始人类社会里,真能辟除民害的,才能成为英雄神。女娲、后羿和大禹这些英雄神

---

① 《开筮》,即《启筮》(因避汉景帝刘启名改),系古筮书《归藏》中篇名。此书已佚,此据《山海经·海内经》郭璞注引。

② 禹开龙门,见《拾遗记》卷二:"禹凿龙关之山,亦谓之龙门,至一空岩,深数十里,幽暗不可复行,禹乃负火而进……又见一神,蛇身人面。禹因与语,神即示禹八卦之图,列于金版之上。又有八神侍侧……乃探玉简授禹……禹即执持此简,以平定水土。"又《水经注·河水》:"昔禹治洪水,破山以通河,三穿既决,水流分疏。"按《拾遗记》,二卷,东晋王嘉撰。后经梁萧绮整理补缀成十卷,记述上古至东晋种种神话、传说、异闻异事,以及昆仑、蓬莱等仙山故事,保存不少神话资料。

③ 《吴越春秋·越王无余传》:"禹三十未娶,恐时之暮,失其制度。"《楚辞补注》:"禹娶涂山氏女,不以私害公,自辛至甲四日,复往治水。"(《楚辞·天问》洪补引《吕氏春秋》佚文)又"居外十三年"(《史记·夏本纪》),"三过其门而不入"(《孟子·滕文公上》)。

④ "禹治洪水,通轘辕山,化为熊。"(《汉书·武帝本纪》颜注引《淮南子》佚文)"禹尽力沟洫,导川夷岳,黄龙曳尾于前,玄龟负青泥于后。"(《拾遗记》卷二)

的故事,都是人们在与自然界作斗争的基础上通过丰富的想象创造出来的。他们的身上,无疑都集中着原始人类同大自然作斗争时所积累下的经验,概括了人类的美德和理想。这是它们所由产生的现实基础,也是对人们具有无比鼓舞力量的所在。

以上我们比较重点地介绍了中国六个著名的神话故事,此外,还有很多神话在今天看来也是极有意义的。例如,在有些古书中还记载了盘古开天辟地的故事,说上古时候,天和地混混沌沌聚在一起,不分上下,形状像个大鸡蛋。盘古就生长在其中。经过一万八千年,天和地开始剖分开来,轻而清的物质就上升成为天,重而浊的物质便下降成为地。盘古在天和地当中,一天变化九次,他的智慧超过天,能力超过地。天每天增高一丈,地每天加厚一丈,盘古的身躯也日增一丈。这样又经过一万八千年,天变得极高,地变得极深,盘古的身量也极长了。这就是盘古开天辟地的故事(见《艺文类聚》卷一引《三五历记》)。① 另外,有一些书中还有关于盘古化生万物的故事,说是天地开辟时诞生的盘古,临到他将死的时候,周身发生了大的变化。他呼出的气变成了风云,发出的声音变为雷霆,左眼变为太阳,右眼变为月亮,头与四肢变为五岳,血液变为江河等等(见《绎史》卷一引《五运历年记》,又《述异记》中也有类似记载)。② 这个故事今天看来是十分神奇的,但如加以分析则可以看出,它实际表现了原始人某种朴素的唯物思想,即在他们初步的观察中,对客观世界产生一种简单的进化观念,那就是认为世界不是上帝创造的,而是由物质变化来的。例如它把天和地看成是由一种原始气体演化来的。盘古氏虽被幻想成一个开天辟地的英雄,但他本身也是由原始之气孕育而成的,而死后又复变化为物质世

---

① 《艺文类聚》,唐代官修的一部类书,即采辑群书按类编排,以供查检。全书一百卷,采录隋以前的文籍一千四百多种,许多书是现在已失传不存的,因此有珍贵的资料价值。《三五历纪》,三国吴人徐整撰,已佚。

② 《绎史》清代马骕撰,全书一百六十卷,辑录上古至秦的传说、史事,熔裁成篇,附有论断。汇辑的古史、神话资料足供参考。

界。因此这个故事虽然神奇，但它包含着人类认识史上的某种合理性的因素。

以上我们介绍的主要是关于自然界和与自然界作斗争的神话。另外，在我国古代神话故事中，还有少数反映社会斗争的神话，例如《黄帝擒蚩尤》的故事就是著名的一个：

> 蚩尤作兵伐黄帝，黄帝乃令应龙攻之冀州之野。应龙蓄水，蚩尤请风伯、雨师从（纵）大风雨。黄帝乃下天女曰魃，雨止，遂杀蚩尤。

这则故事见于《山海经·大荒北经》，但从整个故事来看，这还只是一个片断。另外一些书中还作了这样的记述："轩辕之初立也，有蚩尤兄弟七十二人，铜头铁额，食铁石，轩辕诛之于涿鹿之野。蚩尤能作云雾。涿鹿今在冀州。有蚩尤神，俗云人身牛蹄，四目六手。"（《述异记》）又有的书中记黄帝在与蚩尤作战时，"蚩尤作大雾，弥三日"，黄帝"乃令风后法斗机作指南车以别四方"（晋虞喜《志林》）①，这样黄帝才战胜了蚩尤所作的大雾，斩杀了蚩尤，取得了胜利。相传蚩尤是我国古代南方的部族——黎族的首领，那时黎族人很多，号称"九黎"。上面征引的传说中，说"蚩尤兄弟七十二人"，又另一说是"蚩尤兄弟八十一人"②，这些说法可能指的是黎族之间兄弟氏族联盟，蚩尤正是这一氏族联盟的领袖。又据古书记载，黎族是"三苗"的祖先，居住在江、淮一带，可见他们属于我国古代南方的一个部族。黄帝与蚩尤争战的神话故事，是我国古代氏族社会部族之间相互斗争的反映。又根据故事的内容说"蚩尤作兵伐黄帝"，又说作战的地方在冀州涿鹿，古涿鹿在今河北怀来县一带，可知这场争斗是由于南方的部族侵扰到北方中原地

---

① 晋虞喜《志林》，又名《志林新书》，三十卷，已佚。有《玉函山房辑佚书》本一卷。此据《太平御览》卷十五引。按《玉函山房辑佚书》，清马国翰所编丛书，辑唐以前古佚书六百三十二种，分经、史、子三类编排。

② 见《太平御览》卷七十九引《龙鱼河图》。《龙鱼河图》，汉代纬书，已佚。

区而引起的。传说中的蚩尤,被描写成一个"人身牛蹄,四目六手"的凶神恶煞,会使风弄雨,作种种妖法,而黄帝也有无比的神通,因而把这场战争描写得十分惊心动魄,富于艺术想象。

另外,《山海经·海外西经》还记载有一个"刑天舞干戚"的故事,也是比较有名的:"刑天与帝争神,帝断其首,葬之常羊之山;乃以乳为目,以脐为口,操干戚以舞。""刑天"就是断首者的意思,因为被断了首,所以称他作"刑天"。刑天敢于反抗最高统治者——天帝,虽然失败了,被天帝砍了头,但是这位叛逆者、无名英雄却死而不屈,葬后复又站立起来,挥舞着盾和斧以示反抗,进行复仇,丝毫没有失败者的悲哀。晋陶渊明在《读山海经》诗中说:"刑天舞干戚,猛志固常在。"对这位英雄的叛逆精神作了热情赞颂。

从古籍中所保存的许多片断的神话传说看来,我国古代的神话传说是丰富的,而且是充满奇情异彩的,只可惜很少完整地保存下来。这除了由于年代久远而逐渐失传,由于古代文字繁难、书写工具不便等原因外,还有一个重要原因,是古代学者不了解神话的性质和意义,对于流传着的一些神话不予重视,同时,他们还常常出于反对神怪的动机,企图对神话作出所谓合乎常理的解释,或者把神话历史化。这样,实际是歪曲了神话,使神话失去了本来的面目,更多地失传了。下面我们可以举出几条材料,说明古代神话在儒家的解释下,是如何弄得面目全非的。

宰我问孔子曰:"昔者予闻诸荣伊令:黄帝三百年。请问:黄帝者,人耶?抑非人耶?以至于三百年乎?"……孔子曰:"……生而民得其利百年,死而民畏其神百年,亡而民用其教百年:故曰三百年。"(《大戴礼记·五帝德》)

子贡曰:"古者黄帝四面,信乎?"孔子曰:"黄帝取合己者四人,使治四方,不计而耦,不约而成,此之谓四面。"(《太平御览》卷

七十九引《尸子》)①

鲁哀公问于孔子曰:"吾闻夔一足,信乎?"曰:"夔,人也。何故一足?彼其无他异,而独通于声。尧曰:'夔一而足矣,使为乐正。'故君子曰:'夔有一,足。非一足也。'"(《韩非子·外储说左下》)

通过这三条材料,正可以使我们看到古代神话在儒家的这种怀疑和任意的解释下,是如何地变得面目全非了。所谓"黄帝三百年""黄帝四面""夔一足",正是神话中的神异色彩,儒家是"不语怪力乱神"的,他们觉得神话内容不合乎常情、常理,于是便加以歪曲解释,这样一来,神话也就不成其为神话了。又如历史学家司马迁,他在写《史记》的时候,是接触到许多古代神话传说的,但他在写《五帝本纪》等古代史的时候,就往往把许多神话加以历史化。中国古代没有神话专书,流传下来的神话又遭到轻视和任意解释,以致改变了原来的面貌,这实在是深可惋惜的。

第三节　神话在文学史上的地位和影响

神话,作为原始人类特有的一种社会意识形态,是通过"幻想"的形式反映了那个时代的人类生活、思想感情和理想、愿望的。它告诉我们,原始人类是如何不屈不挠地与强大的自然力进行英勇的斗争的,是对未来的世界充满了希望和美好的憧憬的。这种对未来世界的希望和憧憬,及由此而产生的幻想,对于他们那一时代社会生产的发展,以及后世的人们,都成为一种推动和鼓舞力量。神话,是原始时期人类社会意识的最初记录,也是人类历史文明的第一页。它对于我们认识人类幼年时期的状况,研究人类社会发展史都是不可缺少的资料,有着极其重要的价值。

---

① 《尸子》,战国时代晋人尸佼撰。全书二十卷,已佚,清孙星衍等有辑本。

不仅如此,神话还有很高的艺术价值。马克思认为,"希腊神话不只是希腊艺术的武库,而且是它的土壤",还认为希腊神话在某种意义上说是人类艺术的"不可企及的规范"(《政治经济学批判·导言》)。在我国,由于年代久远,记载简略,流传下来的神话多半是简短不全的,但仅就保留下来的一些著名神话来看,它们都具有一种极其高贵的理想和吸引人的魅力,给人以强烈的美感,并使人受到启发和鼓舞。

我国神话对后代文学艺术的影响是十分巨大的。如前所说,神话是由人们的幻想所构成,但这种幻想不是毫无根据的,而是有现实生活做基础的。它表现了原始人类不怕牺牲、不畏强暴、为了生存而艰苦奋斗的精神,表现了原始人类要求认识自然、改变自然、渴望掌握自己命运的积极态度。总之,表现了他们在反抗中求生存,在奋斗中创造美好生活的理想和愿望。显然,神话中的这种内容,以及它的幻想形式,是富有积极浪漫主义精神的。它是我国浪漫主义文学的最初源头,对我国后世积极浪漫主义传统的形成和发展,起了重大作用。

不仅如此,中国古代神话在我国美学史上也做出了重大贡献,特别是在表现悲剧美和崇高美方面,对后世艺术起了示范和奠基的作用。如我国古代许多著名神话都是带有浓厚的悲剧性的。也就是说,在那些表现人与强大自然力相冲突、相搏斗的故事中,那些体现着人类善良品德,表现着人类意志和愿望的英雄人物或英雄神,经常是悲剧性的形象。他们或者在为创造美好的世界中而牺牲,或者在与强大的自然力作斗争中而死亡,或者为不可抗拒的自然力所吞没,或者遭到某些邪恶势力的残害等等。这些故事以它特有的内容和形式反映了"历史的必然要求和这个要求的实际上不可能实现之间的悲剧性的冲突"(恩格斯1859年《致斐·拉萨尔》)。它一方面写出了自然力的强大与恐怖,写出了人的悲惨牺牲;但又借助于这种悲剧性的结局,写出了人们在改造自然中悲壮的自我献身精神,以及最终会取得胜利的无穷力量和信心,从而显示出人类本身的伟大和崇高。也就是说,它们表现了美学中通常所说的悲剧美和崇高美。例如我们上述讲过的鲧禹治水的故事,夸父逐日的故事,精卫填海的故事,以及刑天舞干戚的故事,无不在一定程度上体现了这种伟大的悲剧精神和崇高精神。我们知道,任何悲剧的原因都是由于对立面一方的强大或暂时强大,以及它的残酷性造成的,但任何真正的艺术中的悲剧又绝不只是向我们展示黑暗、苦难、恐怖和死亡,而是要通过"悲"反射出美,通过"苦难"显示出崇高,通过"毁灭"展示出希望,从而歌颂光明,鞭挞黑暗,扫除污秽,预见未来,这才是悲剧美的灵魂。而我国古代神话中那些展示悲剧性冲突的故事,恰恰表现了这种真正的悲剧美学价值,它描写了苦难、毁灭和死亡,但带给我们的不是恐惧、消极和悲观,而恰恰相反,它展示给我们的是最终会取得胜利的信心,是通过死亡来换取光明未来的极为可贵的乐观主义精神。在我国文学史上,悲剧艺术一直占有重要地位,而我国古代这些带有悲剧性的神话作品,正在这一美学领域有着重大影响,为我国后世悲剧艺术的健康发展起到不容忽视的作用。

总的说来,神话作品从两方面对后世作家作品有着积极影响:一是神话中的英雄主义、乐观主义,强烈要求改变现实、追求美好生活的愿望,对后世作家进步世界观的形成有着积极影响;二是神话中的高贵的美学理想,以及神奇奔放的幻想、生动曲折的故事情节、新奇夸张的艺术手法,都对培养后世作家的美学素质、启发后世作家的艺术想象力,以及他们的艺术构思有着积极影响。例如在诗歌方面,我国伟大和著名的诗人屈原、陶渊明、李白、李贺、苏轼等的诗歌创作,便无不从神话中吸收了大量营养;小说、戏曲方面,魏晋的志怪小说,唐宋的传奇,以及宋元以后的许多小说、戏曲作品,不仅接受了神话的积极浪漫主义精神,而且还吸取了其中的某些素材。关于神话发展的来龙去脉和对后世文化、文学的影响,鲁迅曾作了这样的分析和介绍:"原始民族,穴居野处,见天地万物,变化不常——如风,雨,地震等——有非人力所可捉摸对抗,很为惊怪,以为必有个主宰万物者在,因之拟名为神,并想象神的生活,动作,如中国有盘古氏开天辟地之说,这便成功了'神话'。从神话演进,故事渐近于人性,出现的大抵是'半神',如说古来建大功的英雄,其才能在凡人以上,由于天授的就是。例如简狄吞燕卵而生商,尧时'十日并出',尧使羿射之的话,都是和凡人不同的。这些口传,今人谓之'传说'。由此再演进,则正事归为史;逸史即变为小说了。"(《鲁迅全集》第八卷《中国小说历史的变迁》)实际上,最早在泛神论思想影响下产生的那些能言会语的拟人化的动植物故事,流传演变到后世,就成了童话和寓言。由此可知上古神话对后世文化、文学影响之广泛和深远。就是到现代,神话对于革命文学的创作仍有借鉴意义。

第三章 中国第一部诗歌总集
——《诗经》

第一节 《诗经》概貌

在我国古代文学史上,诗歌的传统是极为悠久、丰富而光荣的,远在二三千年以前,我国诗歌就已取得了十分辉煌的成就,标志这一成就的是我国最古老的一部诗歌总集——《诗经》。① 《诗经》收录了我国自西周初年至春秋中叶(约前十一世纪—前六世纪)大约五百年间的三百零五篇作品。这部诗歌总集,本来只称"诗",或连带诗篇的大约数称"诗三百",并没有"经"这个尊号。② 所谓《诗经》,是后世儒家学者把它尊为经典以后的称呼。③

在这一节里,我们首先对有关《诗经》这部书的一些问题,概括地作些介绍。

---

① 总集是中国对文集的一种传统称谓。所谓"总集"是相对于"别集"说的。中国古代,称汇集多人作品编成的集子为"总集",称汇集一人作品而编成的集子为"别集"。《诗经》中的作品不是一人一时之作,故称为"总集"。近也有称《诗经》是我国古代第一部诗歌"选集"的,则是相对于"全集"而言,表示《诗经》中的诗篇并非当时诗歌之全部,而是经编选而成。

② 如《左传》《国语》引用《诗经》中诗句时,均作"诗曰"或"诗云",有时兼及国名如"郑诗曰""曹诗曰"或"周诗有之曰"等等。称"诗三百",如《论语·为政》:"诗三百,一言以蔽之,曰:'思无邪。'"《墨子·公孟》:"诵诗三百,弦诗三百,歌诗三百,舞诗三百。"等等。

③ 最早尊《诗》为"经"的是战国儒家学者荀子,见《劝学篇》;而正式被官方确认为"经",则大约在汉武帝"独尊儒术"以后。武帝建元五年(前136)置所谓"五经博士",汉班固《白虎通义·五经》:"五经何谓?谓《易》《尚书》《诗》《礼》《春秋》也。"

一　《诗经》的分类、作者和年代

首先讲《诗经》的分类。我们打开《诗经》以后,就可以发现《诗经》中的三百零五篇作品,是按照风、雅、颂三类编排的。关于为什么要这样划分,古今学者有种种不同的解释,如有的认为与诗的内容、用途有关,有的认为与来源、作用有关,等等。后世比较趋于一致的意见,是认为《诗经》的这种编排和分类,主要是按照音乐的特点来划分的。因为《诗经》中的诗篇当初都是乐歌,是配乐歌唱的,它们在曲调上的特点不同,因而作了这样的归类。后来乐谱失传,仅留歌词,我们今天看到的不过是一部乐曲歌词的底本。

那么,风、雅、颂又各有什么意思呢？对于这个问题,古往今来也有各种不同的解释,下面我们适当介绍古人的一些有代表性的说法,也谈一下近人比较一致的意见。

关于"风",最早提出解释的是《毛诗序》：

> 风,风也,教也；风以动之,教以化之……上以风化下,下以风刺上,主文而谲谏,言之者无罪,闻之者足以戒,故曰风。

按照这一解释,"风"包含有两个意思：一是风教、教化的意思；二是讽谏、讽刺的意思。这段话的大意是说：由于君主要对臣民施行教化,臣民要对君主进行讽谏,这两者都是利用诗歌形式来进行的,利用诗歌形式的好处,是委婉、含蓄,进言的人可以不获罪,听言的人又受到劝诫,这对双方都很便利,都容易接受,正像自然界的风能吹动万物一样,它也容易感动人心,所以起这样作用的诗,就叫作"风"。显然,这主要体现了汉代儒家学者们自己的所谓政治思想和文学观点,是对"风"字的望文生义的解释,是根本不足为据的。

提出另一种有代表性说法的是宋代的学者朱熹,他在《诗集传·

国风序》①中说：

> 风者，民俗歌谣之诗也。谓之风者，以其被上之化以有言，而其言又足以感人，如物因风之动以有声，而其声又足以动物也。

朱熹的看法有一定的合理性，他肯定了"风"指的是"民俗歌谣"，但他也把它与封建教化观点联系起来，并没有完全突破汉人的牵强附会的观点。

宋代另一个学者郑樵，他在《通志序》②中提出：

> 风土之音曰"风"，朝庭之音曰"雅"，宗庙之音曰"颂"。

这个说法已经比较符合事实了。据近代人的研究和考证，"风"就是乐曲的意思。如《山海经·大荒西经》："太子长琴，始作乐风。"注："风，曲也。"《诗经·大雅·嵩高》末三句说："吉甫作颂，其诗孔硕，其风肆好。"意思就是说，吉甫这个人作颂诗，篇章很长很美，所配的曲调很动听。又《左传·成公九年》说"钟仪操南音"，范文子则称他"乐操土风"。把他所操的南方音乐称作土风，显然即指他操的是南方的地方乐调。由此，可知所谓"风"，本即指音乐曲调的意思。③

《诗经》中的"风"，又称"国风"，即指当时诸侯国所辖各地域的乐曲，实际上也就是指相对于当时周天子的京都而言的各地方的土乐，犹如我们现在所说的地方俗曲，各地的地方小调。《诗经》中共有十五国风，即周南、召南、邶风、鄘风、卫风、王风、郑风、齐风、魏风、唐风、秦风、

---

① 朱熹（1130—1200），字元晦，南宋著名学者和思想家。《诗集传》是一部解说《诗经》的著名著作。它突破了汉代以来对《毛诗序》的迷信，力图探求诗篇本义；在注释训诂上，也兼采众说之长，比较能做到融会贯通，简明扼要；对诗篇的篇章结构、表现手法以及音韵等也有简要的说明评论，是研读《诗经》的一部重要参考书。当然，其书在说诗时也具有浓厚的封建理学色彩，需要加以扬弃批判。此书自明永乐中至清代，一直作为科举考试用书，故影响极大。

② 郑樵（1104—1162），字渔仲，南宋学者、史学家。生平著述宏富，达八十四种，但多已散佚。《通志》是一部纪传体通史，二百卷。另有《诗辨妄》六卷，以历史考证驳《毛诗序》之误，有相当影响。此书已佚，近人顾颉刚有辑本二卷。

③ 古称乐曲为"风"，大约取风吹万物而有声，以及乐曲反映地方风俗，有地方性之义。

陈风、桧风、曹风、豳风。这十五国风所标的名称,有的是当时诸侯国的名称,有的则指的是地域名,如周南、召南,就是指产生于南方汝水、汉水一带的乐曲①;豳、王,也不是诸侯国名,豳是指周人的最早发祥地之一豳地,即今陕西省旬邑、彬县一带,王是指周平王东迁后的国都地区,当时称洛邑,包括今河南省洛阳和孟州等地区②。其所以通称为国风,是因为"国"古代与"域"通,除指国家外,也指地区或方域。

《诗经》中十五国风,共收一百六十篇作品,大部分是民歌。

关于"雅",历代的解释更加纷繁。《毛诗序》说:

> 雅者,正也,言王政之所由废兴也。

这是说"雅"是"正"的意思,然后他又把"正"引申为"政",而得出"言王政之所由废兴"的结论。又说"大雅"即"大政"(大的重要的政事),"小雅"即"小政"(次要的政事)。这与它对"风"的解释一样,都囿于汉儒成见而未免牵强附会。宋代朱熹提出了新的讲法,他在《诗集传·小雅序》中说:

> 雅者,正也,正乐之歌也。

他把"雅"解释为"正乐",这是不错的,但对于为什么称"正乐"为"雅","正乐"又是指什么,他并没有进一步阐明。

另外,关于"雅"还有种种解释,如有人认为"雅"字古与"夏"字通。③ 西周王畿(镐京一带)本称夏,周初人常自称夏人,所以产生在西

---

① 《周南》《召南》又合并简称为"二南"。西周时期,周公、召公分掌各地诸侯。"周南",指当时周公所掌管之南方地区;"召南",指召公所掌管之南方地区,大致包括楚、申、随等国家。另外,后世还有认为"南"是乐曲的单一种,应与风、雅、颂并列的说法,如南宋的王质(见《诗总闻》)、程大昌(见《考古编》卷一)、近人梁启超(见《释四诗名义》)和陆侃如、冯沅君(见《中国诗史》)等,但此说似嫌证据不足,为多数人所不取。

② 洛邑,本东周国都,其所以列于"风"之一,据汉郑玄《毛诗传笺》说:"平王东迁,政遂微弱,下列于诸侯,其诗不能复雅,而同于国风。"按郑玄(127—200),字康成,东汉经学家。《毛诗传笺》三十卷,又简称《郑笺》。此书集汉代研究《诗经》之大成,影响很大,是研读《诗经》之重要参考著作。

③ 参见清王念孙《读书杂志》卷十、梁启超《饮冰室文集·释四诗名义》。

周王畿附近的乐歌便称"夏歌",亦即"雅"歌。还有人认为"雅"本是一种乐器的名称,用这种乐器伴奏的乐歌,就叫"雅"。① 其他还有种种说法。

其实,"雅"就是"正"的意思,"雅乐"就是"正乐",是相对于地方乐而说的。把周天子建都的王城附近之乐称为正乐,是出于当时的尊王思想。至于为什么把"正乐"称"雅",这是因为古代有所谓"雅言"的说法,"雅言"就是标准话、通行语的意思。例如《论语·述而》篇:"子所雅言,《诗》《书》、执礼,皆雅言也。"当时各地方言不一,因此以王城附近的话为通行语,王畿之乐也就称"正"、称"雅"了。"雅"又有"大雅""小雅"之分,这大约与它们产生的时代有关,"小雅"中的诗在时代上比"大雅"晚,风格上比较接近国风,可能正是音乐上受到"风"诗的影响而有所变化,不同于旧的雅乐,因此才做了大、小雅的区分。大、小雅多数是贵族文人作品,也有一部分是民歌。大雅三十一篇,小雅七十四篇,共计一百零五篇。

关于"颂",前人当然也有各种解释。《毛诗序》说:

> 颂者,美盛德之形容,以其成功告于神明者也。

这就是说,"颂"就是赞美王侯的功德,把他们的功业祭告于神明之前的意思。从颂诗的用途和性质上看,这样说基本是正确的。宋代朱熹在《诗集传·颂序》中说:

> 颂者,宗庙之乐歌。

朱熹说"颂"诗本身也是一种"乐歌",是供王侯祭祀宗庙时用的。这比《毛诗》进了一步。清代学者阮元,从训诂学的角度,考察"颂"的本义,说"颂"字即"容"字,也就是"舞容"(跳舞的样子)的意思②,因此,"颂"是祭神祭祖时用的歌舞曲。这一解释是有说服力的。古代祭神

---

① 参见张西堂《诗经六论·诗经的体制》。
② 见《揅经室集》卷一《释颂》。

祭祖是王朝的大典,要扮演歌舞,"颂"就是用于这种场合的一种舞乐。近人王国维在《说周颂》一文中说:

> "颂"之所以异于"风""雅"者,虽不可得而知,今就其著者言之,则"颂"之声较"风""雅"为缓也。

接着他举出了三个证明,主要是"颂诗"一般篇章较短、多数不押韵、不重叠,因此他认为"颂"之所以划为一类,也是因为音乐特点有不同的缘故。"颂"包括"周颂"三十一篇,"鲁颂"四篇,"商颂"五篇,共计四十篇。

《诗经》风、雅、颂合起来共三百零五篇诗,后人称"诗三百篇",实即取其约数。但另外,《诗经·小雅》中尚有六篇诗:《南陔》《白华》《华黍》《由庚》《崇丘》《由仪》,虽有篇目,但无歌词,后人称为"笙诗",可能是属于所谓"过门曲"之类。① 总之,现在《诗经》的篇目是三百一十一篇,实存诗三百零五篇②。

至于《诗经》中各篇诗歌的作者,绝大部分都已不可考。这是因为那些民歌多属民间集体创作,最初在人民中口耳相传,一个人唱出,或几个人唱和唱出,在流传中又不断有所加工、修改,根本无所谓是哪个人的作品。至于一些贵族文人的作品,除少数在诗中偶尔留下名字外,大多数也无作者可考。汉代《毛诗小序》解释各篇诗歌时,往往把诗都说成是某王、某妃、某公以及其他历史人物所作,如说《关雎》《葛覃》《卷耳》是周文王的后妃作的,《七月》《鸱鸮》《东山》是周公旦作的,等等(据《毛诗序》署有作者名的作品计三十五篇),实际上多是不可靠的。只有个别作品,因有特殊记载,又参之诗歌内容是可以确认的,如

---

① 关于这组"笙诗"为何有目无词,另一种说法是,这组诗是配笙乐器伴奏的,故称"笙诗",原本也同样有歌词,只是后来失传了。

② 《诗经》三百零五篇以外,被编余的诗称为"逸诗",现存的逸诗多为零章散句,从先秦古籍中还可以看到一些,如诸子书和《左传》《国语》等书都保存了一些,犹以见于《左传》者为最多。

《鄘风·载驰》是许穆夫人所作,是应该肯定的。①

《诗经》中各篇作品的年代,也难以具体指明,根据它们所反映的内容和作品风格等,现在也只能划一个大致的轮廓。一般地说,"周颂"时代最早,产生于西周初年,"大雅"的大部分诗也是西周初年的诗,小部分产生于西周后期。"小雅"和"国风"的少量作品产生于西周初年,大部分产生于西周末年和春秋时期。"鲁颂"是周平王东迁以后的作品。"商颂"的时代尚有争论,一般认为是东周宋国的作品,如司马迁《史记·宋世家》记载:

> 襄公之时,修行仁义,欲为盟主,其大夫正考父美之,故追道契、汤、高宗,殷所以兴,作商颂。

这是说春秋时代宋国大夫正考父,因见宋襄公用仁义来修身治国,想做诸侯国的盟主,很为赞同,于是追述宋人先祖的功德,说明当初殷人所以强盛的道理,作了"商颂"。但后世以至近代,也有不少学者认为"商颂"应是商代晚期之作。关于"商颂"年代一直没有统一的说法。故除"商颂"暂不论外,《诗经》中诗篇的时代,应上起西周初,下不晚于春秋中叶。②

二 《诗经》的结集和流传

《诗经》中的作品,从创作年代说,包括了上下五六百年;从产生地域说,有的出于王都,有的出于各诸侯国所领广大地区;从作者说,有贵族的创作,有流传在民间的口头歌谣。那么,这些作品是如何汇集在一起而编纂成书的呢?关于这个问题,"诗三百篇"本身和先秦古书中都

---

① 关于《载驰》一诗的作者及这篇诗的本事,见《毛诗序》与《左传》"闵公二年"所记载。
② 《诗经》中作品的年代多不可考,但它所收诗的年代断限,一般是由比较公认的产生得最早或最晚的几首诗来确定的。如《豳风》中的《东山》《破斧》据记载是反映"周公东征"的,周公东征在周成王三四年左右(前1113—前1112)。另外,周人祭先祖的颂诗,描写周人建国创业的《大雅》中的"史诗",按其内容当也产生在西周初。多数人认为《诗经》中最晚的诗是《陈风·株林》,它所反映的是"刺灵公"的事。据《左传》记载,陈灵公淫乱的事,在周定王七年(前600),相当于春秋中叶。

没有明确的记载,至汉代,历史学家则提出关于周代时有"采诗"制度的说法。

班固《汉书·食货志》记述说:

> 孟春之月,群居者将散,行人振木铎徇于路以采诗,献之太师,比其音律,以闻于天子。

这是说,每当春天来到的时候,集居的人群将散到田间去劳作,这时就有叫作"行人"的采诗官,摇着木铎(以木为舌的铃)在路上巡游,把民间传唱的歌谣采集起来,然后献给朝廷的乐官太师(乐官之长),太师配好音律,演唱给天子听。另外,同书《艺文志》中还记述说,古代设置采诗官采集诗歌,目的是出于"王者可以观风俗,知得失,自考正也"①。这些虽然出于汉代人的记述,可能还是有一定根据的。因为在古代交通十分不便的情况下,如果不是由官府来主持采诗工作,靠任何私人的力量来完成这样一部时代绵长、地域广阔的诗集采集工作,恐怕是不可能的。

至于当时统治者采诗的目的,即为什么要花力气广收这些民间诗歌,据设想,除了要考察人民的动向,了解施政的得失,以利于他们的统治以外,大约还有搜集乐章的需要。我们知道,周王朝是很重视所谓"礼乐"的("制礼作乐",是为了巩固等级制度、宣扬王朝声威以及贵族们耳目享乐的需要),按照当时的制度,举凡在一切祭祀、朝会、征伐、狩猎、宴庆等场合,都要举行一定的礼仪,在举行各类仪式、礼节的时候,就要配合演奏乐章。所以当时朝廷上,专门设有乐官"太师"等,乐官的职务就是负责编制和教演各种乐曲,供上述各个场合使用。可以

---

① 汉代记载"采诗"之说的还见于何休的《公羊传》注:"五谷毕,人民皆居宅,男女同巷,相从夜绩。从十月尽正月止,男女怨恨,相从而歌,饥者歌其食,劳者歌其事。男年六十,女年五十无子者,官衣食之,使之民间求诗,乡移于邑,邑移于国,国以闻于天子。故王者不出牖户,尽知天下所苦,不下堂而知四方。"(《公羊注疏》卷十六)关于"采诗"和"采诗"的目的,与班固《汉书》记载大致相同,惟说"采诗"者是男女年老无子者,而不是"行人"。或者方式不止一种,可参补。

想见,当时乐官们在编制乐章时,除了自己创制以外,一定还要利用或参考许多民间唱词和乐调,这样收集流传的一些民间乐歌作品,也会是他们经常的一项不可缺少的工作。当然,这是指《诗经》中的那些流传于各地的民谣俗曲说的。至于《诗经》中的那些颂诗和贵族文人所作的政治讽谏诗,当是另有来源,即通过所谓"献诗"的渠道,而汇聚到当时朝廷中来的。

根据《国语·周语》记载,周王朝是有让公卿列士(即贵族官员和文人)献诗的制度的。所谓"天子听政,使公卿至于列士献诗,瞽(盲艺人)献曲,史(史官)献书……"我们从《诗经》中的一些作品看,"献诗"的事也是确实存在的。如《大雅·民劳》:"王(指周厉王)欲玉女,是用大谏。"《小雅·节南山》:"家父(周幽王时大夫)作诵,以究王讻。"以及《大雅·崧高》"吉甫(即尹吉甫,周宣王时大臣)作诵,其诗孔硕"等等,说明公卿列士献讽谏诗或歌颂诗的事是存在的。此外,还有些诗是下层贵族文人或小官吏所写,这一类诗多属个人抒愤之作,即不是奉命作的,也不是为了进献而写的,它们所以能汇集到太师手里,大约和歌谣差不多,是从民间收集来的。至于那些专门用于祭神祭祖的"颂"诗,当是巫(掌管祭祀者)、史等有关职官奉命制作的。

那么,当时通过几种渠道,汇聚起来的作品一定很多,而现在我们所见的这部只有三百零五篇的诗集,是经过谁的汰选、整理成书的呢?古代最流行的说法是孔子曾经"删诗",是《诗经》的整理者和编订者。最早说起这件事情的是汉代的司马迁,他在《史记·孔子世家》中说:

> 古者诗三千余篇,及至孔子,去其重,取可施于礼义。

这是说,《诗经》三百零五篇诗,是孔子从流传的三千多篇古诗中选编出来的,他把那些重复的、于礼义标准不合的都删汰掉了。这个说法影响很大,但并不可靠。从宋代开始,许多学者进行考证,都表示怀疑,提出反对意见。最有说服力的理由,是他们考证出早在孔子以前,"诗三百篇"就已经定型了。如据《左传·襄公二十九年》记载,吴公子季札游鲁观周乐,鲁国的乐工为他演唱"风""雅""颂",而编排的次序和篇目与今本《诗经》差不多一样,而当时孔子还不满十岁。由此可以断定,今本《诗经》根本不可能是由孔子之手删定的。其他还有种种理由,如孔子自己及其弟子门人都从没有说过孔子有"删诗"的事等等。所以后来多数人已不相信孔子曾"删诗"的说法。

孔子"删诗"的说法虽不可靠,但《诗经》毕竟是经过一番删汰整理工作,才会有今天这个面貌。近代通行的说法是《诗经》删汰和编订工作,仍出于周王朝的乐师、乐工们之手。因为从三百篇都是乐歌这点来看,诗与乐官们的关系太密切了。他们既是当时乐歌的搜集者、保存者,又是乐歌的演唱者,出于工作上的需要,对汇集来的诗篇加以去取、加工,这是比较容易理解的。

在我们今天看来,《诗经》不过是一部可供阅读欣赏的古代文学作品。但在周代,诗的用途却很广,除了典礼、娱乐和讽谏等用诗以外,它还经常用在外交场合,用来"赋诗言志",即作为表达情意、美化辞令的工具。所以《周礼·春官》中又有"太师教六诗"①"以乐语教国子"的说法,这是说,乐官太师在当时还有用诗歌("乐语"即指诗)教国子(贵族子弟)的任务。"诗三百篇",也可能正是乐官太师为了教授国子而选订的课本。

春秋以后,周室衰微,诗乐分家,第一个以私人讲学身份出现的大学者孔子,更把"诗三百篇"作为政治伦理教育、美育以及博物学的教本。孔子曾经说过:

>小子何莫学夫诗?诗可以兴,可以观,可以群,可以怨。迩之

---

① "六诗",按《周礼》书中所指即风、赋、比、兴、雅、颂。故"教六诗",即可以理解为全面讲授《诗经》的意思。另外《毛诗序》又称"六诗"为"六义":"故诗有六义焉:一曰风,二曰赋,三曰比,四曰兴,五曰雅,六曰颂。"关于"六义",历来有不同的解释,按唐代孔颖达《毛诗正义》(卷一)的说法是:"风、雅、颂者,诗篇之异体;赋、比、兴者,诗文之异辞耳。大小不同,而并得为'六义'者,赋、比、兴是诗之所用,风、雅、颂是诗之成形。用彼三事,成此三事,是故同称为'义'。"大意是说,风、雅、颂是指诗篇不同的类型、体制,赋、比、兴是指不同的修辞手法,两者相辅相成,而构成《诗经》的全部"义理"。

事父,远之事君;多识于鸟兽草木之名。(《论语·阳货》)

又说:

不学诗,无以言。(《论语·季氏》)

这两段话是孔子劝他的学生和儿子学诗的。意思是说诗的功用很多,读诗可以培养联想力,可以提高观察力,可以锻炼合群性,可以学得讽刺方法。近则可以运用其中的道理来侍奉父母,远则还可以用来服侍君王;而且会多多认识鸟兽草木的名称。另外又说,如果不学诗,就不会说出优美动听的话来。正是由于孔子对"诗三百篇"的重视和推崇,使《诗经》这部书得以留传后世并产生广泛影响。

先秦古籍,在秦始皇"焚书坑儒"和楚汉相争的战火之后,散失很多。但《诗经》由于是口头讽诵的诗,因此得以比较完整地保存下来。汉代传习《诗经》的有鲁、齐、韩、毛四家,即后世所谓的"四家诗"。《鲁诗》是因鲁人申培而得名的。《齐诗》出于齐人辕固生。《韩诗》出于燕人韩婴。《毛诗》是由其传授者毛公而得名的。前三家在西汉时代即已立于"学官"(由朝廷立为正式学习的科目),《毛诗》出现得较晚,东汉时方立于学官。但《毛诗》一派却后来居上,影响颇大。《毛诗》盛行,鲁、齐、韩三家诗便逐渐衰落,他们所传授的本子也亡佚了。[①] 现在我们读到的《诗经》,就是《毛诗》,即汉代毛公讲解和流传下来的本子。这样,所谓《毛诗》对我们研究《诗经》的关系是很大的,因此,需要附带讲一下关于《毛诗》和《毛诗序》的问题。

前边已经说过,《毛诗》因毛公而得名;但毛公又有大毛公、小毛公之分。据三国时吴人陆玑在《毛诗草木鸟兽虫鱼疏》一书中说,所谓大毛公,是指战国时代荀子的学生鲁国人毛亨,而小毛公则指赵国人毛

[①] "三家诗"亡佚的情况,大致是:《鲁诗》亡于西晋,《齐诗》亡于三国魏,《韩诗》亡于宋。《韩诗》,据《后汉书·儒林传》有"《内外传》数万言",今仅存《韩诗外传》一书。后世辑三家诗佚文并加以考订、注解的有清陈乔枞《三家诗遗说考》、王先谦《三家诗义疏》等。

苌。毛亨曾作《诗诂训传》①，后传授给毛苌，东汉时立于"学官"（参见郑玄《诗谱》）。

那么，我们经常讲到的《毛诗序》是怎么回事呢？《毛诗序》也就是《毛诗》的"序言"。前人把冠于全书的序言称《大序》，把每篇类似题解性质的短文称《小序》。关于诗序的作者，历史上也说法不一。例如汉代郑玄认为《大序》是子夏所作，《小序》是子夏、毛公合作。南朝刘宋时代范晔则认为是东汉光武帝时代卫宏所作。这一直是经学史上一个有争论的问题。

《毛诗序》否认和贬低民歌，论诗总是把每一篇诗和历史上的人物或事情比附起来，因此往往是牵强附会，并无可靠根据地发挥一通。特别是在解诗时，抱着浓厚的儒家成见，对许多优秀作品都进行歪曲解释，以便符合儒家的封建说教。因此，我们今天来学习和研究《诗经》，是不能依它的解释为据的。但诗序在讲诗时，提出了一些文学理论上的问题，如比兴、美刺等，对后世文学思想的发展有很大影响。而我们学习《诗经》，对于古代《诗经》的传授和学派也应该有所了解，因此，讲一讲这方面的知识还是有必要的。

第二节 《诗经》民歌的思想内容

《诗经》中"十五国风"的大部分和"小雅"中的一部分作品，原本是流传在人民口头上的民歌，是劳动人民的集体创作。和所有民间创作一样，它是劳动人民的理想和智慧的结晶，具有高度的思想性和艺术性。《诗经》中这部分直接来自劳动人民的作品，是全书的精华所在，

---

① 关于《诗诂训传》的名称，据唐孔颖达《毛诗正义》说："毛以《尔雅》之作多为释诗，而篇有《释诂》《释训》，故依《尔雅》而为诗立传。传者，传通其义也。《尔雅》所释十有九篇，独云诂训者，诂者，古也，古今异言，通之使人知也；训者，道也，道物之貌以告人也。"可知"诂训"，是诠释考证文字、名物。"传"，是申说、发挥义义。《诗诂训传》，又简称"毛传"。又按，孔颖达《毛诗正义》又统称"孔疏"，全书七十卷，是以"毛传""郑笺"为基础，吸取汉魏六朝以来《诗经》研究成果而成，是研究《诗经》的重要参考著作。

值得我们倍加珍视。

下面,我们首先分几个方面来介绍《诗经》民歌的思想内容。

一　反剥削、反压迫的诗篇

阶级剥削和阶级压迫,是一切阶级社会的本质特征。而在奴隶社会,这一本质特征表现得更为残暴和野蛮。奴隶们成年累月地劳动,却得不到基本的生存权利。《诗经》"国风"中的许多作品,反映了这一时代劳动人民的痛苦生活,表现了他们的不满,以及深刻的仇恨和愤怒的反抗情绪。这部分的主要代表作品有《豳风·七月》《魏风·伐檀》《硕鼠》等。

《豳风·七月》是西周初年豳地的奴隶所作的诗歌①,它反映了当时奴隶们一年到头的繁重劳动和无衣无食的悲惨境遇。全诗八章,每章各十一句,这在《诗经》中是较长的了。

全诗基本上是按季节的先后,逐季逐月地来写男女奴隶们的劳动和生活的。可能是因诗长,年代久远,有某些错简的地方,但全诗八章,基本次序还是清楚的:首章写冬去春来,奴隶们开始下田,是一年农事的开始;其间按顺序写一年中种田、采桑、打猎、修屋、收获等各种繁重劳动;最后,写奴隶们年终为奴隶主准备祭品,并高呼颂词,作为全诗的结束。这种按时序叙事的手法,很像后世民歌中的四季调或十二月歌。

《七月》这首长诗,向我们展示了一幅古代奴隶社会的图景。在那个残酷的社会里,男女奴隶们一年到头无休止地劳动,他们从正月就开始修整农具,寒冬二月就下田劳动,接着是采桑养蚕、纺织、染帛、收获、打猎、筑场、造酒,还要给剥削者服各种劳役如修房、凿冰等等。一年辛苦到头,劳动成果全被剥削者霸占去了,而自己却无衣无食,在死亡线上挨延岁月。在奴隶社会,奴隶是没有人身自由的,诗中写"女心伤

---

①　豳地是周早期发祥地区,在今陕西旬邑县、彬县一带。周平王东迁以后,其地属秦国,故今存《豳风》诗七篇,皆应属西周时代作品。

悲,殆及公子同归",即他们的妻女,时时还要担心有被奴隶主抢走和糟蹋的危险。这就是当时社会阶级压迫状况真实、形象的概括。

《七月》这首长诗,语言朴实无华,它就像一位被压迫的老年奴隶,面对面地向人絮说着自己的生活境况,倾诉着血泪斑斑的遭遇。他对于自己和全家年复一年的繁重劳动和极端悲苦的生活经历,说得是那么周全,这些事仿佛久已积聚心头,一吐为快。在诉说中,并没有强烈的愤懑色彩,只是偶尔夹杂着怨叹。但他摆出来的事实,是那么清楚,那么有说服力地揭示了奴隶主的罪恶,读后,不能不令人感到奴隶制的残酷。

这首诗在形式上是按照季节时令来写的,这种写法特别适合表现从事农桑劳动生产的奴隶生活的内容。诗中又以一连串的物候特征,来表现节令的演变,如"七月流火,九月授衣""春日载阳,有鸣仓庚""春日迟迟,采蘩祁祁""四月秀葽,五月鸣蜩"等等,使全诗充满了自然风光和强烈的乡土气息。特别是第五章:"五月斯螽动股,六月莎鸡振羽,七月在野,八月在宇,九月在户,十月蟋蟀入我床下。"用昆虫的鸣叫和蟋蟀的避寒迁徙,非常形象地表现了季节的变迁,表现了秋去冬来,严寒将至;另一方面结合下面堵鼠洞、涂门隙的描写,也表现了奴隶们院落、住室的荒凉,此可谓一鼓双敲的写法。

《七月》这首长诗,用铺叙的手法写成,它按照季节,详尽地铺写奴隶们从年初到年终的生活内容,摆了事实,但又不是完全客观的态度,而是终篇围绕着一个"苦"字。从春到冬,各项沉重的劳动压在身上,简直使他们没有喘息余地,其劳苦已到了无以复加的地步。其次,诗中写他们虽然种田、养蚕、打猎、凿冰,从事各种劳动,但到头来却衣不蔽体,食不果腹,靠吃苦菜、住破屋挨延岁月,其穷苦也到了无以复加的地步。另外,他们没有任何人身自由,"女心伤悲,殆及公子同归",他们的妻女还要时时担心受到突来的侮辱,其悲苦的心境也到了无以复加的地步。这正是一首哀伤痛苦的奴隶之歌。但值得我们悉加体味的是,这首诗在哀哀诉苦的同时,也表现了一定的清醒的阶级意识。如诗中写他们在严寒尚未退尽的二月,就被驱赶下田劳动,连家中的妇女和小孩也都忙碌着,在这艰辛劳苦的画面上,却出现了"田畯至喜"的描述,他是唯一有笑脸的人。诗中作这种对比的描写,不正是在有意识地揭示阶级对立的社会中,苦乐是如何的不均吗?在风和日暖的春天,年轻姑娘们"遵彼微行,爰求柔桑",顺着田间小路,持筐去采鲜嫩的桑叶,劳动是辛苦的,但满身披着温暖的阳光,听着黄莺婉转的鸣叫,不会不产生愉快的感情,但她们心上却又笼罩着阴影,因为那班荒淫的贵族公子,可能正窥伺着她们,使她们猝不及防地受到蹂躏。这样的描写,不正是有意识地在对那些兽性、兽行的贵族们进行控诉吗?他们爬山穿林地去打猎,狐狸、野猪大小猎物并不少,但上好的皮毛,却穿在公子身上,肥大的野兽,却被迫送到奴隶主的家里;他们春种秋收,"黍稷重穋,禾麻菽麦",所在多有,但"十月纳禾稼",所有谷物却一起堆进了奴隶主的粮仓。这种描写,不正是有意识地在揭示他们一无所有的原因吗?作者在诗中正是通过这种深刻的揭露,并有意地把奴隶与奴隶主两种截然不同的生活状况放在一起相对照,从而暴露和鞭挞了社会严重的不平。

如果说《七月》中所描写的劳动人民形象还是比较驯顺的,只一般地倾诉了受苦受难的哀怨,那么我们在《魏风·伐檀》和《硕鼠》等诗中,就可以听到他们愤怒以至反抗的声音了。

伐　檀

　　坎坎伐檀兮,寘之河之干兮,河水清且涟猗。不稼不穑,胡取禾三百廛兮?不狩不猎,胡瞻尔庭有县貆兮?彼君子兮,不素餐兮!

　　坎坎伐辐兮,寘之河之侧兮,河水清且直猗。不稼不穑,胡取禾三百亿兮?不狩不猎,胡瞻尔庭有县特兮?彼君子兮,不素食兮!

　　坎坎伐轮兮,寘之河之漘兮,河水清且沦猗。不稼不穑,胡取禾三百囷兮?不狩不猎,胡瞻尔庭有县鹑兮?彼君子兮,不素飧兮！

《伐檀》是魏国的民歌。魏国册封地在今山西省芮城附近。

这首诗三章都以叙述伐檀木起头,这当是干着繁重伐木劳动的奴隶,一边劳动,一边想到社会的不平,而随口唱出来的歌声。全诗三章,采取了回旋复沓的手法,使思想和感情得到畅快的倾泻。

全诗三章的开始三句,都是写伐木劳动的艰辛和周围的场景。"坎坎",是用斧砍木发出的沉重的声音。檀木的木质很硬,古人用以造车。伐檀造车的劳动十分繁重,全诗首先写出劳动的艰辛,接着写他们想到自己每天都从事着沉重的劳动,却过着缺食少衣的生活,而那些奴隶主们,从不知稼穑之艰、狩猎之劳,却坐在家里吃着美餐佳肴,过着养尊处优的生活。于是不平之气,陡然而起,他们向奴隶主,也是向当时不平的社会,提出了尖锐的责问:那些从不下地种田、不从事收割劳动的人,为什么家里的谷物却堆满了仓房?那些从不冒暑临寒、上山入林打猎的人,为什么飞禽走兽却挂满了庭院?显然,这些问题的提出,并不是由于不理解。因为在这些歌唱的劳动者看来,劳动的果实是应该由劳动者所享有,而不劳者是无权得到的,但眼前的社会现象却完全相反,因而感到极大的不平和气愤。"不稼不穑,胡取禾三百廛兮?不狩不猎,胡瞻尔庭有县貆兮?"这是对奴隶主贵族们不劳而获的罪行的愤怒揭露,是站在劳动者的正义立场上,对剥削者们理直气壮的质问。在质问之后,诗人写道"彼君子兮,不素餐兮",你们这些贵族老爷们呵,是不白吃饭的呵! 前面说他们不劳而获,这里又说他们不白吃饭,显然说的是反话,是一种反语相讥。奴隶主贵族们,对其剥削行为自会有一套堂而皇之的理由,自会把自己打扮得高尚清白,而"彼君子兮,不素餐兮"这话,正是对那班自命为"君子"的人所作的嘲讽和讥笑,出语是十分机智、辛辣的。

《伐檀》一诗的思想高度就在于,它反映了不合理的阶级社会所共有的基本现象:生产者不是所有者,所有者不是生产者。同时,诗中不是在哀伤的诉苦,而是用讽刺、蔑视以至嘲笑的态度,向剥削阶级提出诘问,进行说理,表现了劳动人民的正义立场和真理在胸的高大形象。

这首诗的艺术性也是很强的。诗歌一开始就用"坎坎"这一象声词,写出了伐木劳动的艰辛和繁重;接着用一系列反问的语气,揭露了统治者不劳而食的真相;最后则以嬉笑怒骂的口吻,昭示出那些高高在上、自命不凡的"君子"们的原形。全诗风格寓庄于谐,句式参差灵活,舒卷自如,十分生动活泼,富于感染力。

硕 鼠

硕鼠硕鼠,无食我黍!三岁贯女,莫我肯顾。逝将去女,适彼乐土。乐土乐土,爰得我所!

硕鼠硕鼠,无食我麦!三岁贯女,莫我肯德。逝将去女,适彼乐国。乐国乐国,爰得我直!

硕鼠硕鼠,无食我苗!三岁贯女,莫我肯劳。逝将去女,适彼乐郊。乐郊乐郊,谁之永号?

《硕鼠》也是魏国的民歌。据《毛诗序》说:"硕鼠,刺重敛也。国人刺其君重敛,蚕食于民,不修其政,贪而畏人,若大鼠也。"这是一首写奴隶不堪忍受奴隶主的剥削和压迫,准备远走逃亡的诗。在奴隶制社会,奴隶逃亡是常有的事,这也是一种反抗行动。奴隶制社会后期,大量的奴隶逃亡,曾是促使奴隶制解体的重要原因之一。诗中把奴隶主统治者比作专门侵夺别人劳动果实的大老鼠,对统治者无耻的掠夺进行了揭露和谴责,同时,还写了人民要相率逃亡、去寻找自己的"乐土"(理想的地方),虽然这种"乐土"在当时以至千百年的人剥削人、人压迫人的社会里,根本是不存在的,但它表达了人民对摆脱阶级剥削和压迫的强烈要求和美好的理想。

这首诗共分三章,每章八句。三章都以"硕鼠硕鼠"开端,直呼奴隶主剥削阶级为贪婪、可憎的大老鼠,充分表现了被压迫、被剥削者对奴隶主的憎恨。接着诗中强烈地谴责了奴隶主统治者的剥削行为和忘恩负义的本性。从"无食我黍""我麦"到"我苗",说明统治者的无所不贪和贪而无厌,也说明奴隶们被剥削的深重,举凡一切劳动果实,都被统治者们所吞没。从"莫我肯顾""肯德"到"肯劳",则是对奴隶主统治者们残忍无情的揭露。奴隶们长年的劳动,用自己的血汗养活了奴隶主,而奴隶主则无一丝感念,完全把奴隶的生死置之度外。奴隶主们的这种残酷剥削和冷酷无情,怎能不令人感到愤恨呢?诗的每章的后半段,即从"逝将去女"以下,则集中表现了人民对自由、幸福的向往,他们幻想着能够摆脱被压榨的困境,得到一块幸福的"乐土"。在这块"乐土"或"乐国""乐郊"中,他们"爰得我所",可以安居乐业;"爰得我直(值)",一切劳动可以直接归自己所有。全诗最后说,在这样的理想的土地上或国家里,"谁之永号"?再也没有谁会过啼饥号寒的生活,再也不用伴随着哀伤叹息过日子。

这首诗的主要特点,是不仅写出了被压迫者、被剥削者对奴隶主和奴隶主剥削制度的憎恨,同时还表达了人民摆脱和消灭剥削制度的理想,及在愤怒中要求变革现实的强烈愿望。正是这种理想和愿望,千百年来曾成为无数奴隶大起义、农民大起义的动力。这首诗不仅写出了痛苦,也写出了反抗(虽然还不是暴力的反抗);不仅写出了不堪忍受的现实,也写出了追求和理想。因此,它比起单纯揭露性的作品,有更高的思想意义,有更大的鼓舞力量。

二 反映徭役、兵役痛苦的诗篇

统治阶级除了对人民的劳动果实进行直接掠夺以外,还经常发动战争和驱使人民服各种劳役,使人们经年在外,四处奔波,过着非人的痛苦生活。《诗经》民歌中有许多就是反映官府拉伕逼差,以及"征夫"们在外的痛苦遭遇和怨恨情绪的。《齐风·东方未明》:

> 东方未明,颠倒衣裳。颠之倒之,自公召之。
> 东方未晞,颠倒裳衣。倒之颠之,自公令之。
> 折柳樊圃,狂夫瞿瞿。不能辰夜,不夙则莫。

这首诗写天还未明,虎狼之吏就堵门来拉差,狐假虎威地拿官府的命令威吓人民,稍微开门慢了些,就踏破院篱,发狂发怒地大喊大叫,就这样,弄得人民日夜悬心,不得安生。这首诗形象地写出了当时官府欺压人民,急如星火地雇逼人民出差上路的情形。被拉当差的人,在外边更是忍饥受寒,劳累奔波,过着完全非人的生活。《小雅·何草不黄》一诗,则写出了人民在外行役的痛苦和怨愤情绪:

> 何草不黄,何日不行!何人不将,经营四方。
> 何草不玄,何人不矜,哀我征夫,独为匪民!
> 匪兕匪虎,率彼旷野。哀我征夫,朝夕不暇!
> 有芃者狐,率彼幽草。有栈之车,行彼周道。

诗中用玄黄的枯草,比喻长年在外奔走的征夫们憔悴劳损的样子。诗中诉说当时统治者为了"经营四方",拉伕派差,无一人可以幸免,征夫们无一日不在路途奔波。可见当时从役者之众,劳役之辛苦。诗人不禁质问统治者说"匪兕匪虎,率彼旷野",我们又不是野牛、老虎,为什么总像走兽似地驱遣我们在旷野里奔走?而且还激愤地责问说:"哀我征夫,独为匪民!"难道我们这些可怜的征夫,唯独不算人吗?这首诗真实地反映了当时一般服役者的悲哀和怨情。

兵役和劳役不仅给服役者本身带来重大痛苦,而且破坏了正常的生产和家庭生活,弄得田园荒芜,使青壮男子无法养家活口,年老的父母无人奉养,而陷于难以存活的境地。《唐风·鸨羽》就是对这一方面情况的沉痛控诉,如其首章云:

> 肃肃鸨羽,集于苞栩。王事靡盬,不能艺稷黍。父母何怙?悠悠苍天,曷其有所!

诗人用鸨鸟不稳定的栖息比喻人民苦于劳役而不得休息。然后说,官差没完没了,使自己无法回去种地,这样让家中年迈体弱的父母去依靠谁呢?服役者情急而呼天,发出了"悠悠苍天,曷其有所"的怨叹。这是一种裂人肺腑,令人闻之落泪的声音。这首诗直抒服役者的苦难遭遇和悲切心境，格调悲婉愤激，感人至深。

在反映征人思想感情的作品中，《豳风·东山》是一首著名的诗篇：

> 我徂东山，慆慆不归。我来自东，零雨其濛。我东曰归，我心西悲。制彼裳衣，勿士行枚。蜎蜎者蠋，烝在桑野。敦彼独宿，亦在车下。
>
> 我徂东山，慆慆不归。我来自东，零雨其濛。果臝之实，亦施于宇。伊威在室，蠨蛸在户。町畽鹿场，熠燿宵行。不可畏也？伊可怀也。
>
> 我徂东山，慆慆不归。我来自东，零雨其濛。鹳鸣于垤，妇叹于室。洒扫穹窒，我征聿至。有敦瓜苦，烝在栗薪。自我不见，于今三年。
>
> 我徂东山，慆慆不归。我来自东，零雨其濛。仓庚于飞，熠燿其羽。之子于归，皇驳其马。亲结其缡，九十其仪。其新孔嘉，其旧如之何？

这首诗是西周初年周公东征时的作品，是一首赞美周公慰劳出征将士的诗，所谓"周公东征，三年而归，劳归士，大夫美之，故作是诗也"。《诗经·豳风》中的诗篇，产生的时代一般较早，其所说的时代是可信的；但从诗歌内容看，这首诗绝不是美周公的"劳归士"，相反地，是写一个久役在外的征夫，诉说自己归途的痛苦生活，抒写自己想念家乡、想念亲人的诗篇，其中正流露和表达着一种反战情绪。

全诗四章，首章写这位东征的士兵，在随军归来时又悲又喜的心情，以及一路露宿的艰苦生活。第二章，写他想象中自己家园破落、荒凉的情况。第三章，写征人想象他的妻子听说他将要回来，扫屋以待，以及见面后的情境。第四章，写征人不由得重温起与妻子新婚时喜庆热闹的场面，兼写他对妻子的想念之情。全诗通过对一个远征士兵役满回乡时的种种心理描写，表现了人民对战争的憎恶，对过和平生活的热烈向往。第一章中,写他告别了多年在外的兵役生活即将西归时,心情是十分矛盾复杂的:"我东曰归,我心西悲。制彼裳衣,勿士行枚。"多年渴望归家过和平生活的愿望能够实现了,但蓦地兜上心头的却是一种说不出来的辛酸、悲楚的感情。这是一种非常曲折而复杂的心理,是只有在特别痛苦的经历中挣扎过来的人才会产生的一种特殊感情。第二章,写征人虽庆幸自己得以生还,但想象多年不归的家园大约早已荒芜不堪:"果裸之实,亦施于宇。伊威在室,蠨蛸在户。町畽鹿场,熠耀宵行。"这里是说,野生的瓜果挂满了屋檐也无人过问,土鳖虫满屋爬,蜘蛛结网封住了房门;庭院成了野生动物出没的地方,晚间磷火飘来飘去,是一片冷落、荒凉、萧条的景象。这不仅是征人的想象,当时战争频繁,年轻的丁壮都被拉去服役,人民生活遭到破坏,家乡田园荒芜、废弃是必然的,这正是战争严重破坏社会经济的一个缩影。虽然如此,征人对自己的家园还是充满着怀念、热爱之情的:"不可畏也?伊可怀也。"破落的家园,荒凉的景象,岂不令人望而生畏?但他觉得仍然值得自己怀念。这种朴素、深厚的感情,也是十分令人感动的。诗的后两章,写征人对妻子的怀念,更唤起了他对新婚时许多美好生活的回忆,感情起伏回荡,细致曲折,但给人感受最强烈的还是人民对当时不合理兵役制度的深恶痛绝与对和平安定生活的向往和热爱。这是一首非常生动、具体的反战诗篇。

这首诗在艺术上也颇为成功,很有特色。例如全诗四章,都以"我徂东山,慆慆不归。我来自东,零雨其濛"开端,这是以景来渲染情。它让我们看到,一个久留在外的征人,在淫雨霏霏中,践踏着一路的泥泞往家赶路的情景。这蒙蒙的细雨,阴沉的天气,自东及西的遥远的行程,给人一种凄苦、悲凉的感受。故这开端的诗句,既是景语,也是情语,它和征人的悲苦遭遇、凄楚心境是一致的。这开端四句重复地出现,显然为全诗创造了意境,渲染了气氛。再从全诗构思上说,它不是平铺直叙地写征人路途上的见闻,而是用想象、回忆来展现出一幅幅图景。它写征人家乡的荒凉,写家中妻子对征人的怀想,还借对新婚时的回忆,写出了征人今昔的无限感慨之情。全诗对征人心理的刻画十分细致深刻,表达的感情曲折动人。

另外,劳动人民这方面的痛苦遭遇,也常常在一些思妇的题材中得到表现。如《卫风·伯兮》,《毛诗序》说:"《伯兮》,刺时也。言君子行役,为王前驱,过时而不反焉。"这正是写妻子怀念远方征人的作品。全诗四章:

> 伯兮朅兮,邦之桀兮。伯也执殳,为王前驱。
> 自伯之东,首如飞蓬,岂无膏沐,谁适为容?
> 其雨其雨,杲杲出日,愿言思伯,甘心首疾。
> 焉得谖草,言树之背,愿言思伯,使我心痗!

首章写她的丈夫多么英武,是全邦国内杰出的人才。这一夸赞叙述,显示出妻子对丈夫的倾心、钦佩和自豪,同时也为她深切的思念之情作了预示。接着女主人公说自从亲人离开以后,自己整天愁容满面,无心打扮,生活中失去了一切欢乐。思念亲人使她感到万分痛苦,好像连老天也跟她作起对来,一切都事与愿违。她似乎已经控制不住自己了,长久的思念已弄得她头胀目眩,但即使如此,她仍是甘心情愿地去想。末章则写她希望寻求到谖草(忘忧草)来使自己忘忧,实际上这正反映出其痛苦难耐的情况。这首诗极深刻形象地写出了一位思妇的痛苦心曲。另外,《王风·君子于役》也是一篇思妇词,主人公是一个山村的普通劳动妇女,丈夫在外服役长久不归,从而抒发了她深切的思念之情。诗仅两章,但十分真挚动人:

> 君子于役,不知其期。曷至哉?鸡栖于埘,日之夕矣,羊牛下来。君子于役,如之何勿思?
> 君子于役,不日不月。曷其有佸?鸡栖于桀,日之夕矣,羊牛下括。君子于役,苟无饥渴?

这首诗对景物的描写十分单纯,语言也极为朴实,但感人至深。诗首先以"君子于役,不知其期"开端,写丈夫去行役,但不知道他何时才能归来,表现了对久役不归的丈夫的思念。接着用"曷至哉"(何时才能回来呢)一语,质朴地表达了对远方人不能自已的怀念之情。下面写正当日暮时分,夕阳西下,鸡儿归巢了,牛羊也从山上牧场回圈了,在这薄暮降临之时,她感到更加孤独,"君子于役,如之何勿思?"丈夫行役久久不归来,叫我怎能不想他呢?诗的第二章,语句基本相似,只在结语换了"苟无饥渴"(但愿他在外不遭饥受渴)的话,使单纯的思念深化为对丈夫的美好祝愿。这首诗完全用白描的手法写成,对物象没有精雕细刻,对感情也只是直白地写出,却把最真挚、最美好的内在感情充分地表现了出来,表达了一种纯真、质朴之美,这正是《诗经》优秀民歌的典型特色。

《诗经》中写思妇的作品与写劳人服役的作品,实际表达的是一个社会问题,外有征人,内必有思妇。统治者驱使大批壮丁去"经营四方",服劳役、服兵役,必然造成许多家庭不能团聚。《诗经》中这些写征人、写思妇的诗篇,深刻地揭露了统治阶级带给人民的痛苦和灾难,表达了他们渴望过和平、正常劳动生活的愿望。

三 反映爱情和婚姻问题的诗篇

以恋爱和婚姻为题材的作品在《诗经》中占很大比重,其中有不少是清新可喜,具有优美情思,打动读者心弦的优秀之作。过去的经学家常常对它们进行歪曲的解释,或不承认它们是歌唱自由爱情的作品,如"毛传"把《周南·关雎》一诗解释为什么写"后妃之德";或者承认它们为民间爱情诗,但又诬蔑为什么"淫奔",总是千方百计地歪曲它们的内容,来为维护礼教服务。我们今天自应恢复它们的本来面貌,并给予正确的评价。

《诗经》中大量的爱情作品,多方面地反映了男女恋爱生活中的各种情境和心理,有的也反映了一定的社会问题。归纳起来有这样一些内容:有的描写了在爱情中大胆的追求和坦率的表白,有的描写了男女在一起游戏时的快乐与幽期密约时的兴奋和不安,有的描写真挚的相爱和刻骨的相思以及遇到波折时失恋的痛苦,也有的描写在受到外来干涉时的强烈反抗情绪,其感情大都是十分淳朴、热烈、率真、健康的。这些爱情诗篇,反映面十分广泛,有关青年男女爱情生活中的各个方面几乎在作品中都得到了毫不掩饰的反映。

《诗经》中的头一篇《周南·关雎》,就是一首有名的情歌。诗中主人公热恋着一位在河边采荇菜的姑娘,为了她,竟至长夜无眠"辗转反侧"。但他并没有沉浸在愁苦的情绪里,而是想象总有一天把她娶过来,共同过着琴瑟、钟鼓般相互协谐的欢乐幸福生活。他写自己的相思之情是坦率的、大胆的:"窈窕淑女,寤寐求之。求之不得,寤寐思服。悠哉悠哉,辗转反侧。"他毫不掩饰自己的感情,也毫不掩饰自己的愿望。这种朴实的感情和大胆的表露,是只有民间情歌中才会有的。

《邶风·静女》一诗,是写情人幽会的:

> 静女其姝,俟我于城隅。爱而不见,搔首踟蹰。
> 静女其娈,贻我彤管。彤管有炜,说怿女美。
> 自牧归荑,洵美且异。匪女之为美,美人之贻。

这首诗先写赴约,后写女子向男子赠物来表示爱情。全诗充满着愉快而幽默的情趣。

第一章的开端说"静女其姝,俟我于城隅",一个善良美丽的姑娘,在城的角楼上等我。朴实的两句,却写出了男子赴约时的得意和愉快的心情。但接着写情况却出现意外,到了见面地点时,并不见姑娘的身影,这下急坏了他,结果害得他抓耳挠腮,不知所措。

第二、三章写姑娘终于露面了,原来她并不是爽约,而是故意藏起来逗着他玩。会面后,姑娘把一枝小草(彤管,指管状的初生小草)递给他,说是送给他的礼物,故意试一试他,他却双关地说,这棵小草美极了。接着姑娘再把从牧场采来的荑草递给他,他也故意地表示吃惊,说这草美得出奇,但并不是这草本身美,而是"美人之贻",因为是美人送的。

这首小诗,把民间青年男女在一起时的那种天真活泼、互相逗趣的情境写得活灵活现。一个故意惹逗,一个语带双关地凑趣,其开朗的性格、深厚的感情、愉快的情绪,跃然纸上。

另外,写情人在一起欢会的诗还有著名的《郑风·溱洧》。《溱洧》一诗,生动地描述了三月上巳之辰,郑国青年男女在溱、洧河畔,相伴游春、嬉戏谈爱的情景:"溱与洧,方涣涣兮。士与女,方秉蕳兮。女曰观乎?士曰既且。且往观乎?洧之外,洵訏且乐。维士与女,伊其相谑,赠之以勺药。"诗中写正当春水"涣涣",春光明媚的季节,溱、洧河边,士女如云。一对爱侣手持香草,也穿行在这游春的热闹场面里。诗中还生动有趣地写了她们的对话。姑娘说:"去看热闹吧?"小伙子回答说:"已去过了。"姑娘说:"还是陪我再去看会儿吧,洧水岸边,地方广阔,可好玩儿呢!"于是两人边走边相互调笑,并以芍药花相赠,传达爱慕之情。诗中生动地反映出男女自由相爱的欢乐,他们热情、亲昵,但不轻佻;特别是还表现出那位姑娘主动、热情和开朗、大方的性格。

情人相会在一起,是欢乐的、幸福的,但分别时,对于热恋中的爱侣来说,就是惆怅难挨了。如《王风·采葛》一诗,用"一日不见如三月兮",来表达不得会面时的真挚相思之情,接着更用"如三秋兮""如三岁兮"的极度夸张言词,来表达离别时度日如年的痛苦。《秦风·蒹葭》则表现了对远方的意中人可望而不可即的苦恼:

> 蒹葭苍苍,白露为霜。所谓伊人,在水一方。溯洄从之,道阻且长;溯游从之,宛在水中央。

全诗三章,只换少许字词,反复咏唱,这是诗中的第一章。诗以"蒹葭苍苍,白露为霜"发端,首先描写了一幅秋苇苍苍、露重霜浓的清凉景色。正是身当此时此景,诗人写他牵肠挂肚地思念起自己所向往和爱慕的人。但只见一片秋景寂寂,秋水漫漫,而人在何处呢?"所谓伊人,在水一方。"旧注:"伊人,犹彼人也。"(朱熹《诗集传》)这是对感情无间的人一种亲密的称呼。这句是说自己意想中的人远隔秋水,遥遥不得相会。于是想去追寻她,以期欢聚。但"道阻且长",路远水阔,又多险阻,难以到达,因而兀自在水边徘徊往复,神魂不安。最后在寻来觅去中,他忽然觉得所爱的人宛似就在前面流水环绕的小岛上,只是人影迷离,似真不真,似假不假,可望而不可即,无法到达她的跟前。这显然写的是一种痴迷的心境。

这首诗写恋爱中一个痴情人的心理和感受,十分真实、曲折、动人,而在艺术上也表现出很高的成就。全诗三章都用秋景起兴,把一片水乡清秋的景物与委婉、惆怅的相思感情交铸在一起,渲染了全诗的气氛,创造了情景交融的意境。古人说:"关情者景,自与情相为珀芥也。情景虽有在心、在物之分,而景生情,情生景,哀乐之触,荣悴之迎,互藏其宅。"(王夫之《姜斋诗话》)这首诗三章都用秋水岸边、凄清的秋景起句,作为开端,所谓"蒹葭苍苍,白露为霜""蒹葭凄凄,白露未晞""蒹葭采采,白露未已",这是诗人所见的客观景物,但诗人把这样的景蓄意裁入诗中来,又何尝与诗人的情没有关系呢?它正是与诗人困于离情别绪之中的凄婉心境相一致的。换过来说,诗人凄婉的心境,也正是借这样一幅秋凉之景得到渲染、烘托,得到较为具体的表现。另外,《蒹葭》一诗,又是把实情实境和想象、幻想结合在一起,用虚实互相生发的手法来加强抒情写物的感染力的。如诗首先写秋景,写爱人路远难寻,结尾却用"宛在"一转,似乎爱侣就在面前。显然,这里写的是一种想象,而这一想象、这一虚幻之景的出现,却正深刻地写出了一个痴情者的心理状态,写出了对所爱者的强烈感情。

爱情是人类生活中的一个重要方面。《诗经》中的爱情诗歌,大部分体现了劳动人民的思想感情,是以真挚、热诚、忠贞为特点的;他们无论是相会、相离,感情总是表现得那么纯洁、朴实、健康,与上层社会的那种放荡、庸俗、虚伪以至矫饰之态恰成对比。

有证据表明,当时男女青年的恋爱和婚姻,已经受到礼教的束缚和干预了。《齐风·南山》诗中就有"取(娶)妻如之何?必告父母""娶妻如之何?匪(非)媒不得"。但礼教的压迫和束缚,窒息不了青年男

女对自由爱情和幸福婚姻生活的向往,于是就产生了冲突。《鄘风·柏舟》就是一首反抗家长干预、追求婚姻自由的作品:

> 汎彼柏舟,在彼中河。髧彼两髦,实维我仪。之死矢靡它。母也天只,不谅人只!
>
> 汎彼柏舟,在彼河侧。髧彼两髦,实维我特。之死矢靡慝。母也天只,不谅人只!

诗中的少女,热恋着一个青年,但她母亲却强加干涉,从而激起她的怨愤和反抗。全诗两章,以行驶在中河的船只起兴,有顺流而下、势不可返的意味。接着写,只有那个垂着髦发的青年才是自己选择的配偶,并发出"之死矢靡它"的誓言,表示至死绝不改变主意。全诗很简短,但所表达出的感情十分强烈,激动人心。

《诗经》民歌中还有一部分是描写不幸婚姻的诗篇,主要是反映妇女被丈夫欺凌和遗弃的悲剧,最著名的是《卫风·氓》和《邶风·谷风》两篇。

《氓》是一首带有叙事性质的长诗,它叙述了一个女子受到一个虚情假意的男子的蒙骗,与他结了婚。婚后,女子任劳任怨操持家务,但男子却变了心,最后女子竟遭遗弃,在精神上受到很大折磨,极为痛苦。

全诗共六章,每章十句。开首一、二章是写最初那个男子向她求婚和她允婚、结婚的经过。她首先写那个男子如何带着笑脸来追求她:

> 氓之蚩蚩,抱布贸丝。匪来贸丝,来即我谋。

接着写女子在相送的路上,热情而慎重地答应了男子婚期:

> 送子涉淇,至于顿丘。匪我愆期,子无良媒。将子无怒,秋以为期。

诗歌的表现手法总是简练、概括、带有跳跃性的。从这六句看来,包含着这样的经过:男子急切地要求与她同居,但她却比较矜持,以为还是有"良媒"来说合,作为正常的婚姻才好。在男子怨怒的情况下,她委婉地安慰他说："秋以为期。"

第二章则承上章,写女子对那个男子的一片痴情和婚嫁的经过:

> 乘彼垝垣,以望复关。不见复关,泣涕涟涟。既见复关,载笑载言。尔卜尔筮,体无咎言。以尔车来,以我贿迁。

"乘彼垝垣"以下六句,写秋天婚期到来时,女子期待氓的到来,不见则涕泪涟涟,既见则笑语殷殷,表现出她当时对那男子的一往情深。男子终于到来了,经过卜筮以后,"体无咎言",于是携带着自己的嫁妆、财物随同氓一起而去。这两章写得很细致,意思主要在说明当初男方对自己是如何的主动,因而也引起自己对他的一片痴情,以便与后来那个男子的负义变心作对照。

第三、四两章,主要改用抒情的手法来写,在抒情中显示事情的发展和经过:

> 桑之未落,其叶沃若。于嗟鸠兮,无食桑葚。于嗟女兮,无与士耽。士之耽兮,犹可说也;女之耽兮,不可说也。
>
> 桑之落矣,其黄而陨。自我徂尔,三岁食贫。淇水汤汤,渐车帷裳。女也不爽,士贰其行。士也罔极,二三其德。

第三章,以桑树的繁茂比喻自己的青春年华,以鸠食桑葚比喻自己当初过分迷恋于爱情的失算,由此,她沉痛地得到了这样的认识:一个女子千万不要轻易和男子纠缠。因为男的如果缠上了女的,想甩就可以甩掉;女的如果看不准人,就一辈子摆脱不了悲惨的命运。这在当时男女地位不平等的社会中,还是很现实的情况。

第四章,紧接第三章又用桑树的凋落作比喻,写她在夫家受到摧残,像桑树一样凋谢下去了。她委屈地说,自己嫁过来,"三岁食贫",并没有过上好日子。三年后,竟又乘着车,渡过淇水,回到娘家。这里特意说她被遗弃后渡过淇水回去,是为了与前面男子来求婚时"送子涉淇"相呼应,有一种不堪回首的怆然之感。"女也不爽"四句,是对自己的表白和对丈夫的斥责,其中含着强烈的悲愤。

第五章,写自己来到男家以后,日夜操劳,并没有过上一天好日子。刚把日子过得好一点,换来的却是丈夫忘恩负义的虐待。在礼教统治下、男女不平等的社会里,女子一旦被弃,命运是如此的悲惨,当她满含冤屈回到娘家时,连兄弟也不能理解她、同情她:"兄弟不知,咥其笑矣。"她是如此的孤立无援,可见妇人被弃后,就会落入无比悲惨的境地。在残酷、冰冷的现实之中,是有冤无处诉、哀告无门的。

第六章,写那女子被遗弃后的复杂悲愤心情和最后的决绝态度。"及尔偕老,老使我怨",她怨恨那个男子完全辜负了自己的一片痴情和信赖,而变了心;"淇则有岸,隰则有泮",自己未来的生活将会苦海无边。回忆当初年少在一起时,"言笑晏晏",曾经相处得那么欢乐美好,不想男子却把自己的海誓山盟忘得干干净净,一点不顾信义:"信誓旦旦,不思其反。"于是委屈、怨恨的情绪一时涌上心头,最后表示过去的日子就不再去想,从此与那个男子一刀两断:"反是不思,亦已焉哉!"

这首诗通过一个女子婚姻上的悲剧,揭露了礼教的罪恶,揭露了在男女不平等的社会中,妇女的悲惨命运。关于这首诗的性质,从汉代以下就有人认为是"刺淫佚"的作品。宋代朱熹更加露骨地说:"此淫妇为人所弃,而自叙其事以道其悔恨之意也。"(《诗集传》)这当然是歪曲诬蔑。但我们从这首诗的内容看,这位女子的不幸和所遭悲剧的直接原因,确是由私订终身,而又所托非人造成的。最初,她向往和追求自由幸福的爱情生活,而在"无良媒"的情况下,私许给男子;在这种情况下,一旦所托非人,男子变心,其命运就更加悲惨。《氓》中的女主人公,是礼教和不合理的夫权制度双重压迫的牺牲品。诗中反映的这一悲剧,是更加令人同情的。

《氓》是一首带有叙事性质的抒情诗,它叙事而带有浓郁的感情,在抒情中又显示事情的发展,其中还夹有某些议论,三者融汇无间,把事情过程、女子的思想感情以至曲折复杂的心理,都极简练而生动地表现了出来,说明诗人的艺术手法和技巧是十分熟练和高超的。它对我国后世叙事诗歌的发展,有重要影响。

在《诗经》中,与《氓》性质相近的还有《邶风·谷风》。《谷风》诗中的女主人公,是一个勤劳善良的女子。诗中写她婚后如何辛苦持家和急公好义,肯于帮助别人。但有了家业以后,丈夫却对她暴戾无情,喜新厌旧地另娶了新人。诗中写她对自己亲手经营起来的家有深厚的感情,临离去时还对家中的一事一物表示关心,恋恋不舍。但是一想到连自己在这个家中都待不成了,关心这些还有什么用呢?"毋逝我梁,毋发我笱;我躬不阅,遑恤我后",大意是说,你不要毁坏我筑起的鱼堰,也不要动我的鱼篓;但我自身已经不能见容于这个家庭了,还顾念以后的事干什么呢!这种种描写,细致地抒发了女主人公的内心痛苦,引起人们的深切同情。但我们把《谷风》一诗与《氓》一诗相比较,可以发现这两个弃妇在性格上是有差别的。她们虽都身遭不幸,但《氓》中的女主人公,思想比较理智,性格比较刚强,因此在最后表现的态度也比较果断;而《谷风》中的女主人公,则感情比较缠绵,更多地表现出不胜哀怨之情,直到最后还在用哀怜的口吻说:"不念昔者,伊余来塈(暨)!"你就不想想当初,你是那样爱过我的啊!表现出这个女子是那么善良而恋念旧情,最后还抱着一线希望企图打动对方,但她终究还是被喜新厌旧的男子所遗弃了。《诗经》中的这一类诗,都有力地揭露了阶级社会男女不平等的罪恶,表现了在爱情、婚姻问题上对自私自利、弃义负心人的鞭挞。

四 反映劳动生活和爱国思想的诗篇

在《诗经》中,有一部分反映劳动生活的作品。《诗经》的民歌作者是劳动人民,因此,许多作品都反映了他们从事劳动的情景,如上文所讲的《伐檀》《七月》就是例子。另外,以劳动起兴的作品就更多。但还有一类是一边劳动,一边歌唱,唱的是劳动的内容,是他们对劳动本身的愉快感受和喜悦心情。这种喜悦心情,来源于亲眼看到劳动的成绩,来源于对劳动果实的欣喜,来源于劳动完成后的轻松愉快。

如《周南·芣苢》：

> 采采芣苢，薄言采之。采采芣苢，薄言有之。
> 采采芣苢，薄言掇之。采采芣苢，薄言捋之。
> 采采芣苢，薄言袺之。采采芣苢，薄言襭之。

这是古代妇女在山坡野地采集车前子时所唱的歌。这首歌歌词很简单，但感情饱满，节奏明快，再现了当时劳动时的情景，传达了一种劳动时的欢快情绪。读者涵泳之后，恍如身临其境，仿佛见到三五成群的劳动妇女，在山坡旷野，边劳动，边歌唱，余音袅袅，若远若近，忽断忽续，令人心旷神怡。全诗三章，主要用重章叠句的方法，回环反复地传达情绪。三章十二句，有六句完全是重句"采采芣苢"，这一简短的语言、明快的节奏，构成了全诗的主旋律；另外又通过在从事采集活动时不同动作的描写，生动地描绘了妇女们轻快利索的劳动姿态和劳动进展过程。这首小诗，语言朴实，感情浓厚，意境深远清新，富有浓郁的生活气息，至今仍给我们以美感享受。

另一首富有优美情调的劳动诗歌是《魏风·十亩之间》：

> 十亩之间兮，桑者闲闲兮，行与子还兮！
> 十亩之外兮，桑者泄泄兮，行与子逝兮！

这是一首采桑女子们在劳动中所唱的歌。它描写在一片宽广的桑林里，一群采桑女劳动结束了，她们互相招呼，相约结伴同行，一路归去。前一章写采桑女们停止紧张的劳动，安闲地歇下来，呼伴一起还家；后章写她们已走出桑林之外，舒缓轻松地渐渐远去。细读这首短诗，就能具体感受到当时那个桑园中的和乐气氛和采桑人劳动后的欢愉心情。这首小诗，每句后都用一语气词"兮"字，拖长了语调，传达出一种舒缓、轻松的气氛，与诗的内容相应。这与上述《芣苢》一诗配合劳动动作而唱的歌，在节奏上又有不同。

另外，在《诗经》作品中，还有一部分表现爱国主义思想的优秀诗篇。

在前面我们曾读到一些劳动人民反对劳役、兵役压迫的作品,其中有一部分表现了强烈的反战情绪。在过去那种人压迫人的社会里,统治阶级的穷兵黩武,迫使人民服兵役,也是一种残酷的阶级压迫形式,因此必然会引起人民强烈的反对。但人民所反对的乃是非正义性的掠夺战争,而对于抵御外侮、保家卫国的正义战争还是竭诚拥护的。每当国难当头,他们总是表现出高度的爱国热情和可贵的英雄主义精神。《诗经》中的《秦风·无衣》就是一首著名的爱国诗篇,它反映了当时人民在与西方入侵敌人西戎作战时,团结友爱和同仇敌忾的大无畏精神。全诗共三章,用重章叠句的形式写成:

> 岂曰无衣?与子同袍。王于兴师,修我戈矛。与子同仇!
> 岂曰无衣?与子同泽。王于兴师,修我矛戟。与子偕作!
> 岂曰无衣?与子同裳。王于兴师,修我甲兵。与子偕行!

西戎与当时西北的秦地毗邻,常常发动战争侵扰。这就是产生在秦地人民中间的一首充满爱国热忱的军歌。每章开首,都是用设为问答的句式,来表现奋起从军、慷慨自助的精神。"谁曰无衣?与子同袍",是说当时军情紧急,征衣一时不能齐备,但他们觉得这也没有什么要紧,我和你可以同穿一件战袍。"王于兴师,修我戈矛",听到君王要兴师赴战,于是便急急修整武器,磨砺兵刃,整装待发,表现了高昂的战斗热情。"与子同仇",是说你我所面对的,原本就是我们共同的仇敌,表现出团结一心、同仇敌忾的义愤。这首诗章与章之间,只换少许字,但不是简单的重复,而是逐章递进,对诗歌的含义起着不断深化和扩展的作用。如先说"同袍"(战袍),再说"同泽"("泽"同"襗",内衣)和"同裳"(战裙),表示外内、上下衣物,都可以跟战友与共。又先说"修我戈矛",相继说"矛戟""甲兵",表示首先修整短兵器,再及长兵器,以至全部武装设备。还有结尾一句,由"同仇",表示共同对敌的仇恨,到"偕作",即共同奋起,以至于"偕行",同赴战场。由此可知,全诗章章递进,是极有层次的。这是产生在我国历史早期十分优秀的具有深厚的爱国感情和英雄主义气概的诗篇。

《诗经》民歌中爱国作品除《秦风·无衣》以外,《小雅·采薇》也是一首著名的诗篇。这首诗产生于宣王时代,西周王朝自周厉王以后,国势日衰,北方的猃狁族(即秦汉以后称为"匈奴"的)不断向中原入侵,以至周王朝国土日蹙,汉民族亦不胜其害。直至宣王即位,号称中兴,方派尹吉甫率兵反击,收复国土,保卫边民。这首诗就产生于这一历史阶段。这首诗既写广大士兵在戍边和战斗中的紧张、饥渴和劳碌的痛苦生活,同时也抒写了他们能不顾安危,急国家之难的爱国热情。如第一章写:

> 采薇采薇,薇亦作止。曰归曰归,岁亦莫止。靡室靡家,猃狁之故。不遑启居,猃狁之故。

他们对远离家室,离乡背井历久不归感到不满,但又清楚地表示,这是"猃狁之故",是敌人的侵犯造成的。因此,尽管对回乡过和平生活是向往的,尽管战斗生活是极为劳顿痛苦的,"忧心烈烈,载饥载渴",但他们最终还是以保家卫国的事业为重。他们说:"岂敢定居?一月三捷。""岂不日戒?猃狁孔棘。"他们不断转战,日夜警戒,绝不懈怠。诗的末章是写戍边归来时路途中的心情和情景的:

> 昔我往矣,杨柳依依。今我来思,雨雪霏霏。行道迟迟,载渴载饥。我心伤悲,莫知我哀!

广大士兵是为了卫国而战,但统治阶级却并不照拂他们,在回归时,一路雨雪,载渴载饥,有谁来顾念他们的痛苦和理解他们悲哀的心情呢?这又表现了阶级矛盾。这首诗真实地反映了当时广大下层士兵们的爱国信念和爱国行动,同时也反映了他们的痛苦处境。诗以"采薇"起兴,用薇菜的萌芽("作止")、生长("柔止")、粗老("刚止"),写历久不归的情景和心情。末章更抚今追昔,借自然景物以托情,全诗感情真挚,形象生动,有很强的感染力。

《诗经》中除了民间爱国作品《无衣》《采薇》以外,还有《鄘风》中著名的《载驰》一篇。这首诗的作者是许穆夫人,她是卫戴公的妹妹。狄人侵卫,攻陷了卫国的国都,卫懿公被杀,百姓流亡。许穆夫人是个爱国者,她目睹祖国危亡的局面,心急如焚,急驰回卫国吊唁,并谋划求救于大国,以恢复家邦。这首诗表达了她不怕任何阻力,一心拯救祖国的爱国主义热情。许穆夫人是我国文学史上第一位知名的爱国女诗人。

第三节 古老的民族史诗

在《诗经》中,有一组古老的诗篇,用简朴的诗歌形式记载了我们祖先周人发祥和创业的历史,歌颂了周民族在泾水与渭水流域开垦土地,建立家园的光辉事迹。它们历来被称作是我们伟大民族的古老"史诗"①。这组诗集中保存在"大雅"里面,共有五篇,即《生民》《公刘》《绵》《皇矣》《大明》,它们记述了从周始祖后稷出世到武王灭商的许多传说和史迹。②

《生民》是一首带有神话色彩的诗篇,它叙述了周始祖后稷诞生和发明农业的历史。诗中首先描写了后稷的母亲姜嫄因踏了上帝的脚印而怀孕,这没来由的孩子使人觉得不祥,便把他抛弃了。后稷被抛弃的经历是:

> 诞寘之隘巷,牛羊腓字之。诞寘之平林,会伐平林。诞寘之寒冰,鸟覆翼之。鸟乃去矣,后稷呱矣。实覃实訏,厥声载路。

这是说,先把他弃置在小巷里,但经过的牛羊却用乳汁哺养他;又把他抛到森林里,可巧又遇到伐木的人救了他;最后又把他丢在寒冰上,结

---

① "史诗",作为一种文体,广义是指一切反映重大历史内容的叙事性的作品;狭义是专指产生在一个民族发祥时期,带有传奇性和英雄主义内容的长篇叙事诗,如古希腊荷马的《奥德赛》和《伊利亚特》,即被称为古希腊的两部杰出的"史诗"。我们这里是指后一种含义。

② 另说"史诗"除《生民》《公刘》等五篇外,还包括《大雅·文王》一篇,计六篇。这里采取的是通常的说法。

果又飞来一群鸟用翅膀遮覆他、温暖他。诗中就这样描写了后稷的生而不凡。诗中写既抛弃不成，只得把他留养下来。而更为神奇的是，这灵异的孩子长大后，具有惊人的智慧和本领，他天生就会种庄稼，而且所种的庄稼非常丰茂、美好，年年丰收。诗中用丰富多变的形容词来描写他所种农作物的茂盛："艺之荏菽，荏菽旆旆，禾役穟穟，麻麦幪幪，瓜瓞唪唪。"后稷终于以一个农业发明者的身份成为氏族领袖，并在邰地（今陕西武功附近）住下来，祭祀上帝，使子孙繁衍，氏族繁荣。这就是周始祖诞生和创业的故事。

这个故事在神话的外衣下，实际上反映了一些古史的影子。后稷只知有母不知有父，这正是原始母系社会的状况，而从后稷开始，则进入了父系社会。周人把始祖后稷看成是农业发明者，并歌颂这件事情，以此为自豪，这说明周人是一个较早地从事农业生产的民族。从这首充满浪漫主义色彩的诗篇中，我们可以看到周人对自己民族来源的幼稚而充满自豪的解释（他们认为自己是农神的子孙），同时也可以看到周人对于农业生产劳动确是非常熟悉和具有深厚感情的。如诗中第五章写后稷对农业生产的伟大贡献："诞后稷之穑，有相之道。茀厥丰草，种之黄茂。实方实苞，实种实褎，实发实秀，实坚实好，实颖实栗。"用"方""苞""种""褎""发"等十个形容词，写出了庄稼不同阶段的样子和生长的过程，这正是从事农业劳动、熟悉农业知识的人才有可能写出来的。这里表面上是写农神后稷，实际上是他们对自己民族勤劳、智慧和具有丰富农业知识的歌颂。这种诗大约早就在周人内部口头流传，是西周初年被写定的。

周人曾有过两次大迁移，第一次是由周人远祖公刘率领，从邰迁至豳（陕西旬邑附近）；第二次是由周文王的祖父古公亶父率领，从豳迁至岐山附近。这两次经历都被记载在《公刘》和《绵》两篇诗中。

《公刘》一诗，描写了周人由邰迁豳，以及到豳地以后，在公刘的率领下，开垦荒地、营造居室的情形。诗中特别对公刘的无上勤劳和智慧作了刻画，塑造了一个深受人民爱戴的群众领袖和民族英雄的形象。

诗中从公刘率民离邠前所做的种种准备工作写起：

> 笃公刘！匪居匪康。迺场迺疆,迺积迺仓。迺裹糇粮,于橐于囊。思辑用光。弓矢斯张,干戈戚扬,爰方启行。

诗中几章都以"笃公刘"开端,"笃"是笃厚诚实的意思,这里表现了对公刘的无上赞美。接着描写周人的这次大迁移,是由公刘统筹安排,做了充分的启行前的准备的。下面描写人民初到豳地住下的情况：

> 笃公刘！逝彼百泉,瞻彼溥原。迺陟南冈,乃觏于京。京师之野,于时处处,于时庐旅,于时言言,于时语语。

诗中"于时"几句,诗人连用了几个排句叠词,就把人群迁居新地时那种欢声笑语的场面,描绘得宛然在目。诗中又写到公刘组织人力,在豳地拓垦土田的情况：

> 笃公刘！既溥既长,既景迺冈；相其阴阳,观其流泉。其军三单,度其隰原,彻田为粮。度其夕阳,豳居允荒。

诗中对于公刘这个英雄形象的刻画,是相当成功的。写他对这次民族大迁移准备有素；写他组织人民启行和安排居处等方面井井有条；写他亲自察看地形,选择京邑,丈量土地,建筑宫室,不辞劳苦,远近奔波：正是通过这样的一些具体描写,刻画出了一位深受人民敬仰和爱戴的民族领袖形象。

公刘迁豳十世以后,至周太王古公亶父时期,也是由于戎狄的侵扰,周人则由豳开始又向岐下(今陕西岐山县)迁徙。据《史记·周本纪》记载,这次迁徙规模比上次为大："举国扶老携弱,尽归古公于岐下。"记载和歌颂这次迁徙历史的,就是《绵》这首诗。诗的开头写：

> 绵绵瓜瓞。民之初生,自土沮漆。古公亶父,陶复陶穴,未有家室。

这里从周民族的发祥地写起,并写到初至岐下时的艰苦情况。诗以瓜瓞起兴,比喻周民族由小而大,绵延不绝。但古公亶父迁徙初始,还是

"陶复陶穴",居住在土窑土洞,生活相当艰苦。但不久,就发现了岐山之南的一片名叫"周"的平原沃野(在今陕西省扶风县),古公非常高兴,便率领人民在那里开荒筑室定居下来,建立自己的家园,从此也就以周人自称。诗中对这一情况是这样记叙的:

> 古公亶父,来朝走马。率西水浒,至于岐下。爰及姜女,聿来胥宇。
>
> 周原膴膴,堇荼如饴。爰始爰谋,爰契我龟。曰止曰时,筑室于兹。

这里不仅记述了他们迁徙到周原的经过,而且也写出了他们经过跋山涉水初到岐山发现周原这样一片平原沃野时大喜过望的心情。"周原膴膴,堇荼如饴"("周原土肥油光光,苦菜不苦甜如糖"),这个形象的比喻,充分表达了他们对这片可以发展生产的肥美土地的喜爱。接着又写到他们整田筑室的劳动,其中写了当时劳动工地的场面:

> 救之陾陾,度之薨薨,筑之登登,削屡冯冯。百堵皆兴,鼛鼓弗胜。

这真是一个够热闹的场景。古人筑墙是先竖起木板,用绳子缚住,然后装土打实。这就是对当时建筑工地的真实描写。诗中连用了几个排比句和象声词,把那盛土、倒土、捣土、削土的声音,把众人齐力合作打墙筑室的紧张劳动,非常有声有色地描写了出来。特别是最后一句,是说鼓本是为了振奋劳动者的情绪而设的,但劳动中发出来的声音,却淹没了鼓声,这是多么形象而生动的描绘啊!诗中充满了艰苦创业的自豪感。

以上这三首写周人发祥发展和歌颂周人祖先的乐歌,大约是周初王朝的史官或乐工利用人民口头传说的材料写成的,在写到自己的祖先时,也像初民时代文学一样,带有一定神话传说性质,有意无意间把自己的祖先神灵化了。但其中也确实反映了我们民族的伟大活力和创造力量,特别是反映了广大劳动群众的勇敢、智慧和劳动热情,这也正是它们动人的所在。

《皇矣》是歌颂周文王伐崇、伐密的战绩的。崇与密是位于陕西、甘肃的两个小国。这两次战争的胜利,为周人灭商打下了基础。《大明》是赞颂文王之子武王在牧野(河南淇县附近)与商会战,而取得了一举灭商的决定性胜利。这是周人伐商取得天下的一件大事,所以诗中对这场战役做了细致而生动的描写。诗中写牧野之战的情景是"殷商之旅,其会如林"(殷商的军队,密集如林),但殷商的兵多将广并没有影响周军的士气,相反地,他们抱着"维予侯(指周武王)兴"的信念,决心以少胜多,投入了这场大战:

> 牧野洋洋,檀车煌煌,驷騵彭彭。维师尚父,时维鹰扬。凉彼武王,肆伐大商,会朝清明。

这里是说,在辽阔无际的牧野战场上,周人高大的战车威风凛凛地在前进着,战马在往前奔驰着。指挥战争的尚父(姜太公),像雄鹰展翅般英姿飒爽,率领着大军作战,为的是辅佐武王,讨伐暴虐的大国殷商。清晨会战一下就扫平了敌人的凶焰,澄清了天下。高昂的士气,果敢的战斗,英武的统帅尚父,都通过简短的诗句,极形象地表现出来了。牧野一战,殷商覆灭,周朝诞生,这对周人来说,是最值得纪念和歌颂的。

从《生民》到《大明》五篇史诗,比较完整地勾画出了周人发祥、创业和建国的历史。读了这些诗,仿佛使我们看到了这样一幅历史的画卷:在遥远的古代,在黄河流域的上游居住着一个非常勤劳智慧的民族,他们为了民族的生存、繁衍和兴盛,不断地在开拓着、勤苦地劳动着;他们在那里最初掏穴而居,后来则营建都城、宫室,战胜和统一了周围的部族,建立了有广阔国土、高度文化的强大国家。诗中所歌颂的就是这样一些事实。从这些诗里,可以看到周人祖先艰苦的生活环境,可以看到他们艰苦奋斗、创功立业的伟大精神。但值得指出的是,《皇矣》和《大明》两篇诗在思想和内容上与前三篇已有不同。周文王、武王时期,周人已建立了奴隶主国家,他们为了麻痹人民,已经在用"天命"装点自己,如《皇矣》中,歌颂文王时,先把他的父亲、祖父歌颂一通,说他们建国做君王,是"皇矣上帝,临下有赫",即上帝的意志,而且"既受帝祉,施于孙子",子孙后代永远受到上帝的福佑。诗中充满着"天命"的抽象说教和对君王的歌功颂德;群众的面影不见了,一切功劳都归于神权和受命君王身上。诗歌内容已没有什么生活气息,除极少片断外,艺术性也不强。但周人伐纣代商,还是正义的战争,用诗歌形式记述下来的这段历史,还是值得珍视的。早于周人还有夏、商两代,当时可能也有史诗流传过,但都没有用文字记载下来。史诗是一个民族发祥、创业的胜利歌唱,是民族历史的第一页。这仅存的几篇古老的诗篇,正是非常珍贵的。

第四节　政治讽刺诗

在《诗经》中还有不少政治讽刺诗,古代则称之为"怨刺诗"。《汉书·礼乐志》:"周道始缺,怨刺之诗起。"它们的主要内容,是揭露当时政治的腐朽、黑暗,讽刺统治者生活中的一些丑行的。它们可称作我国文学史上出现得最早的一批暴露文学。《诗经》中的讽刺性作品,实际有两种:一种是出自劳动人民之口的讽刺性民歌,主要保存在"国风"中;一种是贵族文人的作品,性质上有所不同,他们讽刺时事,但主要出于对统治者的劝谕,故习惯上又称之为"讽谕诗",这类诗歌主要保存在"大雅""小雅"里边,思想、风格上与前者有异。

出现在"国风"民歌作品中的讽刺诗,战斗性都是很强的,它们以非常尖锐、辛辣的笔触,揭露统治者的种种丑行,把统治者那些从来见不得人的肮脏勾当,公开在光天化日之下,成为千载丑闻流传下去。例如《邶风·新台》一诗,就是揭露和讽刺当时卫宣公的一桩丑行的。卫宣公准备为他的儿子娶齐国的女子宣姜为妻,后来,宣公听说那女子漂亮,便在河上筑了一座华丽的新台,把齐女中途拦截,占为自己的老婆。

卫国人民针对这桩丑事,写诗加以讽刺。全诗三章,其尾章云:

  鱼网之设,鸿则离之。燕婉之求,得此戚施。

诗歌假借齐女的口吻加以讽刺,说张起网来本为了捕鱼,但哪知却遇到了一个癞蛤蟆①,本想求得一个如意郎,谁知竟嫁了一个丑老公。形象的比喻,嬉笑怒骂的口气,直剥下了统治者的面皮,让人们瞥一下所谓国君的尊容。

  同一类性质的诗还有《陈风·株林》,是写陈灵公私通夏姬的。据记载:陈灵公荒淫无道,竟与臣子孔宁、仪行父三人一起与一个大夫夏御叔的妻子夏姬私通,并且穿着夏姬的亵衣相戏于朝廷之上。《株林》一诗就是讽刺陈灵公每天都跑去找夏姬,其中的一章云:

  驾我乘马,说于株野!乘我乘驹,朝食于株。

一个国君正事不干,整天去追逐糜烂的生活,《毛诗正义》说:"言公朝夕往来淫佚而不息可恶之甚,故刺之也。"另外,《齐风》中的《南山》《敝笱》《载驱》是讥刺鲁桓公的夫人文姜和他的哥哥齐襄公通奸;《鄘风》的《墙有茨》是写卫惠公的母亲与惠公的庶兄公子顽私通(在名分上他们是母子关系)。统治阶级中的这些衣冠禽兽的行为,的确丑恶不堪,令人难以启齿。《墙有茨》一诗倒是极概括地说明了这一点:

  墙有茨,不可扫也。中冓之言,不可道也。所可道也,言之丑也。

意思是说,宫闱中的那些丑事,多得就像墙根底下的野草蒺藜,扫也扫不完。而且简直无法令人诉之于口,说出来丑恶得很。统治阶级为了欺骗人民,宣扬了一套虚伪的礼教,用来控制人民,束缚人民的手足,至于他们自己,却荒淫无度,什么丑事都干得出来。《南山》的作者问得好,一切礼仪都是你们制定的,为什么你们又干出这样多乱伦的丑行!

---

  ① 鸿,旧解为鸟,即鸿雁。据闻一多考证,"鸿",即苦蚃的合音,即蛤蟆(见闻一多《诗〈新台〉"鸿"字说》)。

充分暴露了统治者虚伪的道德面目。因此,《鄘风·相鼠》一诗就以极鄙视的态度咒骂并奚落他们说:

> 相鼠有皮,人而无仪。人而无仪,不死何为?

斥责他们连个老鼠都不如,老鼠还有层皮,而他们这些人却如此无耻,不要脸,还活在世上干什么呀!这些讽刺性的民歌,直接的作用就在于扯碎他们的道德伪装,摧毁他们的精神优越感,促使人民对他们腐朽本质有所认识,在一定程度上动摇他们的统治。

另外,《诗经》民歌中还有暴露统治阶级残酷行为的诗篇,如《秦风·黄鸟》,是揭露当时惨无人道的殉葬制度的。据《左传·文公六年》记载:"秦伯任好(秦穆公)卒,以子车氏之三子奄息、仲行、针虎为殉,皆秦之良也。国人哀之,为之赋《黄鸟》。"《黄鸟》诗共三章,其首章云:

> 交交黄鸟止于棘,谁从穆公,子车奄息。维此奄息,百夫之特,临其穴,惴惴其栗。彼苍者天,歼我良人,如可赎兮,人百其身。

奴隶制度的残酷野蛮,不仅仅表现在对奴隶的残酷剥削上,更表现在对奴隶的一切暴行上,而最为野蛮的又莫过于用活人殉葬的制度。这首诗的开头以黄鸟悲鸣起兴,接着赞子车氏三兄弟是"百夫之特""百夫之防""百夫之御",都是国中英勇杰出的人物。可是就是这三位有本领、为人敬爱的人物,如今正站在墓穴旁边,浑身发抖,实在使人目不忍睹。这是谁的罪恶?作者忍不住反复责问苍天。这首诗,不仅表现劳动人民对"三良"的同情,而且是对统治者的野蛮行为、对整个殉葬制度的控诉。所谓"如可赎兮,人百其身",绝不是乞情、妥协,相反正是形容奴隶主的罪恶之大,犹言像这样值得"人百其身"的好人,也要活活地殉葬,这多么凶残!这首诗用具体事例,形象地把奴隶制的野蛮、残酷揭给人看,暴露性是很强的。

《大雅》和《小雅》中的政治讽谕诗,是贵族士大夫的作品。从时代说,它们大都产生在西周末年厉王、幽王时期,一小部分产生在东周初年。

西周自召、穆(召王姬瑕,穆王姬满)以后,社会矛盾日趋尖锐。厉王和幽王两代政治最为黑暗、腐朽,又加以这时外族不断西侵,造成了"民靡有黎,具祸以烬"(《大雅·桑柔》)、"日蹙国百里"(《大雅·召旻》),即百姓人口大量减少,横遭涂炭,国土日益缩小的国室危亡局面。这时,一些对社会现实有比较清醒认识的贵族人物,对本阶级掌权者的昏庸误国表示不满,从维护本阶级利益出发,写出了一些暴露当时政治弊端,反映社会丧乱,劝谕当政者任用贤良、革新政治的讽谕诗。这些诗对现实的反映有一定深度,在艺术上也表现出较高的造诣,如规模较大,叙事抒情条理井然,语言也较生动。特别是那种批评国政、讽谏国君、忧国忧民的精神,对于后代的诗人还是起过较大影响的。

在这些讽谕诗中,比较有代表性的是《大雅》中的《桑柔》《瞻卬》《民劳》等,《小雅》中的《正月》《十月之交》《北山》《巷伯》等。这些诗,有的真实地反映了当时社会的动乱局面,对"国步斯频"(国家濒于灭亡)的危机表示忧虑。如《大雅·桑柔》一诗,是周厉王时的作品,据传是周贵族芮良夫写的。诗一开头就用桑树作比喻,说周王朝建国之初,曾像一棵枝叶茂密的大桑树,用它广阔的树荫覆庇万邦,何等兴盛;而如今国君暴虐无道,奸佞当权,已把国家败坏得像一株枝叶凋零的枯桑了。诗中还着意写出当时官逼民反、人心思乱的事实:"民之回遹,职竞用力"(百姓们走上邪路,完全是由于用强权逼他们的结果)、"民之贪乱,宁为荼毒"(百姓人怀暴乱之心,宁冒被屠杀的危险也不顾),诗人所描写的情景,正是厉王被逐(厉王三十七年,被起义军赶走,流亡于彘)前夕社会动乱现实真实的写照。

《小雅·正月》是一首产生于西周末年的政治咏怀诗,据说为一位周大夫所作。他从上天示警说起:"正月繁霜,我心忧伤",这里所说的"正月"是指正阳之月,即夏历的四月,四月里降霜,是时令失常的表现。诗人感到这正是天灾人祸并降的时代,因此心里忧伤恐惧万分。接着诗人感叹自己的身世和遭遇,但他在感叹身世和遭遇中反映了当

时社会上一些黑暗的现象,还表达了对当时政治上的一些见解。如诗中写当时坏人当道,信口雌黄,使好人受谗害,无法存活:

> 父母生我,胡俾我愈!不自我先,不自我后。好言自口,莠言自口。忧心愈愈,是以有侮。

更形象地写出了当时使人备受压抑的恐怖气氛:

> 谓天盖高,不敢不局;谓地盖厚,不敢不蹐。维号斯言,有伦有脊。哀今之人,胡为虺蜴。

这种哀呼父母,恨自己生不逢时的感慨,这种叹天地虽大,却使人无法直身迈步的比喻(比喻动辄得咎),都典型地表达了生当黑暗乱世之中人们所普遍易有的情绪,因此,成为千古传诵的名句。这样一些述伤泄愤的诗句,既是诗人对自己个人遭遇的慨叹,同时也是对当时社会压迫的暴露,其社会意义还是很深广的。

诗人还用生动的比喻表达了他对当时政治的意见。他说当时统治者的倒行逆施,就如同对待一辆满载东西的车子,不是去想方设法加固它,而是不断拆卸它的夹板;正确的做法是"无弃尔辅,员于尔辐,屡顾尔仆,不输尔载",即加固车辐,关照御者,这样才能平安载货行进,"终逾绝险",度过险途。这是对当时统治者要近贤良、远佞臣、小心治国的劝告。

全诗的最后,还对当时的黑暗政治和战乱带给人民的痛苦命运表示同情,对社会的贫富悬殊发出不平之声:

> 佌佌彼有屋,蔌蔌方有谷;民今之无禄,天夭是椓。哿矣富人,哀此茕独!

诗人的不平、愤慨,也正代表了当时人民的怨恨情绪。《正月》这首诗,揭露了西周末年的黑暗现实,特别是着重表现了当国家危难之际,统治者仍麻木不仁,醉生梦死,排斥异己,残害忠良,对一些忧国忧民之士进行迫害。这种在过去王朝处在末世时期所习见的现象,在这首诗里较早地得到了深刻的艺术反映。

《小雅》中的《十月之交》,是幽王时一个贵族士人所写。这首诗也是从上天示警写起,诗的前三章写发生在幽王六年(前776)时的某些自然现象和巨大自然灾害(日食、大地震等①),诗人从天象不正这样一个在当时人们认为不祥的征兆出发,正告那些当权人物说:"日月告凶,不用其行;四国无政,不用其良。"意思是说日月预告灾祸,不按常规运行,是由天下政治无道、朝廷不用贤良造成的。这虽然带有古代人的迷信观念,错误地认为天灾是由统治阶级的罪恶招来的,但他所指斥的统治阶级的罪恶还是真实的,其忧思愤慨之心是当时人们共有的。

诗的第三章是这样写的:

> 烨烨震电,不宁不令。百川沸腾,山冢崒崩。高岸为谷,深谷为陵。哀今之人,胡憯莫惩!

诗人描写山崩地陷的灾异情状,举出了一连串令人触目惊心的景象,实际上既写自然界的现象,又写当时社会危机四伏、分崩离析的政治现实和国家状况,把一种面临巨大灾难、人心惶惶的时代气氛,淋漓尽致地渲染了出来,也有助于全诗主题的表达。

诗的第四章则更大胆地把当时那些执政者的名字都一一列写出来:

> 皇父卿士,番维司徒。家伯维宰,仲允膳夫。聚子内史,蹶维趣马。楀维师氏,艳妻煽方处。

这里并列举出七个人的名字和官职,最后还有一个未举名字的女子(系指正在得宠的幽王妃褒姒)。这些人都是受幽王的宠幸,权势赫赫的人物,也正是这些人,无恶不作,把朝政弄得一片昏暗。作者认为结

---

① 本诗中有"十月之交,朔月辛卯。日有食之,亦孔之丑"的话,周历十月,相当于夏历八月。"朔月"应作"朔日"(系传写之误,见阮元《校勘记》),即指初一。辛卯,是说这一天是"辛卯"日。根据古代和近代天文学者推断,这次"日食"(蚀),发生于公元前776年9月6日辰时(早7—9时)。

伙乱天下的就是这八个人。对于当时的执政者,诗人这么指名道姓地来写,其批判性是很强的,也是特别大胆的。

《诗经》中的这类贵族讽谕诗,大都是悯时伤乱,对统治集团进行警戒、劝谕之作。所谓"无忝皇祖,式救尔后"(《大雅·瞻卬》),意思是说不要辱没了皇宗列祖,为你们后代得救蒙福着想;"殷鉴不远,在夏后之世"(《大雅·荡》),意思是说夏王朝的灭亡,曾经是殷纣王的一面镜子。这些贵族诗人作品,虽然都是从挽救王朝的覆灭以便继续进行统治出发的,但他们对昏君佞臣的斥责,对社会问题的揭露,仍是有重大意义的。中国后世文学史上的许多文人政治诗,大都和《诗经》这部分写怨刺内容的讽谕诗有着一脉相承的关系。

第五节　祭祀诗和宴饮诗

《诗经》中还保留了一批具有鲜明时代特点和民族特点的祭祀诗。祭神颂神虽是古代社会普遍的信仰和活动,但由于宗教又有"奉神而治人"的特殊功用,从而更为王朝统治者所重视和利用,列祭祀之事为国之大典,所谓"国之大事,在祀与戎"(《左传·成公十三年》)。《诗经》中的三《颂》主要就是用于王朝祭祀的诗。周人把祭天和敬祖置于同等地位,把祖先的亡灵视为本民族的保护神,反映了宗法制社会将宗教伦理化的特点,以及周人对原始宗教以至殷人宗教观念的修正。

宗教观念在原始时代已然产生,它以巫术、图腾崇拜、日月山川动植百物皆有神的泛神论为特征,表现了原始的蒙昧状态。夏史不详,至殷人则有最高主宰的"天""帝"的观念,从甲骨卜辞中的每事要"卜"来看,一切均屈从于神的现象是很显然的。殷统治者还自居于"天命"的独钟者,所谓"我生不有命在天"(《尚书·商书·西伯戡黎》),从而放肆地在人间施展权威。周人代殷以后,虽并未脱离君权神授的说教,但从历史上吸取了治乱兴亡教训。所谓"宜鉴于殷,骏命不易"(《大雅·文王》),开始对"天命"作出限定,那就是将"德"引入对天命的理解,所谓"天命靡常,唯德是辅",就是说天之降命也是有条件的,它只保佑有"德"之人。《周颂》中的《清庙》《维天之命》《时迈》等诗,无不在颂天的同时,强调文王的"懿德",并一再强调"敬德"对保国延祚的重要性。这是周的新的宗教意识,也蕴含了周人新的开国精神和我国早期的德治政治思想。

《诗经》的祭祀诗中,有一部分是属于祭方社、祀田祖(农神)、祈甘雨、庆丰收的诗,如《周颂》中的《臣工》《噫嘻》《丰年》《载驰》《良耜》《小雅》中的《楚茨》《信南山》《甫田》《大田》等,它们写祭事,但也反映了古时耕耘、播种、收获、贮藏,以及有关的礼俗和农田管理制度等。如《周颂·噫嘻》是西周统治者康王祭成王并劝农、祈丰年的歌①:

> 噫嘻成王,既昭假尔。率时农夫,播种百谷。骏发尔私②,终三十里。亦服尔耕,十千维耦。

这首歌是写春天耕种季节,周康王率领群臣,至祖庙祭祀周成王,并假托成王之灵,告诫田官和农夫要及时从事耕作。"噫嘻"是颂赞声。诗的大意是说成王的在天之灵已经降临("昭",光明,指灵;"假",通"格",至,到来),并告诫田官,率领农夫,开始播种百谷;既开发大片的私田,也要驱使农夫,大规模地完成包括封地在内的所有田地的耕种。此诗涉及古代田制和农事的规模,成为研究西周社会的史料而受到重视。

《周颂·丰年》一诗:

> 丰年多黍多稌,亦有高廪,万亿及秭。为酒为醴,烝畀祖妣,以洽百礼,降福孔皆。

这是丰收之后在宗庙祭祖的颂歌,既报谢祖先的保佑,更祈求来年普遍

---

① 《竹书纪年》:"康王三年,定乐歌,吉禘于先王,申戒农官告于庙。"又《鲁诗序》:"康王孟春祈谷于东郊,以成王配享之诗。"按康王(姬钊)为成王(姬诵)之子。
② 私,指私田。周王分赐给诸侯和百官的井田称"公田"。诸侯百官于公田之外,驱使农夫开垦井田外的荒地,其田亩称作"私田"。参见郭沫若《中国史稿》(一)。

降福。另外,《大雅》中的《楚茨》《信南山》等诗,则以较长的篇幅,更为细致地描述了诸多农事祭典活动的场景。这些诗辞气凝重,在虔诚的宗教感情中,透露出对宗族兴旺、国力强盛和幸福安康生活的憧憬。

《诗经》中的"宴饮诗"(又称燕饮诗或宴飨诗),是周人重礼乐、尚亲情、笃友谊的体现,是古代中华礼乐文明独有的产物。周代君臣朝会、家族团聚、故旧相逢皆举行宴饮,并于宴饮之际,奏乐歌诗。而举行各种宴饮活动的目的,"非专为饮食也,为行礼也"(《礼记·乡饮酒义》)。礼是德的外在形式,所以宴饮之礼,是与周人的德治教化思想紧密相关联的。《小雅·鹿鸣》是国君宴饮群臣时所奏的乐歌,其诗云:"呦呦鹿鸣,食野之苹。我有嘉宾,鼓瑟吹笙。吹笙鼓簧,承筐是将。人之好我,示我周行。"国君礼遇群臣,享之以酒食,赐之以币帛,为的是求教于贤者,唤起他们的报国之心。《小雅·常棣》是兄弟之间一起宴饮的乐歌。"常棣之华,鄂不韡韡。凡今之人,莫如兄弟。"诗用常棣花之花萼相依相连比喻兄弟之间的天然亲密关系,认为兄弟之情非比一般。诗中反复称说"死丧之威,兄弟孔怀""脊令在原,兄弟急难""兄弟阋于墙,外御其务(侮)",称说兄弟之间是最休戚相关的,有悲伤急难之事,总会来相慰相救,虽有时在家中争吵,但有外侮,就会一致对外,乃是一首劝谕珍视兄弟之间手足亲情的歌。《伐木》云:"伐木丁丁,鸟鸣嘤嘤。出自幽谷,迁于乔木。嘤其鸣矣,求其友生。""伐木许许,酾酒有藇。既有肥羜(羊羔),以速诸父。""伐木于阪,酾酒有衍。笾豆有践,兄弟无远。"这是一首宴享亲友故旧的乐歌,最初可能出自民间,后经贵族文人修改采用;语言活泼,情深味永。其他的宴饮诗尚有《小雅》中的《蓼萧》《彤弓》《頍弁》,《大雅》中的《行苇》等。在这些诗里,既写酒食的丰盛,又写情谊的可贵,更表达主宾的彬彬有礼,尊卑长幼有序,实际上是为维系亲族关系,亲亲尊尊,通上下之情和巩固邦国服务的。而宴饮之礼,又是与乐不可分的,所谓"礼乐相须以为用,礼非乐不行,乐非礼不举"(郑樵《通志·乐略》),在觥筹交错、琴瑟钟鼓的乐声中,在和谐愉悦的气氛里,以达到强化宗法血缘亲情,以及尊贤睦友的目的。当然,在这部分诗中,也不乏周王朝贵族们粉饰太平、追逐享乐的思想内容,但其反映出来的人际交往中的礼乐文明,是主要价值所在。

第六节 《诗经》的艺术成就

《诗经》是一部诗歌总集,它包括了当时各个阶级、阶层以至不同性别、不同生活经历的作者的创作;在体裁上它包括抒情、叙事、讽谕、颂赞等各种文学样式,因此在艺术风格和艺术特点上是不一致的,在成就上也高下悬殊。如三《颂》中那些宣扬"天命"、向皇宗列祖所唱的颂歌,不仅内容上是应该批判的糟粕,而且艺术上也无可取,多是些千篇一律的抽象说教,读起来枯燥乏味,令人昏昏欲睡。那些描写贵族作乐生活的诗篇,虽往往有某些形象描写,但充满了淫靡陈腐之音,使人感受不到什么美感。《诗经》中最值得重视的还属那些民歌,它们不仅直接表现了劳动人民的思想感情,同时也表现了劳动人民高超的艺术创造力。当然,如我们前面所讲到的,《诗经》中也包括一部分当时的进步文人作品,它们在艺术上也有一定成就,但就整部《诗经》来说,民歌占大部分,而且即使那些贵族文人作品的一些艺术成就,实际也与吸收了当时一些优秀民歌的创作方法、艺术手法有密切关系。因此,我们谈《诗经》的艺术特色和艺术成就,自应以《诗经》中那些优秀的民歌为主。

《诗经》中的民歌作品,有带叙事性的长篇,也有抒情的短章,但无论哪类作品,首先共同具有的特色,就是具有强烈浓厚的生活气息,风格淳朴自然,无雕琢之痕,富有一种纯真的美。另外,它创造了赋、比、兴的艺术表现手法,特别是运用比、兴来增强诗歌的形象性,加强诗歌的艺术表现力。另外,在诗篇的组织结构、语言、韵律等方面,也具有新颖、灵活与和谐优美的特点。

下面就从这几方面分别谈一谈。

一　朴素、自然的艺术风格

　　文学作品的艺术风格是与它所产生的时代和作者的思想感情不可分的。《诗经》中的民歌产生在我国二三千年以前,它们的作者都是些生活在当时北方广大中原地区、以从事农桑生产为主的普通劳动人民。他们生活条件艰苦,生活朴实,性格浑厚、坚强。他们有着朴实的生活,也有着朴实的愿望。而《诗经》中的那些民歌作品,正是他们朴实生活和愿望的反映,是他们在各种遭遇下,以及在日常生活中思想感情的自然流露。他们所歌所唱的,都是他们在生活中所真实感受到的,歌的是他们自己的生活,是他们心底的声音。例如《七月》一诗,写的是一个饱经风霜和压迫之苦的年长奴隶,对他年复一年所过的生活的回忆,在痛苦的回忆中,他感到凄苦、哀伤和不平,于是他就用朴素的语言、诗歌的形式,把它随口唱了出来,语言和形式是淳朴的,也是非常真实感人的。《伐檀》《硕鼠》也是这样,这些劳动者想到自己终年艰苦地劳动,但劳动果实却被那些自命为"君子"、实际上是吸血鬼的人掠夺一空,于是感到无比愤恨,一时怒火中烧,而随口唱出了他们久积心头之恨,并产生出追求美好生活的愿望。至于那些行役之人、思妇的作品,以及青年男女在爱情生活中产生的众多作品,从所产生的情况上说也无不是这样。行役之人久滞不归,他想到家里的田地荒废,年老的父母在饿肚子,因而感到撕肠裂腹的痛苦,于是呼叫苍天,放声长号;征夫的妻子,傍晚看到牛羊下坡,鸡儿归巢,因而流泪伫望,发出了心底的怨思;正在恋爱的青年,听到河边水鸟成双成对地鸣叫,于是满怀幽情地想念起所爱的人;一个无辜被弃的妇女,抚今思昔,恨夫悲己,不由得迸发出"反是不思,亦已焉哉"的决绝之词;如此等等,无不是"饥者歌其食,劳者歌其事",无不是触景生情,情由衷发,既来源于生活,又流出于心底。正因为如此,也就很自然地形成了这些民歌作品的一个突出的艺术特点,即丝毫没有矫揉之态和雕琢之痕,而是浑朴自然,一片天籁。可以说,《诗经》的民歌在思想感情上、艺术风格上都有一种发自纯真之心的纯真之美。而这往往正是一般文人作家所难以达到的。这种来源于社会现实生活,直接抒发对于现实生活的真实感受,对现实生活作毫不粉饰的如实反映,也就是后世我们所说的现实主义创作方法或现实主义精神。而《诗经》民歌中的现实主义,又是与劳动人民所固有的生活条件、自然环境,以及他们的朴实感情和生活愿望联系在一起的,因而使这些诗歌往往具有特别浓厚的乡土气息和生活气息;某些在自然风光的陪衬下所作的抒情,具有牧歌式的情调。这既是《诗经》民歌思想内容的特点,同时也是它们在艺术风格、色彩,以及诗歌艺术情调上的重大特色。

二 赋、比、兴表现手法

《诗经》的表现手法,前人曾概括为赋、比、兴。宋代学者朱熹在《诗集传》一书中的解释是:"赋者,敷陈其事而直言之者也。""比者,以彼物比此物也。""兴者,先言他物以引起所咏之词也。"这个说法相当简单明确,用现代的话说,所谓赋,就是对事物进行直接的陈述描写;比是打比喻,对事物加以形象的比况,使它的特征更突出、更鲜明,或更能暴露其本质;兴,是起兴或发端,即先借用别的事物或眼前所见之景起头,然后再引出所要歌咏的事。赋、比、兴是古人研究《诗经》,对于《诗经》表现手法的朴素的总结,在一定程度上可以说明《诗经》以至中国诗歌艺术手法的基本特点。但我们今天利用这些传统概念时,也有两点需要说明。一、古代最早提出赋、比、兴这三个概念的是《周礼·春官·太师》和《毛诗序》①,较早分别给出解释的是汉代经学家郑玄。兹后历代的学者又都对这三个概念作了阐释,其所作的阐释前后并不尽

---

① 《毛诗传》除在《序》中提出"风、赋、比、兴、雅、颂"的所谓"六义"说法外,还把《诗经》作品中他认为属于"兴"类的诗都标明了出来,共有一百一十六条,但没有标明"比"和"赋"。据孔颖达《毛诗正义》说,这是因为"赋直而兴微,比显而兴隐"的缘故,所以他独标兴体。到宋朱熹《诗集传》则将赋、比、兴三类均标明出来,但对"毛传"有所更正,如在一百一十六条中,朱熹有十九条归入赋,三十一条归入比,准确性要强一些。

相同,特别是当他们具体解释每首诗的时候,更有许多分歧。譬如对同一篇作品,有的说是赋,有的说是比,有的说是兴,还有所谓"赋而比""比而兴""赋而兴又比"等等说法,所以我们不能完全拘泥于古人的说法,我们谈诗的艺术,虽然仍利用这三个传统概念,但有时是根据我们的某些理解,并不都沿袭古人的分析。二、古人基本上是用赋、比、兴这三个概念来概括《诗经》艺术的全部特征的,而我们今天看《诗经》的艺术成就和艺术特征,却不应只限于此,还应该更广泛地加以研究,进行一些新探索和总结,即使利用这三个概念,也应抛弃古人某些近于穿凿附会的解释或说明,结合《诗经》某些诗篇的实际作新的分析。

　　赋、比、兴的"赋",是最基本和常用的。赋的手法多见于《大雅》和《颂》诗,但"国风"和《小雅》的民歌中也不少用,长诗如《七月》、短诗如《静女》《君子于役》《芣苢》等便都是单纯用赋法表现诗歌内容的例子(赋、比、兴三种表现手法之间有不同,但也不是互相排斥的,许多诗中常常兼用)。赋,作为一种表现手法,主要指直接写景抒情,铺写诗歌的内容。当然所谓直接叙写,也不是不要形象,而只是未借助比、兴而已。在《诗经》民歌作品中,赋这一表现手法的运用也是多种多样的,如《豳风·七月》一诗,可以看作一首具有风俗画卷色彩的长诗,它按季节物候的变化描绘了古代农家生活,并以对比的手法反映了阶级社会的真实面貌,对社会生活的反映既有深度,又表现了很强的艺术概括力。《邶风·静女》一诗,则用戏剧性的场面和某些描写,来写人物和人物的心理、感情。"爱而不见,搔首踟蹰",生动地写出了这对青年爱侣幽会时,姑娘的调皮逗人和男子的焦灼不安;"匪女之为美,美人之贻",用男子对对方所赠花草的赞美和爱,表现了男子的痴情。《小雅》中的一些政治讽谕诗,《大雅》中的五篇著名史诗,也都是直陈的叙事诗或抒情诗,也都有许多形象生动的描写,而且感情笃厚,叙说有序,移步换形,极有章法。《小雅·无羊》是一首优美、生动的牧歌,描写牛羊的繁盛情况,对牛羊的动态、牧人的形象都刻画得极为动人。第一章用"尔羊来思(兮),其角濈濈(群角聚集一起的样子)""尔牛来思

(兮),其耳湿湿(耳动的样子)"来写牧群的羊牛之多,十分形象。第二章写牧场牛羊的情态和牧者的形状,更是逼真如绘:

> 或降于阿,或饮于池,或寝或讹。尔牧来思(兮),何(荷)蓑何(荷)笠,或负其餱。三十维物,尔牲则具。

这里形容有的牛羊正在下山坡,有的在池旁饮水,有的卧地睡觉,有的还在动弹。牧人远远走来了,披着蓑衣,戴着斗笠,身上还背着干粮包。铺写牧场情景,历历如绘,宛然在目。至于《伯兮》《君子于役》写思妇的怨情和曲折心理,《芣苢》《十亩之间》写劳动的情景和将息的愉快,《无衣》写爱国战士的激昂慷慨,都无不尽情达理,语语动人。其众多的范例,是举不胜举的。

当然,最能代表《诗经》民歌特色的还是比、兴手法的运用。

比,是比喻,比拟,也就是"以彼物比此物"。六朝时刘勰总结前人的说法,曾解释说:"且何谓为比?盖写物以附意,扬言以切事者也。"意思是说,比是举出事物来附着作者的思想感情,用夸大的言辞以切合事情的本质(《文心雕龙·比兴》)。在《诗经》中,"比"用得很多,它不仅使形象更加鲜明,本质更加显露,而且还兼有寄寓一定爱憎感情的作用,如《硕鼠》一诗,用贪婪的鼠类比喻剥削者,就是一个例子。《鄘风·墙有茨》用满墙扫不干净的蒺藜,比喻宫闱中丑事之多和令人不屑言说;《邶风·新台》把乱伦好色的卫宣公,比作丑恶的癞蛤蟆:所比也都极为生动贴切,同时表达了人民对那般丑类的鞭挞和憎恨。

另外,还有用比喻来刻画人物的,也很巧妙动人。如《卫风·硕人》的第二章写卫庄公夫人的美丽:

> 手如柔荑,肤如凝脂,领如蝤蛴,齿如瓠犀,螓首蛾眉。巧笑倩兮,美目盼兮。

这里使用一连串的比喻,形容仪容的妍妙,然后又用巧笑和美目流盼,使整个画面活动起来,给读者留下了鲜明的印象。

《诗经》中用比,不仅比方具体事物,而且还用比形容心理、思想、情绪等,如《王风·黍离》,写一个人的忧思之重,"中心如醉""中心如噎";《周南·汝坟》是一首写女子怀人的诗,其中说"未见君子,惄如调饥",用肚子饥饿比喻相思之苦,都通俗、感人。除正面的比,还有从反面用比的,如《邶风·柏舟》写一个女子矢志不阿的心情说:"我心匪石,不可转也。我心匪席,不可卷也。威仪棣棣,不可选也。"用非石、非席,表示自己决不能随人摆布。这类比喻称为明喻。另外,还有所谓暗喻,如《小雅·鹤鸣》用"他山之石可以攻玉"来比喻用贤治国,《豳风·鸱鸮》用猫头鹰攫取弱鸟来比喻统治者对人民的残暴,等等。总之,《诗经》运用比喻是多样而灵活的,在很大程度上增加了诗歌的表现力。

兴这一表现手法,在《诗经》民歌中用得更多。兴一般用于一首诗的开端或一章诗的开端,也就是诗人触景生情,先用一两句话写一下周围的景物,以引起下面的歌词。"兴"虽然只是个起头,但它在诗中往往起到极巧妙的作用,如可以起寓意、联想、象征、烘托气氛和起韵等等作用。例如《邶风·谷风》是一首弃妇诗,诗的开端是"习习谷风,以阴以雨",用风雨阴霾来烘托整个诗的气氛,一开始就令人感到要写的是一个不幸者的故事。《周南·关雎》的首章:"关关雎鸠,在河之洲。窈窕淑女,君子好逑。"诗人看见河洲上的雎鸠鸟成双成对地在一起,互相一递一声地鸣叫,因而联想到人间的爱情和婚姻。《周南·桃夭》是一首祝贺新婚的歌,其首章:

　　桃之夭夭,灼灼其华。之子于归,宜其室家。

诗人用桃花初开时的鲜丽和光华照人,象征新婚女子正青春美好,并渲染了结婚的喜庆气氛。以上的一些例子都是属于对情景做正面的联想;另外还有所谓反兴的手法,如《小雅·苕之华》一诗,是写饥馑之年,叹自己年衰体弱的,第一、二两章:

　　苕之华,芸其黄矣。心之忧矣,维其伤矣!
　　苕之华,其叶青青。知我如此,不如无生!

诗人由黄花盛开、绿叶青青、生机勃勃的凌霄花，联想到自身悲苦的命运，甚至悲痛地感叹早知如此痛苦，不如不在人间。王引之说这首诗写"物自盛而人自衰，诗人所以叹也"。

总的说来，大量而成功地运用比、兴手法，确是《诗经》民歌的重要艺术特色之一。《诗经》所用的比兴材料，大部分是草木鸟兽等自然之物，这是与作者的实际生活环境分不开的。他们终年进行劳动生产，天天接触和改造着大自然，对于自然景物异常熟悉，有深刻的观察和感受，所以才能在创作上左右逢源，从所观察到的事物中汲取到无比丰富的形象，来"索物以托情"和"借物以表情"，以至在极短的篇章里造成极动人的境界和形象，同时，这也是构成《诗经》民歌作品具有浓厚风土气息的一个重要原因。

三　复沓的章法和灵活的句式

章节回环复沓是《诗经》民歌在篇章结构上的一个显著特点。所谓复沓，就是指一首诗由若干章构成，而章与章之间字句基本相同，只对应地变换少数字词，反复地咏唱。这是由于《诗经》中的诗本来是入乐歌唱的。它们或产生于集体劳动中间，此唱彼和，或一人唱众人和；或者出于男女相好，衔接对唱，而自然地形成了联章复叠的形式。就是由一人唱出的歌，有时为了唱得尽兴，往往也会用一个简短的曲调，反复咏唱。这种联章复沓、反复咏唱的形式，不仅起着便于记忆和传诵的作用，而且还在艺术上起着充分抒情达意的作用，并有一种回旋跌宕的艺术效果。它给《诗经》民歌带来了独具的艺术风格。

《诗经》对复沓形式的运用也是灵活多样的，有的有相承的关系，如《芣苢》各章间换几个动词，正好表现了采集劳动中对收获物由少到多、动作由慢到快的进展过程。《采葛》中写思人的怀念由"三月""三秋"到"三岁"，表示怀人情绪的日久弥笃，起着逐步加深、前后相续的递进作用。有的则是平行的关系，起着扩展内容、各方面都述说到的作用，如《郑风·将仲子》一诗，写一个女子与情人密约，但又有各种顾虑,第一章说:"仲可怀也,父母之言亦可畏也。"第二章说:"仲可怀也,诸兄之言亦可畏也。"第三章说:"人之多言亦可畏也。"表现出她所受到的各方面的压力。但有的平列重复,虽换少数词语,诗意却始终如一,只起着尽兴发挥感情的作用。如《相鼠》一诗,是责骂统治者的丑行,揭露其无耻的诗,诗人怀着刻骨的仇恨,你怎能让他骂一句、骂一遍就解恨呢?只有"人而无仪,不死何为""人而无止,不死何俟""人而无礼,胡不遄死"一口气骂下去,才快意,它正表现了情感的迸发和强烈。又如《卫风·木瓜》,是写一对情侣相互赠物以结永好的诗,全诗三章,首章是:

> 投我以木瓜,报之以琼琚。匪报也,永以为好也。

下面各章,只把所投、所报之物换作木桃、琼瑶、木李、琼玖等字词,其作用是在反复强调彼此之间美好笃实的情意和以结永好的愿望。

总的说来,《诗经》民歌中这种重章叠字的结构,一般都是重复中有变化,变化中又有重复,正像音乐乐章不断出现主旋律一样,它能使主题突出,感情充沛,给人留下深刻鲜明的印象。

下面再谈一下《诗经》的句式。《诗经》是以四言为主的诗体。四言诗的节奏是每句二拍,它是继承了原始诗歌的样式(两字一拍)又加以发展而来的。在当时来说,四言诗属于一种新兴诗体。它的四言二拍的句式与当时的社会生活和语言发展状况(语词、语法)是相适应的,因此,它在当时并不失为是一种生动活泼和富于表现力的形式。另外,《诗经》作品虽基本上是四言形式,但它根据内容和表达思想感情的需要也有许多灵活变化。我们试看下面的这些诗句:

> 式微,式微,胡不归?微君之故,胡为乎中露!(《邶风·式微》)

> 谁谓雀无角?何以穿我屋?谁谓女无家?何以速我狱?虽速我狱,室家不足!(《召南·行露》)

坎坎伐檀兮,寘之河之干兮,河水清且涟猗,不稼不穑,胡取禾三百廛兮?不狩不猎,胡瞻尔庭有县貆兮。彼君子兮,不素餐兮!(《魏风·伐檀》)

　　江有渚,之子归,不我与;不我与,其后也处。(《召南·江有泛》)

在这里可以看出《诗经》句型的多种多样,从两字句至八字句都有。这说明诗歌作者是根据内容来安排形式的,因此,它虽以四言为主,但也有不少突破。另外,《诗经》的四言句虽偏于短促,但它在修辞上却常常加以变换,如采用设问句、问答句、排比句、感叹句等等,从而使短促的四言句,不再令人感到单调局促,并无形中扩大了它的容量。

四　丰富的语汇与和谐的韵律

　　春秋时代,《诗经》曾作为学习语言美和博物知识的教科书,这是因为《诗经》中的诗篇,特别是那些直接来自现实生活的民歌,既包括了极为丰富的生活知识,同时又有着极为丰富、形象、富于表现力的语言。《诗经》的语言,用词丰富,表达准确,且富于音乐美。就以词汇来说,《诗经》中使用的动词、形容词数量就非常之多,而且使用得极为细致、精当。据统计,《诗经》中的诗篇仅表示手的不同动作的动词,就有采、掇、捋、按、握、拾、抽、折、授、挹、携、拔、招、拊、执、捣、提等等不下五十多个①,至于其他各种动词、形容词就更多,这说明《诗经》在表现事物时,是多么细致、准确。《诗经》中还善于使用各种重言叠字词来状物拟声,以加强语言的形象感。"关关雎鸠",好像水鸟鸣于耳际;"雝雝鸣雁",好像目睹且鸣且飞的高空雁群;"肃肃鸨羽",好像听见鸨鸟羽毛擦动的声音;"喓喓草虫",好像飘来蝈蝈此起彼伏的音乐。至于用"依依"写杨柳,"灼灼"写桃花,"沃若"写嫩桑,"蜎蜎"写野蚕,无不

---

① 参见杨公骥《中国文学》第三编第四章。

传神穷貌。此外,双声叠韵词用得也很多,双声,是指两个字声母相同的词,如"参差""顷筐""玄黄""踟蹰";叠韵,是指两个字韵母相同的词,如"窈窕""辗转""崔嵬""虺隤"等等。它们的主要作用是使声调谐美,并增加状物的形象性。应该指出,这些高超的语言艺术,决不像后来的某些文人学士们那样仅仅是从文字上苦心经营而得的,而是出于劳动人民对于事物的深入观察,掌握了各种事物的特点,因而才找到生活中最具有生命力的语言来表达它们。正因为如此,它们才那么准确、自然、朴素,而无斧凿之痕。

《诗经》产生在二三千年以前,大都是劳动人民随口唱出的民歌,当然并没有什么统一规定的严密的韵律。但声音的和美自然,是它的特征。后人说:"《毛诗》之韵,动乎天机,不费雕刻。"(明陈第《读诗拙言》)又说:"里谚童谣,矢口成韵,古岂有韵书哉?韵即其时之方音,是以妇孺犹能知之协之也。"(江永《古韵标准例言》)他们这些话,说得都很正确。但在《诗经》自然和谐的歌声中,也蕴含着某些规律性的东西,如根据顾炎武《日知录·古诗用韵之法》的归纳,认为《诗经》作品中比较常见的用韵方式有三种,第一种方式为"首句次句连用韵,隔第三句而于第四句用韵者",如《周南·关雎》首章:

关关雎鸠,在河之洲。窈窕淑女,君子好逑。

第二种方式为"一起即隔句用韵者",如《周南·卷耳》首章:

采采卷耳,不盈顷筐。嗟我怀人,寘彼周行。

第三种方式为"自首至末句句用韵者",如《魏风·十亩之间》首章:

十亩之间兮,桑者闲闲兮,行与子还兮!

《诗经》这些用韵方式,对后代我国诗歌韵律的形成是起了重要启发作用的。如前两式成为后代我国格律诗(律诗、绝句)的定格,第三式也成为汉魏以后古体诗用韵的一格。特别是第二式,在诗中隔句用韵(即偶句用韵),确立了后代诗歌用韵的基本形式。由此可见《诗经》的用韵方式对形成我国诗歌格律的民族形式所起的重大影响。

第七节 《诗经》对后世文学的影响

《诗经》是我国古代诗歌辉煌的开始。从我国文学史上看,我国的诗歌传统是最为丰富、悠久的,而出现在二千五百年前的《诗经》,则正是这一诗歌创作传统的光辉的起点和源头。因此,它对我国后世诗歌,以至整个古代文学的发展都有极为巨大的影响。

首先,《诗经》中的那些优秀的民歌,都是当时的劳动人民为了表达自己在社会生活中的实际感受和爱憎感情而歌唱出来的,他们表达的是自己的真情实感,反映的是真实的现实生活,这样,一开始他们就为我国文学开创了一条现实主义的创作道路。不仅《诗经》中的那些优秀的民歌如此,就是大、小雅中的那一部分文人创作,即那些贵族政治讽谕诗,也都表现了积极地面向现实、关心国家命运、同情人民疾苦的进步内容,这对昭示后世诗人、作家把文学作为为社会进步事业而奋斗的工具,更有直接的启发。总之,《诗经》里具有巨大社会意义、大胆反映社会现实和干预社会现实政治生活的优秀诗歌,可以说为我国文学奠定了现实主义基础,为后代提供了创作现实主义诗歌的范例。

其次,由于《诗经》中民歌作品的伟大成就,从而一开始就确立了民间文学在文学史上的崇高地位,它证明了劳动人民不但是社会物质财富的创造者,而且也是精神财富和精神文明的伟大创造者。它有力地启发和推动了后世作家去重视劳动人民的创作,去向民间作品学习。而在文学史上,一切进步的、有成就的作家,无不和劳动人民的创作保持着密切的联系,从中吸取宝贵的营养。而由于文人作家们的重视民间文学和向民间文学学习,才一次又一次地形成了文坛思想和文学体制的革新,这差不多已经成了文学发展史上的公例。而《诗经》的伟大成就,正是吸引作家去重视民间创作,并在文学发展上起重大作用的第一个例证。

另外,《诗经》中那些优秀的民歌作品,在艺术风格、手法和语言技巧等各方面,也对后代文学有巨大影响,给予后代作家丰富的启发。后人曾经用"乐而不淫,哀而不伤"来称赞《诗经》的思想风格。《诗经》多写男女之间的爱情作品,但它感情真挚、朴实、健康,绝无淫靡之音;《诗经》多写被压迫的痛苦和悲哀,但并无悲观、颓废的情调,人们有愤恨不平,有对社会现实的批判,有被压抑的深沉感叹,但绝没有悲观主义的思想情绪。这种健康的思想艺术风格,也是历史上大多数进步作家所引以为楷模和坚持的。《诗经》作品所创造的朴素而优美的艺术风格,也是历代作家用以抵制一切形式主义浮华文风时所常常标举的正面范例。至于《诗经》所创造的比、兴艺术手法,更为历代诗人所不断探索并通过艺术实践加以发展,形成了我国诗歌创作上所特有的民族艺术特色。此外,在语言方面、和谐的韵律方面,其影响所及也是至为巨大和深远的。

总之,《诗经》是我国诗歌文学的光辉起点。《诗经》的出现对我国文学优良传统的形成和发展,都起了重大作用,同时也是我国文学发达很早的标志,是我们民族的骄傲,在世界文化史上也占有崇高地位。

第四章　散文的开端和商周之际的散文

第一节　文字的发明和书面文学的萌芽

散文产生于文字发明以后,是最具有实用性的一种文学形式。我国文字的起源,据历史学家研究,大约可以上溯到六千年以前,如在西安半坡原始部落遗址中,已发现在陶器上刻画有各种各样的符号,近代学者一般认为,它们大约就是中国早期的原始文字。文字是在原始氏族社会发展到一定阶段,由于人们的生产和生活需要而产生的。最初人类是用结绳来记事,大事记大结,小事记小结,这种记事的方法在不少民族都使用过。后来才逐渐创造线条、简单的图画或各种符号来记言记事,而形成最初的文字。

我国古籍上曾有过不少关于文字起源的说法,如《易·系辞下》说:"上古结绳而治,后世圣人易之以书契,百官以治,万民以察。"孔安国《尚书·序》说:"古者伏羲氏之王天下(做天下的王)也,始画八卦(八种符号),造书契,以代结绳之政,由是文籍生焉。"而《荀子》《韩非子》《淮南子》《吕氏春秋》《世本》《说文解字》等书中,还都说文字是一个名叫仓颉的人所创造发明出来的。其实,文字绝不是哪一个人在某一天忽然创造发明出来的,它也和语言一样,是人们在长期劳动生活中,逐渐创造、积累和发展形成的。鲁迅就曾生动地说过:"仓颉也不止一个,有的在刀柄上刻一点图,有的在门户上画一些画,心心相印,口口相传,文字就多起来,史官一采集,便可以敷衍记事了。中国文字的由来,恐怕也逃不出这例子的。"(《门外文谈》)

我们现在所能见到的我国最早记言、记事的简短文字,是1898年(清光绪二十四年)才被发现的殷商时代的甲骨卜辞。这是商代王室进行占卜时刻在龟甲兽骨上的简短记录。这些卜辞少则几个字,多则百余字,记录了当时占卜的内容。由于文字的难识与甲骨的破碎和散乱,其中有许多记录不能了解,但也有不少比较完整可读的句子或片断。如:"癸卯卜,今日雨。其自西来雨?其自东来雨?其自北来雨?其自南来雨?"这是卜问今日降雨将来自何方的。又如:"帝令雨足年?帝令雨弗足其年?"意思是,上帝降雨是让年景丰足,还是不让年景丰足?又例如:"今夕奏舞,有从雨。"这是记录一次晚间歌舞活动,遇上雨了。这些文句虽然简短,但语意完整显明,特别是还能通过语法结构和使用某些虚词,表达出一定的语气,可以说是我国古代记叙散文的萌芽。

我国古代还有一部关于占卜的书《易经》。《易经》的卦、爻辞,时代产生得颇早,其中多有产生于商末周初的文字。[①] 卦、爻辞中的记事,虽然也很简短,但比起甲骨卜辞更趋完整,并具有某些生动的形象描写,有的还用简洁洗练的句子,表达了某种生活经验和哲理。如:"突如其来如,焚如,死如,弃如。"(《离》九四)这大约是记述一次猝不及防的突然袭击,结果房屋被烧了,人被杀死了,遍地都是弃尸了。又如:"得敌,或鼓,或罢,或泣,或歌。"(《中孚》六三)这大约是描写打了胜仗后归来的情景,有的在击鼓庆贺,有的在休息,有的在激动地落泪,有的在欢乐地高歌,寥寥十个字,写出了一个动人的场面。又如:"羝羊触藩,不能退,不能遂。"(《大壮》上六)这大约是用羊撞入篱笆中的描写,比喻人在生活中由于做事莽撞,而陷入进退失据的窘境。《易

---

① 《易经》又称《周易》,由经与传两部分组成。经的部分包括卦辞和爻辞。《易经》作为一部占卜用书,共有六十四卦,说明每一卦的主要意义的称"卦辞"。爻,是构成卦的基本符号,一个横线"—"称"阳爻",一个中断横线"— —"称"阴爻",每卦均由阴阳爻配搭而成,说明每一爻主要意义的称"爻辞"。卦、爻辞的作者,传统的说法是周文王、周公或孔子,皆不可信。卦、爻辞的内容,有的记殷商祖先故事,有的记周初史事,未夹杂后代内容,故其时代断限可视为商末和周初这一阶段。

经》中的卦、爻辞,虽然是当时用来占卜吉凶的迷信文字,但它常片断地记录殷商、西周之际的社会生活情景,包含了当时人们的一些生活经验,甚至带有某些哲理性。而文字上又颇具文学色彩,如除上述举到的文辞以外,尚有描写悲戚涕哭样子的,"出涕沱若,戚嗟若"(《离》六五),用老虎捕食写人的私欲之强烈和野心之大的,"虎视眈眈,其欲逐逐"(《颐》六四)等,都十分生动而富有形象性,因此《易经》中的文辞,可以说是我国古代散文萌芽发展过程中的一个重要阶段。

第二节 《尚书》

我国最早的成篇散文保存在一部名为《尚书》的集子中。① "尚书"即上古之书的意思。先秦古籍引《尚书》文字,只称为《书》,儒家曾尊它为经典,故又称《书经》。它是我国一部古老的历史文献总集,分虞书、夏书、商书、周书四部分。其中的虞书和夏书,是后世儒家根据古代某些传闻编写的,既不是什么虞、夏时代的作品,也不能看作虞、夏时代的真正史料,比较可信的是商书和周书两部分。从性质上说,《尚书》中的文章都是些官方文告;从体裁上说,有记言文,也有记事、论说文。

商书是殷商王朝的史官所记誓、命、训、诰,其中《汤誓》按时代说应属最早,但这篇文章语言流畅,很可能经过后人的加工润饰;《盘庚》三篇词语古奥,较多地保留了原来面貌。《盘庚》篇是殷王盘庚迁都时对他的臣属、百姓们所作的讲演辞,是记言性质的散文。据历史记载,

---

① 《尚书》旧传上起《尧典》,下至《秦誓》,有百篇之多。经过秦代焚书以后,汉初由经师伏生口授传下来的二十九篇,因是用当时流行的文字隶书抄写成的,故称《今文尚书》。汉武帝末年,鲁恭王又从孔子故宅的坏壁中发现一部《尚书》,因是用古文字大篆、籀文写的,故称《古文尚书》,相传有十六篇,但亡佚了。西晋豫章内史梅赜声称发现了一部《古文尚书》,计五十八篇。后经考证,其中除同于《今文尚书》的部分外,其他都是西晋人伪造的,不可信,故又称这部书为《伪古文尚书》。现今流传的《十三经注疏》本《尚书》,就是今文和伪古文《尚书》的夹杂品。

盘庚是商代第二十代王,他为了扩张领土、开发更多的耕地等需要,曾经率领臣民自商故地奄(今山东曲阜东)迁都至殷(今河南安阳市附近)。但这次迁移却受到安土重迁的商代臣民们的反对,于是盘庚曾先后三次向众属讲话,以企图说服乃至威胁他们必须服从。这几篇讲话虽语言古奥,但当时盘庚讲话的气概、感情、口气,还是能够充分令人感受到的。

我们且举《盘庚上》里的一段为例:

> 非予自荒兹德,惟汝含德,不惕予一人。予若观火,予亦拙谋,作乃逸。若网在纲,有条而不紊;若农服田力穑,乃亦有秋。

如果今译一下,这段话的大意是:

> 不是我有什么失德,是你们群臣把我对百姓的好意秘而不宣,对我这个人毫无畏惧。对于你们的心思,我像观火一样清楚,只是我一时没有计谋好,结果你们就大为放纵起来。你们要知道,要像网结在总绳上,方可有条不紊,把事情办好;要像农夫尽力耕作,方可期望有个好的秋收。

短短的一段话,用了三个通俗的比喻,贴切、生动而具有形象性。又如文章中盘庚还责备群臣以"浮言"煽动群众,说那就会像"火之燎于原",仓促间无法扑灭;又用"射之有志",即射箭一定要直达目标,来说明他迁都的决心不可改变;用"乘舟"来比喻君臣上下一定要同心协力,共济时艰。这些从现实生活中拈来的比喻,都显得非常生动,有些至今还被借用。

《尚书》中的周书,包括周初到春秋前期的散文。其中《牧誓》是武王伐纣时的誓师之辞;《多士》是周公以王命训告殷遗民之词;《无逸》是周公劝诫成王不要贪图享乐之词。这些文章大都叙事清晰,有层次,也在一定程度上表达了人物的语气口吻。特别是春秋初年的散文《秦誓》一篇,是秦穆公的所谓悔过自责之词,表达了一种愧悔、沉重的感情,运用了许多语气词,如他说从失败中体会到,责人是很容易的,而从谏如流实在是很艰难的:"责人斯无难,惟受责俾如流,是惟难哉!"写得入理传神,比起商书和周初的文字要流畅得多,可以明显地看出古代散文逐渐发展的情况。

但总的说来,《尚书》散文还是十分艰涩难读的,所谓"周诰殷盘,佶屈聱牙"(唐代韩愈《进学解》)。这一方面是由于时代久远,社会语言变化的缘故;同时,也是因为中国古代散文一开始就走向了言、文不一致的道路。鲁迅曾指出:"中国的言文,一向就并不一致的,大原因便是字难写,只好节省些。"又说《尚书》的"难读",是因为并不完全"照口语",只不过是"当时口语的摘要"(《且介亭杂文·门外文谈》)。中国古代散文,一开始就受到难写的汉字和书写工具(刻在甲骨上、竹简上)等条件的限制,与口语不能完全一致起来;但另一方面,古人为了克服这些困难,也特别在精选语言词语上下功夫,而形成了我国古代散文洗练精审、言简意赅的传统特点。这一特点在我国古老的散文《尚书》中,已体现出来了。

第五章　春秋战国时期的社会变化和散文的勃兴

第一节　散文勃兴的社会背景

从春秋后期到战国,在将近三百年的历史时期,是我国古代社会历史上的一个大变革的时代,也是一个产生了空前光辉灿烂的文化的时代。在这一新的历史时期,文化思想非常活跃,科学文化取得了很大进步。当时无论是天文、历算、地理、医学、农学,还是政治、经济、法律、哲学,以至文学艺术,都取得了极为辉煌的成就。而且由这时创建起来的文化和文化学术思想,差不多影响了我国后世几千年的文化发展和文化学术思想。这是我国古代文化史上一个具有划时代意义的重要时期;而其在学术文化水平上所达到的水平之高,所涉及的学术领域之广,成就之大,在世界文化史上也属罕见,无疑在世界古代文化发展史上也占有重要地位。

这种现象的产生,不是偶然的,而有它当时深刻的社会原因。

春秋战国时期,是我国古代社会制度的一个重大转变时期,具体地说,也就是新兴地主阶级的产生、封建制的确立和奴隶主贵族的没落、奴隶制社会的消亡。这一社会变革,是由生产力的发展、经济基础的变化而引起的。中国发明铁器大约在西周末年,在春秋战国时期铁制器具已在社会上普遍使用。用铁器于农业手工业上,就大大地提高了生产力。特别是用铁器于农业,即在使用铁制农具的同时,牛耕也进一步推广了。加以耕作技术、水利灌溉事业的改进,冶金、纺织、煮盐、土木、漆器、陶器、运输业的进步，促进了经济的全面繁荣和发展。这我们只要看看当时商业城市的出现和繁荣，就可以窥见其社会生产力之一斑。如《战国策·齐策》曾描写当时齐国的临淄：

> 临淄之中七万户……甚富而实，其民无不吹竽鼓瑟、击筑弹琴、斗鸡走犬、六博蹋踘者。临淄之途，车毂击，人肩摩，连衽成帷，举袂成幕，挥汗成雨，家敦而富，志高而扬。

这里是用文学手法来作形容的，当然不无夸大性，但其中也不难看出某些大城市繁荣的景象。从前的城市不过是大奴隶主的防御堡垒，到了春秋战国时代，逐渐变成了工商业、手工业和文化交通的集中地。据历史记述，当时的著名都市还有魏国的大梁、秦国的咸阳、赵国的邯郸等，这种百业汇集、文化集中的城市，绝不是西周时代所能产生的。

社会生产力的发展，必然会影响到社会生产关系的变化，并最终导致社会制度的变革。我国奴隶制向封建制的转化，首先是由几个主要诸侯国开始的。西周土地国有（即王族所有），由于生产力的日益发展，诸侯、卿大夫开始在周王或诸侯王所赐的"公田"外，利用逃亡奴隶开垦大片荒地成为"私田"。"私田"的出现，产生了两个结果，一是各诸侯国的大、小奴隶主们，为了提高私田的生产力，采用了一些新的办法对待在私田上劳动的奴隶，即把奴隶主对奴隶生产果实的全部占有，变为让他们享有一部分私田的生产物，以及让他们保有一定的生产工具等。这就在奴隶社会内部逐渐形成了封建性的生产关系，为奴隶社会向封建社会转变准备了条件。另外，"私田"的占有者是不纳贡税的，这就使一些国家"私门"经济以至政治势力大大扩张起来，从而冲击了"王室"或"公室"土地所有制的奴隶制度。鲁国在宣公十五年，采取向私田按亩征税的办法（"初税亩"），以增加国家收入，这在事实上就是承认了土地私有权。由于私有土地越来越多，土地也可以自由买卖，于是就促成了奴隶主土地国有制的迅速瓦解。到了战国时期，如商鞅变法，更在法律上正式宣布，废井田，开阡陌，即废除榨取奴隶劳动的王族公有制，承认土地私有，并可以自由买卖。马克思说："君主们在任何时候都不得不服从经济条件，并且从来不能向经济条件发号施令。无论是政治的立法或市民的立法，都只是表明和记载经济关系的要求而已。"（《哲学的贫困》）当时秦商鞅、魏李悝、楚吴起的所谓一系列变法活动，实际上都是这一经济条件的要求在政治上的表现。随着社会生产力和生产关系的变化，阶级关系也起了新的变化，地主和雇农出现了，由自由民转化的自耕农出现了，独立经营的手工业者出现了，社会上出现了这些新的阶级和阶层，说明自春秋中叶以后，社会形态已由奴隶制逐步转变为一种新的社会形态即封建地主阶级所有制社会。

当然，这样一个大变革是充满着阶级斗争和政治斗争的。从历史资料上看，自西周末年奴隶起义和平民反抗奴隶主贵族的斗争就连绵不断。奴隶的逃亡和反抗，不断削弱和动摇着奴隶制度的统治。当新的生产关系在旧的奴隶制度内出现并逐渐成熟时，新兴地主阶级也开始行动和反抗起来。如田氏的篡齐，韩、赵、魏三家分晋，以及前面所讲到的各国的变法，就都是这种斗争的表现。当然，在当时同时进行的，还有各诸侯王国之间互相争夺土地和统治权的斗争，即大国兼并小国，小国反抗大国，以及一部分国家时而联合、时而分裂的互相战争。因此，春秋中叶以后至战国时期，是一个充满各种社会矛盾和动乱的时代。当然，就新的生产关系的代表者——新兴地主阶级来说，也是一个充满希望的时期。这就是春秋战国时期经济基础的变化和社会制度大变革的情况。

在春秋战国时代社会生产迅速发展、政治变革持续进行、兼并战争连续不断的时候，伴随而来的是旧制度、旧思想、旧传统的解体和各类社会思潮的高涨与文化学术的空前繁荣。这一局面的出现与当时"士"的阶层的出现和兴起有很大关系。春秋以前，知识归官府掌握，只有少数贵族子弟才有受教育和掌握文化的机会，所谓"学在官府"；春秋中叶以后，出现了所谓"礼崩乐坏"的局面，实际上是维护奴隶主贵族利益的一切典章制度正趋于崩溃，他们在政治上和文化上所享有的特权，逐渐消失和转移。从文化制度上来说，这时就由"学在官府"

而转变成"天子失官,学在四夷"(《左传·昭公十七年》)。私学代替了官学,这样,文化教育相对来说就得到了普及,这就为造就和涌现出大批人才创造了机会和条件。孔子是第一个开创私人讲学的教育家,他"有教无类",据传有弟子三千,来自各个阶级、阶层和不同职业,如其中有大富商子贡,但也有像原宪、颜渊之类的贫寒之士。到了战国时期,各国兼并战争和政治角逐更为激烈,"士"的阶层也随着私人授徒讲学之风日炽而愈发扩大,他们在各国统治者的罗致下,纷纷走上政治、外交、军事舞台,为各国统治者出谋献策。"士"这一阶层随着旧的奴隶主贵族制度的日渐瓦解而产生,又随着当时斗争形势的需要而壮大,他们活跃在战国时代各个领域中,许多优秀的士人,就是当时著名的思想家、政治家、军事家和有各种知识才能的学者。当然,"士"这一阶层也是比较复杂的,他们来自各个阶级、阶层,也代表当时不同阶级、阶层和社会集团的利益。他们"言治乱之事,以干世主"(《汉书·艺文志》),到处游说、讲学,都围绕着当时社会问题,提出自己的思想观点和政治主张,自觉不自觉地形成了各种各样的派别,互相论战。这就出现了战国时代的所谓"百家争鸣"的局面。当然百家并不是实数,是言其当时学术、思想流派之多。当时究竟有多少流派,各家说法不一,班固在《汉书·艺文志》中把当时各流派概括为九流十家。儒家、道家、阴阳家、法家、名家、墨家、纵横家、杂家、农家等九家,他们师徒相传,成为流派,故称九流。另外,还有小说家,班固说它是"街谈巷语,道听涂说"的人所创立的,大约当时还够不上一个流派,但合起来是所谓十家。班固的概括、分类与汉以后不大一样。如当时颇为活跃的兵家一类,他就另列为一类,没有放到"诸子"中。同时,即使同一师承,往往在发展中也分不同流派,如儒家后分为八,墨分为三等等①,总的说来,

---

① 《韩非子·显学》篇记述说:"自孔子之死也,有子张之儒,有子思之儒,有颜氏之儒,有孟氏之儒,有漆雕氏之儒,有仲良氏之儒,有孙氏之儒,有乐正氏之儒。自墨子之死也,有相里氏之墨,有相夫氏之墨,有邓陵氏之墨。故孔、墨之后,儒分为八,墨离为三。"这是说由于后代传人的不同,而产生了异同,实际上已成为各有特点的流派。

当时学派众多,活跃异常,蔚为壮观。

当时学派众多,思想活跃,能够在广阔的领域探索问题,大胆地提出各种不同的见解,这与当时旧的思想被瓦解,在纷纭复杂的斗争中,思想禁锢较少,思想比较解放有关。从当时的主要思想家、思想派别如儒、墨、道、法等各家来看,他们虽然主张不同,但都冲破了旧思想的束缚,对西周以来的旧制度、旧意识、旧传统,表现出或修正,或反对,或完全否定的态度。如西周以前的统治思想是神权至上、君权至上而二者统一的思想,奴隶社会把奴隶当作会说话的工具,是不把人当人看待的。而春秋以来,对天的看法,对人的看法,对天与人关系的看法都有很大转变。孔子出现得比较早,他是主张用改良的、温和的手段来对西周的旧制度、旧思想进行修正的。但他也讲出"祭如在,祭神如神在"的话和表现出"子不语怪力乱神"的态度,实际上对人格神的存在表示了怀疑。他在社会思想上讲"爱人",讲"泛爱众",反对用奴隶殉葬,说"始作俑者,其无后乎",表现出抬高人的地位的进步思想。墨子讲"兼爱""尚贤",孟子讲"老吾老,以及人之老,幼吾幼,以及人之幼",而且进一步讲"民为贵,君为轻",荀子则更肯定"从天而颂之,孰与制天命而用之?"连主张消极无为的老、庄也呼出"民不畏死,奈何以死惧之""窃钩者诛,窃国者为诸侯"等激昂的话。法家更是反对"法先王",对西周旧制度、旧思想采取激进的反对态度。总之,这时人们的世界观已经有了改变,敢于冲破旧传统、旧思想的牢笼,对一切事物要求新的探索,取得新的认识。正是这一思想上的解放,促使当时的文化学术有了突飞猛进的发展,构成了一个百家争鸣、学术文化空前繁荣的局面。

诸子蜂起,百家争鸣,表现在文学上便是散文的勃兴,一些著名的思想家、政治家、史学家、军事家的论著,同时也就是重要的散文作品。因此,春秋中叶以后至战国时代,也是我国散文发展史上的第一个重要阶段。

春秋战国时期的散文,概括地说可以分为两大类:一是以议论、说理为主的论说散文,又称诸子散文;一是以记述历史人物思想、活动、历史事件为主的历史散文。后者的出现,是因为当时社会制度的巨大变革,对史学也产生了新的要求,如何总结历史经验,为当时的社会斗争服务,是摆在史学家面前的一项重大课题,因此,一些新的历史名著就出现了。当然,从性质上讲,无论是当时的诸子著作还是历史著作,还都属学术著作,但由于这些著作者们在记事或说理时,往往极注意语言技巧,注意逻辑、修辞,以至谋篇构思,有时还调动许多形象化手段,这样一来,就使这些著作具有了双重性质,既是史学、思想或政论著作,又具有浓厚的文学色彩,具有了一定的文学价值。例如这一时期出现的历史著作《左传》和《战国策》中,在记叙历史事件和历史人物时,都能对某些历史场面作出具体描写,对人物的形象也很注意刻画。不少篇章,情节生动,很有故事性;而所写人物也栩栩如生,具有个性。对于当时行人辞令、策士言谈的记述,也无不曲尽笔墨,翔实而生动,令人读后如目睹亲聆一般。至于一些诸子散文,为了增强论辩的效果,除十分讲究辞章的修饰和逻辑的严密外,还大量运用神话传说、寓言故事等,寄哲理于形象之中,这就使这些诸子著作更具有了文学意味和文学色彩。而且又由于这些著作者的思想、政治流派不同,性格各异,这些散文还明显地表现出不同的风格,如《论语》的雍容和顺、迂徐含蓄,《孟子》的灵活善譬、气势充沛,《庄子》的奇气袭人、想象丰富,《荀子》的层次清晰、论断缜密,《韩非子》的锋利峭刻、说理透辟,等等,正是各具特色,新颖多样。春秋战国时期的这些优秀散文作品,不仅对我国后世散文的发展有重大影响,而且对各类文学包括诗歌、辞赋、小说、戏剧等都有过重要影响。

第二节　历史散文

一　《春秋》《左传》

中国是一个很重视历史文献的国家,修著史书的传统开始得很早。班固说:

> 古之王者,世有史官,君举必书,所以慎言行,昭法式也。左史记言,右史记事,事为《春秋》,言为《尚书》,帝王靡不同之。

这是说,古代王室很早就有史官的设置,他们在君王左右,有的掌管记事,有的掌管记言。这样,历史散文也就很自然地分为两类:一是记事体,一是记言体。《尚书》所记的是商、周帝王诏命言辞,这我们已经讲过了;但商代是否另有编年记事的史书,因为文献有缺,已不可而知。但早在春秋战国以前,周王朝和各诸侯国便都已有编年记事的史书,这是无疑的。如墨子就说过他曾见到过"百国春秋"(所谓"春秋",是取春秋代序为一年的意思,故以《春秋》为纪年史的名称)。但最初的史书都是由史官执笔撰写的,即所谓官修,而私人修撰史书则是由孔子开始的。孔子根据鲁国的史料,编纂了一部编年史,这就是被后世称为"五经"之一的《春秋》。① 《春秋》从鲁国隐公元年(前722)写起,至鲁哀公十四年(前481)停笔,简要地记载了二百四十二年间的历史大事,全书共一万六千余字。《春秋》在记述事件时,使用了简洁而谨严的格式,如它记事的结构,一般是以何年、何月、何日、何地、何人、发生何事、结果如何为先后次序,系年记事,有条不紊。语言也朴素而精确,如它记载战争时,往往根据战况和作者对某一次战争的看法,分别选用伐、侵、袭、克、灭、取、歼、追等不同的词语来表达。当然,《春秋》还只是一部提纲式的史书,语言过于简单,缺乏具体描写,但它记事清楚有条理,语言平浅、精确,如僖公十六年记:"春王正月,戊申朔,陨石于宋五;是月,六鹢退飞,过宋都。"据《春秋公羊传》说,这一条记载,行文是很有讲究的。记"陨石"一语,是因为先见陨石下落,后经仔细数,方知是五

---

① 关于《春秋》是否为孔子所修撰,经学史上也有不同看法。按孔子作《春秋》最早于《孟子》书中已见。《孟子·滕文公下》:"世衰道微,邪说暴行有作,臣弑其君者有之,子弑其父者有之;孔子惧,作《春秋》。""孔子成《春秋》而乱臣贼子惧。"继而司马迁于《史记·孔子世家》中也说:"子曰:'弗乎!弗乎!君子病没世而名不称焉。吾道不行矣!吾何以自见于后世哉?'乃因史记(按指鲁史)作《春秋》。"后世孔颖达、刘克庄,以及近人钱玄同、杨伯峻等,则皆以《论语》中未载此事,《春秋》书中体例不完全一致等理由,提出怀疑。笔者的意见,还当以最早的资料《孟》《史》为据。

块,故将数字放后。"六鹢"一语,是先看见有六只鸟在天空飞,仔细看是鹢鸟,再仔细看原来是"退飞",故与前句次序不同。作者记事是否真有此深心虽不可知,但这条记事文,寥寥十余字,叙述得简练明白、错落有致。它比起"佶屈聱牙"的《尚书》散文来,显示出一定的进步。

随着社会的发展和文化、学术思想的前进,至战国时代,历史散文呈现出飞跃的进步,从而出现了中国第一部叙事写人的伟大历史巨著——《左传》。

《左传》西汉人称它为《左氏春秋》,《史记》就这样称呼它。东汉人认为它是为了传(阐释)孔子所著的《春秋》一书而写的,故改称它为《春秋左氏传》,后世则简称为《左传》。与《左传》并存的还有公羊高所作的《公羊传》、穀梁赤所作的《穀梁传》①,过去并称它们为"春秋三传"②。三传之中,《公羊》《穀梁》以解释《春秋》的"微言大义"为主(所谓"微言大义",是说孔子所编纂的《春秋》,文字简略,但包含了很多深奥的义理,因此需要进一步加以解释、申述)。这显然是把《春秋》一书看得很神秘,而它们的所谓申述"大义",往往也都不过是些深文周纳的穿凿附会之谈。但是《左传》一书在性质上则完全不同,它并不是要解释或发挥什么《春秋》的所谓大义,而只是仿照《春秋》用鲁君的世次(隐、桓、庄、闵、僖、文、宣、成、襄、昭、定、哀)编年而已,性质上完全是一部由作者独立编撰的新史书。《左传》记事上起鲁隐公元年(前722),下至鲁哀公二十七年(前468),最后附记了鲁悼公四年(前464)一事。③ 从取材来看,它博采了当时的其他史籍以及许多流传于口头

---

① 关于《公羊》《穀梁》二传撰作者,亦有分歧说法。这里采用的是一般意见,其根据是《汉书·艺文志》:"《公羊传》十一卷,公羊子,齐人。"又颜师古《汉书注》:"公羊子名高。"《汉书·艺文志》:"《穀梁传》十一卷,穀梁子,鲁人。"颜师古《汉书注》以为名"喜";但桓谭《新论》、应劭《风俗通义》、陆德明《经典释文叙录》引旧注皆作"穀梁赤"。

② 西汉传《春秋》者有五家:左氏、公羊、穀梁、邹氏、夹氏。据《汉书·艺文志》:"邹氏无师,夹氏有录无书。"故流传下来的仅有"三传"。

③ 按《左传》最后署"悼之四年",但所系事迹至韩、魏灭智伯,已属悼公十四年左右事,故一说《左传》附记至悼公十四年(前454)。

上的史料,全书规模庞大,近二十万字,记述的社会内容要比《春秋》广阔丰富得多;从思想观点上看,它也不同于《春秋》(《春秋》主要宣扬的是尊王的大一统思想);在文笔风采上,则更具有显著的特点和创造性。因此,它的作用和价值是远非其他二传(《公羊》《穀梁》)可比的。①

《左传》的作者和写作年代,历史上说法不一。司马迁和班固都明确地记载《左传》的作者是左丘明,并说他是鲁太史。② 有人认为这个左丘明就是《论语》一书中提到的与孔子同时代的左丘明:

> 子曰:"巧言令色,足恭,左丘明耻之,丘亦耻之。匿怨而友其人,左丘明耻之,丘亦耻之。"(《论语·公冶长》)

但唐代以后,许多学者都提出异议,认为《左传》的作者不可能是与孔子同时代的左丘明。现代人一般都倾向于认为《左传》一书是战国初年时代的作品,作者已无确考。

《左传》是一部历史著作,它所写的一些人物和故事是按照历史资料来写的,不能随意虚构。但作者在记述这些历史人物和事件时,也表现出一定的思想观点和政治倾向。如在天、人关系上,《左传》比较强调人的作用,这是代表了当时进步的新思想的。殷周奴隶主统治时期,有神论的天命思想占统治地位。当时认为天神或上帝是天地间的最高主宰,所有自然现象的变化以及人类社会的种种活动,都被说成是受"天"或"上帝"的意志的支配。而当时的奴隶主贵族,也正是凭借着上帝的权威来维护他们在人世间的统治的。而西周末年以后,随着奴隶主统治的动摇,这种关于"天"有绝对权威的观念,也就逐渐动摇了,代之而起的是"天人相分"的唯物主义思想,即认为"天道"不能干预人

---

① 关于《左传》不传《春秋》而自成一书,古代已有所认识,如《晋书·王接传》:"《左氏》辞义赡富,自是一家书,不主为经发。"宋黄震:"《左氏》虽依经作传,实则自为一书,甚至全年不及经文一字者有之,焉在其为释经哉?"(《黄氏日钞》卷三十一)

② 司马迁《史记·十二诸侯年表》:"鲁君子左丘明惧弟子人人异端,各安其意,失其真,故因孔子史记(按即指《春秋》),具论其语,成《左氏春秋》。"班固《汉书·艺文志》:"《左氏传》三十卷。左丘明,鲁太史。"

事,或不能完全干预人事,这在当时是一种进步的世界观。《左传》作者通过一些历史故事,较明显地表现了它对后一种进步思想的肯定。如《左传》于鲁昭公十八年,记载了郑子产的一件事,说当时大风,宋、卫、陈、郑几国都接连发生火灾。郑国大夫裨灶,主张用宝物祭神以禳除火灾,说如果不这样做,郑国还要再次发生大火。而郑子产却反对说:"天道远,人道迩。非所及也,何以知之?"意思是说:天道太远了,人道才是切近的。远的天道我们捉摸不到,怎么能够知道呢?这里从表面上看虽然没有说天道不存在,但实际上对天道是采取怀疑以至否定态度的。《左传》忠实地记述了子产的这一唯物主义思想,并紧接着写道:"遂不予,亦不复火。"显然,作者在这里是表现了赞赏态度的。

另外,《左传》于桓公六年,记述了季梁与随侯的一段对话。当时楚武王正要伐随,随侯要大举祀神,认为这样就可以取胜,而季梁却劝说:"夫民,神之主也,是以圣王先成民而后致力于神……君姑修政而亲兄弟之国,庶免于难。"意思说,人民是神的依靠,所以好的君王先去完成对人民有利的事,然后再去虔诚地敬神,你应修明政治,并与兄弟之邦联合起来,即使楚国来侵犯,也不会遭什么大难了。接着《左传》则记述说:"随侯惧而修政,楚不敢伐。"另外,《左传》于鲁庄公三十二年,记载虢国国君派太史嚚去祭享神,太史嚚则回答说:"虢其亡乎!语闻之,国将兴,听于民;将亡,听于神。"意思说,你让我这样做,虢国不就会亡了吗!我听说一个国家将兴,就由于听从民意;将亡国,就专去祭神,靠神来福佑。从《左传》的记载看,当时确有某些有识见的人,已渐渐开始对天道、鬼神之事产生怀疑,转而重视人的作用。《左传》热情地记载了这些新思想,而在叙述时又间接或直接地表示出对这些思想的赞同。

其次,《左传》在君、民关系问题上,比较重视民的作用,在一定程度上表现了民本思想。民本思想是春秋战国时期,随着旧奴隶主统治的动摇和人民力量的展示而出现的一种以重民为特征的思潮,而《左传》一书也反映了这样一种进步思想。它常常通过一些历史事件,说明民在政权得失和战争胜败上的重大作用,具体证明受到人民拥护的可以得国保位,失去民心的就会失位亡身。如书中记述,鲁国大臣季氏由于采取了一些有利于民的措施而取得了鲁国的政权,鲁昭公却因为失掉民心而被逐出国。昭公二十五年记乐祁说:"鲁君失民矣,焉得逞其志?"又借史墨的话对这件事评论说:"季氏世修其勤,民忘君矣。虽死于外,其谁矜之!"(昭公三十二年)意思说,季氏因世代勤于民事,爱护百姓,因此人民早把鲁国国君忘了。鲁昭公死在外边,还有谁去怜悯他呢!接着史墨还评论说:"社稷无常奉,君臣无常位,自古以然!故《诗》曰:'高岸为谷,深谷为陵。'三后之姓,于今为庶!"这里,《左传》显然用赞赏的态度肯定季氏因得民而得政,世袭的鲁君却因失民而失其位,并认为在当时大变动时期,旧贵族失势是理所当然的。襄公十四年,记师旷就卫献公被国人赶跑的事对晋悼公说:"良君将赏善而刑淫,养民如子。"这样的君主是不会被赶走的,而像卫君那样的"困民之主",使"百姓绝望","弗去何为"?不被赶走还留他干什么呢?公然提出若君主对民不好,就可以将他除掉。鲁哀公元年,记逢滑对陈怀公说:"臣闻国之兴也,视民如伤,是其福也。其亡也,以民为土芥,是其祸也。""视民如伤",是说把老百姓看成有伤痛的人一样,爱护备至;"以民为土芥",是说轻视百姓、贱视百姓如土芥。《左传》认为这两种态度分别决定了一个国家的兴和亡、祸与福。春秋以后,战争频繁,《左传》写战争的胜负,往往在统治者是否能争得民心上找教训。僖公二十八年晋楚城濮之战,楚师大败,在战之前,楚国荣季就分析到要失败,说:"非神败令尹,令尹其不勤民,实自败也。"民本思想是当时的进步思潮,《左传》以敏锐的思想触角抓住并记录了这样一些历史资料,也透露出《左传》一书作者的态度。

另外,《左传》还本着"不隐恶"的态度,对统治阶级的一些残暴、荒淫丑行作了暴露。《左传》于宣公二年载:"晋灵公不君,厚敛以雕墙,从台上弹人,而观其辟丸也。宰夫胹熊蹯,不熟,杀之,置诸畚,使妇人载以过朝。"其大意是说,晋灵公不按君主的道理办事,大量聚敛人民的钱财，雕绘墙壁，而且还从高台上用弹来射人，看百姓躲避的样子取乐。又曾因厨夫煮熊掌不熟，而杀了厨夫，并肢解了尸体，放在畚箕里，在朝廷上走过，以此示众。又宣公十年载："陈灵公与孔宁、仪行父饮酒于夏氏，公谓行父曰：'征舒（夏姬子）似女。'对曰：'亦似君。'"晋灵公的残暴，无人性；陈灵公君臣皆与夏姬通奸，而又互相公开无耻地戏谑。作者在两段简短的记载中，都予以无情地揭露。

《左传》通过历史记载，还表彰了许多有识见、对国家有贡献的人物。如僖公三十三年，记载了郑商人弦高的爱国事迹。秦国率兵将侵犯郑国，郑国还不知消息。郑商人弦高到洛阳去经商，路遇秦师，于是就假装自己乃是受郑君的派遣前来迎接和犒赏秦师的。一边出资送秦师十二头牛等礼物，稳住秦军；一边急忙遣人回国去报信，使郑国有所准备。秦师因"郑有备"，班师而还，从而解救了郑国的一场兵难。又定公四年记载，楚国申包胥哭秦廷，终于说服秦国出兵，拯救了自己祖国的危亡。这些都表现了《左传》对爱国主义思想的赞扬。

从以上的分析看，《左传》作为当时规模巨大的一部历史著作，不仅为我们汇集和保存了大量的古代社会、政治、军事、文化史料，而且还表现了作者比较进步的历史观点。当然，《左传》一书的内容和思想也是复杂的，它在不少地方也宣扬了封建道德思想和某些宿命论的观点。但从全书的基本倾向看，这些消极的东西还是次要的。

《左传》是一部历史著作，但它的文学因素极为丰富。它善于描写人物，并善于对庞杂的历史资料加以精心剪裁和安排，使之故事化，以至趣味化，这就使它在相当程度上具有了文学色彩。《左传》的许多重要篇章，对人物的描写十分鲜明、生动，故事首尾完整，层次分明；而且在情节安排上，疏密相间，跌宕有致，格外引人入胜。

首先，《左传》十分长于描写战争，经它所记的大大小小军事行动有三四百起之多，发生在当时的许多著名的大战役，都是通过它周详而生动的描写才流传下来，成为我国军事史上著名的战例资料。如晋楚城濮之战、秦晋殽之战、齐晋鞌之战、齐鲁长勺之战等，都记述得首尾完整,而且具体、生动。《左传》写战争的一个突出特点是,它不仅仅把战争看作刀光剑影的搏斗,而且将战争视为一种极复杂的社会现象加以全面叙述,这方面特别表现了《左传》作者的社会观点,尤其是战争理论的深刻性。《左传》描写战争一般是先从战前写起,首先描写战争双方的政治情况、人心的向背、对战争的准备,以及各种外交上的斗争,然后才写到战场上的交锋,而对战斗本身的描写,往往也着重写战术的成功或失误,使人深刻地感到战争的胜负绝非偶然。例如书中对晋楚城濮之战的描写,直接写到战争的文字并不多,而对晋、楚两国战前的外交纠纷、君臣情况、兵力、士气做了充分描写,以至双方的胜负早就在读者的料想之中。又如"齐鲁长勺之战"是有名的精彩篇章,它不仅记述了这场战争的经过,而且生动地刻画了一个爱国者和杰出军事家曹刿的形象。文章起始是这样写的:

> 十年春,齐师伐我(指鲁国)。公(鲁庄公)将战。曹刿请见。其乡人曰:"肉食(做大官的)者谋之,又何间(参与)焉?"刿曰:"肉食者鄙(眼光短浅),未能远谋。"乃入见。

这里写曹刿是一个有爱国心和责任感的人物,他对当时国内的贵族是不信任的;为了保卫国家,他挺身而出。下文接着写他见到庄公时的三问三答,但谈的都不是军事而是政治。他认为只有先把国内的政治修整好,争取到人民的支持,这场战争才是有希望的。下面写战争的经过和曹刿的一段议论是很精彩的:

> 公与之乘,战于长勺。公将鼓之,刿曰:"未可。"齐人三鼓,刿曰:"可矣。"齐师败绩。公将驰之,刿曰:"未可。"下视其辙,登轼而望之,曰:"可矣。"遂逐齐师。
>
> 既克,公问其故。对曰:"夫战,勇气也。一鼓作气,再而衰,三而竭。彼竭我盈,故克之。夫大国难测也,惧有伏焉。吾视其辙乱,望其旗靡,故逐之。"

这里写曹刿指挥战争取得胜利的过程。鲁庄公起初不待齐军疲惫就要出战,结果被曹刿阻止了。曹刿抓住了反攻的有利时机,即"彼竭我盈"之时,充分发挥了自己一方士兵的锐气,实行了敌疲我打的方针;又趁对方败军的混乱进行追击,因而一举取得战争的全胜。当时齐强鲁弱,鲁国打的是一场防御战,但由于战前争取民心,有政治上的准备,战场上又指挥正确,因而取得了胜利。它所记叙的一些战略战术原则,今天还有军事上的参考价值。

从这篇短文中,我们还可以看到《左传》在记叙历史事件和描写人物等方面的高度技巧。首先作者善于通过一系列的具体情节描写,使所记叙的内容故事化。这篇文章的内容是写在齐鲁长勺之战中齐败鲁胜的原因和经过,但它并不是平铺直叙地简略记载一下事情的经过,更不是通过作者之口发表什么议论,而是具体描写人物的言谈、活动,并通过人物的某些富有特征的言谈活动和场面的描写,构成一系列生动的情节,使一次历史事件的曲折经过有声有色地呈现在读者面前,令人如目睹其事,身临其境。如文章开始,首先写曹刿请见而乡人劝阻的情节;继而写曹刿觐见鲁庄公后两人对话的情节;接着写战场上"击鼓"和"逐师"的情节;最后,作为结束,还有"公问其故"而曹刿侃侃而谈的情节。文章正是通过这样一连串具体生动而又紧凑相衔的情节描写,构成了一篇有首有尾、引人入胜的故事。

其次,作者善于把人物放在矛盾冲突中,立体化地表现出人物的思想和性格。例如文中写曹刿的爱国心和对国家危亡的责任感,是通过他不顾乡人的劝阻而执意要入见鲁君表现出来的;曹刿的卓越识见,是由他与庄公见面后,首先不谈战事而只谈政治民情表现出来的;曹刿的大军事家风度,是由临阵时庄公想贸然迎敌、贸然追击,而他却从容镇定、举止机智而谨慎表现出来的;等等。作者未加一句评判议论,而曹刿的思想、识见、性格、风度却宛然如见。

另外,《左传》一书语言的精练传神,在这篇短文中也有充分体现。如开始一段,写曹刿答复乡人的话"肉食者鄙,未能远谋",用平静而含讥的语气,表现了曹刿鄙视达官贵人,而自己却胸有成竹的情态。写入见后与庄公的问答,曹刿的语气是舒缓的,表现了当时曹刿耐心探寻并加以思考的情状。战场上,曹刿的"未可""可矣""未可""可矣"几句短语,既表现了曹刿的果断和有主见,又表现出当时在战场上的那种间不容发、掌握时机的气氛。而最后曹刿在解释为什么会取得这场战争胜利的时候,又转换为从容说理、侃侃而谈的语气。在叙述语言上,作者也是做到精确、简练、传神的,如用"乃入见"表现毅然入见;用"公将鼓之""公将驰之",表现庄公那种急于求成的急躁寡谋的心理;"吾视其辙乱,望其旗靡",用"视""望"分别表示下看和远眺;等等。无论叙述语言和人物语言,都是随物赋形、逼真逼肖的。正如清代冯李骅《读左卮言》所说:"凡声情意态,缓者缓之,急者急之,喜怒曲直,莫不逼肖。"

《左传》在刻画人物上成功的例子是很多的。它往往在叙事的过程中,只用寥寥数语,就勾勒出人物的个性,描绘出人物的音容笑貌以至其内心世界。如僖公三十三年记载秦晋殽之战,写晋国俘虏了秦国的三帅,晋襄公听母后文嬴的话,把他们都放走了。于是对晋元帅先轸有这样一段描写:

　　先轸朝,问秦囚。公曰:"夫人请之,吾舍之矣。"先轸怒曰:"武夫力而拘诸原,妇人暂而免诸国,堕军实而长寇仇,亡无日矣!"不顾而唾。

几句话,把先轸的极度不满,在国君面前怒而忘形的暴烈性格,极其生动地表现了出来。

《左传》刻画人物性格,有时还善于写出人物性格的发展变化,如有名的"晋公子重耳之亡"一章,不仅记叙了晋公子重耳从出亡到返国,到做霸主这一全部历史过程,而且还通过许多细节,写出了晋公子重耳从一个幼稚无知、希图安逸和缺乏谋略的贵族公子,在经过种种患难之后,成长为一个老谋深算、勇于创业的政治家的性格变化过程。①

---

① 关于重耳的事迹主要记述在《左传》庄公二十八年至僖公三十二年间,详细地记载了他出亡、复国和成就霸业的过程。

文章始写晋献公听从骊姬的谗言,逼死了太子申生,而又派兵来攻杀重耳。重耳封地蒲城的人民欲战,他却顾念亲、子之情,宁可弃国逃亡,而不愿反抗。说明他在当时的政治舞台上还是很天真、幼稚的。后来,重耳在群臣们的陪同下奔狄,娶狄女季隗。之后在将去齐时,他嘱咐妻子说:"待我二十五年,不来而后嫁。"说明他留恋妻子,而又被迫不得不流亡而去,竟以二十五年为期,表现出他当时前途渺茫的处境。

过卫地时,受到卫文公的冷遇和卫地人的嘲弄,他毫不考虑身处敌国的安危,欲鞭打嘲弄者,险些闯祸;后经从人子犯的劝阻而停止。

到齐国时,他受到优待,"齐桓公妻之,有马二十乘"。于是他就想苟安下去,而忘记了复国、报仇的大业。臣子子犯促使他离开,他反而"以戈逐子犯"。说明他贪图安逸,胸无大志,乐以忘忧。

后写他至曹、至郑、至楚,都受到轻视、冷遇或要挟,而重耳因不懂策略,在楚几乎被杀。但在他经过这么多挫折和磨难以后,终于成熟起来了。他为了达到自己的政治目的,变得忍辱负重,礼敬别人,讨好强者。待他在归国途中和归国以后,已经知人善用,权衡利害,不计前怨,注意树立威信和笼络民心,俨然是当时的一个政治家的作为和风度了。城濮之战时,他更能在政治上和军事上从谏如流,采取有效措施,打败楚国,取得了霸业,成为春秋时代最强者——"五霸"之一。

《左传》是历史著作,写的是真人真事,但它能从人物众多的事迹中,捕捉住其性格特征,有时并写出他们的思想和性格的发展和变化,这是很具有文学性的。这也正是《左传》这部丰富多彩的史学巨著,不仅对后世史学和一般散文有影响,而且对我国小说的发展也有重大影响的原因。

二 《国语》

《国语》是一部分国记载的国别史,所记述的年代起自周穆王,终于鲁悼公(前1000—前440)。全书二十一卷,分载了周、鲁、齐、晋、郑、楚、吴、越八国的历史片断,尤以记晋史最长,共九卷,齐、郑、吴最少,各一卷。据传《国语》与《左传》为同一作者,都是春秋时期左丘明。或称《国语》之作,是为补充《左传》之不足。故又称《国语》为《左氏外传》或《春秋外传》。① 但后人对此多有异议,近代一般认为它与《左传》一样,是战国时期的作品;并认为它是汇编之书,并非出自一时一人之手,但最后经人编排整理而成书,全书七万余字。

从史学和文学角度看,《国语》远不如《左传》,但也有个别篇章在史实上可补《左传》之不足。其中一些文章,表现出较进步的政治倾向,语言上比较浅显,接近当时的口语。如《周语》有一段记西周末年厉王的暴政和他被逐的经过,文章起始写:

> 厉王虐,国人谤王。召公告王曰:"民不堪命矣!"王怒。得卫巫,使监谤者,以告,则杀之。国人莫敢言,道路以目。王喜,告召公曰:"吾能弭谤矣,乃不敢言。"

短短的一段文字,对当时厉王的倒行逆施做了形象的揭露。接着写他的臣子召公对他的一段劝谏,其中说:"防民之口,甚于防川;川壅而溃,伤人必多。民亦如之。是故为川者,决之使导;为民者,宣之使言。"用通俗的比喻,深刻地说明了事理。但召公的恳劝,厉王并未听从,文章的结尾是简短而冷峻的:"王弗听。于是国人莫敢出言。三年,乃流王于彘。"

全文虽着墨不多,但活画出厉王这样一个不可救药的昏君的形象。在民怨沸腾的情况下,召公向他反映社会情况,他却怒气冲天,反而变本加厉,用杀人来"弭谤",并且还自以为得计;召公语重心长地向他反复比况,说明利害,恳切劝谏,他却仍执迷不悟,毫不听从。文中用"王怒""王喜""王弗听"三个短句,非常简略而形象地刻画了厉王的暴虐昏庸。文章最后则以"流王于彘"作结,冷冷结束。全文字数不多,但

---

① 司马迁:"左丘失明,厥有《国语》。"(《报任安书》)汉王充:"《国语》,左氏之外传也,左氏传经,辞语尚略,故复选录《国语》之辞以实。"(《论衡·案书篇》)

逻辑谨严地写出了事情发展的全过程，也透露出史学家对这件事情的进步观点。又如《楚语》中有一段记述楚大夫谏令尹子常的话："民之羸馁，日已甚矣。四境盈垒，道殣相望……积货滋多，蓄怨滋厚，不亡何待？"有意识地记述这样一些话，实际上也正表现了作者作为一个进步史学家的态度。

另外，《国语》有些片断，刻画人物也很成功，特别是写人物对话，十分风趣、传神。如书中对叔向这样一个人物有许多描写，他是一个颇为机智、富于幽默性格的人物。《晋语》中记了这样一个小故事：

> 董叔将娶于范氏。叔向曰："范氏富，盍已乎？"曰："欲为系援焉。"他日董祁愬范献子，曰："不吾敬也。"献子执而纺于庭之槐。叔向过之。曰："子盍为我请乎？"叔向曰："求系既系矣，求援既援矣，欲而得之，又何请焉！"

董叔想用结亲的手段去巴结范氏，要娶范献子的妹妹为妻。叔向比较清醒，劝他不要去高攀，说范氏为富不仁，不门当户对，将来要吃亏。利欲熏心的董叔不听。果然不久，他娶来的妻子范祁，到范献子那里告董叔对她不敬，于是董叔被范献子吊绑在树上。他请叔向为他求情，叔向则幽默地回答说，你想要提拔高攀（"系援"），现在已经如愿以偿了，还有什么可请求的呢？这是一个极有意义的社会讽刺故事，在仅仅几十个字的短文中，作者把它写得真是妙趣横生，讽刺世态，入木三分。《国语》中还有其他一些篇章，如《勾践灭吴》《齐姜醉遣重耳》《叔向谏杀竖襄》等，写得也较具体生动，富有文学性。今再举《叔向谏杀竖襄》（《晋语八》）一篇为例：

> 平公射鷃不死，使竖（内竖，即阉人）襄搏之，失。公怒，拘将杀之。叔向闻之，夕，君告之。叔向曰："君必杀之！昔吾先君唐叔，射兕于徒林，殪（一射而死），以为大甲（以兕牛皮做盔甲），以封于晋。今君嗣吾先君唐叔，射鷃不死，搏之不得，是扬吾君之耻者也！君其必速杀之，勿令远闻！"

> 君忸怩颜,乃趣赦之。

故事写晋平公射一只鸟未死,让阉人襄去抓,没抓到他就要杀人。而对这种残暴无理的事,晋大夫叔向不是正面去谏劝,而是故意从反面进行讽刺,以暴露平公无辜杀人之无理,从而达到了纠君之过的目的。短短一段文字,把当时统治者的残暴、草菅人命,叔向的机智善谏,都十分形象地写了出来,给人留下很深的印象。一般地说,《国语》重点在记言,因此记事简略。但一些好的片断,往往能把记事和记言交叉进行而又融合为一体,言为事而发,事又为言的验证,因而也较完整,富于一定的故事性。

三 《战国策》

《战国策》是战国末年和秦汉间人所纂集的一部历史著作,已无作者主名可考,大约最初只是战国时代各国史官和一些游说之士记录下来的文稿、史料,后经汉代学者刘向汇集整理。① 全书共计三十三篇,因为它的内容主要是记录战国时代游说之士的策谋的,故定名为《战国策》,又简称《国策》,另外还有《短长》《事语》《长书》和《修书》等异名(见刘向《战国策叙录》)。《战国策》基本上依照《国语》的体裁,以记言为主,按国别划分,全书计有东周一篇、西周一篇、秦五篇、齐六篇、楚四篇、赵四篇、魏四篇、韩三篇、燕三篇、宋与卫一篇、中山一篇。它的记事年代起于战国初,下至秦并六国后(约前460—前220),共约二百四十年。

作为一部史书,《战国策》缺乏系统性和完整性。它虽然记述了战

---

① 《战国策》一书《汉书·艺文志》未说明作者。近人根据《史记·田儋列传》有"蒯通,善为长短说,论战国权变八十一首"的记载,疑为蒯通作(见罗根泽《战国策作于蒯通考》),但证据不足,多不信从。按《隋书·经籍志》《新唐书·艺文志》均称"刘向录"或"刘向撰",《四库全书提要》称"战国策乃刘向裒合诸记,并为一编",较为可信。又1973年,考古学家从长沙马王堆三号墓中发现和整理出大批帛书,其二十七章中,有十一章见于今《战国策》和《史记》,其余亦为纵横家言。可知战国时纵横家的言辞、事迹曾大量被记录,刘向正是在大量遗存史料中把所见到的一部分编纂成书。

国时代许多历史事实,但叙事不记年月,文章片片断断,这就不免减低了它的史学价值。《战国策》既非一人、一时之作,因此思想也颇庞杂,它主要反映的是战国时代纵横家的思想,对当时往来于各诸侯国之间的游说之士的活动和他们的所谓奇谋异策,作了真实的记载,也做了毫不掩饰的颂扬。如果说这部书还有某些意义的话,那就是它对战国之世纵横捭阖的复杂斗争形势作了记录,对当时统治阶级和政客们的权谋、谲诈、角逐,在客观上作了暴露。当然,书中也记载和歌颂了统治阶级中某些有政治远见、坚持正义、不畏强暴的人物和他们的生动事迹,如邹忌讽齐王纳谏、冯谖为孟尝君焚券买义、鲁仲连义不帝秦、荆轲刺秦王等。另外,有些篇章虽然原意只在歌颂某种人的机智,但内容也很有教育意义,如中射士揭露不死之药的骗局,触龙劝说赵太后不要溺爱幼子,等等。

从文学角度看,《战国策》文笔清新流丽,富于文采;又善于把人物的活动组织成生动曲折的故事,引人入胜;在某些场面描写上,尤善于渲染气氛。这说明在散文技巧上,它比起以前的历史散文有新的提高,某些方面还为后来《史记》的范本。

《冯谖客孟尝君》是《战国策》中久为传诵的名篇。文章写当时的"四公子"之一的孟尝君着意"养士",有个贫士冯谖请人推荐做了"门下客"。在初次会面的问答以及初被收留时,他都故作平庸,且又追求礼遇而无所作为。但在孟尝君选派人替他往封地去收债时,冯谖却脱颖而出,但又出乎意外地"烧券而归",引起孟尝君的不满。直至孟尝君失去相位,返归封地时,才显示出冯谖设计"烧券"替孟尝君收买民心,乃是一种政治上了不起的远谋,从而表现出冯谖有过人的才智。文章把冯谖的事迹主要组成三个情节来写:一、试探孟尝君对"士"的真诚态度;二、收债而烧券以买动民心;三、孟尝君失势,回封地而显示出冯谖的深谋远虑。

这篇文字的主要艺术特色,是用精雕细琢的手法、迂回曲折的情节,写出了战国时代一个有奇谋异策的士人的形象,生动地描写了他异乎常人的智谋和作为一个所谓"奇士"的风采。

文章从冯谖初至孟尝君门下做客时写起。冯谖初见孟尝君,孟尝君问他有"何能""何好",冯谖的回答是"客无能也""客无好也",这种故作平庸的回答,给人留下了一种难以捉摸和莫测高深的印象。文章一开始就写得很有吸引力。

随后,文章写孟尝君还是收留了他,只是"食以草具",给他的是下士的地位。于是引出了冯谖弹铗而歌的情节,这一段文字写得有声有色,十分生动:

> 居有顷,倚柱弹其剑,歌曰:"长铗归来乎,食无鱼!"左右以告。孟尝君曰:"食之,比门下之客。"居有顷,复弹其铗,歌曰:"长铗归来乎,出无车!"左右皆笑之,以告。孟尝君曰:"为之驾,比门下之车客。"于是乘其车,揭其剑,过其友曰:"孟尝君客我。"后有顷,复弹其剑铗,歌曰:"长铗归来乎,无以为家!"左右皆恶之,以为贪而不知足。孟尝君问:"冯公有亲乎?"对曰:"有老母。"孟尝君使人给其食用无使乏。于是冯谖不复歌。

文中写他三次用弹铗作歌的方式,向孟尝君提出生活待遇上的要求,而且一次比一次高,以至引起周围人"笑之""恶之",但他却我行我素,旁若无人,直到孟尝君都满足了他——也就是孟尝君"爱士"的诚意得到了考验,他才"不复歌"。这里生动地写出了策士冯谖不卑不亢,异于常客的奇特风采。

当然,这样两段并不是冯谖的主要历史事迹,也就是说,并非是这篇文章的中心意思所在,但作者着意首先写出这样两段文字还是有重要作用的。一是它写出了冯谖后来愿为孟尝君竭尽才智来效力的原因——所谓"士为知己者死",正是当时作为策士的道德信条;二是把冯谖这个人物的个性写得更鲜明,形象更丰满,更有"奇士"的风采。

下面写冯谖为孟尝君焚券买义的一段,是全文的中心情节。这一段通过对冯谖言谈举止的描写,通过一起一伏的情节,对冯谖的思想性格作了十分深刻的刻画,而且充满了引人入胜的故事性。

> 后孟尝君出记,问门下诸客:"谁习计会,能为文收责于薛者乎?"冯谖署曰:"能。"孟尝君怪之曰:"此谁也?"左右曰:"乃歌夫长铗归来者也。"孟尝君笑曰:"客果有能也,吾负之,未尝见也。"请而见之,谢曰:"文倦于事,愦于忧,而性懧愚,沉于国家之事,开罪于先生,先生不羞,乃有意欲为收责于薛乎?"冯谖曰:"愿之。"于是约车治装,载券契而行。辞曰:"责毕收,以何市而反?"孟尝君曰:"视吾家所寡有者。"驱而之薛,使吏召诸民当偿者,悉来合券。券遍合,起矫命,以责赐诸民,因烧其券,民称万岁。长驱到齐,晨而求见。孟尝君怪其疾也,衣冠而见之,曰:"责毕收乎?来何疾也!"曰:"收毕矣。""以何市而反?"冯谖曰:"君云:'视吾家所寡有者。'臣窃计君宫中积珍宝,狗马实外厩,美人充下陈;君家所寡有者,以义耳,窃以为君市义。"孟尝君曰:"市义奈何?"曰:"今君有区区之薛,不抚爱子其民,因而贾利之;臣窃矫君命,以责赐诸民,因烧其券,民称万岁,乃臣所以为君市义也。"孟尝君不悦,曰:"诺,先生休矣。"

从思想内容上说,这段文字忠实地记述和颂扬了冯谖的政治卓见。冯谖的所谓"焚券市义",实际上是一种争取民心的活动。文章写冯谖的明智远虑,就在于他比较清醒地认识到,一个统治者尽管一时可以占有大量财富,但如果失去民心,则是一件非常危险的事。具体到孟尝君身上,他看到孟尝君虽然势位显赫,但如若"不抚爱子其民",一旦在统治者内部倾轧中失势,就将无立足之地。冯谖的"焚券市义"的动机,虽仍属为统治者孟尝君着想,但也体现出他对人民力量的认识。文章通过记述和颂扬冯谖的事迹而透露出来的这方面的思想,是与当时进步的重民思想、民本思想相一致的。

其次,这段文字写得非常曲折、细致,富有故事性。它基本由三个生动的情节组成,即冯谖署记、矫命焚券、市义复命。文章首先写当孟尝君招募去薛地收债的人时,冯谖脱颖而出,这大出孟尝君之所料,同时还为自己最初未能重视他而感到内疚。文章用孟尝君笑曰"客果有能也"来极写孟尝君对他的欣赏和信任。但接着写冯谖领命之后,却焚券而归,这意外的举动又使孟尝君大失所望,极为不满。而直到期年以后,孟尝君罢相归薛时,才又意外地感到冯谖眼光长远,果然是能士。文章通过这样一起一伏的描写,构成了生动的故事性,极为引人入胜。情节是人物性格的历史。文章正是通过上述的具体情节描写,把冯谖的机智、果敢和出众的政治识见,生动地表现了出来。如文中写冯谖临去薛地时,问:"责毕收,以何市而反?"孟尝君随口答道:"视吾家所寡有者。"这正是冯谖所期待的回答。冯谖正是抓住孟尝君的这句答话,而为实现自己的奇谋——"矫命市义"创造了条件,并在回来复命时,使自己完全占据主动地位。作者用这一微小的问答细节,非常深刻地显示出策士冯谖在行动时处处占有先机的机智。冯谖至薛收债一节,文字不多,但画龙点睛地表现了他的才干和胆识:"驱而之薛,使吏召诸民当偿者,悉来合券。券遍合,起矫命,以责赐诸民,因烧其券,民呼万岁。长驱到齐,晨而求见。"充分显示出冯谖处理事情的胸有成竹、有胆有识、敢作敢为的性格。紧接着归来复命一节,写冯谖对孟尝君的那番答话,滔滔不绝的言辞,理直气壮的气势,充分显示出冯谖作为一个策士的机警、从容、多辞善辩的风度。

通过对历史人物言谈和具体细节的描写,通过起伏跌宕的故事情节,浮雕似地刻画出某些历史人物的性格特征,是《战国策》在文学史上也具有重要地位的原因。

《战国策》除了记写人物历史故事以外,还有大量的篇幅专记当时策士们的谈说之词。这些谈说之词或叙事或说理,往往辞采绚丽,生动传神,有很高的文学性。如"苏秦以连横说秦"一章,记写苏秦说秦惠王的一段游说之词:

苏秦始将连横说秦惠王曰:"大王之国,西有巴、蜀、汉中之利;北有胡貉、代马之用;南有巫山、黔中之限;东有崤、函之固。田肥美,民殷富,战车万乘,奋击百万,沃野千里,蓄积饶多,地势形便。此所谓天府,天下之雄国也。以大王之贤,士民之众,车骑之用,兵法之教,可以并诸侯,吞天下,称帝而治,愿大王少留意,臣请奏其效……"

当时的策士们,一般都善于揣摩统治者的心理,秦国是当时的大国,夙有依仗国势吞并天下之心。于是苏秦便肆意夸说,加以煽动。这类游说之辞,从思想上看本少有可取,而从文辞上看却有吸引人之处,这正如宋代李格非所说,《战国策》中许多文字,就其内容来说,本"浅陋不足道",但"人读之,则必乡(向往)其说之工,而忘其事之陋者,文辞之胜移之而已"(《书战国策后》)。就以上述所举的这段文字来说,擅长铺写、渲染、刻画,而且大量地使用排比句式,声调铿锵,音韵和谐。这样的一些文字,对后世文章、辞赋的产生和发展,都有直接影响。①

另外,战国时代的策士们,还擅长用比喻来说理以增强言辞的说服力。因而这部书中,还保存了相当多深刻而优美的寓言故事,如"画蛇添足""狐假虎威""鹬蚌相争"等就都是很有名的。特别是在"邹忌讽齐王纳谏"一章,写邹忌用自己与徐公比美的故事,向齐王进行讽谏,劝他广开言路,不仅很有思想意义,而且借邹忌所说的故事以达理,也极富寓言意味。据有人统计,《战国策》中包含的寓言故事近五十则,这也是构成本书文学价值的一个重要方面。

在先秦历史散文中,《左传》《国语》《战国策》的相继出现,标志着我国散文水平的不断提高,它们对后世历史散文和文学散文的发展都有极其深远的影响。

---

① 章学诚《文史通义·诗教上》:"纵横之学,本于古者行人之官……至战国而抵掌揣摩腾说以取富贵,其辞敷张而扬厉,变其本而加恢奇焉,不可谓非行人辞令之极也……子史衰而文集之体盛,著作衰而辞章之学兴。"

第三节　诸子散文

一　《论语》

《论语》主要是记述孔子言谈行事的一部书,但它以记言为主,是一部语录体著作。关于《论语》的成书,《汉书·艺文志》曾有这样的记载:"《论语》者,孔子应答弟子时人及弟子相与言而接闻于夫子之语也。当时弟子各有所记。夫子既卒,门人相与辑而论纂,故谓之《论语》。"这是说《论语》为孔门弟子所记录,当时弟子各有所记,孔子死后,乃论纂成书写成定本。《论语》一书,不仅有孔子的言行,也兼及孔子弟子或再传弟子,它最晚记到曾参的死,当时已是战国初年,故《论语》的编辑成书当在战国初,即公元前四百年左右。①

孔子(前551—前479)名丘,字仲尼,春秋时代鲁国人,是儒家学派的创始者。他是我国古代一位思想家和大教育家。生当"礼崩乐坏"的奴隶制末期,他周游列国,想用自己的一套学说挽救天下的危亡。他的学说的基本核心是讲"仁",讲"礼"。他对于"仁"字有很多解释,其基本的意思是"爱人",他说:"仁者,人也。"因此,他主张在人与人之间的关系上,要"己所不欲,勿施于人",要求统治者"节用而爱人,使民以时",反对横征暴敛,认为"苛政猛于虎"。他反对奴隶殉葬制度,说"始作俑者,其无后乎!"(《孟子·梁惠王上》引)由此可知,他的"仁",包含了一种要求把人当作人的思想,具有一定的人道主义精神。由此出发,他要求对当时奴隶制的政治作某些改良,从这方面看,孔子关于"仁"的思想还是比较开明的。他除了"仁"的思想以外,也提倡"礼","礼"的基本作用是要维护社会等级秩序,让人相互尊重,营建

---

① 汉代《论语》有《鲁论》《齐论》和古文《论语》三种版本,篇章各有不同。西汉末年丞相安昌侯张禹加以考订、整理,称为张侯本《论语》。后遂成定本,流传下来。

和谐的人文环境。当他把"仁"和"礼"的思想具体化到君臣、人伦关系上去的时候,则又有很大的局限性。但孔子的思想和主张,在当时是行不通的,腐朽透顶的贵族因欲望膨胀,已不能坚守礼的规定,更失去了仁德。他所倡导的礼乐文明制度已经无法修复。可是孔子却一心做他认为应该做的事。因此他周游列国,而到处碰壁。虽然他"知其不可而为之"(《论语·宪问》)的积极态度是颇为感人的,但他在政治遭遇上确是一个失败者。他除了仅在鲁国做了几个月的司寇以外,只是以讲学授徒毕其一生。

但孔子在当时文化的发展上作出了很大贡献。首先,他是一个大教育家。他提倡"有教无类",是第一个以学者的身份聚徒办学的人,使从前掌握在官府的文化普及下来。他一生弟子众多,据说听他讲学的有三千人,其中关系亲密而又著名的有七十二人。另外,孔子还认真地整理和研究古代文化,也作出了很大贡献。《论语》所记述的就是他平时与弟子们在一起讲学论道的言论,从内容性质上说,属于一部语录体的思想、学术著作。但由于这些语录的记述者们,在记录的时候往往把孔子(包括他的弟子和其他的一些人)的某些仪态举止,说话时的感情、口吻,以至音容笑貌都一起描绘出来,因此,很能够显出人物的性情、感情和性格。

我们先看一些片断性的记述:

> 子之武城,闻弦歌之声。夫子莞尔而笑,曰:"割鸡焉用牛刀。"子游对曰:"昔者偃(子游的名字)也闻诸夫子曰:君子学道则爱人,小人学道则易使也。"子曰:"二三子!偃之言是也。前言戏之耳!"(《阳货》)

这里是写孔子的弟子子游在武城做官,按照孔子日常的教导,施行礼乐教化;而孔子却随口开了句玩笑,说他杀鸡用牛刀,无须这么小题大做。当弟子不能心服地反问时,他又赶紧改口,加以纠正,说前边的话不过是随口而出的玩笑。虽是几句话的小片断,但口吻逼真,把子游的笃诚认真、谨守师教和孔子的幽默风趣都表现出来了,读起来情趣盎然。

又:

> 子谓颜渊曰:"用之则行,舍之则藏,唯我与尔有是夫?"子路曰:"子行三军则谁与?"子曰:"暴虎冯(凭)河,死而无悔者,吾不与也。必也临事而惧,好谋而成者也。"(《述而》)

这里记孔子与弟子的一小段对话。孔子在弟子中最喜欢颜渊,赞许只有颜渊能与自己共事,而子路却不服气,问孔子如果做三军统帅将依靠哪个人。子路性格率直,好勇自负,认为颜渊也有不如自己的地方。结果孔子把他顶了回去,并重申了自己的意见。短短的片断,把孔子对颜渊的倍加赞美,子路突然插言的不服气,和孔子对子路的耐心批评教育,都生动地表现了出来。

又,记述孔子与子贡的对话:

> 子贡曰:"有美玉于斯,韫椟而藏诸,求善贾而沽诸?"子曰:"沽之哉!沽之哉!我待贾者也。"(《子罕》)

子贡是孔子的一个聪明而善辞令的学生,这里写他用"隐语"跟孔子对话,用美玉比喻有才能的人,问一朝碰见赏识的人,该怎么办?孔子是一位积极用世的人,他接着也用隐语马上回答说:卖掉,卖掉,我就正是在等待识货的哩。语句衔接急促,表示出孔子急切的感情。师生对答全用隐语,含蓄而又心照不宣,极饶风趣。

书中记述孔子与阳货打交道的一段描写,更是生动的一章:

> 阳货欲见孔子,孔子不见,归孔子豚。孔子时其亡也,而往拜之。遇诸涂。谓孔子曰:"来!予与尔言。曰:怀其宝而迷其邦,可谓仁乎?"曰:"不可。""好从事而亟失时,可谓知(智)乎?"曰:"不可。""日月逝矣,岁不我与。"孔子曰:"诺,吾将仕矣。"

阳货,又叫阳虎,当时把持鲁国政治,想拉孔子做他的帮手;孔子不愿意,又不便严词拒绝。他先是采取阳货上门不见、等阳货不在家时再去回拜的方式躲避他,但不巧又"遇诸涂(途)"。在谈话中,阳货态度很倨傲,又用孔子一贯所宣称的仁、智主张来诘问孔子,孔子的回答似乎完全顺从阳货的意见,实际是在应付他。孔子的答话都很简短,那种不得已的敷衍态度跃然如亲见。这一片断的记述很富戏剧性。

《论语》里面有一段十分精彩的文字,一直为人们所喜读,即《先进》篇中"子路曾皙冉有公西华侍坐"章。这段文字是记述孔子与他的门徒们一次较长的谈话。谈话的内容是孔子问当时在座的子路(仲由)、曾皙(点)、冉有(求)、公西华(赤)各人的志向如何。首先写孔子的问话:

> 子曰:"以吾一日长乎尔,毋吾以也。居则曰:'不吾知也。'如或知尔,则何以哉?"

这里写孔子并没有开始就直言提问,而是首先用谦和的口气,解除弟子们在老师面前可能有的顾虑,又引出学生们平时的牢骚话("不吾知也"),敦促和启发学生们尽情地畅谈自己的志向。接着写"子路率尔而对",即抢先匆忙地发言。他毫不谦虚地把他能治国安邦的本领,用极夸大的言辞讲了出来。他说完话后,"夫子哂之",夫子含有深意地微笑了一下。简单的两句记叙性的词语("率尔""哂之"),却活现出人物的性情、态度。

下面是孔子挨次地让冉有、公西华、曾皙谈话。冉有、公西华的话说得比较谦虚,冉有说,他只能使百里之国丰衣足食,施行礼乐教化的事自己却做不到。公西华表示,自己只能在诸侯祭祀、会盟时做个"小相"(司仪)。孔子只是静听,没有表示态度。最后,轮到曾皙回答,文中是这样写的:

> "点,尔何如?"鼓瑟希,铿尔,舍瑟而作。对曰:"异乎三子者之撰。"子曰:"何伤乎?亦各言其志也。"曰:"莫(暮)春者,春服既成,冠者五六人,童子六七人,浴乎沂,风乎舞雩,咏而归。"夫子喟然叹曰:"吾与点也。"

这里写曾皙正在鼓瑟,听到孔子向他提问便舍瑟而起,由于他所想的不同于前三人,因而颇为迟疑。经孔子的温语劝说,他才从容不迫地述说了自己的志趣。而孔子听后,却发出由衷的赞许。孔子平日教育学生的都是礼乐教化、治国安邦的理想,前几人所答的虽然志向大小、态度傲谦有不同,但讲的还都是"如或知尔,则何以哉"的问题,即如果得到国君的信任,在政治上有何抱负,唯独曾皙所答并不如此,而是舍弃政治,向往到大自然中去过悠闲自在的生活。而孔子竟"喟然而叹",赞许了曾皙。为什么会这样呢?我们认为通过这段描写实际反映的是孔子某一方面的思想感情。孔子在后世封建社会曾被推为"万世师表",是不可一世的大圣人,但他在当时实际上是一个颇不得志的政治家,他周游列国,到处宣讲和推行他的一套治国平天下的主张,而实际却处处受冷遇,一生坎坷,所以也不免有愤世嫉俗的苦闷,以至产生去过自甘淡泊生活的理想,这也不是不可以理解的。孔子在另一个地方就曾表白过"饭疏食饮水,曲肱而枕之,乐亦在其中矣。不义而富且贵,于我如浮云"的心迹。孔子是位积极用事者,这是他的主导方面,但在屡遭挫折以后,他的心情也是复杂的。

这章短文虽只有三百字左右,但描写人物的语默动静却很传神。孔子与学生在一起时的和蔼可亲,循循善诱,子路的率直而自负,冉有、公西华的谦逊,曾皙的志趣高远和性情淡泊,都一一勾勒得十分清晰、生动。而末后曾皙的一段话,非常形象地描画出在风和日丽、春回大地之际,一群性格开朗活泼的青少年,一起沐浴乘凉,有说有笑,融融乐乐,载歌载舞的游春场面。这种刻画精细和诗意盎然的散文,可看作是我国记叙散文的萌芽。

当然,这种较长和较细致描写的文字,在《论语》书中是并不多的,仅次于此的只有《微子》篇中"楚狂接舆""长沮桀溺耦而耕"章两三处。《论语》书中大部分都属只言片语的记述。这部分有的是关于孔子在各种场合仪态举止的形容和描写,语言非常简练而入神,如记叙孔子上朝时的样子:"朝,与下大夫言,侃侃如也;与上大夫言,訚訚如(真挚恭敬的样子)也。君在,踧踖如(恭谨而不安的样子)也,与与如(步态安详的样子)也。"(《乡党》)写鲁君召他去接待国宾:"君召使摈(宾),色勃如也,足躩如(快步前趋的样子)也。揖所与立,左右手,衣前后襜如(整齐的样子)也。趋进,翼如也。宾退,必复命曰:'宾不顾矣。'"(同上)对一个人物的仪态举止作出这样形象精到的刻画,从现存的文献看,在《论语》以前是并不多见的。这显示出文学描写技巧大幅度的进步。

另外还有一部分是记孔子言语的,虽然只是孤立的三言两语,但很能传达出感情色彩,如:

子在川上曰:"逝者如斯夫,不舍昼夜!"(《子罕》)

子在齐闻《韶》(古乐曲),三月不知肉味,曰:"不图为乐之至于斯也!"(《述而》)

颜渊死。子曰:"噫!天丧予,天丧予!"(《先进》)

第一段记孔子在河边看到日夜奔腾的流水,因而产生了伤逝哀叹之情,感慨的语气、怆然若失的感情记录得惟真逼肖。第二段记孔子一次听音乐后的感受,其赞叹之情跃然纸上。第三段写孔子的爱徒颜渊死,孔子伤痛欲绝,如睹其顿足惊呼之状。

《论语》中还有许多语录,简明深刻,包含了丰富的生活经验,一直被后世作为格言传诵,如"人无远虑,必有近忧""学而不厌,诲人不倦""三人行,必有我师""岁寒,然后知松柏之后凋也"等等,皆语言简洁,深入浅出,语约义丰。

"记言"散文,即语录体,乃是我国最早发展起来的散文形式,古老的《尚书》就是记言的。但从《尚书》到《论语》,已表现出很大进步。总括地说,《论语》散文的突出特点,是它吸收和灵活运用了大量的口语虚词,使说话人的语气、性格得以逼真地表现出来,且语言洗练,含意丰富,风格明快。作为诸子散文早期的代表,它的成功和影响都是值得重视的。

二 《墨子》

墨子姓墨名翟,是墨家学派的创始人。关于他的生平我们知道得很少,司马迁写《史记》,没有给他立传,只在《孟荀列传》的末尾附了几句简单的话:

> 盖墨翟,宋之大夫,善守御,为节用。或曰并孔子时,或曰在其后。

据后人考订,他约生于孔子后,大约生于周敬王四十年(前480),约卒于周威烈王六年(前420),时当战国初期。

《墨子》一书,据《汉书·艺文志》著录为七十一篇,现存十五卷,五十三篇。其中大部分是墨子的弟子对他的言行记录,也有一部分是墨子后学的著作。

墨子的思想与儒家的思想是对立的,但在当时同称为"显学"①,也是很有影响的。墨子学说的主要内容是"兼爱"和"非攻"。他把天下一切怨恨祸乱的根源都归结为人们的"不相爱",因而提出"兼相爱,交相利"的主张。他设想,诸侯相爱,就不会发生战争;大夫相爱,就不会互相篡夺;人与人相爱,就不会彼此伤害;只要天下人都能够做到相爱互利,就会太平了。这在阶级社会里,显然是一种不可能实现的幻想。墨子还主张"非攻"。春秋战国时代,国家之间和各国贵族内部不断发动攻伐兼并的战争,他看到战争给当时的人民生命财产造成严重损失,因而激烈地加以反对。一般说来,墨子学说是代表当时"农与工肆"的小生产者利益的(《墨子》书中,他自称自己是"贱人",做过工匠)。他的"兼爱",实际就是企图把小生产者互爱互利的德行扩大到全社会;他主张"非攻",也是反映了小生产者企图过安定生活和反对破坏生产

---

① 《韩非子·显学》篇:"世之显学,儒、墨也。"又《外储说左上》:"墨子者,显学也。"显学指学派人数众多,影响显著。《吕氏春秋·有度》篇:"孔、墨弟子徒属,充满天下。"又《当染》篇:"孔、墨之后学显荣于天下者众矣。"

的愿望。

另外,墨子还从反对世卿世禄的贵族政治出发,主张"尚贤";从反对浪费社会财富出发,主张"节用""节葬";而与文艺思想有关的,是他主张"非乐"。他主张"非乐"的理由,并不是反对音乐或文艺本身的"美",他说:"子墨子之所以非乐者,非以大钟鸣鼓琴瑟竽笙之声以为不乐也,非以刻镂华文章之色以为不美也。"而是因为贪图音乐的享受会费财误事。他说上层统治阶级贪乐音乐,就"将必厚措敛乎万民",以用来置办乐器设备,而且会妨碍他专心理政,"废君子听治";一般人民贪乐音乐,则会破坏男耕女织的生产,"使丈夫为之,废丈夫耕稼树艺之时;使妇人为之,废妇人纺绩织纴之事",总之是"不中万民之利"的。从思想上说,墨子的"非乐"是从关心人民利益出发的,他认为"民有三患",是"饥者不得食,寒者不得衣,劳者不得息",音乐和一切文艺活动既然只会加重这三种患难,而无补于消除,当然他是要反对的。但这显然是一种从小生产者狭隘功利主义出发的偏激观点。实际上,音乐和文艺活动本身也有它的社会作用,这主要看它的具体内容和掌握在谁的手里,完全把它与人民的物质利益对立起来的观点显然是不妥的。

与对待音乐的这种态度相同,墨子在文章上也是崇尚用而忽视文(文采)的。墨子弟子田鸠曾记墨子对于文的学说:"墨子之说,传先王之道,论圣人之言以宣告人。若辩其辞,则恐人怀其文,忘其直(指义理),以文害用也。"(见《韩非子·外储说左上》)正由于墨家有这种类似观点,在文学上就形成了荀子《解蔽篇》所批评的"蔽于用而不知文",从而也就影响到墨子以至墨家学者们的文字朴质有余而文采不足,与同是生活在战国时期的孟、庄比较,墨子的文章虽持论谨严,论点、论据鲜明充足,但文学色彩却显得逊色。

虽然如此,墨子论文也自有它的特色和在古代散文发展中的贡献。墨子曾从朴素的唯物主义认识论出发,提出了所谓"三表法"。什么是三表法呢?《非命上》篇说:

> 何谓三表？子墨子言曰：有本之者，有原之者，有用之者。于何本之？上本之于古者圣王之事。于何原之？下原察百姓耳目之实。于何用之？发以为刑政观其中（符合）国家百姓人民之利。此所谓言有三表也。

"表"，是"标志"或"标准"；所谓"三表"，即墨子提出的判断事物真假是非的三项标准，同时也是他"出言谈由文学"（《非命中》）的标准。这三项标准的大意是说，第一，观察事物和写文章要有历史上的事实作根据；第二，要有广大人民的生活经验作根据；第三，要放到实际生活中去检验一下，看是否符合国家人民之利。正因为墨子有这样的一些思想观点，反映到他的文章创作上来，也就比较注意对客观事理的剖析，注意用事实论证，注重实际效用。

《墨子》散文中有所谓十论，即《尚贤》《尚同》《兼爱》《非攻》《节用》《节葬》《天志》《明鬼》《非乐》《非命》，它们是《墨子》书中的主要部分，是经墨子弟子们记录下来的讲学辞（墨子死后，墨家分为三派，对墨子学说各有记录，后来合编成书，故以上十篇文字都分上、中、下，而其内容大同小异），虽仍属"记言"的性质，但其所记的已不像《论语》那样多属零散语录，而是长篇大论，实际上已是首尾完整、逻辑性很强的论文，且每篇都有了代表中心思想的标题。这与它以前的语录体《论语》已很不同。中国的论辩散文可以说是由墨子开始的，这在我国古代散文发展上本身就是一个重要贡献。

《墨子》书中的论文，善于运用具体事例进行说理，不以华丽之辞取胜，而以逻辑严密著称。例如《非攻上》一文，其中心思想是反对侵略战争的。但文章开始却先从"入人园圃，窃其桃李"和"攘人犬豕鸡豚者"的小偷写起：

> 今有一人，入人园圃，窃其桃李，众闻则非之，上为政者得则罚之。此何也？以亏人自利也。至攘（偷）人犬豕鸡豚者，其不义又甚入人园圃窃桃李。是何故也？以亏人愈多，其不仁兹甚，罪益厚。

接着又举到人家马圈里偷人牛马者,再举闯入人家杀人越货者,然后推论到统治者所发动的掠夺战争是同类的罪行,同样都是为了"亏人以自利",而且是"亏人愈多,其不仁兹甚,罪益厚"而已。

文章为了暴露侵略战争更加严重的罪行,又举杀人者为例,说:

> 杀一人,谓之不义,必有一死罪矣。若以此说往,杀十人,十重不义,必有十死罪矣;杀百人,百重不义,必有百死罪矣。

那么,攻人之国的一次战争,要杀多少人呢?岂不是所犯的乃是十恶不赦的罪行吗?由此可知,墨子在论证问题时,是首先从通常每个人都能认识到的事实和道理出发,然后进行由浅入深、由小到大、由明及隐的逐步推论。我们读墨子的散文,就会发现它的论证方法乃是一环扣一环,一层深一层,只要承认了它的第一步,不由你不承认第二步,以至第三步、第四步,步步紧逼,直至最后使人完全信服而止。

这篇文章,从思想上说,揭露性也是很强的。当时的统治者频繁地发动战争,以满足自己掠夺土地、人口、财富的私欲,但又总是打着什么"仁义"之师的幌子。而墨子却透辟地揭露了当时那些掠夺战争的实质,从而得出了这样的结论:那些堂而皇之的大国诸侯,不过是强盗中的最大强盗,杀人凶犯中的最大凶手!

《墨子》一书中,除了这类论辩文章以外,还有一部分是具体记述墨子言行事迹的,如《公输》篇,就是记述墨子听到楚国要攻打宋国,他亲往楚国去跟公输盘辩论,谴责了楚王的野心,制止了一场楚伐宋的不义战争。这篇文章通过一些故事性的情节,描绘了墨子的机智勇敢和为了贯彻"非攻"主张而不惮其劳的自我牺牲精神。故事开头写道:

> 公输盘为楚造云梯之械,成,将以攻宋。子墨子闻之,起于齐,行十日十夜而至于郢,见公输盘。

富有故事性的是,墨子见到公输盘后,并不就说他帮助楚国伐宋的事,而是说要给公输盘一大批酬金,请他帮助杀一个人,公输盘大为不悦,说"吾义固不杀人"。于是引出了墨子的一大段议论：

> 宋何罪之有？荆国有余于地而不足于民，杀所不足而争所有余，不可谓智。宋无罪而攻之，不可谓仁。知而不争（诤谏），不可谓忠。争而不得，不可谓强。义不杀少而杀众，不可谓知类（类推事理）。

这样把公输盘说得无话可说了，于是公输盘又把攻宋的事推到楚王身上。墨子见到楚王，同样用以浅入深的事实作比喻：

> 子墨子见王，曰："今有人于此，舍其文轩，邻有敝舆而欲窃之；舍其锦绣，邻有短褐而欲窃之；舍其粱肉，邻有糟糠而欲窃之。此为何若人？"王曰："必为窃疾矣。"

于是墨子又加以类推，说："臣以王之攻宋也，为与此同类。"从这里可以看出，墨子在此的论辩方式，与《非攻》篇是相同的，即用习知易懂的事理加以逐步引申，而驳倒和说服论敌。

文章最为精彩的一段，是墨子与公输盘在楚王面前"解带为城，以牒（小木片）为械"，比量攻守之术的场面："公输盘九设攻城之机变，子墨子九拒之。公输盘之攻械尽，子墨子之守圉（御）有余。"公输盘计拙技穷之后，就暗想加害墨子；而墨子早已看破，因此出现了如下的一段具有潜台词的戏剧性对话：

> 公输盘诎，而曰："吾知所以距子矣，吾不言。"子墨子亦曰："吾知子之所以距我，吾不言。"

公输盘暗蓄杀机；而墨子故意不说破，却毫无惧色，针锋相对，绝不示弱，寥寥数语，曲折、传神。最后还是楚王听说墨子已让弟子三百人持械在宋城严阵以待，觉得杀墨子无益，才使这场斗争缓和了下来，并放弃了攻宋的打算。

富有教育意义的是，文章写墨子止楚攻宋的最后成功，一是道义上的辩论；一是墨子已令自己弟子加强了宋国的守备。它向人们昭示，在制止侵略战争的斗争中，如果只靠口辩而不做认真的防御准备，也是不行的。又据文章开始时的记述，墨子为了止楚攻宋，是步行了十天十夜而至郢都的（"行十日十夜，而至于郢"），这也表现了墨子艰苦卓绝、摩顶放踵而利天下的精神。

《墨子》书中有《经上》《经下》《经说上》《经说下》《大取》《小取》六篇，总称"墨辩"，是后期墨家学者的著作，主要内容是讲述墨家的认识论、逻辑学，以及一些自然科学知识。《小取》曾总结墨家的论辩术说：

> 夫辩者，将以明是非之分，审治乱之纪，明同异之处，察名实之理，处利害，决嫌疑。焉摹略万物之然，论求群言之比。以名举实，以辞抒意，以说出故。以类取，以类予。有诸己，不非诸人；无诸己，不求诸人。

这段话的大意是说，辩的作用，是要分析是非的区别，详审治乱的规律，判明同异的所在，考察名实的原理，以选择利害，解决疑似。因此，应反映客观事物的本来样子，推求各种说法来加以比较。要名副其实，要辞能达意，要解释出原因。要用同类事物做例证，用同类事物加以推断。自己有这样的主张，就不要反对别人有同样的主张；自己不是这样主张的，就别要求别人有这样的主张。

另外，他们在论到具体论辩方式时还举出"辟"（比喻）、"侔"（相同的命题可以相互引证）、"援"（援引他人相同的论点以为己证）、"推"（推论）等等。从以上来看，墨家由于研究逻辑学，懂得和精通论辩术，因此，他们的理论和所写的文章对后世我国论辩文的发展有着特殊影响。我们不能因《墨子》散文的朴质无华、缺少文采，而忽视它在中国散文史上的地位。

三 《孟子》

《孟子》一书，是记述战国时代思想家孟子言行的。孟子，名轲（约前372—前289）①，字子舆，邹（今山东邹县）人。他受业于孔子的孙子子思的门人②，是继孔子之后儒家学派的一位大师，后世多以他与孔子并称为"孔孟"。据记载，孟轲早年曾游学齐、魏、滕等各诸侯国，一度曾为齐宣王的客卿，宣王很尊礼他，但以他的学说过于"迂阔"而终不采用。这是因为他生在兼并战争激烈的战国时代，各国都在讲"攻伐"，而孟轲却一味宣传所谓"王道"和"仁政"，不合统治者的要求。司马迁《史记》本传中记述说："孟子乃述唐虞三代之德，是以所如者不合，退而与万章之徒，序《诗》《书》，述仲尼（孔子）之意，作《孟子》七篇。"③由此可知，《孟子》一书是孟轲晚年和弟子在一起共同编纂的。④全书共三万五千多字，基本上是一部对话语录集。它比较详细地记载了孟轲游说各国时与各诸侯王以及其他一些学人论难各种问题的经过和彼此的重要言论，虽然总的说来还没有脱离语录体，但无论从篇章结构还是言辞文采上，都较之《论语》有了很大发展。

　　孟子哲学思想的中心是"性善"论，政治思想的核心是"仁政"。他主张统治者应该发挥"恻隐之心"，推恩爱民，"以不忍人之心，行不忍

---

①　关于孟子生卒年又有前370—前289、前390—前305、前385—前304等不同说法，已不能确考。

②　此据《史记》本传。另有一说认为孟子直接受业于子思，如刘向《列女传》说："孟子旦夕勤学不辍，师事子思，遂成天下名儒。"《汉书·艺文志》自注："名轲，邹人，子思弟子。"按年代考之，当从《史记》。又，子思，名伋，有《子思子》二十三篇，已佚。或传《礼记》中的《中庸》等，即其所著。

③　《汉书·艺文志》著录"《孟子》十一篇"，与《史记》作七篇不同。据东汉赵岐《孟子题辞》云："著书七篇，又有《外书》四篇：《性善辨》《文说》《孝经》《为政》，其文不能宏深，不与《内篇》相似，似非孟子本真，后世依放而托之也。"是知《汉志》十一篇包括《外书》四篇，因系伪书，赵岐《孟子章句》未注，久已亡佚。今本《孟子》凡七篇，与《史记》所述篇数同。《孟子》七篇的篇目是：《梁惠王》《公孙丑》《滕文公》《离娄》《万章》《告子》《尽心》，今本每篇分上、下，共十四卷。

④　《孟子》一书有"自著"说与"弟子所记"说两种意见。司马迁实主自著说，东汉赵岐《孟子题辞》亦主之。但唐韩愈则说："孟轲之书，非轲自著。轲既没，其徒万章、公孙丑相与记轲所言焉耳。"（《答张籍书》）此后宋晁公武（见《郡斋读书志》）、清崔述（《孟子事实录》）均主此说。清代阎若璩、魏源把《论》《孟》二书作了比较，如魏源《孟子年表考》："至七篇中无述孟子容貌言动，与《论语》为弟子记其师者不类，当为手著无疑。"（见《魏源集》上册）《孟子》一书，当是孟子生前亲手编订过的。

人之政"，这当然是十分迂阔而不切于实际的。但在当时统治阶级横征暴敛、肆意攻伐，"民之憔悴于虐政，未有甚于此时"（《公孙丑上》）的时代，他主张"省刑罚，薄税敛"，主张"制民之产"，满足人民的土地要求，给人民一个"必使仰足以事父母，俯足以畜妻子，乐岁终身饱，凶年免于死亡"（《梁惠王上》）的生活条件，无疑还是反映了当时广大被压迫者的思想和愿望的，是有进步性的。

特别是在孟子思想中，反映了较强的民本主义思想，他提出"民为贵，社稷次之，君为轻"的观点，当然，这并不是说他把老百姓的地位看得比君还高，而是说君主治国，如果不照顾到老百姓的利益，就很难维持自己的统治。所以他说："得乎丘民而为天子，得乎天子而为诸侯。"（《尽心下》）意思说，取得众百姓信任的才能享有天下，取得天子信任的不过做个诸侯。这说明他在一定程度上认识到民心向背的重要性。

孟子为了提倡"仁政"，对当时统治者的暴虐统治做了相当激烈的揭露和批判，说他们是"庖有肥肉，厩有肥马，民有饥色，野有饿莩，此率兽而食人也"（《梁惠王上》），又说他们"争地以战，杀人盈野；争城以战，杀人盈城。此所谓率土地而食人肉，罪不容于死"（《离娄上》）。当有一次齐宣王问汤武伐桀纣的事，怀疑臣不可以弑君，孟子则直言说出："贼仁者，谓之贼；贼义者，谓之残。残贼之人，谓之一夫。闻诛一夫纣矣，未闻弑君也。"（《梁惠王下》）这种激烈、大胆的言论，在当时诸子中是不多见的。

从基本思想说，孟子属于儒家，他也自命为孔子派的继承人，但他的思想要比孔子激烈得多，性格也刚烈得多，特别是对待所谓君的态度上，绝没有孔子那么恭顺。"说大人则藐之，勿视其巍巍然"，他在国君面前总是傲然不逊的。他说："以顺为正者，妾妇之道也。"只有"富贵不能淫，贫贱不能移，威武不能屈，此之谓大丈夫"。有一次他对齐宣王说："君之视臣如手足，则臣视君如腹心……君之视臣如土芥，则臣视君如寇仇。"（《离娄下》）十足表现出一种刚强不阿的态度。而他的胸襟抱负也是很大的，有着"当今之世，舍我其谁"的志向和自信。一次,他表示:"夫天未欲平治天下也,如欲平治天下,当今之世,舍我其谁也!吾何为不豫哉?"(《公孙丑下》)正因为他有着如此的思想、胸襟和自信,有着如此刚烈的性格,所以才"文如其人",构成了《孟子》散文风格上的突出特点:高屋建瓴,锐气逼人,酣畅雄肆,喷薄有力。

孟子也是以"好辩"著称的,他曾说:"予岂好辩哉?不得已也。"(《滕文公下》)这是因为当时政治斗争激烈,各派学说蜂起,他为了宣传自己的思想观点和政治主张,就不能不与各类思想和学派相交锋。因此,《孟子》散文是充满着论战性的。这一点,与《论语》多坐而论道的性质,也显示出较大的差别。

《孟子》中论战性的文字,往往既记述孟子本人的言论,也记述对方的言论;既写论战的内容,也写论战的过程。这样,《孟子》一书不仅记载了孟子的言行思想,同时也保存了当时某些学派、人物的言谈思想资料。更重要的是,通过这样的记述,往往把时代气氛、各家和各种人物的言谈风貌,以至于孟子的论辩技巧、性格、态度,都充分地表现了出来。因此,虽同属语录体,它比起《论语》来,就显得更生动,更完整,更具有某些文学色彩和吸引力。

例如《孟子·滕文公上》有一章文字是专门记述孟子与当时农家学派辩论的。这一派的学者认为,所有的人都应该从事衣食的劳动,反对有社会分工。孟子不同意这一意见。一次他与许行(农家学派的领袖)的弟子陈相相遇,展开了一场辩论,但他不是一开始就直接反驳农家的主张,而是一连串提出许多问题,首先一项一项地问许行的一切生活用品的来源:

> 孟子曰:"许子必种粟而后食乎?"曰:"然。""许子必织布而后衣乎?"曰:"否,许子衣褐。""许子冠乎?"曰:"冠。"曰:"奚冠?"曰:"冠素。"曰:"自织之与?"曰:"否,以粟易之。""许子奚为不自织?"曰:"害于耕。"曰:"许子以釜甑爨,以铁耕乎?"曰:"然。""自为之与?"曰:"否,以粟易之。"

孟子就这样一项一项不惮其烦地往下问，待陈相自己问答出"百工之事，固不可耕且为也"（各种工匠的事，本来就不是可以又种地又去干的）的话以后，孟子才正面说出自己的论点，驳斥对方反对分工的主张不切合社会实际，是属于使社会开倒车的行为。这种善设机巧、先纵后擒的论辩方法，往往使《孟子》文章极富吸引力。当然，在这一章里，孟子在论述社会分工问题时，也受其阶级性的限制，提出为剥削者辩护的思想，例如他说："无君子莫治野人，无野人莫养君子。"还说："劳心者治人，劳力者治于人。"认为统治者是"劳心者"，理应受到奉养，这就为封建统治者的剥削行为制造了理论。

孟子在论辩时，一方面善于采取层层追问、步步进逼的方法，使对方无法躲避，理屈词穷；同时也善于运用形象的比喻和充满爱憎的感情，从而富于强烈的文学色彩。如《梁惠王上》中"寡人愿安承教"一章，孟子首先发问："杀人以梃与刃，有以异乎？"梁惠王回答说："无以异也。"孟子又问："以刃与政，有以异乎？"梁惠王回答说："无以异也。"然后孟子则顺势批判虐政害民："庖有肥肉，厩有肥马，民有饥色，野有饿莩（殍），此率兽而食人也……恶在其为民父母也？"

《梁惠王下》中"孟子谓齐宣王"一章更为生动：

> 孟子谓齐宣王曰："王之臣有托其妻子于其友而之楚游者，比其反也，则冻馁其妻子，则如之何？"王曰："弃之！"曰："士师（司法官）不能治士，则如之何？"曰："已之（撤他的职）！"曰："四境之内不治，则如之何？"王顾左右而言他。

这短短的一章记述得多么生动。首先，孟子用一个受人之托而不负责任的人为喻，再用失职的官吏为喻，而后巧妙地引到齐宣王身上。齐宣王回答上述两个问题时是那么干脆，岂不知正落入了孟子的圈套。把齐宣王前面回答问题时的那种自以为明辨是非、公正无私的口气，与他后面的窘态相对照，是很富于戏剧性的。

《孟子》里面记录孟子和国王、弟子及其他人物的对话是很多的，但多是针对一些具体事情而发,很少有一般的抽象哲学议论,故都较能表现出人物性格,与文学作品中的对话很有相似之处。

《孟子》里面还有一些文学价值很高的叙事文字,如《离娄下》中"齐人有一妻一妾"章,就是一篇很著名的讽刺小品。文中叙写了一个日日求乞在外,而回家又向自己妻妾百般炫耀体面的齐人的故事,借以揭露和讽刺当时的一些追求富贵利达之徒,背地里蝇营狗苟,丑态百出,而在人前又百般炫耀,自以为体面得很。但只要一下被揭穿,就会发现这些人实际丑陋无比,可耻得很。故事精练生动,在一段二百字左右的小文中,把齐人的夸口、妻妾的怀疑跟踪,以及齐人暗地的无耻乞怜和妻妾的失望、讪诮、哭泣,写得逼真、活现。独到的构思、辛辣的讽刺,无疑是一篇微型的官场现形记。鲁迅曾举例评论说:"生当周季,渐有繁辞,而叙述则时特精妙,如墦间乞食一段,宋吴氏(《林下偶谈》)①极推称之。"(《汉文学史纲要》)

《孟子》中还有一类单纯发表议论的较长的篇章,虽然没有标题,但它是围绕着一个中心的问题作较详论述的,实际上已接近于较完整的议论文。如《告子上》的"鱼,我所欲也"章,就是著名的代表。

文章的中心思想,在论述"义"的价值高于生命,为了坚持正义,人应该有"舍生取义"的气节;至于那些不辨礼义而贪求富贵的行为,则更是可耻的。

文章开端没有直接进入议题,而是首先从生活中人们所可能遇到的事取比:"鱼,我所欲也;熊掌,亦我所欲也。二者不可得兼,舍鱼而取熊掌者也。"这一开头儿,给他所要论述的重大问题,增加了通俗性,也就是把一个有关人生中的重大问题,举重若轻地提了出来。这一开端意在说明,人在生活中经常会遇到需要选择的事,而按照人之常情,在两者皆欲而又不可同时兼取的情况下,人自然而然地会主动选择自

---

① 南宋吴子良,字明辅,号荆溪。关于孟文此段评语见《林下偶谈》卷四:"《孟子》……其文法极可观,如齐人乞墦一段尤妙,唐人杂说之类,盖仿于此。"

己认为更高贵的东西。接着进入本题:"生,亦我所欲也;义,亦我所欲也。"在孟子看来,在二者不可得兼的情况下,"舍生而取义",也应该是自然而然应有的选择。全文就是反复地围绕着这个道理进行发挥的。

下面一段作者用排笔对应起来写,说明在"欲生"和"恶死"的问题上,还有一个义和不义的问题须加选择,这个选择并不是很困难的,就是因为只要知道有比保存生命和厌恶死亡更为重要的"正义"存在,就自然会正确处理了。虽然按照孟子的观点,他认为道德乃是人性中先天所具有的,不免陷入唯心主义之谈,但他在有关生、死节操问题上所做的这样慷慨悲壮之论,还是十分感人的。文章的这一部分,虽在说明道理,但整个的感情色彩是悲壮而高亢的。紧接着"万钟"一段,在文意上,则是发展到对不能做到这一点的人的谴责,因而语调转入严峻,用一种严正质问的口气写出,表现了一种鞭挞和鄙夷的态度。这虽是一篇议论文,但除透彻地说理之外,又能在谋篇、用词遣句以及文章语调上,都加以精到地安排和用力,使它能兼具说服力和感染力,这对于我国后世古文家的论说文产生了很大影响。

总的来说,《孟子》散文,无论是其中的对话体部分,还是以叙事、议论为主的篇章,主要的风格特色是气势磅礴,感情充沛,读起来使人感到一气呵成,淋漓痛快。中国古代论文,向来有"以气为主"的说法,文章讲气势,实际上就是说文章写得要有个性,有感情,有锋芒。汉唐以后中国散文家几乎无不推崇《孟子》,唐宋大古文家如韩愈、柳宗元、苏洵、苏轼,都很重视《孟子》散文的特点,如苏洵说:"孟子之文,语约而意尽,不为巉刻斩绝之言,而其锋不可犯。"(《上欧阳内翰第一书》)意思说,孟子散文,语言简练,但表达意思却很充分,在发议论时,并不作武断的言辞,却很有力量,使论敌无法招架,不能不折服。《孟子》散文对中国后世散文的发展,影响是显著的。

四 《庄子》

《庄子》一书,据《汉书·艺文志》记载说有五十二篇,今本《庄子》

仅存三十三篇,分三个部分:《内篇》七、《外篇》十五、《杂篇》十一。一般认为《内篇》是庄子自著,《外篇》《杂篇》出于庄子门人后学之手。但总的来说全书各篇的思想大致是相同的,文章的艺术特点也基本一致。至于庄子的生平事迹,史书上的记载很简略,据司马迁《史记》,他姓庄名周,宋国蒙邑(今河南商丘附近)地方人,曾做过漆园小吏。楚威王听说他有贤才,曾派人去请他,许他做宰相,但他说他不愿受官场的玷污和羁绊,并表示"终身不仕(不做官),以快吾志"。后隐居终老一生。

我们从《庄子》一书中,可以看到两方面的基本思想和内容:一是庄周和他的同派学者们对当时社会现实的极端不满,并从这种不满出发,对于统治阶级的种种残暴、黑暗和虚伪行径的揭露和鞭挞;一是他们对非现实性生活的追求,即企图凭借幻想来逃避一切生活矛盾(大小、贵贱、美丑、是非、贫富、寿夭、穷通),并从这一逃避矛盾的愿望出发,而编造出许许多多离奇的故事、传奇性的人物和玄妙虚妄的说教。这两方面的思想内容交织在一起,构成了《庄子》一书消极浪漫主义的思想和艺术特色。

庄子派是一群虚无主义者,主张"弃知去己"(丢掉一切知识,忘掉自己的存在)、"舍是与非"(不要是非观念);他们也是一群悲观主义者,感叹人生无常,处世若梦。显然,这是一种十分消极的思想。但从书中看,他们的这种消极思想,乃是一种生当乱世"愤世嫉俗"的产物。在他们看来,当时的社会太黑暗了,而且网罗密布,简直使人"无可逃于天地之间"。于是他们带着极大的憎恶感情对当时社会作了揭露,在《德充符》篇中,庄子曾这样形容当时人们的处境:"……游于羿之彀中。中央者,中地也;然而不中者,命也。"意思是说,生活在当时社会中的人,就像都被赶进了神箭手后羿的射程之内,不被残杀致死,倒是偶然的。又说:"今世殊死者相枕也,桁杨者(带刑具的)相推也,刑戮者相望也。"意思是说,如今之世,死于非命的、披刑带枷的、受刑残害的,前后相接,不计其数。他们认为,当时许多士人都想参与政治,侍奉国君,纠正荒君暴主的无道,岂不知那些诸侯王公们个个都是狡诈、残暴、不可理喻的人物。在《人间世》篇中,庄子假借孔子与颜回的一段对话,说明谁若想去入朝做官,谏劝那些国君,实际上"若殆往而刑耳",如同自赴刑场一样。在《胠箧》篇中,他们把一切"有国者"比喻为最无耻的大盗,把"王权"比喻成大盗们掠夺的赃品,说那些诸侯王与一般的盗贼不同处,只是他不仅盗物而且盗国,不仅盗国而且连一切道德文明的条文也一并盗窃了去,因为他们是胜利者,因此也就堂而皇之地宣布自己是最有道德的人,所谓"窃钩者诛,窃国者为诸侯,诸侯之门而仁义存焉"(偷一个钩子的人犯死罪,把整个国家、土地盗窃到手的却做诸侯,一旦做了诸侯,一切仁义道德也就都有了)。这不仅是对当时诸侯君主们的深刻讽刺和揭露,而且也是对建立在私有制基础上的一切剥削者、统治者的深刻的、本质的揭露。

但是,这种对乱世的感受和对"昏上乱相"(《山木》)的憎恨,庄子派们所采取的态度并不是面对现实,起来积极斗争,而是以轻蔑的态度否定现实的一切,他们主张"无为"(什么也不做)、"无用"(放弃一切社会职责),企图用逃避现实的办法来"苟全性命",并通过幻想来求得自我解脱。于是他们玩世不恭,自我安慰,而且编造出种种虚妄的精神境界来欺人骗己,在哲学思想上陷入唯心主义的泥坑,在人生观上成为一群悲观厌世以至消极颓废的虚无主义者。尽管庄子学派们在公开揭露社会现实的黑暗、讽刺嘲弄某些反动统治者方面,客观上也有一定意义,但他们的唯心主义思想和充满庸人气味的处世哲学,却是完全不可取的,必须严格加以批判。

《庄子》散文的艺术特征是与庄子的世界观、思想感情的特点分不开的。前边已经说过,庄子出于对现实的极端不满,而走向了否定一切的道路。但单纯的否定,并不是庄子的全部思想。他还企图引导人们在依他看来是极端痛苦的、令人窒息的、极不自由的社会现实中,能够生存,不仅生存而且能够"自适"(快活)。但事实的情况是,在黑暗、痛苦的现实中,如果不是从积极反抗中求得出路,求得生存,求得快乐,那就只能向内心发展,而向内心发展的结果,就只能是生存于主观的幻想之中。因此,庄子的思想,庄子的世界观,就决定了庄子的作品必然是一种超现实的、纯然以想象为基调的艺术。

我们读庄子散文,就会发现《庄子》散文不是在真实地刻画着现实,反映着现实,也就是说,不是描写如他的眼睛所看见的那样的现实情景,而是从对现实的否定的立场出发,描写着自己的追求,编织着自己的幻想。我们把《庄子》散文和与它同时代前后的诸多历史散文、诸子散文相比较,就可以发现《庄子》散文的这一特点是十分显著的。在《庄子》散文中,我们几乎看不到什么真实历史人物或事件的记录,也看不到对现实的什么具体、切实的描写,相反地,乃是"寓言十九,重言十七,卮言日出,和以天倪",是"谬悠之说,荒唐之言,无端崖之辞",也就是说,都是些虚妄的故事,想象的情景,幻想的言辞。这是构成《庄子》散文的一个基本特点。

另外,庄子是一个对现实极端不满、"愤世嫉俗"的人物,他蔑视统治阶级的虚伪说教和一切功名利禄的追求,因此,他也以他那嬉笑怒骂皆成文章的妙笔,写了许多讽刺现实的文章,很多是颇为优秀的讽刺小品。

值得注意的是,无论他的追求或讽刺,出发点都是我们所不能同意的,他不是为了反抗现实,唤起反抗心,而是为了麻醉人们,为了否定一切是非。这是十分消极,不能促使社会进步的。

《庄子》散文的艺术成就是高超的,正如鲁迅评价的那样:"其文则汪洋辟阖,仪态万方,晚周诸子之作,莫能先也。"(《汉文学史纲要》)《庄子》散文的特色之一,就是它想象丰富,构思奇特。试以《逍遥游》一文为例。《逍遥游》系《庄子·内篇》首篇,其文雄放、奇幻,最足以显示庄子其人的思想和他的文章所特有的艺术风格。

《逍遥游》一文的思想,旨在说明人应当脱弃一切物累,以获取最大的自由。当然庄子式的所谓"自由",完全是脱离实际的、违反人情物理的唯心主义呓语,是不足为训的,但这篇文章却挥洒自如,想象丰富,不失为我国散文史上的一篇名作。

文章以描写神奇莫测的大鲲巨鹏开端,开首就向我们展示了一幅非常神奇的画卷:

> 北冥有鱼,其名为鲲。鲲之大,不知其几千里也;化而为鸟,其名为鹏。鹏之背,不知其几千里也。

北方深海中有一条"不知其几千里"长的大鱼,这鱼之大,已够令人惊奇的了;而复又变化为鸟,这怎能不使人感到神奇莫测、惊叹莫置呢!应当说,这样的大鹏是现实中所没有、为人们所绝不曾见过的,但浪漫主义者的庄子,却似乎偏要使你深信不疑,对它进行一番形象描写。文中说这个大鹏岂止是大,还要腾空而起,还要乘海风作万里游,由北海直飞南海(天池)。这个巨大无比的鹏鸟腾空而起时是个什么样子呢?"怒而飞,其翼若垂天之云。""怒而飞",是说积满力气,怒张毛羽,一突而起。"怒而飞"三字,穷形尽相地写出了一个庞然大物在起飞时那种突飞迅猛的样子。凌空以后,"其翼若垂天之云"。"垂天之云"旧注释为"若云垂天旁",近人新注亦多沿袭,说"像悬挂在天边的一大块云",似未尽庄子原意。笔者以为"其翼若垂天之云"句,是说巨鹏凌空,若云行中天,垂阴布影其下。天空辽阔,在漫漫无际的天幕上,任何物体都不会显得大,只有垂下的云影会给人一种遮天盖地的感觉。

我们知道,文学中的浪漫主义,是以虚构形象、描写幻想为特征的,但虚构或幻想并不能完全脱离人们的实际经验,否则就会变成荒诞无稽,不可理解。因此,浪漫主义文学作品,往往在整个作品的构思、形象的塑造上是虚构的、夸张的、幻想的,但绝不排斥细节的真实描写,唯其如此,才能调动人们的想象,造成虽非事实,但又不失一种真实的气氛。下面,庄子在文章中假借所谓"齐谐"的话,并加以发挥,对于鹏飞刺天的情景,复作了具体细致的描写和生动的形容:

> 鹏之徙于南冥也,水击三千里,抟扶摇而上者九万里,去以六月息者也。野马也,尘埃也,生物之以息相吹也。天之苍苍,其正色邪?其远而无所至极邪?其视下也,亦若是则已矣。

这里对大鹏起飞南徙,凌摩霄汉的描写,真可谓绘声绘色之极。先写大鹏起飞,不能决然而起,而是拍击水面,滑行三千里之遥,然后盘旋宛转,风气相扶,直冲天外,以至九万里高空;而既已起飞,则历时半年,方一止息。那么,九万里高空又是一番怎样的景象,究竟是如何高远呢?作者先以高空中只见游气奔驰、尘埃浮动来形容,接着以人们仰视苍穹的经验来加以比况,说鹏在碧远高空俯视下界,犹如下界之人仰视高空,只见茫茫苍苍,不辨正色。经过作者的这样一番比况、形容,无形中联系了人们的经验,调动了人们的想象力,把似乎难于理解和想象的高远也变得易于理解和想象了。读文至此,怎能不使我们惊服于庄子文笔的巧妙呢!

文章为了说明小与大的区别、小与大之间思想境界和识见的悬殊,连续打了一系列的比喻,特别是童话般地写了蜩(即蝉)与学鸠(小鸟名)对大鹏的所谓嘲笑:

> 蜩与学鸠笑之曰:"我决起而飞,抢榆枋,时则不至,而控于地而已矣;奚以之九万里而南为?"

局促的天地,渺小的见识,自鸣得意的口吻,以及它们毫无自知之明的对大鹏的奚落和嘲笑,正十足表现出蜩与学鸠本身的可笑和可怜,说明了作者所要说明的"小知不及大知"的道理。这种漫画式的笔触和形象对照,顿时为庄子散文添了一层幽默的气氛。

就庄子文章说,所谓鲲鹏、蜩与学鸠,都不过是比喻,但在鲲鹏与蜩、学鸠故事中,作者又插入了一系列的精比巧喻,如水与舟之比,适百里、千里者的比喻,朝菌、蟪蛄与冥灵、大椿的比喻,长寿者的彭祖与众人之比等等,有的浅显,有的神奇,有的夸张,这种比中之比,犹如园中之园,使人涉步成趣,目不暇接,极大地增加了文章的艺术情趣。

庄子的文章是"以重言为真,以寓言为广"(《庄子·天下》)的。他的一切征引和故事,最终都是要为表达他的所谓"超然物外"的唯心主义思想来服务的。《逍遥游》一篇也不例外。文章写到最后,"图穷而匕首见"。原来照庄子的观点,他不仅认为蜩、学鸠和斥鹦之流的小知小见,"决起而飞",算不上什么"逍遥游",就连他所大事渲染的"绝云气,负青天"的大鹏,由于仍不得不有"所待"(即有所依靠,如乘风而行),也算不上是真正的逍遥游(即绝对自由)。只有像他最后说的那样,"若夫乘天地之正(指"道"),而御六气(指阴阳、风雨、晦明)之辩(同"变",指变化),以游无穷者",也就是说,要能与他所宣扬的所谓"正道"——即神秘的"宇宙精神"同体,超乎物质世界变化之上,而神游于天地宇宙之外的,才算是真正的绝对自由——"逍遥游"。当然,像这种完全抛弃客观条件的所谓"无待"的自由,是天地间所根本没有的,这只不过是一种主观唯心主义者的幻想,所谓心造的幻影而已。

唐代大诗人李白曾称赞庄子的文章说:"吐峥嵘之高论,开浩荡之奇言。"(《大鹏赋》)显然,对这样的赞辞我们只能同意一半,作为唯心主义者的庄子,谈吐虽奇,但并非什么"高论",他的虚无主义、放纵主义,虚妄无实的说教,在今天看来只应予以批判,而他的纵横跌宕、浩渺奇警的文章风格,长于想象、挥洒自如的文学笔触,以及其他一些极富创造性的艺术表现手法,却是值得我们研究并借鉴的。

其次,《庄子》文章词汇丰富,而又运用自如,善于对事物进行极细致、生动的描绘。如《齐物论》对所谓"地籁"的描绘:"大木百围之窍穴,似鼻,似口,似耳,似枅,似圈,似臼,似洼者,似污者。"这是形容古树上的大小斑驳的树孔,下面形容风吹树孔发出的各种声音:"激者、謞者、叱者、吸者、叫者、譹者、宎者、咬者,前者唱于,而随者唱喁,泠风则小和,飘风则大和,厉风济则众窍为虚,而独不见之调调之刀刀者乎?"这种对众窍和风声的千差万别的描绘,真是声形毕肖,给人以极其鲜明的印象。又如《秋水》篇写秋天大水的情景:"秋水时至,百川灌河。泾流之大,两涘渚崖之间,不辩(同"辨")牛马……顺流而东行,至于北海……不见水端。"把秋雨到来,沟满河平,百川奔流,浩荡无垠的空阔景象,写得气势磅礴,十分形象。这是对自然景物的描绘,而书中对人物的刻画往往也生动传神。如写仙子是"肌肤若冰雪,淖约(轻盈宛美)若处子。不食五谷,吸风饮露。乘云气,御飞龙,而游乎四海之外"(《逍遥游》),写盗跖则是"盗跖大怒,两展其足,按剑瞋目,声如乳虎",写孔丘(庄子派是反对孔丘的)则是"再拜趋走,出门上车,执辔三失。目茫然无见,色若死灰,据轼低头,不能出气"(《盗跖》)。只简单几笔,便把人物写得情貌毕现,使人感到如见其状,如闻其声。

另外,《庄子》一书还极善于写故事,它的思想、观点,许多都是靠生动的小故事来表达的。《庄子》书中的故事,有的是庄子派们为寄寓自己思想而精心创作的寓言,有的则是虚构的历史故事,后者虽有真名实姓,但实际上也是为了表达观点、抒发感情、讽刺人世间的艺术创作,有些较长的篇章已很像短篇小说了。就连记载庄子本人言行的一些章节,也是半真半假,带有很大的艺术虚构成分。

《庄子》书中的寓言故事,往往以生动幽默和奇幻见长。如《则阳》篇中"触蛮之争":

> 有国于蜗之左角者,曰触氏;有国于蜗之右角者,曰蛮氏。时相与争地而战,伏尸数万,逐北,旬有五日而后反。

这则小寓言是嘲笑当时诸侯各国战争的,说他们在那里煞有介事地厮杀、掠国、侵地,实际上就好像争蜗角一样渺小而可悲可笑。虽简短,但含意深刻、严肃,而且异趣横生。其他如"庖丁解牛""承蜩丈人""匠石运斤""井中之蛙"等,构思都非常奇特,并颇有情趣,非同凡响。

有些记述庄子言行的小故事,也写得十分生动,颇有戏剧性。如《山木》篇"庄子行于山中"一节:

> 庄子行于山中,见大木枝叶盛茂,伐木者止其旁而不取也。问其故,曰:"无所可用。"庄子曰:"此木以不材得终其天年。"
>
> 夫子出于山,舍于故人之家。故人喜,命竖子杀雁而烹之。竖子请曰:"其一能鸣,其一不能鸣,请奚杀?"主人曰:"杀不能鸣者。"
>
> 明日,弟子问庄子曰:"昨日山中之木,以不材得终其天年;今主人之雁,以不材死。先生将何处?"庄子笑曰:"周将处乎材与不

材之间。材与不材之间,似之而非也,故未免乎累……"

这个故事充分表现了在祸福无常、吉凶难料的乱世,人们无所适从的境况和庄子企图在人生夹缝中求生存的圆滑处世态度。类似这样的篇章,虽仍袭用着对话语录体的样式,但实际上是作者根据自己的看法和感情,创作了一个与之相适应的故事。用各种各样的故事形式来表达思想观点,浅显易懂,容易引动人们的兴趣,这是《庄子》最善于采取的方式。

至于一些直接发议论的篇章,《庄子》也写得很有特色。往往熔叙事、说理、抒情于一炉,文辞富丽,气势贯通,具有很强的感染力。如《齐物论》中"既使我与若(你)辩矣"一段,气势磅礴地一连用了十个反问句,像急湍流水,连天巨浪,扑打行舟;又像箭如雨下,迎面飞来,使人难以招架。这在说理文中,气魄之雄肆,词锋之劲锐,是很少见的。

五 《荀子》

《荀子》,是战国后期著名思想家和学者荀子的论文集。荀子名况,又称荀卿或孙卿[1],赵国人,是稍后于孟子的又一位儒家大师,故后世多以"孟荀"并称。生卒年已难确考,大约生于公元前335年,死于前238年之后,享年百岁左右。[2] 他曾游学于齐国的稷下,先后"三为祭酒"。[3] 后到楚国,做过楚国的兰陵令,晚年定居在那里,直到老死。他的著作保存在《荀子》书中,计三十二篇,大部分为荀况自作。

荀子著作内容丰富,他对哲学、政治、经济以至文学都注意研究过,并有专门采用文学形式创作的《赋篇》和《成相篇》等作品。从学派上

---

[1] 卿,是时人对有名望学者的尊称。《史记索隐》:"卿者,时人相尊而号为卿也。"一说"卿"指"列大夫之长"(见胡元仪《考异》)。"荀"又作"孙",因避汉宣帝讳。
[2] 荀子生卒年尚有前313—前238、前336—前238等说法。
[3] 稷下,在齐国都临淄(今山东省淄博市)的稷门附近。齐宣王曾在此扩建学宫,招揽各国学者到此讲学,并尊礼为列大夫。荀卿在十四年间,三为"祭酒"(即列大夫中的首席大夫),主持"学宫"。

说,他是战国后期儒家的一位大师,但他的思想与孔、孟有许多不同,他从儒家的观点出发,而对于春秋战国时期各家学派都有所批判吸收,建立起他的思想体系,成为先秦朴素唯物主义思想的代表。

如他著名的哲学论文《天论篇》,说"天"就是自然界,说"天行有常,不为尧存,不为桀亡",意思是说自然界的规律是客观存在的,并不以人事或政治好坏为转移。这是对古代认为天有意志,可以惩恶赏善思想的否定。他还从"天人相分"的基础上,进一步提出"制天命而用之"和"人定胜天"的思想,这在当时是十分光辉的哲学命题。在道德伦理和政治思想上,他反对孟子的"性善"论,主张"性恶"论,因此,他强调后天的教育和隆礼重法的作用。荀子在礼与法的问题上,提出了以礼治为主,而又兼法治的思想。他对于"礼"的解释,已与前期儒家不同,他说:"虽王公士大夫之子孙也,不能属于礼义,则归之庶人;虽庶人之子孙也,积文学,正身行,能属于礼义,则归之卿相士大夫。"(《王制篇》)大意是说,原虽为贵族子孙后代,但如果不受礼义范围的束缚,就应归在平民之列;虽是平民子孙,但如果肯上进,有学问,讲道德,能遵守礼义,就可以上升至卿相士大夫的位置。这种"礼"显然是破坏世卿世禄的,反映了当时新兴地主阶级法治的要求。后来法家的代表人物李斯、韩非,就都是他的学生。

荀子的散文,说理深透,逻辑周密,善于运用类比方式反复说明问题,造语用词,整齐简练,既长于说理,又不乏文采。《劝学篇》就是他的一篇代表作。

"劝学",就是劝勉学习的意思。作者从朴素唯物主义的反映论出发,认为人的知识、品德、才能,不是先天赋予的,而是后天形成的,因此,论证了学习的重要性,以及学习的态度和方法等各方面的问题。文章一开始就用生动的比喻,论述了学习的重要性和巨大作用:

君子曰:学不可以已。青,取之于蓝,而青于蓝;冰,水为之,而寒于水。木直中绳,輮以为轮,其曲中规,虽有槁暴,不复挺者,輮使之然也。故木受绳则直,金就砺则利,君子博学而日参省乎己,则知(智)明而行无过矣。

这一段用精比巧喻,说明学习是可以提高人、改造人的,用蓝草和青色染料为比,以冰、水为比,以木为比,以金为比,都十分通俗而贴切。下面又谈到人在学习时,还有一个"善假于物"的问题,所谓"善假于物",就是不能"终日而思",而是要利用前人已积累的知识、已达到的成就,这样才能事半功倍。这一段同样用了很多形象生动的比喻:

> 吾尝终日而思矣,不如须臾之所学也;吾尝跂而望矣,不如登高之博见也。登高而招,臂非加长也,而见者远;顺风而呼,声非加疾也,而闻者彰。假舆马者,非利足也,而致千里;假舟楫者,非能水也,而绝江河。君子生非异也,善假于物也。

文中十分深刻地论述了学习贵在善于积少成多,贵在循序渐进,贵在坚持:

> 积土成山,风雨兴焉;积水成渊,蛟龙生焉;积善成德,而神明自得,圣心备焉。故不积跬步,无以至千里;不积小流,无以成江海。骐骥一跃,不能十步;驽马十驾,功在不舍。锲而舍之,朽木不折;锲而不舍,金石可镂。

这篇文章从思想上说,观点正确,说理精密,且字里行间充满着一种谆谆劝勉之情,激人奋发,确实是一篇"劝学"的好文章,至今还给我们以许多启发。而从文章艺术技巧上看,也颇为高超。它以大量的自然界和日常生活中的事例作为论据,巧譬博喻,层出不穷,令人应接不暇,把一篇讲道理的文章,写得异常形象生动,花团锦簇。在句法上,又多用排比句,整齐流畅,美于诵读,便于记忆。其中许多句子,今天都已变作我们所熟悉的格言、成语,如"青出于蓝而胜于蓝"(已稍加变化)、"不积小流,无以成江海""锲而不舍,金石可镂"等等,都已成为劝学、治学的名言。这篇文章实为古代哲理散文中少有的佳作。

荀子在文学史上另一重要贡献,是他写作了赋体作品五篇,这是我国最早以"赋"命名的作品。这五篇赋作的名称是：《礼》《知》《云》《蚕》《箴》。荀赋是后来盛极一时的汉赋的渊源之一。另有《成相篇》，是一篇基本上用三、三、七句式与四、七句式写成的韵文作品，今试举其开端数章（五句一章）以为例：

> 请成相，世之殃，愚暗愚暗堕贤良；人主无贤，如瞽无相何伥伥。
>
> 请布基，慎圣人，愚而自专事不治；主忌苟胜，群臣莫谏必逢灾。
>
> 论臣过，反其施，尊主安国尚贤义；拒谏饰非，愚而上同国必祸。
>
> 曷谓罢？国多私，比周还主党与施；远贤近谗，忠臣蔽塞主势移！

这篇作品的内容是宣唱尚贤尊才，定国安邦以统一天下的。成，是演奏的意思；相，是"送杵声"，伴随劳动时唱的歌曲。故清卢文弨称《成相篇》为"后世弹词之祖"。

六　《韩非子》

韩非（约前280—前233），出身于韩国贵族，是战国末年先秦法家的集大成者。① 韩非曾数次上书给韩王，主张修明法治，富国强兵，而韩王不能用。他的书传到秦国，秦始皇读后，非常赏识。在政治主张上，韩非主张严刑峻法，把新兴地主阶级统治工具的法宣布为全社会必须遵守的标准，谁违反了，就当死无赦："使吾法之无赦，犹入涧之必死也，则人莫之敢犯也。"（《内储说上》）韩非认为，为了维护君主专制集权，不但需要"法"，而且需要"术"，所谓"术"就是国君利用权术控制

---

① 历史上有前期法家和后期法家的区分。春秋时期，郑国的子产作《刑书》，魏国的李悝作《法经》，这是早期地主阶级思想家的著作。至战国中期，又出现了商鞅、慎到、申不害等法家思想家。一般统称这些人为前期法家。韩非则为后期法家。

群臣下属的手段。他认为有了"术",国君就可以把一切权力集中,独揽政权。另外,他还讲"势",所谓"重势",就是牢牢把政权掌握在手中,他说"抱法处势则治"。总之,他的政治主张,是为当时地主阶级建立中央集权制度服务的。以韩非为代表的先秦法家,都强调使用暴力镇压一切反抗者,在当时的历史时期,新兴地主阶级不运用暴力就不能粉碎旧贵族的反抗,就不能夺取政权和巩固政权,但他们的暴力同时也是对付和镇压人民的,特别是他们取得政权以后,这种暴力统治就主要转向对付农民了。韩非的学说,被秦始皇所忠实执行了,但在人民的反抗下,很快就导致了秦王朝的灭亡。

《韩非子》五十五篇,主要为韩非自著。① 从文章体裁看,包括两类作品。一类是政论文,主要风格特点是锋芒毕露,语气专断,表现出一种严峻、峭刻的文风。而且篇幅也较长,如《五蠹》篇近七千言,《亡征》分析可亡之道至四十七条之多,其他各篇亦多在洋洋千言以上,且都是根据一个中心议题发表议论,按照文章内容标题,完全摆脱了早期语录体的影响。其论辩周详,内容宏富,结构复杂,都标志了先秦理论文的巨大发展。另一类是记述历史故事和创作寓言进行说理,表现了作者的机智和历史知识的丰富,这一类文学意味较浓。

韩非的长篇论文《五蠹》,是表述其政治思想的重要政论文。其中心思想是宣传他的"以法为教"的法治主张的。文章作者根据古今社会的变异,论证了"以先王之政,治当世之民"的不可行,而只有崇法,推行法治才是符合当时时代要求的。所谓《五蠹》,是指他所指斥的五种人。"蠹",就是蛀虫,借喻危害国家的人。他所具体指斥的五种人是"学者"(指儒家之徒)、"言谈者"(到处游说的纵横家)、"带剑者"(游侠类人物)、"患御者"(逃避农战,依附于贵族的近侍)和"工商之民"。作者为了论证社会的演变和变法的必然性,从"上古之世"开始

---

① 《汉书·艺文志》:"《韩子》五十五篇。"恰与今传本同。但经后人考证,《初见秦》篇,《存韩》篇,不完全可靠,系后人混入之作。详见梁启雄《韩子浅解》考释。

写起,认为各时期都有各时期的社会需要,从而也有各时期受到尊崇和爱戴的人物,但是后世并不能刻板模仿。他说:"是以圣人不期修古,不法常可(常规、惯例),论世之事,因为之备(措施)。"接着他以一个生动的故事,嘲笑了那些顽固守旧者的愚蠢可笑:

> 宋人有耕田者,田中有株(树桩)。兔走触株,折颈而死,因释其耒而守株,冀复得兔。兔不可复得,而身为宋国笑。今欲以先王之政,治当世之民,皆守株之类也。

这就是有名的"守株待兔"的故事,成为后世对泥古不化、死守经验者的嘲讽。在他看来儒家的讲仁说义、墨家的兼爱天下,都是过了时的迂腐之谈;在当时之世,只有"法治"才是治世良方。于是他论说道:

> 夫古今异俗,新故异备。如欲以宽缓之政,治急世之民,犹无辔策(缰绳、马鞭)而御驵马(烈性马),此不知之患也……今有不才之子,父母怒之弗为改,乡人谯(责骂)之弗为动,师长教之弗为变。夫以父母之爱,乡人之行,师长之智,三美加焉而终不动,其胫毛不改。州部之吏,操官兵,推公法,而求索奸人,然后恐惧,变其节(品行),易其行矣。故父母之爱,不足以教子,必待州部之严刑者,民固骄(骄纵)于所爱,听于威矣。故十仞之城,楼季(古善跳者)弗能逾(越过)者,峭也;千仞之山,跛牂(跛脚母羊)易牧者,夷(山坡平缓)也。故明主峭其法而严其刑也。

韩非站在新兴地主阶级立场,主张严刑峻法以治乱世,表现了法家学说的严酷性。但专从其论文风格来说,确实有雄健明快、议论风发的特点;而且常用许多生动的譬喻和寓意深刻的故事,以浅喻深,以远比近,增加了浓厚的文学色彩,也增强了说理力量。

《孤愤》主要是写有治国才能的人("智术之士")与窃居要职的权臣("重人")之间的矛盾。文中对权臣徇私惑主、危害国家的伎俩和罪行作了深刻地揭露;同时,也对"处势卑贱,无党孤特"的智法之士,在与权臣作斗争中往往遭害感到悲愤。这篇文章,分析深刻入微,语言犀利,洋溢着一种严峻、激越的感情,比较充分地表现了韩文峭拔、严刻的风格。

文章开头,就有一种严峻逼人的气势:

> 智术之士,必远见而明察,不明察不能烛私;能法之士,必强毅而劲直,不劲直不能矫奸。

接着,文章非常深刻入微地分析了"当途之人"(指权奸)营私舞弊,借势固权,使人主受到蒙蔽的情形:"当途之人擅事要,则外内为之用矣。"例如外国诸侯不走他们的门子,事情就办不成,群臣百官不通过他们就得不到提升;君主的近臣不奉承他们就不能接近君主,学士们不阿谀他们就得不到进阶。结果内外上下都成了给他们抬轿子的人。于是"重人(权臣)不能忠主而进其仇,人主不能越四助而烛察其臣,故人主愈弊而大臣愈重"。这种分析,说明韩非对当时各诸侯国官场上的时弊是很洞察入微的。

文章写得最有感情的,是写智法之士,虽怀有富国强兵、矫正吏治、安邦定国的强烈心愿,但处势孤单,很少能够成功。文章写智法之士与专横跋扈、结党营私、善于取媚人主的权臣相较量,往往处于极不利的地位:"处势卑贱,无党孤特。夫以疏远与近爱信争,其数(情势、条件)不胜也;以新旅(客居者)与习故争,其数不胜也;以反主意与同好争,其数不胜也;以轻贱与贵重争,其数不胜也;以一口与一国争,其数不胜也。法术之士操五不胜之势,以数岁而又不得见(见君),当涂之人乘五胜之资,而且暮独说于前,故法术之士奚道(途径)得进,而人主奚得悟乎?"不仅如此,智法之士还会身危被害,旧贵族会以"其可以罪过诬者,以公法而诛之;其不可被以罪过者,以私剑而穷之",即智法之士不被诬陷死于所谓"公法",就会被暗杀死于刺客的"私剑",常常遭到悲剧性的结局,遭遇总是十分悲惨的。所谓"孤愤"者,即孤特之士在政治上的愤懑和愤慨。韩非的这些表述,确实也是他观察了历史上许多法家人物的遭遇而写成的,其中也包括了韩非本人的遭际:韩非本韩国人,"见韩之削弱,数以书谏韩王,韩王不能用",后入秦,被李斯所诬陷,自杀于狱中。① 韩非写的这类文章(本篇外还有《说难》)往往充满着孤独悲愤而又极为严峻的情怀,不是偶然的。

大量运用历史故事和寓言进行说理,也是韩非著作中的重要特色,如内外《储说》、《说林》上下等篇②,集中地汇总了许多有名的故事,其中"南郭吹竽""郑人买履""买椟还珠"等至今还为大家所熟知。《外储说左上》载有一篇关于曾子的传说,故事简短,但至今还有一定教育意义和借鉴作用。故事的内容是:

> 曾子之妻之市(去市场),其子随之而泣,其母曰:"女(汝)还,顾反(返)为女杀彘(猪)。"妻适市来,曾子欲捕彘杀之,妻止之曰:"特与婴儿戏耳。"曾子曰:"婴儿非与戏也,婴儿非有知也,待父母而学者也,听父母之教,今子欺之,是教子欺也。母欺子,子而不信其母,非所以成教也。"遂烹彘也。

韩非书中收集和整理出来的众多历史传说或寓言故事,虽然往往在前后都有他自己的评语和议论,是为阐扬他的观点和学说服务的,但这些故事本身一般都有完整的结构,可以独立成篇。它们对于后世的影响往往也是超出韩非采撷时的思想意图的。

第四节 先秦寓言文学

在我国先秦文学中,除了古代神话、诗歌和一般散文以外,还有一种新的文学形式特别值得注意和称道,那就是寓言文学的发生和发展。"寓言"一词出于《庄子》书中。寓,有寄寓、寄托的意思。所谓"寓

---

① 《史记·韩非列传》:"人或传其书至秦",秦王很赏识,"因急攻韩,韩王始不用非,及急,乃遣非使秦,秦王悦之,未信用"。后韩非又受到李斯、姚贾的谗毁,"秦王以为然,下吏治非。李斯使人遗非药,使自杀。韩非欲自陈,不得见"。另外《战国策·秦策》《论衡·祸虚篇》等皆略记其事。

② 《韩非子》书中有《内储说》上、下及《外储说》左上、左下、右上、右下,共六篇。储说,即储其说以待君主利用的意思。《说林》为上、下两篇,即"广说诸事,其多如林"的意思。

言",就是作者把某些生活经验和所要表达的道理,利用故事的形式巧妙地表达出来,这些故事大都很简短,含有比喻和象征的意思。也就是说,从内容上看,它是一种社会经验和人们智慧的集中和概括;从形式上看,它是一种人生哲理的艺术化、故事化。

"寓言"这种文学样式,最早产生于民间,它是劳动人民为了保存和传达某些生活经验而特意编制出来的一些生动、机智的小故事,在民间口耳相传,本是劳动人民的集体口头创作。春秋战国时期,许多思想家和游说之士在宣传自己的学说时,开始大量地吸收和借用这类民间小故事作为表意明理的手段,而且也有意地进行新的创作,因而使这一文学形式特别发达起来,成为我国古代文学园地中一丛珍奇的花朵。

诸子散文中运用和保存寓言故事最多的是《孟子》《庄子》《韩非子》和《列子》,历史散文中《战国策》和《国语》也保存了一部分。我国古代寓言不仅内容丰富,含蕴深刻,而且构思巧妙,故事生动,富于艺术感染力。

《孟子》中"揠苗助长"的寓言就是著名的:

> 宋人有闵其苗之不长而揠之者,芒芒然归,谓其人曰:"今日病矣,予助苗长矣!"其子趋而往视之,苗则槁矣。

这则寓言原是孟子论述如何培养所谓"浩然之气"的,说的原是道德修养方面的事,但这简单的小故事却包含很深的哲理。它向人们说明,任何事物都有它的客观规律,人只有认识客观规律,按客观规律办事,才能有所作为;如果单凭主观愿望,不顾客观规律,不管动机如何好,付出的代价如何大,"非徒无益,而又害之",结果也必然失败。这个浅显的故事给人以深刻的启示和教育。另外,还有"月攘一鸡"的故事,讽刺了不愿彻底改正错误的人;"奕秋诲弈"的故事,说明了专心致志,用心专一对于学习的重要性:

> 奕秋,通国之善弈者也。使奕秋诲二人弈,其一人专心致志,惟奕秋之为听;一人虽听之,一心以为有鸿鹄将至,思援弓缴而射

之。虽与之俱学,弗若之矣。为是其智弗若与?曰:非然也。

这个故事提出学习不好的主要原因,不在于智力低下,而在于缺乏认真、专一的态度,寓意深刻,很能发人深省。

《庄子》书中的寓言故事是很多的,而且具有特殊的风格。这些故事与庄子派思想和散文一样,往往具有一些神奇的色彩,但其中丰富的含义又特别耐人寻味。除上面讲庄子散文时举到的以外,还有"庖丁解牛"的故事、"痀偻承蜩"的故事,都是非常精彩有名的。

在"庖丁解牛"的故事里,作者写庖丁解牛时,完全掌握了牛身上的肌肉骨骼情况,动作起来非常熟练和得心应手,能够"动刀甚微,謋然已解,如土委地"。当人们感到惊异时,他介绍了自己的经验,说他开始不了解牛身上的构造,"所见无非牛者",即只觉得牛是一个浑然的整体。三年以后,不再把牛看成一个整体,只看到牛的肌理筋骨和内外结构,好似是可以拆卸的零件一样,"未尝见全牛"。如今已经熟练到"以神遇,而不以目视,官知止而神欲行",即已可以做到不用眼看,只凭精神意愿行动,就把牛体剖分开了,也就是说完全进入到出神入化的境地了。庖丁还说,他的刀已经用了十九年,"所解数千牛""而刀刃若新发于硎",他的秘诀就是"彼(指牛)节者有间,而刀刃者无厚;以无厚入有间,恢恢乎其于游刃必有余地矣"。这个寓言故事告诉我们,做任何事情,都有一个从初做到熟练的过程,只有经过反复实践,并真正掌握客观事物的规律以后,才能得心应手,运用自如,甚至完全可以达到出神入化的境界。

《庄子·达生》篇中,还有一个"痀偻承蜩"的故事,内容是写有一个驼背老人,用长竿在树林里粘蝉,竟如用手拾物一样容易。有人问他为什么这么巧,他回答说,他最初曾经用"累丸"做练习,由"累丸二而不坠",直到"累五而不坠",这样苦练是为了使手不发颤,不把蝉惊走。在他粘蝉的时候,精神又非常专一:"吾处身也,若厥(橛)株拘(断木头);吾执臂也,若槁木之枝。虽天地之大,万物之多,而唯蝉翼之知;吾不反不侧,不以万物易蜩之翼,何为而不得!"这是说他的秘诀就在于苦练,在于做到异乎寻常地专心致志。故事写得那么入情入理,发人深省,给人以教益。

《韩非子》中的寓言故事是非常机智而精彩的,如《难势》篇中所载"自相矛盾"故事:

> 人有鬻矛与楯者,誉其楯之坚:"物莫能陷也。"俄而又誉其矛,曰:"吾矛之利,物无不陷也。"人应之曰:"以子之矛,陷子之楯,何如?"其人弗能应也。

又《外储说左上》"郑人买履"故事:

> 郑人有欲置履者,先自度其足,而置之其坐。至之市而忘操之。已得履,乃曰:"吾忘持度。"反归取之,及反,市罢,遂不得履。人曰:"何不试之以足?"曰:"宁信度,无自信也。"

又《内储说上》"滥竽充数"故事:

> 齐宣王使人吹竽,必三百人。南郭处士请为王吹竽,宣王说之,廪食以数百人。宣王死,湣王立,好一一听之,处士逃。

这些故事都极简短,但所含的哲理又极深刻。第一个故事,说明不实事求是的态度终究会使人思维混乱,陷入自相抵牾、不能自拔的地步。第二个故事,尖锐地嘲讽了脱离实际而又顽固保守的愚蠢行为。第三个故事,揭示了凡贪图侥幸、投机取巧,终有一天会暴露出来的道理。这些寓言都十分犀利、精辟,甚至辛辣,无论讽刺时事或揭示哲理,都能做到一针见血,入木三分。

《列子》一书,据称是战国时郑国人列御寇所作,属道家学派。但《列子》原书,汉后已亡佚,现在的本子是魏晋间人杂采有关资料编纂而成,后经过晋人张湛的注释整理。《列子》一书,保存了不少优美的寓言故事,如"愚公移山""杞人忧天""歧路亡羊"等,均为后世所传诵。《列子·说符》篇中,载有一则"疑邻人偷斧"的故事,异常精辟:

> 人有亡铁(斧)者,意其邻之子,视其行步,窃铁也;颜色,窃铁

> 也;言语也,窃铁也;动作态度,无为而不窃铁也。俄而抇(掘)其谷而得其铁。他日,复见其邻人之子,动作态度,无似窃铁者。

这是一则嘲笑主观偏见的寓言,它深刻地指明,当一个人抱有成见的时候,观察事物就会产生假象,为心造的幻影所蒙蔽。它教育人们遇事要重证据,实事求是,且不可犯主观主义。故事幽默而深刻。

除先秦子书外,先秦历史散文中如《战国策》也载有许多著名的寓言故事,如"画蛇添足""狐假虎威""鹬蚌相争"等,由于长期传诵,已成了我国人民生活中的格言成语,可见其影响之大、流传之广。

寓言文学是我国古代散文著作中成熟得较早的一种文学样式。先秦寓言不仅数量很多,而且思想、艺术深刻、高超。据有人统计,现存《庄子》中寓言一百八十一则,《韩非子》中寓言二百二十三则,《列子》中寓言九十九则,《战国策》中寓言五十四则(见陈浦清《中国古代寓言史》),实际上散见于其他论著中的为数也尚不少,可见当时这一文学样式的发达情况。从思想内容上说,它无疑反映了我国古代人民高度的认识水平和深刻的洞察力;从艺术技巧上看,也表现得十分成熟。寓言故事一般都比较短小,但含蕴深刻,写人状物都颇能传神,而且风格多样。如《孟子》寓言以善于描摹人情世态见长;《庄子》寓言以奇幻而出人意表见长;《韩非子》寓言以善取历史故事,鞭辟入里的深刻性见长;《列子》寓言以想象丰富,善写人物心理活动见长;等等。先秦寓言文学,无疑是那一时代高度文化发展的产物,是那些古代智者们留给我们的一宗宝贵的精神遗产。

第六章　伟大诗人屈原和楚辞

第一节　楚辞的名称和来源

楚辞,是在公元前四世纪,即我国历史上战国时代后期,继《诗经》古朴的四言诗体以后,产生在中国南部楚国地方的一种新诗体。它的奠基者和代表作家,是楚国伟大诗人屈原。屈原和"楚辞"的出现,不仅使《诗经》以后沉寂了大约三百年之久的诗坛(如前所述这期间蓬勃发展的是散文)复活,而且以其突发的异彩、更新更美的歌声,开始了中国诗歌史上《诗经》以后的第二个重要时期。

首先,讲一下楚辞这一新诗体的名称问题。

"楚辞",按其名称本义来说,是指楚地的歌辞的意思,是一种具有浓厚地方色彩的新诗体。宋代研究楚辞的学者黄伯思曾解释说:"盖屈(原)、宋(玉)诸骚(指楚辞体作品),皆书楚语,作楚声,纪楚地,名楚物,故可谓之'楚词'。"(《校定楚词序》)①鲁迅在《汉文学史纲要》中也说:"战国之世……在韵言则有屈原起于楚,被谗放逐,乃作《离骚》。逸响伟辞,卓绝一世。后人惊其文采,相率仿效,以原楚产,故称'楚辞'。"(第四编"屈原及宋玉")这样的说明和解释无疑是正确的。也就是说"楚辞"的名称,是由于它的产地和浓厚的地方色彩而来的。但楚辞虽产生于战国时代的屈原,而在当时却并未见"楚辞"这一名称,"楚辞"这一名称最初见于汉代。司马迁在《史记·张汤传》中有"买臣

---

① 宋黄伯思(字长睿)《校定楚词》十卷,已佚。其序今存,见《宋文鉴》卷九十二。

以'楚辞'与助俱幸"的话,买臣指朱买臣,助指庄助,他们都是武帝时人,这是最早出现的"楚辞"名称。汉成帝时,刘向整理古文献,把屈原、宋玉的作品和汉代人仿效这种体裁所写的作品汇编成集,称为"楚辞",从此,楚辞作品不仅有了专集,而且"楚辞"这个名称也就一直流传下来。①

"楚辞"在汉代一般又被称作"赋"。司马迁在《史记·屈贾列传》中,称屈原"乃作《怀沙》之赋",又说:"屈原既死之后,楚有宋玉、唐勒、景差之徒者,皆好辞而以赋见称。"班固在《汉书·艺文志》中设"诗赋略",也称"屈原赋二十五篇"。因此,在文学史上便有了"屈赋""骚赋"以至"楚赋"等名称。实际上,汉人把以屈原为代表的楚辞体作品称为"赋",把楚辞和汉赋混淆起来是不恰当的。"楚辞"是战国时代产生在楚国地区的一种新诗体,而"汉赋"却是适应汉代宫廷需要而发展起来的一种半诗半文或称带韵散文的作品。两者是完全不同的文体。如赋一般是用主客问答体敷演为叙事的形式,它不是抒情,而是铺陈辞藻,咏物说理。楚辞作品则不同,它虽然也富于文采,描写细致,也往往含有某些叙事成分,但却是以抒发个人感情为主的作品,是诗歌的形式。刘熙载在其《艺概》一书中论到"楚辞和汉赋之别"时说:"楚辞按之而逾深,汉赋恢之而弥广。"又说:"楚辞尚神理,汉赋尚事实。"(卷三)②所谓"按之而逾深"和"尚神理",正是指楚辞中所含之情和所具有的诗歌韵味说的;所谓"恢之而弥广"和"尚事实",正是指汉赋以铺

---

① 刘向所编《楚辞集》,已亡佚。东汉王逸(字叔师)撰《楚辞章句》说:"逮至刘向,典校经书,分以为十六卷。"又说:"稽之旧章,合之经传,作十六卷章句。"故知今传王逸《楚辞章句》,即以刘向本为底本。《四库全书提要》:"刘向编集《楚辞》十六卷,是为总集之祖。"但后传《楚辞章句》为十七卷,是因王逸将自己所作《九思》附加进去而成。《楚辞章句》是现存《楚辞》注本中最古的一部。宋洪兴祖(字庆善),于王注各条文字之后作补注,撰《楚辞补注》。宋以后多将两注合刊,今通行之补注本,实即包括王注在内。

② 《艺概》是清末刘熙载(字融斋)所作的一部评论诗文的著作,全书六卷,包括《文概》《诗概》《赋概》《词曲概》《书概》《经义概》等六部分。其中除《经义概》评论的是旧日科举"八股文"已无大意义外,其他部分,独抒己见,时出卓识,是重要的文论作品(其中《书概》是评论书法的,亦有重要参考价值)。

陈写物、叙述事实为主说的。因此,汉赋实际上是更接近于叙事散文的特点的。晋代挚虞在《文章流别论》中说"今之赋,以事形为本"①,也是说的这种情况。这方面可以说是楚辞和汉赋的根本区别。至于从作品地方色彩和形式上(结构、句式、押韵规律)看,两者的区别也是明显的。汉代人把辞、赋归为一类,大约有两方面的原因:一是辞、赋相对于"诗三百篇"和汉乐府诗来说,同属于"不歌而诵"的不入乐的作品;二是汉赋的产生和发展,曾受到楚辞的直接影响,所谓"拓宇于楚辞"(刘勰《文心雕龙·诠赋》)。但把辞和赋两类不同的文体混淆起来,则是当时在文体分类上不精确的地方,实际上是不科学的。

六朝时文学评论家开始注意到这个问题。刘勰在《文心雕龙》中,除《诠赋》篇外,另立《辨骚》一篇。萧统在《昭明文选》中,也把"赋"和"骚"分为两门,他们都把屈原楚辞体的代表作《离骚》突出出来,作为楚辞体文学的代称。从此,在文体分类上,人们又习惯于称"楚辞"为"骚"或"骚体"。

其次,我们谈楚辞体的产生。楚辞体诗歌是屈原的新创造,但他的这项新创造也不是凭空产生的。楚辞的出现必然有它赖以产生的基础,在文化,特别是在文学方面必然有所继承,有所取鉴。而从楚辞浓厚的地方特点来看,它又必然与楚国区域性文化有着密切关系。我们知道,春秋战国时代,楚国是南方的大国,占有广大的江、淮流域地区。它在政治、文化上虽然早已与中原地区有交往,但在很大程度上还一直保持着自己的文化传统,在宗教、民俗、诗歌、乐舞等各方面都有自己独立的特色。楚辞,正是在当时我国南方区域性文化的基础上发展和产生出来的。

首先,楚辞的产生与楚地的民间文学——所谓"楚声"和"楚歌"就有着直接关系。在春秋战国时代,楚国的音乐和民歌被称为"南

---

① 挚虞《文章流别论》二卷,是一部论述文体性质、起源、流变的著作,书已亡佚。此处引文转引自《艺文类聚》卷五十六所辑。

风"或"南音"。战国时代,属于楚国地方特有的乐曲如《涉江》《采菱》《劳商》《九辩》《九歌》《薤露》《阳春》《白雪》等名目,我们还可以从楚辞作品中看到。直到楚、汉之际,以至于汉代,"楚歌"还以其固有的特色而受人喜爱和流行。如"项王军壁垓下……夜闻汉军四面皆楚歌"(《史记·项羽本纪》),"戚夫人泣,上曰:为我楚舞,吾为若楚歌"(《史记·留侯世家》),"凡乐乐其所生,礼不忘本,高祖乐楚声"(《汉书·礼乐志》)等。所谓"楚歌""楚声"的声调如何,我们今天已很难详知,但从古文献保存下来的某些先秦时代楚歌歌辞来看,它们与当时产生在中原地区的民歌,在情调和形式上确有不同,如《孺子歌》:

> 沧浪之水清兮,可以濯吾缨。
> 沧浪之水浊兮,可以濯吾足。①

又《越人歌》:

> 今夕何夕兮,搴舟中流。今日何日兮,得与王子同舟。蒙羞被好兮,不訾诟耻。心几烦而不绝兮,得知王子。山有木兮木有枝,心说君兮君不知。②

据记载,这些都是楚辞产生以前的南方歌曲。它们与《诗经》中的诗篇不同,都不是整齐的四言体,而且几乎都是在每隔一句末尾用语助词"兮"字。而这正是后来屈原楚辞体诗歌的一个突出特点。读了这些,我们可以体会到南方民间歌辞与楚辞的密切关系。

另外,对楚辞体的形成影响最大的是楚地的民间"巫歌"。据历史记载:"楚人信巫鬼,重淫祀。"(《汉书·地理志》)民间祭祀时使巫觋"作歌乐鼓舞以乐诸神"。这种流行在楚地民间的祭祀曲,往往带有丰富的幻想,富于浪漫情调;又由于是歌、舞、乐结合在一起表演,因此,除

---

① 见《孟子·离娄上》与《楚辞·渔父》篇。
② 见刘向《说苑·善说》篇。《说苑》"搴舟"作"搴洲",误,据《北堂书钞》改。

抒情外,还兼有一定故事性情节;且语言活泼,节奏鲜明,结构上比一般诗歌宏阔,讲究起伏。这对于屈原楚辞体诗歌的创造有直接影响。在现存屈原作品中,《九歌》就是屈原在民间祀神的乐歌基础上写成的,《招魂》也是根据民间招魂词的写法而创作的。从这里也可以看到屈原楚辞体作品与这类楚国民间文学的密切联系。

　　我们说楚辞的产生直接受到楚地民歌的影响,是屈原吸取和借鉴了楚国民间文学而创造出来的,但这也只能说是它的主要方面。一个伟大的作家的创作,一种新文体的形成,往往是复杂的,是受到多方面影响和启发的结果;而一个作家也往往会做多方面的尝试。例如屈原的《橘颂》《天问》篇章,基本形式是采用《诗经》的四言句式加以重叠而成,明显受到北方诗歌代表《诗经》的影响,当然这在楚辞中不占主导地位。另外,楚辞是在我国文学史上散文文学空前发展的时期诞生的,因此,它也不能不受到这一散文高潮的影响。关于这方面,鲁迅就曾指出:"(楚辞)形式文采之所以异者,由二因缘,曰时与地……而游说之风浸盛,纵横之士,欲以唇吻奏功,遂竞为美辞,以动人主……余波流衍,渐及文苑,繁辞华句,固已非《诗》之朴质之体式所能载矣。"(《汉文学史纲要》)这是说,战国时代纵横家铺叙辞采的言辞和当时记载这些辞令的"繁辞华句"的散文作品,对于屈原的楚辞也是有影响的。实际上,当时郁然勃兴的散文,无论从闳阔的篇章、汪洋恣肆的气势、自由灵活的句式,还是从接近口语的虚词之运用上,对于屈原楚辞体作品的形成发展,无不有着启发和影响。

　　如果拿楚辞来和《诗经》比较,就会发现它们之间的不同和楚辞所表现出来的进展是很明显的。如《诗经》中的诗多以四字句为定格,篇章比较短,风格比较朴素;楚辞就不同了,诗的结构、篇幅扩大了,句式参差错落更富于变化,而感情的奔放、想象力的丰富、文采的华美、风格的绚烂,都与《诗经》作品有显著不同。一般说来,《诗经》产生于北方,代表了当时的中原文化;而楚辞则是南方楚地的乡土文学,是我国当时南方文化高度发展的产物。《诗经》还只是我国历史早期的文学作品,主要属群众性集体创作,它虽然经过加工写定,但大体仍保存原来浓厚的民歌色彩;而楚辞则属于屈原的创造,是诗人吸取民间文学的营养加以创造性的提高的结果。楚辞的产生,在我国文学史上,是具有划时代的重大意义的。

第二节　屈原的生平

屈原,名平,原是他的字。关于他的生平事迹,《史记》里有一篇《屈原列传》,刘向《新序·节士》篇亦有记述。但他的生卒年代,由于记载不详,很难确定,大约生于楚宣王三十年,即公元前340年,死于顷襄王二十一年,即公元前278年左右。[①]

屈原所处的时代是战国时代的后期,当时各诸侯国经过长期以来的兼并战争,由春秋时代百十个国家变为只剩下了齐、楚、燕、韩、赵、魏、秦七个大国,即所谓"七雄并峙"的局面。而在"七雄"之中,又以秦、楚两个国家为最强大,它们互相抗衡,都有统一中国的可能。所以当时有所谓"纵合则楚王,横成则秦帝"(《战国策·楚策》)的说法,意思是说,如果楚国能够成功地联合东方各诸侯国抗秦,那么便可以称王于天下,如果秦国能够离间楚与诸侯各国的关系,孤立楚国,那么秦就可以在天下称帝。这说明秦、楚是当时局势的两个重心。历史的发展已提出统一的要求,并出现了统一的趋势,而统一中国的大业,非秦即楚,可知当时秦、楚两国之间的斗争是非常激烈的。[②]

---

① 关于屈原的生卒年,史书上没有记载。对于他的生年,后世主要是根据《离骚》中的"摄提贞于孟陬兮,惟庚寅吾以降"这句话加以考证。此处是采用的郭沫若说。另外尚有生于楚威王元年,即公元前339年(浦江清);楚宣王二十七年至三十年之间,即公元前340年前后(游国恩);楚威王五年,即公元前335年(林庚)等说法。对卒年的看法亦不尽相同,有卒于楚襄王二十二年,即公元前277年(游国恩);卒于顷襄王三年,即公元前296年(林庚);卒于顷襄王十年以前,即公元前290年左右(陆侃如)等。

② 楚国是当时最大的国家,它地处南方,物产丰富,且疆域广阔。楚国统治的地区,曾北达今河南新郑和陕西的一部分,南边直到云、贵,东起今江苏、浙江,西达四川境内。

屈原生活在楚怀王时期，正是秦国积极向外扩张，采取远交近攻的策略，决心灭楚的时候。在这种情况下，楚国显然应该富国强兵，与其他国家建立同盟，以有效地抵抗秦国。但这时楚国的政治却被一些毫无政治远见，只知苟安享乐的腐朽贵族集团所把持，将楚国弄得昏天黑地，形成了"群臣相妒以功，谄谀用事。良臣斥疏，百姓心离，城池不修"（《战国策·中山策》）的局面。屈原是一位"博闻强志，明于治乱"的政治家，也是一位有理想、有远见和持正不阿的爱国志士。他出于对祖国的热爱，为了祖国的前途，而与那班误国、卖国的腐朽贵族斗争了一生。

屈原出身于楚王同姓的贵族，最初曾得到楚王的信任，担任三闾大夫以及左徒（仅次于令尹，相当于副宰相）的要职。① 《史记》上记载，他这时"入则与王图议国事，以出号令；出则接遇宾客，应对诸侯"。在他任职期间，楚国的政治和外交都取得了一些成就。例如他对内主张"举贤授能"，刷新政治，并奉命起草"宪令"，为国家富强而立法，限制旧贵族的权益。对外他曾两次出使齐国，主张合纵抗秦，收复祖国失地。显然这对于楚国的前途都是有利的、至关重要的。可是屈原的政治主张和政治才能，特别是他果于执法的精神，却遭到了旧贵族势力的反对。他们对屈原横加诬陷，离间屈原和楚怀王的关系，终于使昏庸的楚怀王"怒而疏屈平"，使屈原遭到排挤，不得再参与国事。关于这件事，《史记·屈原列传》中是这样记载的："怀王使屈原造为宪令，屈平属草稿未定，上官大夫见而欲夺之，屈平不与，因谗之曰：'王使屈平为令，众莫不知，每一令出，平伐其功曰，以为非我莫能为也。'王怒而疏屈平。"关于"夺稿"的事，后人曾有过许多不同的解释，但可以肯定，上官大夫所以谗毁屈原，绝不能只归为争宠害能的行为，应看作是屈原和

---

① 《史记·屈原列传》："屈原者，名平，楚之同姓也，为楚怀王左徒。"但据王逸《离骚》序说："屈原与楚同姓，仕于怀王，为三闾大夫。三闾之职，掌王族三姓，曰昭、屈、景。屈原序其谱属，率其贤良，以厉国士。"可知屈原于任左徒之职以前，曾任三闾大夫。三闾大夫是掌管楚贵族谱系和教育贵族子弟的官。因屈原与楚王同姓，亦属贵族，故得以任此职务。

腐朽贵族势力的一场斗争。屈原在政治上是主张举贤授能的，即《离骚》中所说"举贤而授能兮，循绳墨而不颇"。而所谓"宪令"，就是国家的根本法令。举贤授能的制度是与"世卿世禄"的制度相对立的，而屈原所草拟的宪令，肯定是要对旧贵族势力的某些特权加以约束和限制，这样就必然会引来旧贵族的强烈反对。屈原在《惜往日》中曾有这样的一段追述，描写了当日的情形：

>　　惜往日之曾信兮，受命诏以昭时。奉先功以照下兮，明法度之嫌疑。国富强而法立兮，属贞臣而日娭。秘密事之载心兮，虽过失犹弗治。心纯庞而不泄兮，遭谗人而嫉之。

从这段文字来看，屈原在楚怀王当政期间，确曾参与机密，主持过促使政治革新的变法活动，从而证明《屈原列传》所载屈原草拟宪令一事是可信的，也证明楚国在当时曾一度由于法令修明，打击了旧贵族的势力，而使楚国趋于富强。可是屈原由于旧贵族的谗害，以及楚王对革新国家政治所表现的反复无常，"荃（楚王）不察余之中情兮，反信谗而齌怒"，"初既与余成言兮，后悔遁而有他"（《离骚》），终归于失败。屈原被疏，使反动的旧贵族势力重新统治了楚国，所以这一失败可以说关系着整个楚国的命运。

屈原在政治上失势以后，楚国的局势立刻起了很大变化。当时楚怀王宠姬郑袖和大臣靳尚等旧贵族集团人物，完全包围了楚王，而且更加肆无忌惮地胡为起来。他们甚至接受秦国的贿赂，公开地出卖楚国的利益。《史记·屈原列传》对这一时期发生的事有比较具体的记载，简括地说，就是昏庸、贪利的楚怀王，因受秦国派来的使臣张仪的政治欺骗，而与齐绝交，结果楚国孤立。怀王曾愤于受秦国的愚弄，两次伐秦，都遭到惨败。第一次楚攻秦，战于丹阳（今陕西南郑县东），楚国大败，损失士兵八万多人，大将屈匄被俘，秦国夺去了楚汉中六百里国土；第二次楚王发动全国兵力攻秦，又大败，而且韩、魏也来袭击楚国后方，楚只得退却。经过这两次失败，楚国国势已大为削弱。楚王这时虽又有过联齐的活动,但受到腐朽旧贵族的干扰,始终没有成功。相反,怀王晚年,受到旧贵族的怂恿,又去与秦讲和,结果被秦扣留,终于死在秦国。①

怀王囚秦之时,顷襄王继立,继续对秦执行投降政策。结果秦国不断削弱楚国,顷襄王十九年,秦军伐楚,又夺去上庸和汉北一带地方。二十一年,秦将白起攻下郢都,楚军全部溃散,顷襄王逃往陈城(今河南淮阳县)。楚国从此一蹶不振,直到公元前223年为秦所灭。

这就是楚国后期的一段历史。屈原死在楚国最后覆亡以前,但楚国的这段极为悲惨的衰败历史,是他亲眼看见以至亲身经历的。

据历史记载,屈原由于与楚国朝廷中的腐朽贵族势力进行斗争,曾两次遭到放逐。第一次大约在怀王二十五年左右,被放逐到汉北一带;第二次是在顷襄王十三年左右,被放逐到江南一带。② 屈原的主要作品,就是在这两次被放逐时期写的。

通过这些作品,我们可以了解到屈原与当时旧贵族集团斗争的经过,也可以了解到他虽蒙冤被逐在外,仍然不忘祖国的安危和始终不渝地恋念故国的忠贞感情。屈原在第一次流放期间,写了《抽思》和《思美人》等诗,他在《抽思》一诗中曾描写说:

　　望孟夏之短夜兮,何晦明之若岁?惟郢路之辽远兮,魂一夕而九逝!

一方面表现了他在外度日如年的痛苦,同时也表达了他对于祖国不能

---

① 关于这段历史情况,除《史记·屈原列传》外,兼可参阅《史记·张仪列传》和《史记·楚世家》。

② 关于屈原遭放逐的次数与时间,学术界亦有不同说法,这里采取的是游国恩说(见《屈原》)。另外还有人认为屈原只放逐一次,如郭沫若、林庚等。但郭认为屈原被放逐当在顷襄王六七年间或稍后,放逐地点在汉北,后因秦军大举入侵逃至江南,并自沉(见《屈原研究》);林则认为放逐时间为怀王二十四年,放逐地点则在江南鄂渚(见《诗人屈原及其作品研究》)。此外,主张一次放逐者尚有刘永济、姜亮夫等,但具体时间、地点也不尽相同。产生这一问题分歧的主要原因,是对《史记·屈原列传》中"既疏""既绌""虽放流"等的理解以及作品编年等有不同的解释。

须臾忘怀的强烈感情。在这篇诗中,诗人还写道:

> 愿摇起而横奔兮,览民尤以自镇。

意思是说,他本来是可以逃开这块使他受难的国土而去自寻出路的,但一看到人民所遭受的苦难,自己就又冷静下来,感到绝不能离开。这两句话充分表现了屈原爱国思想的深刻性,他是把爱国和同情人民的苦难遭遇结合在一起的。

第二次流放时间很长。屈原先从郢都顺江而下到了陵阳(今安徽青阳县南),停了一个时期又溯江而上一直到达辰阳,后又南折入溆浦(辰阳、溆浦均在今湖南沅陵一带),不久下沉入洞庭湖,渡湘水而达汨罗。屈原在这期间,虽然一直煎熬在极为痛苦的生活中,往返走了许多地方,但他始终不肯迈出国境一步。因为他对祖国、对祖国人民,以至对于祖国的山川和一草一木都充满了无限热爱。也就是在这个时期,他怀着对危在旦夕的祖国命运的焦虑,怀着对祸国殃民的群小们的憎恨,以及自己政治理想不得实现的痛苦和怨愤,以雷电迸发般的感情,写下了不朽的诗篇《离骚》。

当屈原渡湘水到达汨罗附近的时候,即顷襄王二十一年(前278),秦国的大军已经打进了楚国,他的一切希望都破灭了。他不忍见自己的祖国为秦所灭,不忍见自己的家乡父老遭亡国之难,为了殉自己的理想,表明自己至死不离祖国的决心,而投汨罗江自杀了。在他临死前所写的绝命词《怀沙》一诗中,他再一次揭露了楚国"变白以为黑兮,倒上以为下;凤皇在笯(竹笼)兮,鸡鹜翔舞"的黑暗现实,同时冷静、严肃地说:"知死不可让,愿勿爱兮,明告君子,吾将以为类兮。""民生禀命,各有所错兮;定心广志,余何畏惧兮。"这说明屈原的死,不单纯是出于感情上的激愤,也是出于自己的理智。他和那个黑暗的社会既然不能调和,而国破家亡的楚国现实更使他无路可走,就只有以一死来表明自己的志向,来殉自己的国家了。屈原在临死前所写的这篇《怀沙》中,记述时令说:"滔滔孟夏兮,草木莽莽。"这和后世传说他死在五月五日是颇为接近的。屈原死的时候大约六十二岁（照生于前340年计算）。屈原的一生是悲剧的一生，但他留下的充满美好理想和爱国激情的伟大诗篇，却永远为后人所传诵；他在人民的精神中得到了永生。

屈原的作品，按班固《汉书·艺文志》所记录的篇数是二十五篇，但没标出具体篇目。见于司马迁《史记·屈原列传》的有《离骚》《天问》《招魂》《哀郢》和《怀沙》五篇。东汉王逸的《楚辞章句》是我们今天所见的最早的《楚辞》集，它标明属于屈原的作品有《离骚》《九歌》（十一篇）、《天问》《九章》（九篇）、《远游》《卜居》和《渔父》，篇数与《汉书·艺文志》相符。① 但后人对于王逸的这个篇目，也提出许多疑问。例如《招魂》一篇，司马迁明明说是屈原的作品，王逸却把《招魂》题为宋玉所作。又如《卜居》和《渔父》，都是根据某些关于屈原的传说敷衍而成，很难令人相信是屈原自作。其他如《惜往日》《悲回风》和《远游》等诗篇，是否真是屈原作品，后人也有怀疑。先秦的书，多是汉人编定，由于经过秦火和传抄，其中难免真伪杂陈，需要后人加以审辨。研究屈原的作品，也需要作一些必要的考证。这些问题由于比较专门，这里就不详加论述了。②

屈原作品虽然存在着真伪问题，但如下的一些作品还是无问题的，如《离骚》《天问》《九歌》和《九章》中的大部分诗篇，一般皆认定为屈原所作。下面我们就选取屈原的一些重要作品加以介绍。

---

① 《大招》一篇，王逸说："屈原之所作也，或曰景差，疑不能明也。"他实际未算作二十五篇之内。

② 屈原作品篇目的考订分歧意见很多，一般说来清代以前都谨守二十五篇之数，主要分歧集中在《招魂》《九辩》等篇，其他属于对《九歌》某些作品的分合问题。近代学者的意见为：郭沫若认为《离骚》《天问》《招魂》《九歌》《九章》为屈原作，《远游》《渔父》《卜居》非屈原作（见《屈原研究》）。游国恩基本同郭说，但认为《远游》亦屈原作（见《屈原》）。陆侃如认为只有《离骚》《天问》《九章》（除《惜诵》《思美人》《惜往日》《悲回风》以外）可靠（见《中国诗史》）。林庚在《屈原生平一览表》中列入了《橘颂》《离骚》《天问》《抽思》《招魂》《九歌》《哀郢》《涉江》《怀沙》。

第三节　屈原的作品

一　《离骚》

《离骚》是屈原的代表作品，是一篇宏伟壮丽的政治抒情诗。全诗共三百七十三句，二千四百多字，从篇幅的宏阔看，也是我国古典诗歌中少有的。诗题"离骚"二字，司马迁说："《离骚》者，犹离忧也。"（《史记·屈原列传》）班固《离骚赞序》说："离，犹遭也；骚，忧也，明己遭忧作辞也。"把"离"释为"遭"，是因为"离"通"罹"，即遭受的意思。二人的解释是一致的。而东汉王逸说："离，别也；骚，愁也。"（《楚辞章句·离骚序》）这个解释已有不同，他认为"离骚"即离别的愁思的意思。《离骚》原文中有"余既不难乎离别兮，伤灵修之数化"，上句说离别朝廷被放逐，下句说失去楚王信任的忧伤。这大约正是他们解释《离骚》题目的根据。不过据近人考证，"离骚"是"劳商"二字的异写，"劳商"是古代楚地的一种歌曲名。《楚辞》中本有用古歌曲为篇名的，如《九歌》《九辩》等都是。故这个意见也可供参考。

关于《离骚》的写作年代，过去有两种意见，有人认为是屈原前期楚怀王当朝时作，有人认为是屈原在顷襄王朝再放江南时的作品。如果从作品本身考察，其中提到的地名如"济沅湘以南征兮，就重华而陈词"，沅水、湘水都在江南，屈原再放时才到过这里；而"重华"即帝舜，相传他死在苍梧，葬于九嶷，其地皆在江南，距屈原的放地不远，所以《离骚》下文又说到"朝发轫于苍梧"和"九疑缤其并迎"，这是很自然的联想。这一连串地名，可证明《离骚》是屈原再放江南时所作。其次，诗中有些叹老的心情描写，如说"老冉冉其将至"。另外，诗中随时流露去国远逝的念头和一死的决心，如"九死未悔""伏清白以死直""贴余身而危死"等，这都可作为《离骚》作于诗人后期，即再放时的证明。①

诗人写作《离骚》已在他生平的晚期。诗人作为一个爱国者,本抱着佐主兴邦的远大志向,要求对楚国的政治进行革新,从而挽救祖国的危亡,并进一步把祖国推上富强的道路。但朝中的群小诬陷他,他所寄予希望的楚王不理解他,并且他再次遭到放逐,已经到了救国无门,佐主无路的地步。而他所倾心热爱的祖国,也已被昏君群小弄到朝不保夕、岌岌危亡的绝境。面对着这样的现实和处境,他感到天理何存,正义安在,从而义愤填膺,感慨万千,写下了《离骚》这首长诗,借以明志,借以抒愤。

《离骚》是一篇才气纵横、感情起伏的长诗。全诗虽然可以分为若干自然段,但根据整个思想内容,大致可以分为前后两大部分。前一部分诗人回顾了自己殚精竭虑、一心为国的苦斗历程;后一部分则写诗人在蒙冤被逐以后,内心中所产生的种种矛盾,以及誓死殉于理想、殉于祖国的决心。诗中一方面对楚国腐朽贵族的趋利忘义、颠倒是非、嫉贤害能的黑暗统治和误国行为作了尖锐的抨击;一方面倾吐了诗人赤诚的爱国信念与救国无门的极端痛苦和忧伤。全诗感情激荡,震撼人心。

全诗从开篇到"虽体解吾犹未变兮,岂余心之可惩",是前半部分。

全诗开端,首先郑重地自述了自己的世系、祖考,以及生年、美名等等:

> 帝高阳之苗裔兮,朕皇考曰伯庸。摄提贞于孟陬兮,惟庚寅吾以降。皇览揆余初度兮,肇锡余以嘉名。名余曰正则兮,字余曰灵均。

诗人首先以十分庄严而自矜的口吻,追述了自己的先祖、家世,即高贵的出身和奇异的生辰。"高阳",是古颛顼帝的称号,在传说中楚国的

---

① 此取游国恩说,见《楚辞概论》《屈原》等书。主张前期说者,见林庚《诗人屈原及其作品研究》、汤炳正《屈赋新探》。另有认为始作于前期,完成于后期者,见姜亮夫《屈原赋校注》。

先祖是古颛顼帝。颛顼的子孙后裔中,有一个名叫熊绎的,周成王时受封于楚。春秋时期,楚武王熊通的儿子瑕,封于楚境屈地,因以地名为氏。后来姓氏不分,故出现了姓屈的一支。屈原上溯先世,乃与楚王同宗。屈原为什么要这样来表白呢?王逸说:"屈原自道本与君共祖,俱出颛顼胤末之子孙,是恩深而义厚也。"后人又发挥说:"同姓之臣,义无可去,死国之志,已定于此。"由此可知,屈原强调说明自己与楚王本属同宗之亲,其意思在说明他对于楚国的存亡负有义不容辞的责任,也是说明他有至死不能去国之志的缘由。接着他又叙写了自己的生辰之奇异与父亲所赐予他的美名。前者与写他的家世一样,表现他的尊贵不凡,后者又写出了父亲对他的莫大期望。"正则",公正有原则的意思;"灵均",灵善而能均一的意思。这也正是屈原一生所恪守的信条。总之,这起始的八句,感情是肃穆的,含蕴是深邃的,为他一生的自尊自重自爱("忽驰骛以追逐兮,非余心之所急""民生各有所乐兮,余独好修以为常")定下了基调,所谓"首溯其本及始生之月日而命名命字,郑重之体也"(清顾成天《离骚解》)。

接着,诗人在第二段中,表白了自己的品德、才能和理想,并以万分急迫的心情表达了自己献身君国的愿望:

> 汩余若将不及兮,恐年岁之不吾与。朝搴阰之木兰兮,夕揽洲之宿莽。日月忽其不淹兮,春与秋其代序。惟草木之零落兮,恐美人之迟暮。

他一方面担心时光飞驰,自己为国家做不成事业;又担心楚王("美人")因循守旧,使政治不能革新,耽误了楚国的前途。两个"恐"字,充分表达了诗人为祖国前途而焦虑、为祖国前途而担忧的急迫心情。于是他劝告楚王珍惜年华,丢弃秽恶的行为,改变因循守旧的态度,在他和其他贤臣的帮助下,像骑上骏马一样,使楚国得到迅速的振兴:

> 不抚壮而弃秽兮,何不改乎此度?乘骐骥以驰骋兮,来,吾导夫先路。

接着他列举了历史上历代兴亡的事例,并表示他决不怕艰难险阻,要帮助楚王做一位楚国的中兴之主:

> 岂余身之惮殃兮,恐皇舆之败绩,忽奔走以先后兮,及前王之踵武。

所谓"前王",是指楚国开国时的三个英明君主(熊绎、若敖、蚡冒),意思是说,他要竭尽全力辅佐楚王,使日益衰败的楚国重新振兴,恢复到开国盛世的那种局面。

但诗人这一片为国的赤忠之心,并没有得到应有的理解和支持,相反却因触犯了守旧贵族的利益,而招来了重重的迫害和打击。贵族群小们嫉妒他,围攻他:"众女嫉余之蛾眉兮,谣诼谓余以善淫。"楚王听信谗言,也不再信任他:"荃(指楚王)不察余之中情兮,反信谗而齌怒。"他为实现理想而苦心培植起来的人才也变质了:"冀枝叶之峻茂兮,愿俟时乎吾将刈。虽萎绝其亦何伤兮,哀众芳之芜秽!"当诗人回顾到这些的时候,便抑制不住满腔愤怒的感情,对腐朽反动势力进行了猛烈抨击。他痛斥贵族群小们:"众皆竞进以贪婪兮,凭不厌乎求索,羌内恕己以量人兮,各兴心而嫉妒。"他还大胆地指责了楚王的反复无常,不可依靠:"初既与余成言兮,后悔遁而有他;余既不难夫离别兮,伤灵修(指楚王)之数化!"最后,诗人以坚持理想、绝不妥协的誓言,结束了自己对早年这一段政治生活的回忆:

> 民生各有所乐兮,余独好修以为常;虽体解吾犹未变兮,岂余心之可惩!

表示他要永远坚持自己的道路,忠于理想,虽惨遭不幸,也绝不改变。

《离骚》的后一部分,是描写诗人在被排斥出现实政治生活以后,对于自己出路的探索。诗人在遭遇到政治上的失败和极不公正的待遇以后,并没有掩饰自己彷徨矛盾的心情,而是忠实地摆出了许多对自己前途的设想,从对自己前途的选择中,进一步表白了自己坚持理想、忠于祖国的心迹,表白了至死不渝的爱国热情。

首先,诗人假设有一个"女嬃"(女人名)对他进行劝诫:

> 女嬃之婵媛兮,申申其詈余;曰:"鲧婞直以亡身兮,终然殀乎羽之野。汝何博謇而好修兮,纷独有此姱节?"

女嬃用鲧的故事劝告屈原,说他不应刚直太过,以致自取祸患,还是放弃理想,凡事随大流,一切从俗才好。但是诗人并不以为然。为了证实自己行为的正确,他假托到古帝重华(帝舜)那里去陈词。他向重华历述了历代兴亡的历史事实和自己的政治主张,这一切果然得到了重华的肯定,他也更加充满了自信。于是他为实现自己理想的强烈愿望所鼓舞,幻想能找到一条通向"哲王"的道路。他去上叩帝阍(天门),阍者(守门人)却闭门不纳;他又下求"佚女",去为他通个消息,也终不能成功。这天上实际是人间的象征,说明他再度得到楚王的信任是不可能的,在这种一再遭到挫折、冷遇之下,他的感慨是如此之深:

> 世溷浊而嫉贤兮,好蔽美而称恶。闺中既以邃远兮,哲王又不寤。怀朕情而不发兮,余焉能忍与此终古。

诗中写他在极度的苦闷彷徨中,又去找灵氛占卜。灵氛劝他离国出走,说:"思九州之博大兮,岂惟是其有女(喻贤君)?"又说:"何所独无芳草兮,尔何怀乎故宇?"劝他远离故国去追寻可以施展自己抱负、实现自己理想的地方。但他仍然"心犹豫而狐疑",从而又去找巫咸降神,请他郑重指示出路。而巫咸同样劝他出走,而且叫他趁年华未晚,急去寻求合于自己主张的人:"及年岁之未晏兮,时亦犹其未央。恐鹈鴂之先鸣兮,使夫百草为之不芳。"女嬃的忠告,灵氛的劝说,巫咸的敦促,既代表了当时的世俗人情之见,无疑也是诗人在极度彷徨苦闷中内心冲突的外现,也就是坚定或是动摇两种思想斗争的形象化。屈原要把自己的思想感情考验得更坚定,就得通过这种种诱惑。于是诗人假设自己姑且听从灵氛的劝告,"吾将远逝以自疏",决心去国远游。可是正当他驾飞龙,乘瑶车,奏《九歌》,舞《韶》舞,在天空翱翔行进的时候,忽然看到了自己的故乡楚国。于是出现了这样的情景描写:

>　　陟升皇之赫戏兮,忽临睨乎旧乡。仆夫悲余马怀兮,蜷局顾而不行。

在上升到一片光明的天空中时,忽然目光一瞥看到了自己的故乡,这不仅引起了诗人的无限眷恋,就连随从诗人的仆夫也悲伤得落下泪来,马也踏足扭头不愿再往前走,他终于还是留了下来。这说明诗人无比深厚的爱国感情,终于战胜了种种诱惑,虽然他明知祖国的现实是那么黑暗,对他而言存在着种种危险,实际上他也吃尽了苦头,但他不能离开灾难深重的祖国,即使在幻想中也不能离开祖国一步。但诗人的出路何在呢?他热爱楚国,可楚国的君王误解他,不能用他,楚国的群小又凶狠地迫害他;他想离开楚国,这又与他深厚的爱国感情不能相容,这样,最后只能用死来殉于他的理想了。在全诗的结尾,诗人痛楚地哀叹道:

>　　已矣哉!国无人莫我知兮,又何怀乎故都?既莫足与为美政兮,吾将从彭咸之所居!

意思说:一切就这样结束吧!楚国是没有明君贤臣能了解我的了,那么我何必再留恋我的故国呢?既然我的"美政"理想再也不能实现,我只有效法彭咸(传说中殷大夫,因对君直谏不听,自投水而死)来结束我的一生了。

《离骚》是一首规模宏伟的政治抒情诗,同时也像一支大型的交响乐曲,它繁音促节,内容丰富,热情澎湃,感人至深。任何诗章、乐章都有它的中心思想、主导感情,或称之为主旋律。《离骚》这首长诗主要表达的是怎样的思想和感情呢?我们通读全诗就会发现,它主要表达了诗人无比深厚的爱国主义思想感情,以及围绕着这一爱国主义思想感情而展示的一种苦斗和求索的精神。诗人的苦斗精神一方面表现在他为了实现自己的"美政"理想,为了挽救祖国的危亡,而与楚国腐朽的贵族统治集团所作的艰苦卓绝的斗争;同时也表现在他在困境时与世俗的诱惑所作的不妥协的斗争。他的求索精神也表现在两个方面:

一方面是企图为危难的祖国寻求一条走向富强之路,一方面是在身陷困境时仍孜孜不倦地为自己探索一条可能有的献身祖国之路。正是这种苦斗和求索的精神贯穿着整个诗篇,从而深刻地表达了它的爱国主义主题。

《离骚》作为一篇爱国诗篇,可以从两方面概括它的主要思想内容和伟大的思想意义。

(一)表现了诗人的崇高政治理想和为祖国献身的伟大精神。

屈原是一位爱国主义诗人,他不仅有着充沛、深厚的爱国感情,同时还有着进步的政治理想和政治主张。屈原的政治主张和理想,是通过政治革新,振兴楚国,并进而由楚国统一中国。诗人主张政治革新,就是要实现他在诗篇中一再提出的"美政"。屈原所谓的"美政",具体说来,也就是"举贤而授能兮,循绳墨而不颇"。这是针对当时旧贵族把持政权,骄奢淫逸、误国卖国的行为而发的。在战国时代,提出"举贤授能",实际上就是要打破维护贵族特权的世卿世禄制度,而不分亲疏贵贱地选用贤能来治理国家。在诗中,诗人曾特意举出"三王"盛世为例:

> 昔三后之纯粹兮,固众芳之所在;杂申椒与菌桂兮,岂维纫夫蕙茝?

说那时正因为能够不拘一格地选用贤能,所以才政治清明,国家富强。在诗中他还举出历史上一系列举贤授能的事例:

> 说操筑于傅岩兮,武丁用而不疑。吕望之鼓刀兮,遭周文而得举。宁戚之讴歌兮,齐桓闻以该辅。

傅说是个奴隶,替人筑墙,殷王武丁用他为相,殷朝大治;吕望(即姜太公)本在朝歌当屠户,后被周文王举为太师,成了助周灭殷的开国元勋;宁戚原是个小商贩,齐桓公用他为卿,后辅佐桓公成就霸业。这些故事在历史上虽带有某些传说成分,但表明了屈原举贤授能的思想,说明他主张社会地位低微的人也能够参与国家政权。这在当时是一种进步的、开明的政治主张,是符合国家和人民利益的。

另外,修明法度,也是屈原"美政"的重要方面。这是针对当时的"背法度而心治"的社会现象说的。所谓"修明法度",就是要求包括君主在内的上层贵族统治者,要"循绳墨而不颇",不得骄纵乱法,胡作非为。诗人在诗中揭露说:

> 固时俗之工巧兮,偭规矩而改错;背绳墨以追曲兮,竞周容以为度。

诗人对于他们那种争权夺利,贪婪嫉妒,倚仗权势而蔑视法度规矩的行为十分愤恨,因而主张修明法度,要他们"循绳墨而不颇",以改造楚国黑暗的社会现实。对于楚王,诗人也同样提出这一要求,他要楚王以史为鉴,说许多王朝的破败都是由于君王的"康娱以自纵""纵欲而不忍",而立国长久的君王都是"俨而祗敬"。诗人还借着向重华陈词,表述了他的一个带有根本性的政治观念,即带有民本主义色彩的进步思想,他说:

> 皇天无私阿兮,览民德焉错辅;夫维圣哲以茂行兮,苟得用此下土。

大意是说,皇天是没有什么偏私的,只看谁有德就辅佐谁。只有圣明而德行茂美的人,才能享有天下。这里虽然是假借天意,但它强调的是君王必须有德,谨慎行事,不得胡作非为,否则就会失去民心,天怨人怒,丢失天下。屈原的这些政治理想和政治主张,都反映了他与当时楚国腐朽旧贵族势力的对立,表达了他革新政治的要求,在当时是有历史进步性的。

屈原有他的进步的政治理想,而尤其使我们感动的是他赤心为国的献身精神。全诗一开始,诗人就宣称他对祖国的兴亡负有义不容辞的责任,存君兴国乃是自己的天职。他说自己既有"内美"(内在的美好禀赋),但也重视"修能"(后天道德、才能的修炼),为献身于祖国的振兴事业而做好准备。接着就表现了他对于祖国命运的担忧,与矢志献身于祖国的决心:"岂余身之惮殃兮,恐皇舆之败绩。"说他并不怕遭到什么祸殃,一心所担忧的只是国家的前途、社稷的存亡。"忽奔走以先后兮,及前王之踵武",他要殚精竭虑使国家富强起来,辅佐楚王成为一个励精图治的中兴之主。但他的处境是困难的,朝廷中强大的旧贵族统治集团朋比为奸,排挤他,陷害他;昏庸的楚王不理解他。他明知这样下去会给自己招来祸患,却始终"忍而不能舍也"。当他受谗见疏以至被流放以后,仍然"上下求索",下求"佚女",上叩"帝阍",系念着祖国的兴亡,企图最后寻找献身于祖国的机会。我们知道,在"楚材晋用"的战国时代,一个有才能的人如果不能在本国实现自己的抱负,尽可以到别国去寻求出路,但诗人却始终不肯离开祖国一步。在长诗结尾,诗人最后表达了他与祖国共命运的决心,他要以殉国的古人为榜样,献出自己的生命。这种深厚的爱国主义感情,伟大、壮烈的献身精神,是足以令人闻之落泪的。

(二)表现了诗人崇尚高洁、坚持操守的伟大人格和"九死不悔"的斗争精神。

《离骚》是一篇壮美动人的诗篇,而这正是诗人美的理想、美的人格的体现。诗人在长诗《离骚》中,歌颂美善与高洁,鄙视丑恶与虚假;他把公正高洁的品德,比作香花美草,把贪婪、偏私、经不住考验的变节者,比作荒秽和恶臭。他用自然美比喻崇高的道德美,歌颂江离、白芷、春兰、秋菊,这一切都表现了诗人崇尚高洁、鄙视流俗的性格。诗人所面对的楚国上层社会,是十分污浊、黑暗的。他曾揭露他们是"凭不厌乎求索""各兴心而嫉妒",是"溷浊而不分",但诗人却突出地表现出他决不与世俗同流合污的品格。诗中写他始终坚持操守,坚持自己的德行:"忽驰骛以追逐兮,非余心之所急。""民生各有所乐兮,余独好修以为常。"又说:"不吾知其亦已兮,苟余情其信芳!"他一心向善,一心求美,严守节操,好修不懈。虽然屡遭挫折,但芳菲弥烈:"芳菲菲而难亏兮,芬至今犹未沫。"他斥责那些中途变节的人说:

兰芷变而不芳兮,荃蕙化而为茅。何昔日之芳草兮,今直为此萧艾也!

又说：

> 余以兰为可恃兮，羌无实而容长。委厥美以从俗兮，苟得列乎众芳。

当他知道自己一心培植的人才，也见异思迁，同流合污以后，心中万分失望和悲痛，指斥说：

> 冀枝叶之峻茂兮，愿俟时乎吾将刈。虽萎绝其亦何伤兮，哀众芳之芜秽！

对于那些投机取巧、随风转舵之辈是十分憎恨的。而诗人面对着种种黑暗势力，却坚决表现出决不妥协、决不调和的态度。他反复表示要为自己认定的理想坚持到底，他说："苟余情其信姱以练要兮，长颔颔亦何伤。"为了保持自己的节操，他宁可忍受饥寒；岂止如此，他说："亦余心之所善兮，虽九死其犹未悔。""宁溘死以流亡兮，余不忍为此态也。""虽体解吾犹未变兮，岂余心之可惩。"他为了坚持理想，保持节操，是将生死置之度外的，甚至是准备着惨遭不幸的。这种认定目标，蹈厉向前，"九死不悔"的卓绝精神，是屈原留给后世的伟大精神遗产，永远激励着为进步、正义事业而奋斗的人们！

《离骚》在艺术上也有极高的造诣和独特的风格。关于它的艺术特色和艺术成就，我们可以分成下面几个方面来说明：

（一）楚辞出现以前，中国诗歌还基本上属于群众性的创作，一般说来，内容比较单纯，句式和篇幅也比较短，特别由于是集体创作，因而还缺少全面反映诗人性格的作品。何其芳在《屈原和他的作品》中曾评论说："《诗经》中也有许多优美动人的作品，不能说那些作品没有作者的个性的闪耀，然而像屈原这样用他的理想、遭遇、痛苦、热情以至整个生命在他的作品上打上了异常鲜明的个性的烙印的，却还没有。"屈原出现以后，中国文学史上才出现了伟大诗人的名字，出现了集中反映诗人全部思想感情和个性的诗篇。屈原的《离骚》塑造了一个纯洁高大的抒情主人公的形象，通过这一富有鲜明个性特点的诗篇，使我们看到了一个充满爱国激情,具有崇高政治理想和峻洁人格的庄严而伟大的诗人塑像。正是这样,诗人屈原本身,就成为我国文学史上一个伟大的艺术形象、不朽的爱国诗人的典型,对于后世发生无限的感召力。正是在这个意义上,我们说诗人屈原是我国文学史上的第一个伟大诗人,屈原作品在中国文学历史上具有划时代的意义。

(二)《离骚》是一篇积极浪漫主义作品。它吸取和发展了我国古代人民口头创作——古代神话的积极浪漫主义精神。浪漫主义作为一种创作方法,不是按照现实的本来样子去描写现实,而是更多地表现作者由于社会现实的刺激而迸发出来的激情,表现作者对理想的强烈追求和反抗现实的叛逆精神。而屈原伟大作品《离骚》正具有这样一些显著特征。我们前面讲到,《离骚》一诗按照它的篇章结构,可以分为前后两个部分。《离骚》的前半部分,着重于诗人对于自己的经历和遭遇的描写,但就是在这部分中,诗人在表现手法上也不是完全实写的,而是把自己生活上的经历和感情升华为一种善与恶、美与丑、光明与黑暗的不可调和的斗争,以新奇的比喻、夸饰的描写,表现善与美的崇高、恶与丑的卑鄙龌龊,表现了光明与黑暗的势不两立,从而把一个时代的面貌整个呈现出来,启发人的认识,给人以正确的爱憎,激励人的心灵。

在长诗《离骚》的后半部分,诗人更完全采用幻想的形式、虚构的境界,写出了他深刻的内心世界。诗中用上天下地的描写、希望和失望的回旋反复,尽情地吐露了诗人的苦闷,表现了诗人周围环境的黑暗和冰冷,表现了卓绝的苦斗精神。在《离骚》的这一部分,诗人特地从神话传说中汲取丰富的形象,通过自己奔放不羁的想象,把它们组织在一起,构成了层出不穷的生动情节和美丽的画面。在诗人的笔端,羲和(日神)、望舒(月神)、飞廉(风伯)、丰隆(雷师)以至凤凰、飞龙都供他自由驱使;县圃、崦嵫、咸池、天津、不周(皆神话中地名),都是他所到的地方。其想象之大胆、丰富,古今罕有。特别值得注意的是,诗人运用大量的古代神话传说而又并不受原来故事的拘束,也就是说,那些故事在《离骚》中并不是一般地当作什么"典故"来使用,那些神话中的神和神物，是作为活生生的形象参与着诗人神游天国的活动的。这说明诗人已通过一番自由想象把原有的神话结撰成新的情节，并使它服从于一个新的抒情主题，成为表达诗人思想感情总的艺术构思的一部分。这种表现手法，无疑使幻想更加自由。如诗歌的最后一段，写他驾着鸾皇、凤鸟飞向天空，一路车马喧阗；当转道昆仑，行经流沙，指向西海时，突然驻足在楚国的上空不忍离去，把全诗推向高潮，有力地表现了诗人的爱国思想和情操。这样的艺术效果，如果不借助于神话并把神话素材加以重新改造和构思，是很难达到的。

高尔基曾经指出，所谓文学上的浪漫主义，实际有两种：一种是消极浪漫主义，一种是积极浪漫主义。前者利用幻想、虚构以至神秘主义来歪曲现实，粉饰现实，引导人与现实中的不合理的事物妥协或者逃避现实；后者虽然同样带有幻想、夸大和奇特的色彩，但在根本内容上仍然是真实地反映了现实，引导人正确地认识现实，特别是唤起人们对于现实中的不合理事物的反抗心。而屈原的作品正是后者的范例，是我国文学中积极浪漫主义传统的远祖，这是十分值得珍贵的。

（三）《离骚》在诗歌形式和诗歌语言上也有很大的创造。《离骚》的形式是吸取和借鉴南方楚地的民间歌曲而成，但屈原又吸收了当时蓬勃发展着的新体散文的笔法，打破了《诗经》的四言形式，把诗句加长，结构扩大，既增加了内容容量，又增强了表现力。全诗把事实的叙述、幽独的抒怀和幻想的描写以及某些故事性情节等交织在一起，波澜壮阔而又完美生动。《离骚》采用了大量的方言口语入诗，用得最普遍的"兮"字（古读如"呵"），便是在当时民间诗歌，特别是楚地民歌中经常出现的口语，这一语词既增强了诗中咏叹的抒情气氛，又极大地增强了诗句的节奏性和音乐美。此外，《离骚》整篇文采绚烂、比喻丰富；全诗每一部分都感情充沛、优美动人，合起来又是一个结构宏伟、和谐完美的艺术巨制，对人们的艺术感染力是非常强烈的。

鲁迅在《汉文学史纲要》中评论屈原的《离骚》："逸响伟辞，卓绝一世……较之于《诗》，则其言甚长，其思甚幻，其文甚丽，其旨甚明，凭心而言,不遵矩度……其影响于后来之文章,乃甚或在三百篇以上。"(第四编"屈原与宋玉")鲁迅不仅高度肯定了《离骚》思想艺术的卓越成就,而且还与《诗经》相比较,说明了两者在创作方法、艺术风格、形式特点方面的不同,并认为它的影响胜过《诗经》,把我国的诗歌艺术向前推进了一步。

二 《九歌》

《九歌》是屈原吸取楚地民间的神话故事,并利用民间祭歌的形式写成的一组风格清新优美的抒情诗。

《九歌》袭用的是古曲的名称。《九歌》名称来源很古,两见于《离骚》,一见于《天问》。① 《山海经·大荒西经》也提到它,据说是夏禹王的儿子夏后启从天上偷下来的,这是古代关于文艺起源的神话。不过从这里也可以看到,它是一个出现很早的古曲。前人因为拘泥于"九"的数目,认为"九歌"即包括九篇作品,并由此而把屈原《九歌》中的诗篇加以任意合并,以求符合"九"数。② 实际上,"九"在古代代表多数,如《素问》称"天地之至数,始于一,终于九"。因此,所谓《九歌》即指由多数乐章所组成的乐曲的意思。屈原的《九歌》,并非九篇,而是十一篇作品。这十一篇作品,除最后一篇《礼魂》是送神曲外,其余各有不同内容,也就是以祭歌的形式各写一神:《东皇太一》写天之尊神,《云中君》写云神,《湘君》与《湘夫人》写湘水配偶神,《河伯》写河神,《山鬼》写山神,《大司命》写主寿命的神,《少司命》写主子嗣的神,《东

---

① 《离骚》:"奏九歌而舞韶兮""启九辩与九歌兮"。《天问》:"启棘(亟)宾商(郭沫若注:"商"乃"啇"字之讹,通"帝"字),九辩九歌"。

② 如明代黄文焕《楚辞听直》、清代林云铭《楚辞灯》,都认为《山鬼》不是正神,《国殇》《礼魂》是人新死为鬼,亦非神,物以类聚,故三篇只能算作一篇。蒋骥《山带阁注楚辞》说:"其言九者,盖以神之类有九而名。"他认为《湘君》和《湘夫人》、《大司命》和《少司命》是同类神,祭祀时的地点和时间亦相同,故可"合而言之"。闻一多则认为《东皇太一》为迎神曲,《礼魂》为送神曲,故实祭九神。另郭沫若释"九"为"纠",认为"九"并不是数目字,或许是"纠"的意思,"取其缠绵宛转之意"(参见《屈赋今译》),这是从乐章风格着眼。

君》写太阳神,只有《国殇》是写人鬼的,为悼念楚国阵亡将士而作。

《九歌》的写作同楚国的巫风有密切关系。楚国南方沅、湘一带,民间风俗重鬼神,喜欢祭祀,祭祀时必定奏乐、唱歌、跳舞,并由巫觋装扮成鬼神的形象,表演一些鬼神的故事,目的是讨得神灵的喜欢,以求得福佑。这是一种带有原始宗教色彩的民俗活动。屈原所写的这组祭祀歌曲,既保留了原来流传在楚地民间祭歌中的神话故事,又赋予了这些故事一些新的意义,并在艺术上做了很大的加工和提高,在遣词用意上与屈原的其他作品一脉相承,是屈原著作中的一组重要作品。

《九歌》作品中,有一部分是写人们对天神的热烈礼赞的,如《东皇太一》《云中君》《东君》等就是。从性质上讲,这类诗与《诗经》中礼赞神明的"颂"诗相近,但蕴含的思想和艺术风格却迥然不同。《九歌》所颂赞的神明主要是自然神,这些描写自然神的作品,往往表现了人们对于某些自然现象的细致观察,表现了人们对于大自然的热爱和歌颂,同时也凝聚着人民现实生活中的一些美好的愿望。例如《东君》一篇是歌颂太阳神的,这位太阳神在诗中被描写成人世间光明的象征,它雄伟壮丽,瑰丽多姿,而且具有除暴安良的正义感。它既具有自然界中太阳的素质,又具有人世间英雄的性格。且看开头一段对日神出场的形象而生动的描写:

> 暾将出兮东方,照吾槛兮扶桑。抚余马兮安驱,夜皎皎兮既明。驾龙辀兮乘雷,载云旗兮逶蛇。长太息兮将上,心低徊兮顾怀。

这里所描写的日神出现的情景,宛然是对自然界旭日东升的壮丽图景的描摹:一轮红日从东方升起,投射出最初的一缕阳光,随着它的徐徐到来,黑夜开始退去,大地一片光明。沉寂的大地好像一下苏醒过来,沐浴在万道霞光之中。由此可见,所谓日神的形象完全是人们从对太阳的千百年观察中概括出来的,是人们在想象中把自然物加以人格化的结果。另外,诗中还特别描写了日神在经过长空将隐没时,手举长矢射坠天狼星的情节("青云衣兮白霓裳,举长矢兮射天狼")。天狼星,在古代传说中认为是主掠夺的恶星,日神以它特有的威力,帮助人民去灾降福,显然这里面凝聚着人民的愿望。《九歌·东君》这样一类作品,与其说是颂神的祭歌,不如说是倾注了诗人理想的、对于光明和正义的赞歌,是对于某些英雄性格的礼赞。

《九歌·云中君》是写云神的,也是一篇十分美丽的诗篇:

> 浴兰汤兮沐芳,华采衣兮若英。灵连蜷兮既留,烂昭昭兮未央。謇将憺兮寿宫,与日月兮齐光。龙驾兮帝服,聊翱游兮周章。灵皇皇兮既降,猋远举兮云中。览冀州兮有余,横四海兮焉穷。思夫君兮太息,极劳心兮忡忡。

这首诗是写人们在祭云神时出现的场面和感情。这位高洁、美丽的云神,无疑正是自然界云的化身。天空的浮云,洁白明丽,有时化为云锦,霞光灿烂,但又倏忽明灭。在高空中,它与日月齐辉,而周流往返,又无所不到,无处不在。正是出于这样的印象和感受,铸成了人们心中关于自然神——云神所特有的形象。人们对于云神的礼赞,除表现了对自然美的感受以外,大约也正由于云与行雨有关,风调雨顺,才会带来丰收的年景。

《九歌》中除了这样一些礼赞神明的作品外,更多的是一些描写神与神、人与神相恋爱的作品。在古代民间神话传说中,本多有这方面的内容,屈原则又根据民间恋歌的思想和艺术风格对它们作了加工改写,使它们成为一些十分优美动人的爱情歌曲。

《湘君》《湘夫人》二诗,是《九歌》中写得非常优美而又富于故事情节的诗篇。湘水,是楚境中的一条大水,沿岸风景秀丽,关于它定然会有许多美丽的神话传说。一般认为湘君和湘夫人是一对配偶神。旧说一般又认为与帝舜的传说有关。湘君,指舜;湘夫人即舜妃娥皇、女英。但历来的解释也不尽相同。① 我们从作品内容看,它写的是湘水水神的一桩美丽的恋爱故事是无疑的。

《湘君》描写湘水女神湘夫人思念恋人湘君,久候不至,她责备他为什么留在洲中不肯到来:"君不行兮夷犹,蹇谁留兮中洲?"于是她驾起桂舟去迎接他,吹起洞箫来召唤他。她心想湘君大约已经驾着飞龙来了,正在横渡大江呢!谁知这只是自己一片痴情产生的幻想,他并没有来,"横流涕兮潺湲,隐思君兮陫侧",她在失望的痛苦中落泪了。于是接着写湘夫人对湘君起了怀疑:

> 桂棹兮兰枻,斲冰兮积雪。采薜荔兮水中,搴芙蓉兮木末;心不同兮媒劳,恩不甚兮轻绝。石濑兮浅浅,飞龙兮翩翩。交不忠兮怨长,期不信兮告余以不闲。

她怀疑湘君和他"心不同""恩不甚",埋怨他"交不忠",更怨愤他不来践约反而用"告余以不闲"来欺骗和支吾自己。最后,她毅然把爱人赠给她的定情之物玦(环形有缺口的玉饰)、佩(佩玉)抛入江心,以示决绝。但她又徘徊江边不忍离去,因而宽慰自己说:"时不可兮再得,聊逍遥兮容与。"实际上仍抱一线希望,等候湘君的到来,其缠绵悱恻之情跃然纸上。《湘夫人》一篇,则描写了湘君对湘夫人的思念,着重在望而不见、相遇无缘这一方面的刻画,最后也捐袂遗褋(袂、褋,指对方赠的衣物)表示决绝,又以徘徊等待表示忠于爱情。

《九歌·山鬼》,写的是一位山中女神的爱情故事。古今都曾有人认为诗中所写的女神或许就是传说中的巫山神女瑶姬,如清代顾成天《九歌解》说:"楚襄王游云梦,一妇人名曰瑶姬。通篇(按即指《山鬼》)辞意,似指此事。"今人郭沫若根据诗中"采三秀兮于山间"一句,

---

① 有主湘夫人即舜二妃娥皇、女英者,如王逸;有主湘君、湘夫人均为女性,分别指舜二妃,湘君为尧长女娥皇、湘夫人为次女女英者,如韩愈、洪兴祖、朱熹等人。另外也有反对两诗与舜的故事有关者,如郭璞、王夫之等人。在已失考的情况下,我们可以就从作品内容出发,视为关于一对自然神的故事。

认为"于""巫"古音通转,山鬼即宋玉《高唐赋》中所写的巫山神女。因文献不足,也只能略备一说。我们从《山鬼》一诗所写的内容看,她倾慕爱情,追寻配偶,可知必包含着一桩动人的爱情故事,只是具体、完整的故事内容已不能详知了。诗中所着重描写的,只是其中一个感人的片断,即女神赴约不遇,失恋后悲哀的情景。全诗以抒情为主,兼有一定的情景描写和情节进展,特别是比较细致地刻画了人物的心理,把一个多情女子在追求爱情时的那种一往情深和自信,以及在爱情受挫时的那种特有的心理波折和苦恼,都刻画得淋漓尽致,十分感人。

诗是按照女主人公的出场赴约、等待相会、久候不至而陷入失望痛苦之中这样三个层次来写的。首先写山中女神的出场:

> 若有人兮山之阿,被薜荔兮带女罗。既含睇兮又宜笑,子慕予兮善窈窕。乘赤豹兮从文狸,辛夷车兮结桂旗。被石兰兮带杜衡,折芳馨兮遗所思。余处幽篁兮终不见天,路险难兮独后来。

诗中写在幽静的山谷里,仿佛有个人影("若有人")闪现出来。她用山中的芳香作打扮,薜荔为衣,女萝为带,显得既美丽,又芳洁。而她的面容和仪态也秀丽可爱,双目含情,喜笑盈盈,体态窈窕,充满着少女的情思和青春光彩。她此时正满怀自信,"子(你)慕予兮善窈窕",想到如果恋人这时看到自己,正不知会怎样地爱慕和倾倒。诗中还写她用山兽为驾,用山木为车,采一把山中的香花作为馈赠情人的礼物,这一切又都表现了她作为一位山中女神所特有的威严和爱好。"余处幽篁兮终不见天,路险难兮独后来",这两句是写她在赴约时急匆赶路中的心理活动。她渴望与久思的情人早些会面,但路险难行,于是她不由得埋怨起自己的居处来,她住在深山幽谷之中,每次出来要穿过遮天蔽日的山林,越过艰难险阻的峡谷,是多么的不易! 同时更使她忐忑不安的是,她的迟来会让对方久等,从而感到抱愧和内疚;也许还会使她担心由此会引起对方的不快和误解。这正是一位热恋中的女子所特有的心理和衷情。

第二层则接着写女神来到了约会地点,却未见爱人到来时的焦虑情景:

> 表独立兮山之上,云容容兮而在下。杳冥冥兮羌昼晦,东风飘兮神灵雨。留灵修兮憺忘归,岁既晏兮孰华予!

女子手持打算送给情人的香花,从不见天日的丛林峻岭中赶来,却不见所思,于是她登上山巅,居高远望,急切地盼望情人的到来。"表独立兮山之上,云容容兮而在下",她像一座雕像一般一动不动地伫立在山巅,脚下是一片变幻不定的茫茫云海。这时的天气,也正如她的心情,逐渐阴沉起来。弥漫的浓云遮住天光,白昼如晦;阵阵的东风夹着雨点,向她身上飘洒下来。在这凄风苦雨中,更增加了她的美人迟暮之感。"留灵修兮憺忘归,岁既晏兮孰华予",她憧憬着长久的幸福,想到这次相会,定不能再离开了,她将要加倍地体贴对方,使对方感到安乐,永不离去;因为她已感到年华易逝,青春难再了。

第三层则写女神因恋人久候不至而陷入了失望痛苦之中:

> 采三秀兮于山间,石磊磊兮葛蔓蔓。怨公子兮怅忘归,君思我兮不得闲。山中人兮芳杜若,饮石泉兮荫松柏,君思我兮然疑作。雷填填兮雨冥冥,猨啾啾兮狖夜鸣。风飒飒兮木萧萧,思公子兮徒离忧。

虽然女神的意中人仍没有来,但对幸福的憧憬和对对方的一片痴情,却使她想不到,或者虽然已经想到但又本能地加以抗拒——对方已经忘记了她,她被抛弃了。"采三秀兮于山间,石磊磊兮葛蔓蔓",她徘徊于山石磊磊、葛藤蔓蔓的山间,用采撷稀有难寻的仙草("三秀"即灵芝草)来消磨时光,继续等待。"怨公子兮怅忘归,君思我兮不得闲",她开始埋怨公子,感到怅然若失,但仍不愿离开。她相信对方是思念她,爱她的,只是由于"不得闲"而未能即刻来相会。正是在这样的自我宽慰之下,她仍然苦苦地等待。她采芳,饮泉,孤独地栖息于松柏之下,时光在流逝,但爱人始终没有来到。任何开脱的所谓理由都站不住脚了,

"君思我兮然疑作",对于对方的爱情她怀疑了,一种使她难以承担的痛苦顷刻间向她袭压过来。

夜幕降临了,雷声滚滚,大雨滂沱,猿声凄厉,落木萧萧,女神的一片痴情得到了不应有的回报,"思公子兮徒离忧",她感到不平,感到孤寂无告,从而陷入极度哀伤忧愤之中。

《山鬼》作为一篇优美的神话体裁作品,艺术上也是高超的。诗中写山鬼这一山中女神,旷野中带着娟秀,无疑这正反映着我国南方秀丽山林的特征,是作者所感受到的自然美的性格化。同时我们在这位山中女神身上,从她的情感、心理和身世遭遇方面,又可以感受到人世间的浓厚生活气息,感受到她正是人世间一个性格高洁美丽多情的女子的形象。因此,诗中的女主人公——山鬼这一形象正具有自然美和社会美的双重特征,是一个有着丰富内涵的浪漫主义艺术形象。

作为一个山中之神的形象,诗中对她的描写始终以自然山林为背景,连她的衣食居处,以及寄托和表达感情的方式,也无不与山林的风光、品物息息相关。她薜荔为衣,女萝为带,居住在幽深的、不见天日的竹篁之间。出行时以香木为车,乘赤豹而从文狸;饮的是山泉之水,栖息于松柏古木之下。她采撷山中的芳香以为馈赠爱人之物,连象征着她爱情不遂和痛苦情绪的也是"石磊磊""葛蔓蔓",是山中变幻莫测的风雷云雨和凄厉的木萧猿哀。总之,可以处处使我们感到她的山中女神的身份。但诗中对于她身世遭遇的描写,丰富的内心世界的刻画,又无疑会使我们联想到这正是人世间的一位寂寞忧伤、渴望爱情而又遭遇不幸的少女,正是这样,她又使我们感到亲切动人,令我们产生同情心,从而产生了艺术认识社会的作用和价值。对自然美进行捕捉和深刻揭示,并将其作为象征手段,来雕塑出个性鲜明的人物形象,暗示出人世间的真、善、美,这是包括《山鬼》一诗在内的《九歌》神话诗的艺术特点,也是其具有非凡的艺术魅力和巨大成功的地方。

当然,我们这还只是就《九歌·山鬼》一诗总的浪漫主义精神和特点说的。如果细绎全诗,在艺术手法方面,它还有许多值得细加品评和称道的地方。如诗中对于人物的心理活动的刻画,就是非常细致、深微、动人的。诗中的女主人公是一位美丽深情而又所遇不偶的苦恋者的形象。诗中首先写她"既含睇兮又宜笑,子慕予兮善窈窕",她是那样的青春焕发,充满了对爱情的自信。接着写她"折芳馨兮遗所思""路险难兮独后来",表现她对爱情的渴望和急切的追求。总的来说,这是写她在赴约时的欣喜之情。但对方未能守信,失约未来,"留灵修兮憺忘归,岁既晏兮孰华予",她的自信心开始动摇了,一种被抛弃的预感涌上心头。既而"君思我兮不得闲""君思我兮然疑作""思公子兮徒离忧",则标志着女主人公感情起伏不定以及心理递进的变化的三个层次。始而为了自我宽慰而故意为对方开脱,再而疑信交并,最后不能不接受对她来说是十分残酷的现实,她的幸福理想破灭了,炽热的爱火被冰冷的现实窒息了,使她整个身心陷入凄凉与孤独之中。这里把一个苦恋者的心理变化,写得曲折、深微,真实动人。

《山鬼》一诗中对景物的描写也是很有特点的。它一方面表现出山中女神活动的特殊背景,一方面又是诗中塑造主人公艺术形象时寄情寓意的媒介。如诗中写女神赶至会面地点,怀人而不遇时,她独立山巅,思绪万千,"表独立兮山之上,云容容兮而在下。杳冥冥兮羌昼晦,东风飘兮神灵雨",云雾在她的脚下奔腾汹涌,天色阴霾无光,东风又飘洒下寒冷的雨滴,它们全都是景物,又无不是比兴。它们烘托渲染着气氛,寄寓着女主人公此时此刻的无限哀愁。全诗的结尾,写女神的被弃失恋,更是风云突变,"雷填填兮雨冥冥,猨啾啾兮狖夜鸣。风飒飒兮木萧萧,思公子兮徒离忧",雷雨交加,木鸣猿哀,情与景在动荡不安的气氛中交汇成片,真是音繁绪乱,惆怅难言。古人说:"凡言情至者须入景,方得动颜。"(陈祚明《采菽堂古诗选》)情与景的互相交义、融会,极大地增强了诗歌的表现力和感染力,取得了动人心魄的艺术效果。

《国殇》是《九歌》中具有特殊风格的一篇。它以激越的感情、壮烈的战斗场面描写,歌颂了楚国卫国将士们的英雄气概。诗歌一开始就

描写一场残酷的战斗已进行到十分激烈的程度:

> 操吴戈兮披犀甲,车错毂兮短兵接。旌蔽日兮敌若云,矢交坠兮士争先。

诗的开头写楚军的装备和威严,接着写激烈的战斗开始了,战车相摩,短兵相接,旌旗蔽空,敌若云屯。在箭如雨发的激战中,楚方的将士却冲锋陷阵,毫不气馁,争先恐后地与敌人搏斗。楚方是在众寡悬殊的形势下进行这场战斗的,接着描写了敌人的猛烈进攻和楚方的失利:"凌余阵兮躐余行,左骖殪兮右刃伤。"楚军的人马伤的伤,亡的亡。但将士们却不肯后退一步,而是"援玉枹兮击鸣鼓",把战鼓擂得更响。他们以视死如归的决心,与敌人奋战到底,至死不放下武器,至死也不屈服:"出不入兮往不返,平原忽兮路超远;带长剑兮挟秦弓,首虽离兮心不惩!"

全诗结尾,诗人以极大的敬意礼赞了这些勇武刚强、为国捐躯的英雄:

> 诚既勇兮又以武,终刚强兮不可凌。身既死兮神以灵,魂魄毅兮为鬼雄。

这虽是一次失利的战斗,但写得激昂壮烈、正气凛然,充满了爱国主义、英雄主义精神。诗中为爱国者树立了英雄群像,读来令人敬仰,激人心志;其风格亦刚健质朴,雄浑悲壮,有强烈的艺术感染力。

《九歌》除上述《国殇》一篇外,都是神话题材作品,充满了浪漫主义色彩。诗中所描写的各类云、日、山、川之神,其生活环境、容貌体态,无不符合它们作为各类之神的身份特点。如写日神:"青云衣兮白霓裳,举长矢兮射天狼",以云为衣,霓为裳,耀武长空,完全是一副潇洒而又威严的日神气概。写河伯:"与女游兮九河,冲风起兮水扬波;乘水车兮荷盖,驾两龙兮骖螭",完全是水神的环境,水神的性格。写云神则是"与日月兮齐光","览冀州兮有余,横四海兮焉穷?"又是一种高处天际,广被原野,纵横飘动、变化莫测的样子。特别是写山中女神:

"乘赤豹兮从文狸,辛夷车兮结桂旗,被石兰兮带杜衡,折芳馨兮遗所思",乘赤豹驾的车子,后有文狸做随从,又以辛夷香木为车,编桂枝为锦旗,披香带翠,折花山间,正是山中自然风貌的拟人化。这些,如果没有对自然环境、自然属性的细致观察和极为丰富的想象,是刻画不出来的。但这些神话故事中的神,虽然作为神灵、神物而具备神的特质,但又不荒诞无稽,光怪不伦,这是因为作者在不同程度上又都赋予了他们以人的特征、人的性格。写他们也跟人一样有欢乐和悲哀,有爱情的追求,有失意的烦恼,而且把这些感情很细腻地表达出来,具有人间的生活气息,从而令人觉得这些神都非常可亲,他们的英雄业绩使人钦佩,他们的某些遭遇也很值得同情。实际上,是人的生活与想象中神的特征相结合,表达的还是人的思想感情和理想愿望。由此亦可知,《九歌》中的神已与原始神话中的神有所不同,原始神话中的神,如我们讲原始时代文学时所述,或反映人对自然界的幼稚解释,或表达着原始人企图征服自然、支配自然的愿望。他们对自然界的"人化",纯粹产生于对自然界的无知,以至不能正确认识。但屈原《九歌》中的作品,已经与这一性质有了某些差别,基本上是借助于神话形式的艺术作品,其任务是对自然特征作审美的概括,并把自然作为一种象征手段,来反映社会生活,表达某些社会意识。

在艺术手法上,作者还善于把周围的景物、环境气氛和人物的思想感情融合起来写,因而构成某种情景交融的意境。其中有一些片断是长期为后人所传诵的,例如《湘夫人》中:

> 帝子降兮北渚,目眇眇兮愁予。袅袅兮秋风,洞庭波兮木叶下。

这篇诗是写湘君在等候与湘夫人相会,而湘夫人却迟迟未至。这是开头的几句,用简单的几笔,首先勾勒出一幅湖畔清秋的景色:习习不断的秋风,吹起洞庭湖水粼粼的波澜,枯黄的树叶在秋风中片片飘落,伫立在水边的男主人公正在极目远望,他在一种迷惘中,似乎看到自己向往的人,正飘然下降到水边上。在这幅清秋候人的画面上,可以感到深秋的凉意和感情上的寂寞,又有一种说不出的惆怅凄迷情调。而这也正为全诗写爱情的不顺利创造了悲凉的气氛。寓情于景,从写景转入抒情,写得那样密合无间,单纯自然,无怪乎成为千古传诵的名句。又如《山鬼》一诗,则用深山中的雷雨交加、猿声啾啾的夜景,来渲染山林女神因失恋而激起的愁苦悲愤感情,更是名文妙笔,极为生动感人。

《九歌》的诗歌语言,以情味悠深见长。它往往十分单纯自然,而又非常优美和极富含蕴,令人有读之不尽、味之无穷之感。如即以全诗的最后一曲《礼魂》来说:

> 成礼兮会鼓,传芭兮代舞,姱女倡兮容与。春兰兮秋菊,长无绝兮终古。

这是一首送神曲,描写典礼完成时的场面,表达对美好未来的憧憬和绵绵无绝进行祭祀的愿望。只短短五句话,二十七个字,便把礼成时的热闹气氛和人们虔诚的心愿完全表达了出来。刚一宣告礼成,鼓声立时汇然而起,众女子手持鲜花,相互传递,并轮番起舞,同时歌声婉转,悠扬不绝。其热闹的气氛,五彩缤纷的场面,令人宛如目睹。结尾两句,用春兰、秋菊来形容季节岁月的更换,兼寓时光的美好以至心愿的洁诚,再用"长""无绝""终古"三个近义词,一层深一层,组成一句,强调写出一种虔诚和期望的感情。总的来说,《九歌》的多数篇章大抵语言精美,韵味隽永,是我国抒情艺术的珍品。

三 《九章》

《九章》中包括九篇作品,依照王逸《楚辞章句》的次序,是《惜诵》《涉江》《哀郢》《抽思》《怀沙》《思美人》《惜往日》《橘颂》《悲回风》九篇。《九章》这个名称,与《九歌》《九辩》等借用古曲名不同,它是标明了实际篇数的。①

《九章》中的作品,并不是屈原一时一地之作,原是单行的散篇,后人因其内容、形式大致相似,集为组诗,冠以《九章》之名。一般认为,《九章》是西汉刘向最初编辑《楚辞》时加上去的。②

《九章》中除《橘颂》一篇大约是诗人屈原的早年作品外,其他各篇均是屈原两次流放时所作。这些诗多是纪实之辞,真实地记述了屈原流放期间的生活经历和思想。其精神和《离骚》相一致,不过较之《离骚》是更现实的描写,更直接地抒写了他的悲愤感情。

《橘颂》在《九章》中是一首内容和风格比较特殊的诗,诗人借着夸赞橘树,表白了自己的人生理想,情调十分开朗乐观,没有失意的悲愤情绪,形式上又基本是四言一句,而且"兮"字放在句尾,说明诗人创造的"楚辞"体,这时还在探索和形成中,所以后人多认为它是屈原的早期作品。

"橘"是长江流域楚地的特产,"颂"是歌颂或颂赞的意思。从文体说,这是一首咏物诗。它以拟人化的手法,对橘树斑斓夺目的外表和坚定不移的美质作了热情的歌颂,认为它可以作为自己的师表,实际上是诗人对高尚人格的肯定和歌颂,也是诗人对自己理想的抒写。诗中写道:

> 后皇嘉树,橘徕服兮。受命不迁,生南国兮。深固难徙,更壹志兮。

诗中赞美橘树是天地间的"嘉"树,"嘉"在何处呢?那就是"受命不迁""深固难徙",它生长在"南国",就扎根于自己的故土,难以再把它

---

① 《九章》中作品后人有疑其一部分为伪作,较早的是曾国藩,认为《惜往日》为"赝作"(见《求阙斋读书录》卷六)。随后吴汝纶除同意曾氏说法外,又举出《悲回风》一篇亦为后人伪作(见《古文辞类纂》)。近人陆侃如、冯沅君则提出《惜诵》《思美人》《惜往日》《悲回风》为伪作(见《中国诗史》)。游国恩不同意这些说法,分别作了考辨(见《楚辞论文集》)。

② 《九章》之名,最早见于刘向文中,其《九叹·忧苦》:"叹《离骚》以扬意兮,犹未殚于《九章》。"

移栽到别处去。据传说,橘生于南方而不能移栽,过淮河就变为枳而失味。显然,这里寄托了诗人自己眷恋故国乡土的情怀。不仅如此,诗人还接着赞颂了橘树有"廓其无求"(心怀广大,没有世俗的追求)、"苏世独立,横而不流"(清醒地独立于世上,绝不随同流俗)和"秉德无私"(坚持美德,毫无私念)等各种美质,因而表示要以橘树作为良师益友和学习的榜样。很明显,诗人是把橘树作为一种高尚人格的象征,把橘树的某些特质和诗人自己的品格、理想结合起来,寄自己的情志胸怀于橘树的形象之中,诗人颂橘,也正是自颂。这首诗立意高远,构思巧妙,语言优美,对后世咏物诗很有影响。

《九章》中的《哀郢》是一首有代表性的作品。这首诗作于顷襄王二十一年(前278)秦将白起攻克郢都(楚国都,今湖北江陵)以后。[①]当时楚王仓皇东迁,百姓四处逃亡,在这国破家亡的时刻,屈原百感交集,写下了这篇悲愤填膺的哀歌。所谓"哀郢",就是哀悼郢都的沦亡的意思。诗一开头就描写了诗人见到的郢都百姓因避难而四散逃亡的荒乱景象:

> 皇天之不纯命兮,何百姓之震愆?民离散而相失兮,方仲春而东迁。

诗人激愤地呼号苍天,责问它为什么向老百姓发怒降灾,造成人民妻离子散、四处逃亡的惨状。诗人责难的是天,实际上也问的是人,是对楚国腐朽统治集团罪恶的责问。因为他早就知道和预料到,那班腐朽贵族们胡闹下去是会亡国破家的。而这时果然国家颠覆,"皇舆败绩"。诗中记述他是在甲日这一天的早晨离开郢都的,"去故乡而就远兮,遵江夏以流亡。出国门而轸怀兮,甲之朝吾以行"。他实际上就是逃亡

---

① 此取王夫之说:"哀故都之弃捐,宗社之丘墟,人民之离散。顷襄之不能效死以拒秦,而亡可待也。原之被谗,盖以不欲迁都而见憎益甚。然且不自哀,而为楚之社稷人民哀,怨悱而不伤,忠臣之极致也……而为楚之迁陈也明甚。"(《楚辞通释》)郭沫若从此说,并认为屈原即死于是年(见《屈原研究》)。但也还有作于怀王时说(王逸)、作于顷襄王九年说(黄文焕《楚辞听直》)等。

人群中的一员。接着他以特别沉重的心情写出了他对郢都的思念,说他每走一步都感到牵肠挂肚的悲伤:"望长楸而太息兮,涕淫淫其若霰。过夏首而西浮兮,顾龙门而不见。"写他迈着迟重的脚步,一步一回首地往前行,当郢都的最高树木和最高的城门都已在视野中消失时,他伤心的泪水不觉流落下来。而且他说,他心情恍惚迷离,简直不知往何处去落脚:"心婵媛而伤怀兮,眇不知其所蹠。顺风波以从流兮,焉洋洋而为客。"本来是自己的故都,自己的国土,而现在反而不能安居,敌人反客为主,占领了楚国,而楚国的国人却失去了家乡无处托身,到处流落为客,沉痛地写出了国破家亡的悲哀。他登上一处高地远眺:"登大坟以远望兮,聊以舒吾忧心。哀州土之平乐兮,悲江介之遗风。"他本想借以舒忧,但他想到这大片富饶可爱的土地和世代居住在这块土地上的有着古朴之风的众多百姓,即将遭到敌人的占领和蹂躏,内心感到万分的痛苦和哀伤。这时他又不禁想到那些腐朽贵族们的误国罪行:"外承欢之汋约兮,谌荏弱而难持",说他们平时只会巧言令色地在国王面前献媚,而当国难临头,却没有一个是有才能、有气节的人,完全是些靠不住的软骨头。他指责楚王不辨贤愚美丑,以至把国家糟蹋成这个样子。诗人最后在"乱"辞中悲痛地写道:

  鸟飞反故乡兮,狐死必首丘。信非吾罪而弃逐兮,何日夜而忘之!

他说飞鸟还知道最后返回故林,狐狸临死时还把头冲着它生身的小山,我的确无罪而遭放逐,日日夜夜怎能忘记故都家园。表现了他深切恋念故土,希望终将有一天洗清冤屈,返回故土,重振家邦的愿望。

《九章》中又一篇有代表性的作品是《涉江》。《涉江》写于屈原晚年被流放在江南的时候。从本篇所反映的内容看,时间当紧接在《哀郢》一诗之后。《哀郢》诗中讲到"方仲春而东迁",讲到"南渡",而这篇诗讲到"秋冬绪风",讲到"旦济江湘",从季节和地点上是衔接的。

《涉江》这首诗着重记述了诗人被放逐江南的历程和心情。从诗中,我们可以具体了解到诗人这次被放逐的地区和所行的路线。他渡过长江,经过鄂渚(今湖北武昌市),来到洞庭湖地区;然后又上沅水(在湖南西部),经枉陼(今湖南常德市南)、辰阳(今湖南辰溪县西),入溆浦(今湖南西部有溆浦县)。这是有关诗人晚年被流放所经历地区的一项重要史料,它出于诗人自己的记述,当然是可靠的。从诗人在诗中的具体描写中,可以看到诗人这次所达到的流放地区是十分僻远、荒凉的,处境是十分凄苦的;但诗中所洋溢着的情绪,却是不屈服的。

诗歌一开始,就写他被放逐的原因和决不屈从于流俗的坚贞态度:

> 余幼好此奇服兮,年既老而不衰。带长铗之陆离兮,冠切云之崔嵬,被明月兮佩宝璐。世溷浊而莫余知兮,吾方高驰而不顾。

诗人写他之所以不被国人了解,而遭受弃逐的苦难,不是由于别的,而是因为"幼好奇服""年老不衰"。诗人用身披长剑,头戴高冠的奇伟装束和带明珠、佩宝玉的华贵服饰来象征自己不入世俗的性格和品德。但正是由于诗人的这种耿介性格和光明的操守,不被混乱污浊的社会所了解,他表示"吾方高驰而不顾",将要远走高飞,永远坚持自己的理想,绝不回头。接着他幻想自己乘龙驾马,去寻古帝重华(帝舜)同游于天上,以至"与天地兮同寿,与日月兮齐光"。《九章》中的作品本多纪实之辞,《涉江》一诗又是写他放逐生活中最凄苦的一段经历,但诗的开始却采用了与《离骚》相类似的浪漫主义手法,主要表现他极端苦闷、欲忍不能的感情。

第二段开始写他渡江南下的情景:

> 乘鄂渚而反顾兮,欸秋冬之绪风。步余马兮山皋,邸余车兮方林。乘舲船余上沅兮,齐吴榜以击汰。船容与而不进兮,淹回水而疑滞。朝发枉陼兮,夕宿辰阳。苟余心之端直兮,虽僻远其何伤!

在叙述弃逐经历时,诗人写出了十分复杂矛盾的心情。他登上鄂渚,回头遥望故乡,对着秋冬的寒风叹息;他来到水边高地,步马缓行,不忍骤然离去;渡沅水时,他徘徊在回流中停留不前。他的心情是如此迟疑,几乎是时时回首,步步生哀,表现出对故都的无限依恋之情。在这种情况下,诗人觉得只有自己的一颗"端直"的心犹堪自慰:"苟余心之端直兮,虽僻远其何伤!"

接着诗人写出他被放逐之地的恶劣环境:"深林杳以冥冥兮,乃猿狖之所居。山峻高以蔽日兮,下幽晦以多雨;霰雪纷其无垠兮,云霏霏而承宇。哀吾生之无乐兮,幽独处乎山中。"他的脚步行程和他的人生命运似乎都到了山穷水尽的地步,但他是如何想的呢?他说:"吾不能变心而从俗兮,固将愁苦而终穷!"他觉得这是他早有思想准备的事;为了坚持理想,也是他心甘情愿的事。他是这样自觉而透悟地承受着加在他身上的这一切非人所能承受的折磨和苦难。

这首诗所表现出来的诗人艰苦卓绝、矢志不渝、坚持理想的精神,是如此的动人心弦、感人肺腑。

《九章》中的《惜诵》《抽思》《怀沙》等作品,也都是屈原被放逐时写的政治抒情诗,它们强烈的政治性、强烈的抒情意味与《离骚》基本一致。但《九章》中的作品除少数片断外,采用幻想、夸张的手法较少,主要是纪实之辞,清陈本澧在分析《九章》这组诗时说:"盖《离骚》《九歌》犹然比兴体,《九章》则直赋其事,而凄音苦节,动天地而泣鬼神,岂寻常笔墨能测?朱子贱视《九章》,讥其直致无润色。而不知其由蚕丛鸟道,巉岩绝壁而出,而耳边但闻声声杜宇啼血于空山夜月间也。"(《屈赋精义》)《九章》主要是用直接倾泻的方法来表现其复杂的心曲和凄苦忠怨的感情,读之沁人肺腑,令人落泪。《九章》的语言生动形象,情味悠长。篇章结构跌宕有致,语气随着诗人感情的起伏而变化,有时激情滚滚,有时凄苦低吟,有时缠绵悱恻。往往在一首诗中,也不断起伏变化,如同江流河涌,有波峰也有浪谷,有平缓也有陡峭。诗人感情的节奏,形成了诗歌内在的节奏,而深深地打动着读者。诚笃的爱国思想、优美的情志与感情的力度相结合,是《九章》这组诗歌的主要特色。

四 《天问》《招魂》

《天问》是一篇规模宏大、体制瑰奇的长诗。全诗三百五十余句，一千五百多字，全采用问句体写成。其内容，从邃古之初、宇宙洪荒写起，其中神话传说杂陈，历代兴亡并举，宏览千古，博大精微，古来就被推许为"千古万古至奇之作"（清刘献庭《离骚经讲录》）。

关于此诗的性质和主旨，历来有所争议，歧见纷呈。我们从《天问》全诗的思想内容来看，它基本上是一篇"述往事，思来者"的咏史性质的作品，前半部分所涉的是关于大自然的传说史，后半部分所咏的是夏、商、周三代的兴亡史，尾声则是忧国伤己的感叹。此诗约写于楚怀王入秦前后，即怀王末年。

《天问》就是问天的意思。古人认为"天者，万物之总名也"（《庄子》郭象注）。天是无所不包的，既包括自然，也包括人事。又认为"天者，统理万物"（《周礼》郑玄注）。正如游国恩所说："天统万物，无所不包。一切天文地理人事纷然杂陈，变幻莫测的现象，都可以统摄于天象天道之中，所以名曰'天问'。"（《楚辞论文集》）那么，"天问"就是仰天而问，是就自然和人类的历史来探究天意、天道的问题。

《天问》的前半部分，即从"邃古之初，谁传道之"至"羿焉彃日，乌焉解羽"，是就自然界的诸多问题发问，涉及内容极广，内容十分丰富，从其顺序和所包容的方面看，有关于天地开辟、宇宙本源问题，关于天体和天象问题，关于鲧、禹治水问题，关于大地及四方灵异问题，等等。其发问的对象和性质，主要是对古代关于自然界的神话和传说提出诘难和质疑。

诗人在长诗《天问》中，首先就宇宙之初，天地形成以前的景象发问：

> 曰：邃古之初，谁传道之？上下未形，何由考之？冥昭瞢暗，谁能极之？冯翼惟象，何以识之？

在宇宙大地的诸多问题中,最难使人理解的莫过于它的始源问题。太古洪荒,天地未辟的时候,是个什么样子?上古传说中把它想象为明暗不分、空阔无垠的混沌状态。诗人简练地把它形容为"冥昭瞢暗""冯翼惟象"(冯,饱满充盈的样子;翼,伸张而又浮动的状态),即明者不明,暗者不暗,一切朦朦胧胧,难以名状,而又充满生气。对天地未形的这一想象和描述,既含有哲理的推测,又具有生动宏大的气势。但诗人却以反问的口吻,分别提出问题。邃古之初,天地未辟,尚没有人类,诗人用"谁传道之"(是由谁传述下来的)一语发问,十分雄辩有力。下面又用"何由考之"(怎么考证出来的)、"谁能极之"(谁能研究清楚)、"何以识之"(如何来识别)等不同的问句,分别加以追问,表现出一种睿智而又穷究底里的气势。

下边则对宇宙的结构、天体的运行发问:

> 圜则九重,孰营度之?惟兹何功,孰初作之?斡维焉系,天极焉加?八柱何当,东南何亏?

他问:据说天有九层,是谁有这样大的神功来营造?天如覆盖,是怎样被系而不坠的?据说有八柱擎天,其位置在哪里?地倾东南又是怎么回事?

接下来又问到日月星辰的布局和运行变化:

> 日月安属?列星安陈?出自汤谷,次于蒙汜,自明及晦,所行几里?夜光何德,死则又育?厥利维何,而顾菟在腹?

日月星辰是怎样各得其位、陈列在天的?传说太阳晨出于汤谷,夜息于蒙汜,一天要赶多少路程?月亮为何能缺而又圆,死而复生,怎么会有个"顾菟"(蟾蜍)在腹?接下来还问了风神伯强住在何处,从哪里为大地吹来苏醒万物的"惠风";天门如何一开一张,构成天明天晦;等等。诗人仰首云天,面对着广漠无垠的天宇一一发问,一方面把我们带入到一个光怪陆离的古神话世界,其中充满着先民们无数美丽的奇思遐想;同时诗人又对当时的这些传说不满足,提出种种怀疑,显示出一种大胆

第六章 伟大诗人屈原和楚辞

的科学探索精神。

在古传说中,鲧禹治水,重建大地,是一桩惊天动地的大事,诗人用很长的篇幅就这一神话传说的神奇内容——"鲧何所营,禹何所成",进行了发问。就现存古文献来看,关于鲧禹治水的传说记载十分零散,说法也不尽相同。因此,我们对诗人一些发问的用意,已很难确断,但从字里行间中,却流露出诗人对这一神话传说在情理上的怀疑和不解,如问鲧的被害:"顺欲成功,帝何刑焉?"鲧顺从民意想使治水成功,而上帝为何将他处以极刑?问禹的降生:"伯禹腹鲧,夫何以变化?"大禹是鲧被杀后从其腹中跳出来的,如何会有这种神奇的变化?等等。虽然如此,诗人却将这一传说故事中的神奇伟功——写出,再现了古人在战胜自然灾害中曲折艰难的历程和所具有的丰富想象力。

继鲧禹治水的故事之后,诗中又转向关于大地的问题。诗人针对古传说中关于大地四方的许多奇闻异说——发问,如问到传说中有所谓神人出入的昆仑"悬圃",它究竟坐落在何处?哪里有日照不到的地方,何处冬暖夏凉?哪里有石树成林,哪里的怪兽能语?哪里有不死之人?一蛇吞象是怎么回事?等等。古代关于大地四方的传说很多,而且怪怪奇奇,想象丰富。诗人把它们采撷入诗,一一发问,表现出一种怀疑求实的精神。

对于天地万物的疑问和探索,早在原始先民时期就已经开始了,由于知识水平的限制,他们通过想象和幻想,编织了许多神话传说故事加以解释,但远非科学。随着人类文化的发展,关于宇宙天地、大自然中的诸多问题,又成为哲人重新思考的问题,如在先秦哲学中,管子著《水地篇》,以水为万物之本源和生命的原始;著《四时篇》,以阴阳解释天地四时的运行、万物繁殖的原因。齐国的邹衍,推论"至天地未生,窈冥不可考而原也",并倡九州之外还有"大九州"之说。《庄子》里记载有个叫黄缭的人,曾向惠施问过"天地所以不坠不陷,风雨雷霆之故"。这都说明随着社会的发展、知识的进步,对客观世界的再探讨、再认识,已成为一股思潮。屈原的《天问》,也正是此时的产物。但是,产生于原始时期的诸多神话,作为人类认识史的初始阶段,作为启人想象的浪漫主义素质,却不失其崇高博大的美学意义。诗人屈原在《天问》中,把众多诡奇瑰丽的神话组织在一起,构成一幅远古人类所描绘的宇宙大自然形成史的长篇画卷,同时以提问的方式,对宏阔浩渺的宇宙和纷繁的大自然进行了自己的思考,既具有哲理意义,又具有文学性。

宇宙的奥妙、远古的世界固然是令人难解莫测的,但人间的兴衰祸福在诗人看来却是有迹可循的。在长诗的后半部分,诗人的如椽巨笔,开始由鸿蒙洪荒的神话时代,转入人间的历史。当然,在上古人民看来,人类各民族的起源离不开神灵世界,都有一个神奇的传说,如神禹与涂山女匹合而有夏,简狄(有娀氏女)吞食上帝送来的玄鸟蛋而生商,有邰氏女因受上帝所感而降下周始祖后稷(这些在长诗《天问》中也都写到),说明他们都有神的血统,都是上帝的子孙。但他们为什么又有更替兴亡呢?这就正是诗人所要探寻的问题,实际也正是诗人深怀着对楚国现实的忧患感所要总结的历史经验教训。诗人在这方面所持的观点,或者说所总结出来的道理,集中地说就是"天命反侧,何罚何佑",就是"厥严不奉,帝何求"。在诗人看来,天命是无常的,罚佑是无定的。如果一个君王放纵自己,律身不严,祈求上帝也是无用的。在这里诗人既承认天命、上帝的存在,又强调了人为、人事,这种有条件的天命论,正是诗人屈原用以评断历史,总结历史教训,并用以抨击楚国现实的武器。

诗的后半部分,依次对夏、商、周(至幽王)的历史作了回顾和反思,对其治乱兴亡的缘故作了提问,特别是对于败身亡国之君的情况作了含意深永的陈述。

首先,诗人对夏王朝的兴衰起伏,以致最后终为汤所灭,作了一连串发问。在传说中,夏后启乃神禹之子,代伯益而有国。但他因偷天乐耽于享乐,而终被后羿所代替。后羿本是受天之命来拯救夏民的,但不久就因贪于女色,迷于田猎而遭寒浞的暗算而惨死。浞传其子寒浇,浇也因淫乱,与嫂私通而被少康所杀。关于夏王朝前期的这段历史,《左传·襄公四年》有所记述,诗人在《离骚》中也曾提到("启《九辩》与《九歌》兮,夏康娱以自纵"以下十句)。而在长诗《天问》中,诗人更以提问的方式,对这些因纵欲而遭祸之君的历史原委,一一作了发问,特别是论到后羿之亡的时候,诗中这样写道:

> 帝降后羿,革孽夏民;胡射夫河伯,而妻彼洛嫔?冯珧利决,封豨是射;何献蒸肉之膏,而后帝不若?

后羿秉天意而代启拯民,得天下后,却夺人之妻,又恃强迷于田猎。虽然他用上美的肥肉献给上帝,上帝并不满意,而致使他灭亡了。显然,这里所表达的意思是所谓天佑天罚,并不是无条件的,而是以其行为的善恶为转移的。换句话说,就是"应之以治则吉,应之以乱则凶"(《荀子·天论》),后羿的败亡完全是他胡作非为的结果,说到底是咎由自取。

诗中论到夏桀灭亡的时候,也表达了同样的思想:

> 桀伐蒙山,何所得焉?妹嬉何肆,汤何殛焉?缘鹄饰玉,后帝是飨;何承谋夏桀,终以灭丧?帝乃降观,下逢伊挚。何条放致罚,而黎服大悦?

夏桀伐蒙山,得到妹嬉,于是放荡无忌地迷恋女色,虽然他也曾用玉饰的宝鼎祭飨上帝,但是上帝还是另有选择,使贤臣伊尹辅助成汤,放夏桀于鸣条,有夏灭亡,而成汤却受到黎庶百姓的拥戴。

在反思殷、周王朝历史的时候,诗人仍主要集中在盛衰、兴亡的大事上:

> 授殷天下,其位安施?反成乃亡,其罪伊何?

上句问殷王朝是怎样得天下而兴的,下句问殷王朝又是以何罪失天下而亡的。殷兴于成汤伐夏桀,而诗中特别强调了汤求贤臣伊尹的故事。周之兴在武王伐纣,诗中也特别提到武王在市井得贤臣吕望为辅佐的故事：

> 师望在肆,昌何识？鼓刀扬声,后何喜？武发杀殷,何所悒？载尸(文王木主)集战,何所急？

传说中,吕望(即吕尚,姜太公)本隐在屠肆,被文王姬昌发现,而举为辅臣,也正是《离骚》中所提到的："吕望之鼓刀兮,遭周文而得举。"这无疑是说国家之兴离不开贤臣,只有举贤授能才能安天下。反过来,诗中对于殷纣的覆亡是这样发问的：

> 彼纣之躬,孰使惑乱？何恶辅弼,谗谄是服？

据《史记·殷本纪》记载,纣王"知足以拒谏,言足以饰非","好酒淫乐,嬖于妇人,爱妲己,妲己之言是从"。可知纣王乃是个拒谏饰非、刚愎自用、迷恋女色的昏君。这里所问的正是：纣王那个人,是谁使他惑乱误国的？他是怎样憎恶辅国大臣而又信用谗佞之人的？接着诗中举出了他如何残害忠良和任用小人的一些实例。

对于周朝,诗人问了周昭王溺于玩好,远游南土,寻求白雉,船沉而不返的事："昭后成游,南土爰底？厥利惟何,逢彼白雉？"问到周穆王巧于贪求,周游天下,不理国事的事："穆王巧梅,夫何为周流？环理天下,夫何索求？"诗中都作了指责。最后,问到西周的亡国之君幽王：

> 妖夫曳衒,何号于市？周幽谁诛,焉得夫褒姒？

褒姒是幽王的宠妃。传说当时有两个妖人,曾献美女褒姒给幽王,幽王"见而爱之,生子伯服,竟废申后及太子,以褒姒为后,伯服为太子"(见《史记·周本纪》),从而朝政昏乱,幽王后为犬戎所杀。这样说来,西周之亡,也是亡于女祸。诗人在长诗中,还问到了夏、商、周三代历史中的许多细节,有些由于文献缺失,已难尽解。但归纳起来主要问的都是兴衰存亡的事,而特别又集中在对亡国败身之君的陈述上,在诗人屈原看来,一个有位者或一个王朝之衰亡,不外是杀害贤良、耽于游乐、溺于女色,这些祸身亡国之由,正是诗人总结出来的历史教训。

在诗人看来，宇宙浩瀚，奇谈怪说，眩人耳目，安可一一置信？但历史长河，朝代更迭，其兴亡之迹，却思之可得，令人惊心，促人警戒。这就是长诗的主旨，诗人的立意所在。前人论述《天问》时曾说："兹细味其立言之意，以三代之兴亡作骨，其所以兴在贤臣，所以亡在惑妇。惟其有惑妇，所以贤臣被斥，谗佞益张，全为自己抒不平之恨耳。"

但是，诗人写长诗《天问》，其思想感情之所系，最终是在现实，是在楚国。当时，诗人因正道直言，不见容于朝廷，被斥在外，眼看楚王朝君昏臣暗，国事日蹙，大厦将倾，一场国破君亡的悲剧就要发生了。他独立于苍茫的天地之间，寻往事，思来者。在他看来，历代兴亡之迹，凿凿可鉴，而他所尽忠的楚王，却如此倒行逆施，毫无醒悟。于是他心情激越，在进谏无路、救国无门的情况下，问天、问地、问历代人事沧桑，但他又失望地感到，他的喋喋多言又有谁会来听从呢？在诗的最后，诗人写道：

> 薄暮雷电，归何忧？厥严不奉，帝何求？伏匿穴处，爰何云？荆勋作师，夫何长？悟过改更，我又何言？

诗中写天届薄暮，雷鸣电闪，天愁地惨，一场惊天动地的暴风雨即将来临。这是诗人当时写作此诗时的情景，应也是诗人对楚国现实的感受。因此他说，已到这种地步，自己放归而一去不返，还有何可怕的呢？楚王不知自尊和严于律己，只是求上帝又有何用呢？如今自己被斥在外，荒居独处，还能说些什么呢？楚国若真能兴师振邦，国运怎能不长久？楚王只要知道悔悟，改弦易张，我又有何可说？诗人在极端忧苦矛盾的心情之下，对君国仍表露出一片忠贞拳拳之心。

综观长诗《天问》，它是一首以咏史为内容，而史与论兼备、情与理相融的作品。它的宏富的内容和对宇宙的探索、对历史的反思，表现了诗人博大精深的思想和追求真理的精神，也表现了诗人企图挽狂澜于既倒，积极救亡的爱国热忱。而它在艺术上的独创，在中国诗歌史上更是绝无仅有。从体制的宏伟、风格的雄奇说，在屈原作品中，它可与

《离骚》并驾,若鸟之双翼,若车之二轮;而其形式的奇特、结体的新颖,可以说更比《离骚》有过之。长诗《天问》,从首至尾全用问句结撰而成,照常理说,极易呆板、平直,难以取得艺术上的效果。但诗人却以惊人的艺术天才,极文理、语句之复化,使全诗奇矫活脱,一气呵成,令人读起来了无阻梗,绝不板直、枯燥。

从句式上说,长诗《天问》采取的基本上是四言句,使全诗显得古雅而节奏急促有力;同时篇中又杂用若干五言句、七言句,以舒缓语气,令人读起来更富有抑扬顿挫之感。从问句的构成和安排说,有时一句一问,有时两句或三句、四句一问;特别是在问语的语助词上,更根据所问问题的内容和角度不同,而极其变化之能事,粗加统计,篇中所用的疑问词就有"何""胡""焉""孰""几""谁""安"等多种多样,使语句圆转灵活,而又气势充沛。明代蒋之翘在《七十二家评楚辞》中,曾引明孙鑛评论楚辞《天问》的话说:"或长言,或短言,或错综,或对偶,或一事而累累反复,或联数事而熔成片语。其文或峭险,或澹宕,或佶屈,或流利,诸法备尽,可谓极文之变态。"实际上如从长诗《天问》的整体来看,雄肆怪伟,奇矫活脱,应是它语言、风格的主要特色。《天问》不仅是中国诗史上的一篇罕见的浪漫主义杰作,也是世界诗歌艺术宝库中的无上珍品。

《招魂》是屈原另一篇十分有特色的诗篇。关于《招魂》的作者和写作的目的,历来有种种不同的说法。司马迁《史记·屈原列传》的赞语说:"余读《离骚》《天问》《招魂》《哀郢》,悲其志。"承认《招魂》一诗是屈原作品。但是,王逸《楚辞章句》却说:"《招魂》者,宋玉之所作也。"并说宋玉所招的魂,是屈原之魂。关于作者问题,《史记》记载较早,我们还是相信司马迁的话,承认《招魂》是屈原的作品。

关于《招魂》的主旨,除旧说宋玉招屈原魂外,还有屈原招怀王魂和他自己招自己两说。我们倾向于后一说。屈原遭谗被逐,流放在外,忧心愁苦,彷徨山泽,不得归宿。他常写其魂魄失守的迷乱心态说:"惟郢路之辽远兮,魂一夕而九逝。"又说:"愿经逝而不得兮,魂识路之营营。"(《抽思》)《涉江》诗中写诗人孤身处于渺无人烟、未开辟的遐荒之中,感到"迷不知吾所如",想来正是在这种烦冤督乱、愁叹苦神的情境下,写下了这篇作品。清代林云铭云:"古代招魂之礼,为死者而行。嗣亦有施之生人者。屈原以魂魄离散而招,尚在未死也。"(《楚辞灯》)古代招魂是一种民俗,不专施于死者,也施于生者,对于某种受惊、受害以至远行归来的人,也行招魂之礼。如谢灵运《山居赋》的"招惊魂于殆化,收危形于将阑"和杜甫《彭衙行》的"暖汤濯我足,剪纸招我魂"等语句中,还可以看到这种招生魂的遗风。又从《招魂》一诗开首自述和篇末"乱辞"来看,都用"朕""吾"等字,是第一人称,即屈原自称口吻。诗中一再赞颂楚国的富庶、可爱,同时又用极其夸张的笔触,铺写上下四方的危险和可怕,其中也正含蕴着《哀郢》一诗中"鸟飞反故乡兮,狐死必首丘"的意思和感情。因此,我们不仅认为本篇为屈原所自作、自招,同时认为它还是一篇屈原寄托自己爱国情思之作。

《招魂》的结构开始是序言,接着写招魂词,最后有"乱辞"作结束。招魂词是全文的主体,它的写法是"外陈四方之恶,内崇楚国之美",以极殷切、深情的口吻,劝诫魂灵不要到天上、地下或四方去,认为还是楚国最美好,可以作为最后的归宿。如它写东方:

> 魂兮归来!东方不可以托些!长人千仞,惟魂是索些。十日代出,流金铄石些;彼皆习之,魂往必释些。归来归来,不可以托些!

东方是这样,而南方、西方、北方无不如此,都存在着非常可怕的事物,存在着极大的危险。就是连天上也去不得,它描写天上的情景是:

> 魂兮归来,君无上天些!虎豹九关,啄害下人些。一夫九首,拔木九千些。豺狼从目,往来侁侁些;悬人以娭,投之深渊些;致命于帝,然后得瞑些。归来归来,往恐危身些!

就连人们经常幻想的天堂也这样可怕,其他地方就更可想而知。总之,"天地四方,多贼奸些",而唯一美好、可以安身的地方,还是楚国,接着它用铺陈的手法,描写了楚国衣食之美、歌舞之乐,认为它才是最值得留住的地方。由此可知,这首诗虽用幻想的手法写成,所曲折表达的仍然是对楚国的热爱,对自己祖国乡土的眷恋,也就是说与屈原一贯的爱国主义思想是相一致的。

这首诗在艺术构思和艺术手法上都十分新奇,它与《离骚》一样,吸取了许多古代神话材料,构成了一篇极富浪漫主义色彩的奇文。另外,全诗除了前序、后乱之外,中间全部每隔一句都用一个"些"字做语尾。"些"字和"兮"字都是楚国方音。而用"些"字做语尾,本来又是楚国巫觋禁咒语中的旧习惯,屈原既假托巫阳来招魂,所以就索性完全遵守巫祝招魂词的形式,并完全采用他们的语调。这种体裁,与前边所介绍的《天问》一样,都是我国文学史上所罕有的。

另外,《招魂》中关于上下四方的描写很有层次和特点,虽然描写的都是幻想中的情景,但也符合一定的地理性,如说东方"流金铄石",这是古人认为日居东方,必然特别炎热;南方"雕题黑齿","雕题"指在额上刺花纹,"黑齿"指用草把牙齿染黑,都是指传说中南方野蛮人的特殊装饰;特别是写到西方,就说那里"流沙千里""五谷不生""求水无所得";讲到北方则是"增冰峨峨,飞雪千里",天气严寒,不能久留;等等。这些描写都相互区别而比较符合自然情况。诗篇中描写楚国宫廷建筑、饮食、歌舞的段落,作者采用了排比铺叙的手法,辞藻异常华丽丰富,例如写宫室的建筑:

> 高堂邃宇,槛层轩些。层台累榭,临高山些。网户朱缀,刻方连些。冬有突厦,夏室寒些。川谷径复,流潺湲些。光风转蕙,氾崇兰些。

这里把堂轩台榭的结构、雕饰,以及环绕在周围的美丽风光都极有层次地写了出来,流动而不呆板,细致而不碎杂。又如写歌舞奏乐的场面:"竽瑟狂会,搷鸣鼓些。宫廷震惊,发激楚些。吴歈蔡讴,奏大吕些。士女杂坐,乱而不分些。"更是有声有色,形象生动,令人如适逢其会、身临其境。这种夸张铺叙的写法和华丽的文采,对后来的汉赋起了很大影响。

全诗结尾的"乱辞",是紧接着全诗铺叙描写之后的主观抒情,首先写自己在春天,却被放逐在江南杂草丛生、水泽相连的旷野,他不由得又回忆起过去曾与楚王在云梦地区打猎的情形;但那已经是很久以前的事了,最后他以哀伤的情绪写下了这样几句诗句:

> 朱明承夜兮时不可以淹,皋兰被径兮斯路渐。湛湛江水兮上有枫,目极千里兮伤春心。魂兮归来哀江南!

这里是说,日夜更代,时光如飞般地过去,皋兰被径,天涯芳草已遮断我的归路,春景虽佳,却徒增我的伤怀。这里蕴含着自己既不愿出国远走,但国内又无出路,最后以"魂兮归来哀江南"一声长叹,抒发了对祖国和自己命运的无限愁思,从前边的幻想境界又回到了现实。

《招魂》这首诗,确是一首在构思和写作方法上都有一定创新的作品。楚国是一个巫风很盛的国家,流传着现在我们看来是荒唐的习俗。但伟大诗人屈原却利用当时流传的形式,把一些带有迷信色彩的民间作品加以改造,用旧形式表达新的内容,赋予新的含意,前边讲到的《九歌》是一例,而《招魂》更是一例。这是不能不使我们感到钦佩的。

第四节 屈原在文学史上的地位和影响

屈原是我国文学史上第一个伟大诗人,屈原及其作品的出现,创造了我国诗歌史上的一个全新的时代——诗歌从集体歌唱到个人独立创作的新时代。屈原还创造了全新的诗歌样式,他的作品有伟大的独创性。他在采用当时我国南方楚地的民歌基础上,创造了一种崭新的文学体裁——"骚体"。这一新诗体比起《诗经》来,无论在篇幅上、句法上、表现方法上,都有了许多发展,大大扩充了诗歌表现力。屈原正是运用这一新的诗歌形式,驰骋他的丰富的想象,倾注了他的炽热感情,写出了《离骚》和其他一些伟大不朽的诗篇,展示出中国文学史上第一个丰满的具有鲜明个性的抒情形象。这一切创造在诗歌史上都是空前的,对我国文学的发展产生了极大的影响。

但屈原对后代的影响,最重要的还是他的思想。屈原首先是作为一个伟大的爱国者、爱国诗人为后世所景仰。他那深厚执着的爱国热情,在政治斗争中坚持理想、宁死不屈的精神,给后世作家以很大影响。千百年来,在反抗强暴、维护正义、维护祖国利益和尊严的斗争中,人们总是记起屈原,并从他那里获得鼓舞和力量。屈原的精神和品质,他那用整个生命写成的激动人心的诗篇,滋育了一代又一代的进步作家,可以毫不夸张地说,我国文学史上有成就的作家,很少有不受到屈原影响的。

汉初贾谊在政治斗争中失败后,被谪迁长沙,当他经过汨罗江时,有感于自己和屈原有相似的遭遇,便写了一篇很沉痛的《吊屈原赋》,一方面对屈原进行悼念,引屈原为自己的知己;一方面学习屈原的创作精神,对是非不分、美丑不辨的黑暗现实作了大胆揭露和鞭挞。伟大的史学家和文学家司马迁更对屈原敬佩之至。他曾经亲访屈原的遗迹,搜罗诗人的史料,在《史记》中为诗人立传。在《屈原列传》中,他不仅记载了诗人的事迹,而且对诗人"正道直行"的品德和不与黑暗妥协的斗争精神做了热情的歌颂,正确地评价了屈原在历史上的崇高地位。他说:"余读《离骚》《天问》《招魂》《哀郢》,悲其志。适长沙,观屈原所自沉渊,未尝不垂涕,想见其为人。"他同情屈原的遭遇,也继承了屈原的精神。据司马迁自己说,他在遭冤屈受刑以后,就是在"屈原放逐,乃赋《离骚》"(《报任安书》)的榜样激励下,发愤著书,最后完成了巨著《史记》的写作的。《史记》是一部历史散文著作,但它寄托着作者的理想,洋溢着作者爱憎分明的感情和追求真理的精神,这也正是屈原伟大精神的继承。故前人曾说"学《离骚》得其情者为太史公"(刘熙载《艺概》),而鲁迅更直接推许《史记》一书为"无韵之《离骚》"(《汉文学史纲要》)。两汉以后,屈原精神在许多作家身上得到进一步发扬。

唐代伟大诗人李白和杜甫,都景慕屈原之为人。李白蔑视权贵、反抗现实的精神,特别是他的诗歌的浪漫主义精神,乃是屈原创作的继承和发展。在《江上吟》一诗中,李白推崇说:"屈平词赋悬日月,楚王台榭空山丘。"他用鲜明的对比肯定了屈原的不朽,并有意识地学习屈原积极浪漫主义的创作方法,他的诗篇也是大量罗织神话传说、历史人物、日月风云等入诗,构成一幅幅雄奇壮美的图画。他的《梁甫吟》:

> 我欲攀龙见明主,雷公砰訇震天鼓,帝旁投壶多玉女。三时大笑开电光,倏烁晦冥起风雨。阊阖九门不可通,以额叩关阍者怒。

用攀龙游天,叩阍不开,表现自己的被冷遇,表现自己上天下地的求索精神,明显地呈现出学习《离骚》的痕迹。伟大诗人杜甫的爱国忧民的精神,也与屈原有着继承关系。他对屈原十分尊崇,曾说:"若道士无英俊才,何得山有屈原宅。"(《最能行》)又在他著名的《戏为六绝句》中说:

> 不薄今人爱古人,清词丽句必为邻。窃攀屈宋宜方驾,恐与齐梁作后尘。

这里是说:屈宋的作品与历代著名作家的作品一样,都是有文采的;但是杜甫认为,屈宋的作品却最值得重视,值得学习,这是因为他们同时也具有充实的思想内容;如果只重视文采,恐怕就会步齐梁形式主义诗风的后尘了。这是杜甫对自己学习楚辞作品的深切体会。

此外,我国历代诗人、作家,在遇到民族压迫的时代,就写出慷慨激烈的爱国篇章。还有许多作家,在黑暗的政治时代,坚持理想,坚持斗争,崇尚节操,不隐瞒自己的爱憎,甚至在政治斗争中牺牲了他们的生命,使我国古代文学历史增添了光彩。这种伟大的精神,在文学史上是屈原开其端的。

即使在现代,屈原及其作品也仍然有巨大影响。鲁迅先生曾给屈原作品以很高评价,他说屈原的作品"逸响伟辞,卓绝一世","其影响于后来之文章,乃甚或在三百篇以上"(《汉文学史纲要》)。"五四"前

后,鲁迅艰苦地为中华民族的发展探索方向。1926 年出版《彷徨》时,他引录《离骚》中的诗句作为书前的题辞:

> 朝发轫于苍梧兮,夕余至乎悬圃。欲少留此灵琐兮,日忽忽其将暮。吾令羲和弭节兮,望崦嵫而勿迫。路漫漫其修远兮,吾将上下而求索。

可以看出屈原的爱国主义和不倦地追求真理的精神,对于当时鲁迅的战斗是起了一定影响的。

而在中国历史上,屈原可以说是最受到普遍敬爱、普谝纪念的诗人。他甚至影响到中国的民俗,据传屈原是在农历五月初五日投江自尽的,在他逝世不久,民间就开始以独特的民族形式来纪念他,那就是每年在端午节包粽子、划龙船。关于这项风俗,古书上曾有清楚的记载:

> 屈原五月五日投汨罗而死,楚人哀之,每至此日,以竹筒贮米,投水祭之……世人作粽,并带五色丝及楝叶,皆汨罗之遗风也。(《续齐谐记》①)

> 屈原以五月五日赴汨罗,土人追至洞庭,不见。湖大船小,莫得济者。乃歌曰:"何由渡湖!"因而鼓棹争归,竞会亭上,习以相传,为"竞渡"之戏。其迅楫急驰,棹歌乱响,喧振水陆,观者如云。诸郡皆然,而南郡尤甚。(《隋书·地理志》)

而实际上这一风俗两千多年来至今未衰。这足以说明屈原在我们民族历史上的地位和他不朽的影响。

屈原作品的伟大艺术成就的影响也是巨大的。刘勰《文心雕龙·辨骚》说:"故其叙情怨则郁伊而易感,述离居则怆怏而难怀,论山水则循声而得貌,言节候则披文而见时。是以枚贾追风以入丽,马扬沿

---

① 《续齐谐记》,南朝梁吴均撰,一卷(《崇文总录》小说家类作三卷)。因前有刘宋东阳无疑撰《齐谐记》(已佚),故此书称"续",是一部记载神话、传说、风俗的书。

波而得奇。其衣被词人,非一代也。故才高者苑其鸿裁,中巧者猎其艳词,吟讽者衔其山川,童蒙者拾其香草。"这一段话是说,屈原作品的伟大艺术成就对后代有着久远而广泛的影响。如它的善于沉吟咏怀,善于刻画山水、时令,以及它的宏伟构思,华章美辞,无论是对后世的文学高才,还是对初学的童蒙,都有所启示,都提供了可供学习的榜样。刘勰的这一说明无疑是符合事实的。但依笔者看来,屈原对后代的影响还远不止此,特别是没有说到他在我国文学发展中的主要影响。

笔者认为,屈原在艺术上最伟大的成就和影响,首先是他继《诗经》以后,以积极浪漫主义的创作方法,为我国文学开辟了另一影响深远的传统,从而丰富了我国文学的艺术表现力。《诗经》和屈原作品是我国文学史上最早出现的两个巍然矗立的高峰。但《诗经》更多地是以民歌的风格和现实主义手法成为后人所学习的榜样;屈原的作品却更多地是以大胆的幻想和想象、诗人的文采和夸张的手法,即浪漫主义手法"衣被词人"。屈原的楚辞作品出现以后,"风"和"骚"就成为我国古人对诗歌所悬出的两个最高标准。屈原作品作为我国积极浪漫主义的开端,这对我国古代诗歌的发展具有特殊重要意义。

其次,在诗歌艺术表现手法上,屈原还发展了《诗经》的比兴手法,对我国诗歌民族艺术特色的形成作出了贡献。我国古代诗歌在艺术构思和表现手法上的主要特点就是所谓"触物以起情"和"索物以言情",总括起来也就是借物抒情。这一手法和特点,前人在研究《诗经》时已有所发现,把它概括为"比兴"。比兴手法确是《诗经》许多民歌的特点,也是由《诗经》最早开创的。我们知道,《诗经》中的比兴往往只是一首诗中的片断,大都也比较单纯,用以起兴和比喻的事物还是独立存在的客体。但屈原作品却有了变化发展。首先,它开始把物与我、情与景开始糅合、交融起来,扩大了诗歌的境界和表现力。因此,屈原作品中的比和兴,不再是简单地以某物比某物,或触物以起兴,而更多的是把物的某些特质与人的思想情感、人格和理想结合起来,融为一体,使物具有象征的意味,使情具有更具体的附着和寄托。如屈原作品中,以鲜花香草表示高洁，以高冠、奇服表示超俗，以高丘求女表示追求；这就不是简单的比喻或触物起兴，而是一种象征，一种寄托或寄寓。从形象本身看来，它是虚构，是想象；从所表达的内容、思想情感来说，又完全是现实的。这就开辟了后世所谓"寄情于物""托物以讽"的表现手法，对我国古代文学，特别是诗歌创作有着极大影响。例如张衡的《四愁诗》、曹植的《美女篇》、杜甫的《佳人》等，以及许多的咏史、咏物、咏怀、感遇游仙的诗篇，都是直接、间接受了屈原这种作风的启发的。朱自清就说过："咏史、游仙、艳情、咏物……这四体的源头都在王（逸）注《楚辞》里。"（《诗言志辨》）

另外，前边已经讲到，楚辞体（骚体）是由屈原创造出来的一种新的文学样式，但楚辞体这一文体的出现，在文学史上的意义不仅在于这一文体的本身，还在于它为后世我国古典诗歌的主要形式五、七言诗的产生起了重要作用。我国古典诗歌最早成熟的是《诗经》中的四言诗，而后随着社会生活和语言的发展而逐渐演化出五、七言的形式，并成为汉以后诗歌普遍常用的体制。而五、七言的产生是有一个酝酿阶段的，这期间屈原的楚辞和西汉的民间乐府歌辞都曾起到极其重要的推动作用。屈原楚辞体诗歌一方面吸取了当时楚地的民歌俗曲的形式，而在语言句式上又是创造性地吸收和融会战国时代新兴散文语言而产生的成果。因此，它本身虽不定型，但是一次诗体的解放，是破旧立新，为新的诗歌形式创造了条件，为五、七言诗的产生铺平了道路。具体到楚辞作品本身来说，许多诗句去掉虚词，或将虚词换以实字，就符合五、七言诗的节奏和句式，最明显的例子便是《招魂》，去掉"些"字，即是七言诗体。

第七章　杰出的辞赋家宋玉

第一节　宋玉的生平事迹

在中国文学史上,宋玉是接踵伟大诗人屈原之后,享有盛名美誉的作家。由于他的辞赋创作承袭屈原而又独具成就,故历史上每以"屈宋"联骈并称,所谓"屈宋逸步,莫之能追"(刘勰《文心雕龙·辨骚》),"屈平联藻于日月,宋玉交彩于风云"(上书《时序》),在我国早期文学史上有着不可泯灭的地位。

关于宋玉的生平,记载不多,王逸说他是屈原的弟子。汉代以及以后的一些著作中,如司马迁《屈原列传》、刘向《新序》、韩婴《韩诗外传》《昭明文选》、晋习凿齿《襄阳耆旧传》、北朝郦道元《水经注》和唐虞世南《北堂书钞》等书里偶有关于宋玉的片断记述,材料既很简略零散,有些又属传说轶闻性质。但这些资料对我们了解宋玉其人其事还是有帮助的。现综合上述的一些记载,概述宋玉的生平事迹如下:

宋玉,战国时代楚国鄢郢宜城(今湖北宜昌)人。① 生卒年已不能确考,大约生于楚怀王十年(前319)。爱国诗人屈原在怀王之世,为了革新政治,振兴楚国,曾网罗培育人才。宋玉早年曾师事屈原,与唐勒、景差同辈。② 襄王初年,屈原因直言敢谏,遭谗被放逐,宋玉企图靠同

---

① 《襄阳耆旧传》:"宋玉者,楚之鄢人也。故宜城有宋玉冢。"又《水经注》卷二十八:"(宜)城,故鄢郢之旧都……城南有宋玉宅。"

② 见王逸《楚辞章句》。

学友好推荐出仕。宋玉出身低微,有才学而不能从俗,受到同辈的嫉恨,仅得到了一个不十分重要的官职。① 宋玉所处的襄王时期,正属楚国多事之秋。当时强秦压境,楚大片土地沦丧敌手,甚至国都失守,朝不保夕。而朝廷内部,君昏臣暗,每以割地、和亲以自保,其结果是丧权辱国,国势日颓,几无宁日。宋玉曾在襄王面前陈说利害,出谋划策,劝襄王举贤授能,以挽救国家之危败。但好乐爱赋的襄王只欣赏他的识音和善属文,并不重视他的意见;相反,每以他太像屈原那样为国事进谏而憎恶他。他虽常侍襄王左右,而襄王只不过把他视为"词臣"而已。② 他虽有时在赋作中微作讽谕,但终不能有大的建树。有人对他嘲笑时,他曾以鲸、凤、玄蝯(猿)自喻,认为自己"处势不便"(受到地位的限制),而难以较功量能展示抱负。③ 又说自己"曲高和寡",而不被了解。④ 晚年时期,在政治风波中,更遭到奸佞的谗害,被逐出宫廷,四处流浪,生活十分困顿。他忠君爱国,对君王的安危、国家的前途,忧虑重重。但君门九重,关梁不通,忠怨难伸,回归无望。面临悲惨的处境,他食不偷饱,衣不苟温,持守高洁,宁穷处守高,而不愿浊世显荣。后不知所终。⑤ 大约卒于顷襄王末年至考烈王初年(前262),年约六十岁。四十年后楚卒为秦所灭。⑥

---

① 《襄阳耆旧传》:"原既放逐,求事楚友景差。差惧其胜己,言之于王,王以为小臣。"
② 《襄阳耆旧传》:"玉识音而善属文,襄王好乐爱赋,既美其才而憎之似屈原也。"
③ 刘向《新序·杂事第五》:"夫处势不便,岂可以量功较能哉?"
④ 同上书,《杂事第一》。
⑤ 宋玉《九辩》:"去乡离家兮徕远客,超逍遥兮今焉薄。""岂不郁陶而思君兮,君之门以九重。猛犬狺狺而迎吠兮,关梁闭而不通。""与其无义而有名兮,宁穷处而守高……无衣裘以御冬兮,恐溘死不得见阳春。"
⑥ 宋玉的生卒年无载。从众多的资料看,他主要活动在楚顷襄王时代。襄王时,屈原被逐(约在顷襄王初年),宋玉由友人推荐出仕,必已在二十岁以后。襄王在位三十六年。襄王死前他"失职"离开宫廷,已喟叹"老冉冉而愈驰"(见《九辩》),此必在五十岁以后。又从现存材料看,襄王之子考烈王即位后,即未见宋玉的活动。据此,宋玉大约生于楚怀王十年左右,卒于襄王末、考烈王初。据史,考烈王立,二十五年卒;子幽王立,十年卒;子哀王立,二月被弑;负刍立,五年楚为秦所灭(前223)。此时据宋玉之卒约四十年。

第二节 宋玉的作品

关于宋玉的作品,据《汉书·艺文志》著录有"宋玉赋十六篇",《隋书·经籍志》有"《楚大夫宋玉集》三卷",唐以后已佚。迄今所见署名宋玉的作品,共计十四篇。① 但对这些作品的归属问题,有否伪托之作问题,历来有不同意见。据考察,经《昭明文选》保存下来的宋玉七篇作品②,除《招魂》一篇应从司马迁《史记》所述归于屈原外,其他皆为宋玉之作,大致是无问题的。

一 《九辩》

宋玉在文学创作上学习屈原,雅好楚辞,但他的楚辞体作品,今仅存《九辩》一篇。《九辩》篇名正如《九歌》一样,是流传在当时楚地的古乐曲的名称。王夫之曾解释说:"辩,犹遍也,一阕谓之一遍。盖亦效夏启《九辩》之名,绍古体为新裁,可以被之管弦。其词激宕淋漓,异于风雅,盖楚声也。"《九辩》之名,在《离骚》《天问》中都分别出现过,

---

① 关于宋玉作品著录的情况,王逸《楚辞章句》载《九辩》《招魂》二篇,《昭明文选》载《风赋》《高唐赋》《神女赋》《登徒子好色赋》《对楚王问》《九辩》《招魂》七篇,《古文苑》载《笛赋》《大言赋》《小言赋》《讽赋》《钓赋》《舞赋》六篇。不算重复的篇目,共十三篇。清人严可均《全上古三代秦汉三国六朝文》又据明人辑本补入《高唐对》一篇,故今所见署名宋玉作品计十四篇。
② 关于宋玉作品的真伪问题,明代胡应麟首先对《古文苑》中所收作品提出质疑,认为其中"惟《大言》《小言》辞气滑稽,或一时戏笔,余皆可疑"(见《诗薮·杂编卷一》)。近人郑振铎、陆侃如、冯沅君等,则认为现传宋玉所有之赋作,"都是后人伪托的"(分别见《文艺报》1953年第1期、《文史哲》1954年第9期),游国恩等主编的《中国文学史》、刘大杰《中国文学发展史》未作详细考辩,但均承其说。他们的主要理由,是认为散体大赋始创于司马相如,像宋玉的《风赋》《高唐赋》《神女赋》,不是战国时代所能产生的。但近期考古的新发现,却为散体赋在战国时代后期业已产生提供了直接的有力证据。1972年,山东临沂银雀山西汉初年一号墓出土的竹简中,发现了"唐勒赋"残篇,其内容是以御马讽治国,其体制已是典型的散体赋。唐勒是与宋玉同时的作家,这就有力地证明了散体赋的形式远非自司马相如始,相反司马相如等所采用的散体赋形式,倒是承袭、发展战国后期楚地的一批作家唐勒、宋玉等而来。

也可证明它确系古乐名称。王逸说:"辩者变也,谓陈道德以变说君也。九者阳之数,道之纲纪也。"将《九辩》说成是概括作品内容的标题,恐是穿凿之说。关于此诗的性质,王逸则认为是"闵师"之作,即所谓"闵惜其师忠而放逐,故作《九辩》以述其志焉"。细绎全文,并不具有哀悼他人的语气,也不类代言体。相反地,诗中所表述出来的经历、思想感情、性格,都隐约地与古籍中所记载的宋玉生平相吻合。从而可以断定《九辩》为宋玉作,并为自我倾诉之词。其创作时间大约在顷襄王末,诗人已属晚年,如诗中有"岁忽忽而遒尽兮,恐余寿之弗将""岁忽忽而遒尽兮,老冉冉而愈驰"等句,正可以说明其创作的时期。

《九辩》一诗虽向以"悲秋"而闻名,但其性质却是一首政治抒情诗,是一首伤时忧国、满怀沦落之情的悲怨之曲。

诗人宋玉主要活动于楚顷襄王朝。如果说诗人屈原生活的怀王和襄王前期,楚国正是由盛而衰的巨变时期,那么到了顷襄王中后之世,楚国已是一蹶不振,夕阳日下,完全显示出末世的光景。当时秦、楚之争,楚国屡次惨败,在几次大决战中,秦兵拔城略地,动辄斩首数万。顷襄二十一年时,楚国国都亦陷敌手,先王墓被焚。楚国无力拒秦,只能以割地、和亲、质太子以屈辱求存。造成这一局面的原因,主要是楚统治集团昏聩无能。楚国从怀王客死于秦,襄王即位,屈原被逐以后,朝政已完全由旧贵族势力所掌握。对内,他们施暴于民,荒淫自纵,文恬武嬉,不修国政。对外,他们放弃联齐抗秦政策,苟且偷安,丧权辱国。面对着这样触目惊心的现实,宋玉也曾向楚王谈说利害,出谋划策,但却不被昏庸的楚王所重视,相反却引得谗言四起,不容于朝。他在垂暮之年,屡遭打击之后,又不得不离开宫廷,远走他乡。宋玉的离开宫廷,大约并不与屈原一样是遭罪被逐,但也是怀忠被污的结果("窃不自聊而愿忠兮,或黕点而污之""纷忳忳之愿忠兮,妒被离而鄣之")。在离朝之际,他为楚王的不明而怨尤,为群小的当道而愤慨,为国运的阽危而忧虑,为自己的怀才不遇而不平,为自己在垂暮之年的困顿沦落天涯而倍感凄凉。在羁旅之中,面对着西风秋景,他百感交集,从而写下了这样一篇"凄怨之情,实为独绝"的长诗。

诗的一开始,就以凄怆的秋气笼罩全篇:

> 悲哉,秋之为气也!萧瑟兮草木摇落而变衰。憭栗兮若在远行,登山临水兮送将归。

> 泬寥兮天高而气清,寂寥兮收潦而水清。憯凄增欷兮薄寒之中人。怆怳懭悢兮去故而就新,坎廪兮贫士失职而志不平。廓落兮羁旅而无友生,惆怅兮而私自怜。

> 燕翩翩其辞归兮,蝉寂漠而无声;雁廱廱而南游兮,鹍鸡啁哳而悲鸣。独申旦而不寐兮,哀蟋蟀之宵征。时亹亹而过中兮,蹇淹留而无成。

过去在解释"若在远行""送将归"时,多认为是比喻,说是以行人的凄凉和离别的愁绪来比喻秋天给予人的萧瑟悲凉之感;或解释"送将归"是送走一年的年华。但我们细审语气,觉得都不够圆满。从下节的"懭悢兮去故而就新"和后面的"去乡离家兮徕远客,超逍遥兮今焉薄"来看,应该说这两句是诗人的纪实之词,是说正当草木萧瑟、满目悲凉的秋季,自己却不得不弃家远行。亲人们登山临水送了一程又一程,这时也将依依不舍地归去了。接着,诗人又以空旷的秋空、寂寥的秋水为背景,写出了自己凄凉远行的悲哀和孤独的处境——一个失去了职位的贫士,不得不漂泊到远方去谋生;生活是那么孤苦伶仃,连一个知己也难遇到。我们从"憯凄增欷兮薄寒之中人""惆怅兮而私自怜"的诗句中,真仿佛看到形容憔悴的诗人,独立于苍茫凄凉的秋色之中,一声声发出沉重的叹息。然后诗人又用归燕、寂寞的寒蝉,以及大雁、鹍鸡、蟋蟀的悲鸣等秋景秋声为衬托,表达他的沉痛落寞之感,哀叹自己已过中年,但岁月蹉跎,一事无成。

但诗人的坎坷不遇,事功不遂,身老无成,毕竟是社会的黑暗现实造成的,因此,他出于切身的体会和感受,对于君惯臣奸、是非颠倒的楚朝廷的政局作了积极的、有力的揭露,并表现了他对贤能政治的向往。

如他形容当时朝廷上群小当权、堵塞贤路,说:"岂不郁陶而思君兮,君之门以九重。猛犬狺狺而迎吠兮,关梁闭而不通。"说楚王不辨贤愚,但知任用那些肥头大耳的贵族,而使真正的贤才无所适从,避而不出:"谓骐骥兮安归?谓凤凰兮安栖?变古易俗兮世衰,今之相者兮举肥!骐骥伏匿而不见兮,凤凰高飞而不下。"在这种举世混浊、是非颠倒、黑白不分的情况下,诗人将何以自处呢?他说:

> 何时俗之工巧兮,灭规矩而改凿!独耿介而不随兮,愿慕先圣之遗教。处浊世而显荣兮,非余心之所乐。与其无义而有名兮,宁穷处而守高。

在浊世之中,他要遵循先圣的遗训懿范,宁愿穷处守节以自高,而不愿同流合污,决不浊世显荣,欺世盗名。当然为了坚持操守,也是要付出代价的,他说:"食不偷而为饱兮,衣不苟而为温。窃慕诗人之遗风兮,愿托志乎素餐。"又说:"无衣裘以御冬兮,恐溘死不得见乎阳春。"这种不慕富贵,不畏饥寒,甚至自知会困顿而死,而仍然洁身自好,绝不向黑暗势力屈从的精神,正是他从前辈诗人那里继承而来的。在这点上,宋玉正是屈原光辉精神的继承者,正可与屈原相比驾。

特别是诗中写他身在困厄之中,对君国的前途还表现出殷切的担忧:

> 众踥蹀而日进兮,美超远而逾迈。农夫辍耕而容与兮,恐田野之荒秽。事绵绵而多私兮,窃悼后之危败。

工谗之人,奔走钻营,日益进身朝中;贤能之士得不到信任和任用,远离朝廷。由于剥削过重,农夫辍耕,生产遭到破坏,而田野荒芜。更可危的是国事多私,百弊丛生。他担心这样下去,国家将危亡无日了。他还针对楚王的不明治国之道说:

> 尧舜皆有所举任兮,故高枕而自适。谅无怨于天下兮,心焉取此怵惕。乘骐骥之浏浏兮,驭安用夫强策?谅城郭之不足恃兮,虽

  重介之何益？

  他认为只有像尧舜等贤明的君主那样，举贤授能，修明政治，才能高枕无忧，安逸无事；而迷于"强策"，依恃武力是无济于事的。这种对贤能政治的追求，对国家前途的关注和隐忧，正是爱国思想的流露。由此可见，宋玉所感慨的怀才不遇，"志不平"，并不只是局限于对个人穷道的不满，而是出于关心祖国命运，因有志难骋，有才难施，救国无门而悲怨。这与屈原的怨情也是相通的。

  纵观《九辩》这首长诗，乃是以个人抒情为基础，将身世之感、怨刺之情、家国之痛相融而并出之，从而构成了它的深切而感人的思想内容，同时也是它的思想性之所在。

  宋玉也是屈原艺术的继承者。从《九辩》这首长诗看，他多袭用屈原作品的辞意、词语以及语句，在结构上宏伟恣肆，着重描写心情上的波折，大大增加了诗篇的感情色彩，特别是结尾"愿赐不肖之驱而别离兮，放游志乎云中"一段，更明显地是模仿《离骚》的神游境界，并借幻想表现诗人最终不忘现实的执着。

  但《九辩》在艺术上绝不仅仅停留在模仿屈原，而是自有它的独特的创造。

  《九辩》作为一首抒情长诗，首先在抒情诗的艺术手法上有很大开拓。它的抒情不取直抒胸臆，而是通过自然景物的描绘，制造一种气氛，创造一种意境，从而发抒自己的感情，展示自己的情愫。全诗以秋景、秋色、秋声、秋容为衬托，把萧瑟冷落的秋气与自己的哀怨之情，以至对君国末世的感受交织在一起写出，从而增强了诗歌艺术表现力，提高了抒情效果。例如全诗的起始，即以"悲哉，秋之为气也"一语开端，这一来自心底的惊呼，使凄怆悲凉的秋气笼罩全篇，构成了动人心魄的力量。接着诗人一层递一层地铺写了满目凄凉的秋之画面：风吹草木，萧瑟变衰；天高气清，旷荡空虚；江河水落，清冷静寂；薄寒袭人，令人歇歙。这对于一个踌躇于人生坎坷旅途的人，何以自遣！往下诗人又写了一系列暮秋景色：紫燕辞归，寒蝉无声，大雁南去，秋虫悲鸣，因而使他黯然心伤,通宵无眠。于是情随景发,而感叹岁月无情,人生悲苦,虽人过中年,而蹉跎无成。诚如王夫之《楚辞通释》中所说:"此章以秋容状逐臣之心,清孑相若也,寂漠相若也,惨慄相若,迟暮相若也。《九辩》之哀,此章为最,不待详言所以怨,而怨自深矣。"在这段以后,诗人还多次写到秋景秋情,如:"皇天平分四时兮,窃独悲此凛秋。白露既下百草兮,奄离披此梧楸。""秋既先戒以白露兮,冬又申之以严霜。收恢台之孟夏兮,然坎傺而沉藏。""皇天淫溢而秋霖兮,后土何时而得干?块独守此无泽兮,仰浮云而永叹。""靓杪秋之遥夜兮,心缭悷而有哀。春秋逴逴而日高兮,然惆怅而自悲。"全诗把苍凉的秋景和诗人失意悲凉的心情熔铸在一起,互相映衬。因情而写景,托景以抒情,结果情因景而愈加浓烈,景因情而倍增凄凉,从而极含蕴而深刻地写出了抒情主人公的悲剧命运和哀怨的心情,所谓"迁客自怜之情,适与风景相会,益动其悲"(王夫之《楚辞通释》)。

诗人的这种对秋容、秋景的描写,以及强烈的悲秋情绪,不仅是出于个人身世之感,同时透露了对时代、对社会、对政治环境的感受。宋玉的时代,楚国已届危邦末世,一片衰败景象。这也正如秋之来临,肃杀寒凉,有不复振起之象。宋代朱熹就曾据此分析说:"秋者,一岁之运,盛极而衰,肃杀寒凉,阴气用事,有似叔世危邦,王昏政乱,贤智屏绌,奸凶得志,民贫财匮,不复振起之象。是以忠臣志士,遭谗放逐者,感事兴怀,尤切悲叹也。"(《楚辞集注》)清王夫之亦据此发挥说:"放逐之臣,危乱之国,其衰飒辽戾,皆与秋而相肖,故《九辩》屡以起兴焉。"又说:"主昏国危,如秋欲暮,感此百忧俱集。"(《楚辞通释》)由此可见,诗人成功地运用了"景生情,情生景",缘情写景、因景生情的手法,为诗歌创造出一种情景相化相生而极为丰富的艺术境界,它给人所带来的联想和想象,及其体味无穷的感染力,远胜过《诗经》中那种传统的比兴手法,对屈原作品中单纯运用香草美人以寓情的手法也是一个发展。正是由于宋玉这篇《九辩》通篇写秋气秋景,又通篇寓悲凉,寓哀愁,感慨情深,使读者感到秋景即悲愁,从而铸成了"宋玉悲秋"的典故,并对后世文人创作产生很大影响,成为历代"悲秋"主题的滥觞。

其次,宋玉的《九辩》还显露出铺叙写物、状物细微的特点。如他在诗中写凄凉的秋景时,依次写归燕、寒蝉、大雁、鹍鸡、蟋蟀,抓住自然界生物的秋季特征,加以铺张敷陈的描写。又在后文写秋天的落木景象时,既加铺叙,又刻画细致入微:

> 叶菸邑(枯萎暗淡)而无色兮,枝烦挐(纷乱)而交横,颜淫溢而将罢(疲,无生气)。柯(粗枝)仿佛而萎黄兮,萷椮(高秃)之可哀兮,形销铄而瘀伤(伤痕)。

写寒秋中的树木,对其枝条叶干的颜色、形状,以至神态作这样周到而不厌其详的描绘,真可谓"极声貌以穷文",这在宋玉以前还少有出现,在文学表现手法上是一种新探索和新发展。

《九辩》在语言上也有它的特色。它继承了屈原开创的楚辞体(骚体)的艺术特色,如结构巨丽、曼声长吟、文辞秀美,同时还有所发展。如诗中往往连用许多近义词,构成排句来刻写景物或描抒心理,皆能曲尽其妙;或穷形尽相,淋漓尽致,或缠绵悱恻,低回欲绝,说明了用词的丰富和精细。在句法形式上,它比屈原的楚辞表现得更加灵活,有二字、三字、六字、七字、八字、九字,以至十字、十一字句不等,随着感情的流动、变化,而疾徐相间、跌宕起伏。而开端的一句"悲哉,秋之为气也",直把散文句式入诗,且连出四句而音节、句型各不相同,节奏铿锵,气势充沛,叩动读者心弦,读后令人有回肠荡气之感。同时它还吸取了民间诗歌多用双声、叠韵和重言叠字的特点,据统计全诗用双声词和叠韵词近五十个,叠字数目亦相仿,从而读来音韵谐美,绘声绘色,悦耳动心,情味悠长。特别是全诗结尾的一段:

> 愿赐不肖之躯而别离兮,放游志乎云中。乘精气之抟抟兮,骛诸神之湛湛。骖白霓之习习兮,历群灵之丰丰。左朱雀之茇茇兮,右苍龙之跃跃。属雷师之阗阗兮,通飞廉之衙衙。前轻辌之锵锵兮,后辎乘之从从。载云旗之委蛇兮,扈屯骑之容容。计专专之不

可化兮,愿遂推而为臧。

在十八句诗中,竟一连用了十二个叠字,有力地渲染了作者幻想游于云中时,群神毕至,前呼后拥,车马喧阗的威武场面、高贵的气派和热烈的气氛,令人直有恍如身临其境之感。而其音响之复沓,节奏之鲜明,又不能不使人佩服作者之才情及其在驾驭文字上的高超本领。在这一大段神游天宇的精心铺叙之后,作者则以"赖皇天之厚德兮,还及君之无恙"一语作结,对君国的系念逼使他由幻想再步入现实,这与《离骚》的结尾寓意相同。宋玉的《九辩》实为紧承屈《骚》之后又一篇长篇政治抒情诗之杰作。

二 《风赋》

《风赋》载于《文选》,归为"物色"类。实际上这是一篇因风设譬,揭露社会问题的讽谏作品。赋中写楚哀王游于兰台之宫,披襟当风,称说这样令人快活的风可以与庶人共享。侍从在旁的宋玉则回答说:"此独大王之风耳,庶人安得共之?"这引起楚王的不解和不快,认为风乃是"天地之气",属自然现象,是"不择贵贱高下"的。于是宋作了如下的解说:他说当风起于"青蘋之末"继而飘回于山野之间的时候,确乎是自然现象,本无什么不同。但它落入人间以后,旋即分化为性质完全不同的两种风了。一种是"乘凌高城,入于深宫"的风,它是洁净的、清爽的,带着园林草木的芳香,它"清清泠泠,愈病析醒。发明耳目,宁体便人",给人以舒适,有益于健康。这是只有国君才能独享的风,是谓"大王之雄风"。另一种风,则是吹进"穷巷之间"、"瓮牖"之室的风,它"骇混浊,扬腐余",挟着灰尘,带着垢物,散发出腐臭之气,"驱温致湿""生病造热",令人痛苦,损人健康,甚至使人伤痛万状,"死生不卒"。这是平民百姓所遭受的风,是谓"庶人之雌风"。

宋玉对"风"的这种雌、雄之论,显然是别有寓意的。楚王居于深宫之中,过着豪华享乐的生活,于披襟当风之际,却自以为与民同乐。宋玉却偏偏向他展示出人世间的两种生活图景,特别是将当时一般百姓们悲惨愁冤的处境揭示出来，说给楚王听，这无疑是对民间疾苦的同情，也是对楚王的讽刺与讽谏。《文选》(五臣注)吕向曰："时襄王骄奢，故宋玉作此赋以讽之。"北宋苏辙在其《黄州快哉亭记》中有云："玉之言，盖有讽焉。夫风无雌雄之异，而人有遇不遇之变。楚王所以为乐，与庶人所以为忧，此则人之变也，而风何与焉！"借风以寓意，托词以讽谏，揭示社会的贵贱不齐、苦乐不均，是宋玉的立意所在，也是这篇赋的主旨。

这篇赋采用了主客问答的方式，铺陈写物的手法，并寓以谲谏，完全是一篇典型的赋体作品。在艺术技巧方面，这篇赋亦颇具特色。如在构思上，它托风写物，设风为雌雄，然后随着风的脚步，写出两个世界：进入深宫内苑的风所经所历是"邸华叶而振气，徘徊于桂椒之间，翱翔于激水之上，将击芙蓉之精，猎蕙草，离秦衡，概新夷，被荑杨。回穴冲陵，萧条众芳。然后倘佯中庭，北上玉堂。跻于罗帷，经于洞房"，完全是一派富丽豪华气象；而风吹过普通百姓的贫窟陋巷时，则是"堀堁扬尘，勃郁烦冤，冲孔袭门，动沙堁，吹死灰，骇混浊，扬腐余，邪薄入瓮牖，至于室庐"，完全是一片令人目不忍睹的凄惨景象。用此强烈的对照，说明统治者和庶民所过的生活直有天堂、地狱之别，从而深刻地揭露出社会的苦乐悬殊和不平。

状物形象、生动，《风赋》是有名的。所谓"古来绘风手，莫如宋玉雌雄之论"(元郭翼《雪履斋笔记》)。风本是无形无影之物，描摹起来是很难的。《风赋》作者却骋其才情，通过对风所经历之处外物的种种情态变化、风的声音、风给人带来的感受等等的描写，使人如临其境，如见其形。如赋中有一段文字专门状风之初起，到狂风大作，到最后又悄然消失的情景："夫风生于地，起于青蘋之末。侵淫溪谷，盛怒于土囊之口。缘泰山之阿，舞于松柏之下。飘忽溯涝，激飓熛怒。耿耿雷声，回穴错迕。蹶石伐木，梢杀林莽。至其将衰也，被丽披离，冲孔动楗。眴焕粲烂，离散转移。"写风之初起只是微动叶梢，进入溪谷则渐盛大，逼入山口则变得暴烈。待进入山林时，则飞扬飘荡，撞物有声，以至石滚木折,不可阻挡。但风势过后,其力渐衰,大地又显出明丽色彩,然后更加细弱,微风四散转移,以至于无。作者把风的起、盛、猛、衰的变化过程,写得层次分明,而又生动传神。同样给人留下深刻印象的是,赋中有几处描写风的临降,却又形容不同:写楚王披襟当风时,说"有风飒然而至",以表示不期而遇的惊喜之情;写风生于天地之间时,说"天地之气,溥畅而至",以形容其广博周遍,畅行无阻,无所不至;写庶人之风时,说"塉然起于穷巷之间",以形容其壅塞蕴积,不能轻快畅行。行文精细,用词恰当,增加了艺术表现力。

在语言上,《风赋》采用散韵兼行,以大致整齐的韵语,铺陈写物,又用散句掺入其间,充其气势,华美而又铿锵有力。文中用主客问答方式,楚王与宋玉凡四问四答,处处紧扣,层层推进,而使文章逐渐展开,题旨毕现。最后写完"庶人之风",则突然而止,不赘一词,既笔墨经济,又耐人寻味,启人深思。这都表现出作者的匠心。李商隐在《宋玉》一诗中写道:"《楚辞》已不饶唐勒,《风赋》何曾让景差。"他显然是把《风赋》赞为宋玉之代表作的。

三 《高唐赋》《神女赋》

《高唐赋》《神女赋》著录为两篇,分别标题,而所写内容都是关于楚襄王游历高唐欲见巫山神女的故事,不过各有所侧重。前篇主要赋巫山景物之奇险,后篇赋神女之情状,蝉联相接,实为一篇赋的上、下篇,故亦可连称为《高唐神女赋》。关于这两篇赋的性质和主旨,历来存在不同的理解和认识。① 最早选录宋玉作品的《昭明文选》,曾将先秦两汉的赋体作品分为十五大类,而将《高唐》《神女》二赋列为"情"类,即言情之作。从两赋的整体内容看,它们确应属于以神话为题材的写男女之情的作品。当然,这两篇作品的内容又有相对的独立性。前

---

① 关于《高唐》《神女》二赋的性质和主旨,主要有:"讽谕说",即规劝襄王戒淫乱;"影射说",即隐喻君臣遇合之难;"男女情悦说"。

篇《高唐赋》,主要描写巫山地区的大自然景观,带有山水文学性质;后篇《神女赋》,则主要写传说中的女神,借神话写男女情思,具有爱情文学的性质。

《高唐》《神女》二赋,各冠有一篇散体序文,采用主客问答形式,述说作赋的缘起。《高唐赋》开端写楚襄王与宋玉游于云梦之台,望高唐之观,独有云气,变化无穷。楚王问是何气,宋玉回答说,此"云气"即所谓"朝云",乃山间神女所化,接着就出现了下面一段生动的描绘:

> 王曰:"朝云始出,状若何也?"玉对曰:"其始出也,㫋兮若松榯。其少进也,晰兮若姣姬,扬袂障日,而望所思。忽兮改容,偈兮若驾驷马,建羽旗。湫兮如风,凄兮如雨。风止雨霁,云无处所。"

这一小段文字,对清晨山间的朝霞彩云作了极为形象的动态描写。用一连串的精譬妙喻,刻画了朝霞云锦由始出到消失的千姿百态过程。既是对倏忽变幻、仪态万方的朝云的生动描绘,也暗寓着对来去无踪、美丽超凡的神女的刻画,正是一种巧妙的双关手法。

《神女赋》的序文,则写神女出现时的美态:

> 王曰:"状何如也?"玉曰:"茂矣,美矣,诸好备矣;盛矣,丽矣,难究测矣。上古既无,世所未见。瑰姿玮态,不可胜赞。其始来也,耀乎若白日初出照屋梁;其少进也,皎若明月舒其光。须臾之间,美貌横生,烨乎如华,温乎如莹。五色并驰,不可殚形,详而视之,夺人目精。其盛饰也,则罗纨绮缋盛文章,极服妙采照万方。振绣衣,被袿裳,袯不短,纤不长,步裔裔兮曜殿堂。忽兮改容,婉若游龙乘云翔。嫷被服,侻薄装;沐兰泽,含若芳。性和适,宜侍旁;顺序卑,调心肠。"

首先用极富感情的口吻,赞叹神女的稀世之美。接着也用"始来""少进""忽兮改容"等语,分几个层次来写神女的容颜、盛饰、举止风采,并用"初日""皎月"比喻女神出现时的容光焕发、光彩照人,再写她绚丽华美的服饰、婉若游龙的体态以及温和的性格等等。文中写美女的皎丽,主要着力渲染她的光华和色彩,诸如"照屋梁""舒其光""夺人目精""照万方""曜殿堂"以及"五色并驰""盛文章"等,这与前篇序文正好相呼应,表面上写神女之美,实际则不离朝云彩霞的特征,也是一种双关的写法。

两则散体短序,本为展开后面赋的正文而作,但其本身就极工妙,造语雅丽,状物得神,语句长短相间,参差历落,在先秦散文中已属上乘佳品。而就全赋而言,更具先声夺人之妙。

《高唐赋》意在写神女之所居,而从赋的内容看,无疑是一篇描写山川胜景的文字。

赋中为了淋漓尽致地铺写出高唐之伟观,全面地刻画其山水形势、草木物色的风貌,作者采取了从多种视角来观照对象的方法。如赋在开始只用了"惟高唐之大体兮,殊无物类之可仪比;巫山赫其无畴兮,道无析而曾累"四句作为总冒,下面就从空间的移动,从不同视角来捕捉景物:

> 登巉岩而下望……中阪遥望……仰视……俯视……上至观侧……

这种仰视俯察、近观遥望的多视角写法,无疑给作者的尽情铺写带来了方便,更重要的是它可以表现出山川景物整体而多变的美,使描写对象在广阔空间得到充分的展示。宋玉创造的这一赋体结构,被后世汉赋家所吸取、继承,几乎成了写作散体大赋作品的模式。

在广阔空间驰骋的同时,又追求对景物的曲尽情态的描写,是宋玉这篇赋的又一重要特征。而且在状物时,不只是对景物作平面的、静态的描写,而是善于捕捉住景物的瞬息变化,进行形、声、色、感的立体描写,从而令人有亲临其境之感。如开始一段写登悬崖峭壁,俯视峡谷时,所见涧水奔流、水石相击的情状:

> 登巉岩而下望兮,临大阺之稽水。遇天雨之新霁兮,观百谷之俱集。濞汹汹其无声兮,溃淡淡而并入。滂洋洋而四施兮,蓊湛湛

> 而弗止。长风至而波起兮,若丽山之孤亩。势薄岸而相击兮,隘交引而却会。崒中怒而特高兮,若浮海而望碣石。砾累累而相摩兮,嶜震天之磕磕。巨石溺溺之瀿瀷兮,沫潼潼而高厉。

这里展现的确是一幅壮美飞动的画面。为了进一步烘托出这一自然奇观的威慑力量,文中接着还描写了在水势湍急、石破天惊的惊恐下,猛兽奔驰、飞禽伏窜、水虫尽暴的场面,更给人增加了一种惊心动魄的感受。

随着游踪所至,方位的转换,赋中对各处的山林景观展开了尽态极至、绘声绘色的描写,同时还特别写出了不同景观给人带来的不同心理效应,引发出不同的联想和情思。如写登上山坡,远眺山间葱郁的林木:"中阪遥望,玄木冬荣。煌煌荧荧,夺人目精。烂兮若列星,曾不可殚形。"这是远望中整体的印象。而定睛细观则形态色彩各异:"东西施翼,猗狔丰沛。绿叶紫裹,丹茎白蒂。"风吹林响,悲凉之声摇人心魄,"纤条悲鸣,声似竽籁。清浊相和,五变四会",使人听后,"感心动耳,回肠伤气"。并加以形容说,如果失意人听了会更加难以自持:"孤子寡妇,寒心酸鼻。长吏隳官,贤士失志,愁思无已,叹息垂泪。"

下面随着观看位置的不同,继而写山石的险峻和山谷的深幽。当人立于悬崖之上,下窥谷底的情状是:

> 俯视峥嵘,窒寥窈冥,不见其底,虚闻松声。倾岸洋洋,立而熊经。久而不去,足尽汗出。悠悠忽忽,怊怅自失。使人心动,无故自恐。贲育之断,不能为勇。卒愕异物,不知所出。缭缭莘莘,若生于鬼,若出于神。状似走兽,或像飞禽,谲诡奇伟,不可究陈。

最后,则写登上峰顶,向上观测,骤然出现了一片地势平缓的开阔地带。那里芳草嘉卉丛生,香气扑鼻,鸟鸣喈喈,别是一番美景。

因此,《高唐赋》无疑是一篇描写山川胜景的美文,同时,也是我国最早出现的一篇以大自然为独立审美对象的山水文学。

《神女赋》以宋玉夜梦神女为由,以色彩绚烂的笔触描写了一位丽姿妙质的神女形象,并通过对神女心理的刻画和一霎时的活动,表现出一定的戏剧性。

关于高唐神女的神话,前文已说,正如闻一多所考证的,原是有一个楚之始祖的传说为背景的。但神话在流传中会有所演变,大约到了宋玉时代,这位楚远祖化身的女神已经淡化了其原先的身份。"宋玉此赋显然已不把女神当做楚国的始祖了,而只是把她当做楚人崇拜的一位女神,她的身份大概已和湘水神的湘君、湘夫人和《韩诗外传》中所载和郑交甫恋爱的那个汉水女神一样。"(见马积高《赋史·高唐神女赋》)因而,在宋玉笔下,高唐神女乃是一个既美丽、多情,又庄重、自持,虽有佚荡之情,却又终以礼自防的女子形象,而从其内心的情与礼的冲突看,作者所塑造的实际是古代的一位端庄典雅、举止有节、有教养的贵族女子形象。

作为一篇专注描写美丽女子的作品,宋玉的《神女赋》写得非常细腻入微、情韵婉转、生动清新,富有艺术魅力。如果说以大自然为描摹对象的《高唐赋》,作者曾运用开拓广阔空间的艺术构思和多方位的描写,全面而成功地再现了高唐山川的雄姿伟观,那么《神女赋》则用细致的笔触、明丽的色彩、动静兼具的描写和富于情节性的构思,活脱脱地塑造出一个姣丽多姿、超尘绝世和情思绵绵的神女形象。

赋的正文,首先以极度夸赞的口吻写道:"夫何神女之姣丽兮,含阴阳之渥饰。被华藻之可好兮,若翡翠之奋翼。"称颂神女禀天地阴阳造化之妙,得天独厚,含有天地间一切之美。她华装美饰,就像一只展开双翅的翡翠鸟,翩然而至。称说她"其象无双,其美无极",她的相貌容颜,无人能比;"其状峨峨,何可言极",其状貌之美,已到了无可言说的地步。

下文接着从体貌、仪态、举止、情思等几个方面,对神女作了生动的描绘。其体貌:

> 貌丰盈以庄姝兮,苞温润之玉颜。眸子炯其精朗兮,瞭多美而可观。眉联娟以娥扬兮,朱唇的其若丹。素质干之酞实兮,志解泰

而体闲。

其仪态：

> 既妩媚于幽静兮,又婆娑乎人间。宜高殿之广意兮,翼放纵而绰宽。动雾縠以徐步兮,拂墀声之珊珊。

从"望余帷而延视兮,若流波之将澜"以下,则写她的进退举止,并通过她的举止写她的情思,表现其复杂的内心世界。

当走进室内望见帷帐时,她秋波暗转,脉脉多情,但旋即奋袖正衣,又表现出"踯躅不安"。她意似靠近而又远去,好像要来而又回转("意似近而既远兮,若将来而复旋")。对方向她表示拳拳之意,她却以节操自持,终不情愿("怀贞亮之洁清兮,卒与我兮相难")。可是下文写她在嘉辞应对之际,感情又一再起伏不定。先是表现出无限的倾心欢情("精交接以来往兮,心凯康以乐欢"),接着又因犹疑不决而伤感("含然诺其不分兮,喟扬音而哀叹"),最后则表示出一副不可干犯的微怒之态("薱薄怒以自持兮,曾不可乎犯干")。刹那间的欢乐、哀叹和薄怒三种感情变化,十足表现出一个女子在情与礼的冲突中,一波三折的内心世界。

末了,"欢情未接,将辞而去",但在临行未行之际,神女复又表现出恋恋不舍的无限深情美意："似行未逝,中若相首。目略微眄,精彩相授。"但终于还是"神女称遽",匆匆离去了。对这段失之交臂的恋情,徒然引起男主人公的无限遐思和惆怅而已。读宋玉的《神女赋》,很容易使人联想到屈原《九歌》中那些人神恋爱的故事。只是宋玉笔下的神女,平添了以礼自防的沉重,更带有上层妇女的特点。但从艺术上说,作者对神女容颜、情志、动作等各个细节的刻画,则更为精细和丰富,这无疑是个进步。

从上述分析中可以看出,宋玉的《高唐》《神女》二赋,以其杰出的艺术成就,不仅成为中国山水文学的发轫及后世文人言情之作的开端,而且更以其不易企及的才华,为赋体文学的出现和发展奠定了基础。

第三节　宋玉的重要地位和影响

司马迁在《史记·屈原列传》中称"屈原既死之后,楚有宋玉、唐勒、景差之徒者,皆好辞而以赋见称。然皆祖屈原之从容辞令,终莫敢直谏。"从这一简单的记述中,我们可以认识到这样几点:一、宋玉和唐、景等人都是受屈原直接影响的同一文学流派作家,他们都主要活动于屈原去世之后。二、他们都喜好楚辞,而又以创作赋体作品称名于世。三、但他们在政治上不像屈原那样敢于"直谏",即缺乏强烈的抗争精神。唐勒、景差的作品,《汉书·艺文志》载"唐勒赋四篇",至今除近年考古所见的残篇外,已无存。景差的赋则连《艺文志》中也没有著录,有较多完整作品流传的只有宋玉。

宋玉的楚辞体作品《九辩》,以"贫士"的凄怨之情,作为"悲秋"之祖而蜚声文坛几千年。尽管作者在思想境界上,在激愤抗争之情上,还难与伟大的屈原比肩,但他对黑暗现实的不满,对怀才不遇的不平和哀怨,以及他的卓越才情,还是感染了后代许多的文士、作家。唐代伟大诗人杜甫云:"不薄今人爱古人,清辞丽句必为邻。窃攀屈宋宜方驾,恐与齐梁作后尘。"(《戏为六绝句之一》)"摇落深知宋玉悲,风流儒雅亦吾师。遥望千秋一洒泪,萧条异代不同时。"(《咏怀古迹》)仰慕追思之情,溢于言表。清代文学批评家刘熙载则评价说:"屈子以后之作……情之绵邈,莫如宋玉悲秋。"鲁迅也说《九辩》"虽驰神逞想不如《离骚》,而凄怨之情独绝"(《汉文学史纲要》)。

宋玉的《风赋》《高唐》《神女》等作品,在文学史上则属于另辟蹊径之作,作者以非凡的才情,把屈原所创造的楚辞体发展为"赋体",这种赋体被汉人所继承和发展,以至成为以后数百年风行一时的一种重要文学体裁。按照刘勰的意见,赋本是"受命于诗人,拓宇于《楚辞》",但是"别诗之原始,命赋之厥初",则是始于"荀况《礼》《智》,宋玉《风》《钓》"(《文心雕龙·诠赋》)。这里虽以荀、宋并提,但真正把楚辞引向汉赋的关键性过渡人物乃是宋玉。宋玉精于楚辞创作,又有铺陈写物、善于描写的才情,再加上他文学侍从的身份,以口辩讽谕君王的使命感,自然可以完成这一工作。清代评论家程廷祚在其《骚赋论》中曾评论说:

> 或曰:《骚》作于屈原矣,赋何始乎?曰:宋玉。荀卿《礼》《知》二篇,纯用隐语,虽始构赋名,君子略之。宋玉以瑰伟之才,崛起骚人之后,奋其雄夸,乃与《雅》《颂》抗衡,而分裂其土壤,由是词人之赋兴焉……观其《高唐》《神女》《风赋》等作,可谓穷造化之精神,尽万类之变态,瑰丽窈冥,无可端倪,其赋之圣乎?后之视此,犹后夔之不能舍六律而正五音,公输之不能捐规矩而成方圆矣。于是缀词之士,响应景从。

这段评说是符合赋体文学发展实际的。从荀赋导源于前到宋赋扬波于后,所谓"宋发巧谈,实始淫丽",从此赋才成为"与诗画境"的独立文体,并"蔚成大国"(均见《文心雕龙·诠赋》),尔后被汉代文人所利用而风行一时,并成为我国古代文学的一种重要文体。因此,宋玉的诸赋在中国文学史上的成就和贡献,特别是对赋体的开创之功,是不可泯灭的。他的《高唐》《神女》赋,不仅曾为曹植的《洛神赋》、陶潜的《闲情赋》等直接仿效,同时,还铸成一系列的词语典故,如"云雨"(唐以前无亵意)、"巫山""楚馆""阳台""楚女""神女""巫山云"等,为后世言情诗词所习用,并构成无限的浪漫色彩。

秦汉文学

概　说

秦汉文学是我国古代文学发展的第二个重要阶段。

秦始皇嬴政于公元前221年统一中国，废封建，立郡县，并进行了一系列的制度改革，建立了我国历史上第一个中央集权制的大帝国。从中国政治史上看，秦王朝是一个极具建树的朝代，但它又是一个短命的朝代。自嬴政并六国，统一海内，自称为始皇帝，至秦二世三年（前207）秦亡，前后仅历时十五年。其败亡之因多端，而主要原因是它对人民实行了残暴的统治政策，包括在思想文化方面，实行了许多极端措施：焚书坑儒，灭绝文化。秦以暴力取天下，又以暴力治天下，从而激起人民的强烈反抗。如果说秦王朝在政治制度改革、制度设置方面，对后来历史的发展还是有进步作用的话，那么在文化史上，它带来的只是一次浩劫。据著录秦文学只有始皇命秦博士作《仙真人诗》和秦时杂赋九篇（前者见《史记·始皇本纪》，后者见《汉书·艺文志》），但均已亡佚不传。故鲁迅说："由现存而言，秦之文章，李斯一人而已。"（《汉文学史纲要》）另外，由秦国吕不韦召集门客共同编纂的《吕氏春秋》一书，虽然完成于秦统一以前，但其目的和思想，是为秦的兼并六国、统一天下做理论准备和舆论准备的。故我们将其放在秦文学范围来介绍。

秦传至二世，人民不堪残暴的统治，爆发了陈胜、吴广领导的农民大起义。接着是五年的楚汉纷争，代之而起的是汉王朝的建立，国家复归于统一。

汉王朝统治阶级篡夺了农民起义的果实，同时也接受了秦王朝覆灭的教训，采取了一些减轻剥削和压迫的措施，经济得到了恢复和发展,社会较为安定,这就是历史上所谓的"文景之治"。

　　汉初,战国时代百家争鸣的余波还在,一些作家继承战国诸子的优良传统,能够关心国家社会的一些重要实际问题,这就促进了政论散文的发展。著名作家有贾谊、晁错等。他们的政论文,能抓住当代的重大问题,表达出自己的进步政治见解,议论风发,畅所欲言,富有炽烈的感情。贾谊《过秦论》是西汉散文的名篇,主要论述秦为什么灭亡,汉朝的统治者应该从秦的速亡中吸取什么教训。文章按历史顺序叙说了秦亡汉兴的经过,不仅说理透彻而且感情充沛,鲁迅曾称这篇文章为"西汉鸿文",并说它"沾溉后人,其泽甚远"(见《汉文学史纲要》)。晁错的代表作品有《论贵粟疏》《贤良对策》等。这些痛陈时弊的政论文,对后世有很大影响。

　　汉初的韵文,主要有继承楚辞余绪的骚体赋和楚声短歌。汉初骚体赋作者,由于时代和生活的不同,多缺乏屈原那样强烈的思想感情,故多属模拟之作。也有少数是抒发作者政治见解和身世感慨的作品,如贾谊的《吊屈原赋》《鵩鸟赋》和淮南小山的《招隐士》,是比较优秀的辞赋作品。"楚声"本是楚国民歌,秦末起义者陈胜、吴广、刘邦、项羽都是楚人,刘、项都能作一些楚歌。如项羽的《垓下歌》、刘邦的《大风歌》,前者表现了英雄末路的悲怆,后者表现了定天下的宏图,都十分慷慨多气。

　　武帝时期是西汉的鼎盛时期。汉武帝在文学上提倡辞赋。这时期的赋作家大都是武帝左右的侍从之臣。武帝通过种种方法,鼓励他们写作辞赋,来"润色鸿业"。它基本上属于宫廷文学。当然,从它反映了当时统一大帝国的繁荣和气魄来讲,也有一定的时代意义,但它终究是适应统治阶级需要的作品。虽然汉赋被后世尊为一代文学之盛,但真正标志汉代文学最高成就的并不是汉赋,而是散文中的《史记》和诗歌中的汉乐府民间歌辞。

　　汉武帝为了实行思想统治,"罢黜百家,独尊儒术",从而结束了战国以来百家争鸣的活跃局面。一部分士人"白首穷经",研讨经典的意义;一部分士人则作些歌功颂德的辞赋,流为弄臣、俳优。伟大的历史学家和文学家司马迁却能拔出流俗,表现出强烈的反抗精神和创造精神,写出了一部辉煌的著作《史记》。《史记》是一部纪传体的通史,它以"不虚美,不隐恶"的"实录"精神,记述了我国上自传说中的黄帝,下至汉武帝时代三千年间的历史。司马迁自述他写《史记》的目的是"欲究天人之际,通古今之变,成一家之言"(《报任安书》),即以朴素唯物主义的观点,总结说明古今历史的发展演变,以表达自己的一些独到的历史见解和社会理想。《史记》热烈地歌颂了一些出身中下层社会的人物;描述了许多卓有贡献的政治家、军事家、思想家、爱国者,赞扬了他们的光辉业绩;对历史上的一些黑暗势力,诸如暴君、酷吏、变节者,都作了无情的揭露和批判;尤其是敢于揭露当代的开国之君和当世的帝王,表现了持正不阿和非凡的胆识。总之,不以涉高位者之嫌而隐善恶,不以成败论英雄,不以地位高低湮业绩,这正是《史记》一书的独到之处,也正是司马迁伟大的地方。《史记》不仅是一部伟大的史学著作,也是一部出色的传记文学作品。它开创了以写人物为中心的传记体,生动地描写了人物形象,使人们读这些人物传记时,就好像进入了一个历史人物画廊。它在文学上的价值并不下于它的史学价值。《史记》生动、简练、气势流畅的语言,不仅是后世散文作品的典范,而且在描写人物、组织情节等方面的技巧,也是后世小说家、戏曲家学习的榜样。

汉代从武帝开始扩大了官家掌管音乐的机构——"乐府"的规模,它的具体任务是制定乐谱、训练乐工和搜集歌辞。经乐府机关收集整理的汉代民间歌辞,后人称"乐府诗"或"乐府民间歌辞"。它继《诗经》"国风"之后,再一次以民间创作给诗坛带来新鲜血液,为文人诗歌创作提供了优秀范例和新的推动力。它以现实主义的方法,多样的形式,特别是发展了叙事诗的形式,广泛而深刻地反映了汉代人民的苦难生活和思想感情。汉乐府民歌,在我国诗歌发展史上,是继《诗经》、楚辞之后,第三个重要发展阶段。它不仅以进步的思想和现实主义的创作方法影响着后代,而且具体地酝酿了五言诗体的产生。东汉的文人五言诗,是在东汉乐府民歌的基础上产生和发展的。今存无名氏《古诗十九首》是东汉文人五言诗的代表作品。它以高度的艺术造诣,开创了我国抒情诗的新风格。

　　两汉文学是在先秦文学的基础上产生和发展起来的,无论是在散文上还是在诗歌上,都取得了某些新的成就。它为紧接而来的建安文学高潮准备了条件。

第一章　秦文学

第一节　李斯的生平

李斯(前？—前208),楚国上蔡(今河南省上蔡县)人。早年曾为郡小吏,后从荀卿学帝王之术。荀卿是战国末年集大成的学者,虽称儒家,实则批判地摄取了名、法、道、墨等各家思想的积极因素,形成了他自己的一套学说。李斯与著名法家韩非俱出其门下,他们皆从法术思想方面接受并发展了荀卿学说。因此,从李斯的政治主张和政治实践来看,他实际是个法家学者和政治家。

李斯于公元前247年学成入秦,当时七国纷争,唯秦最强。他入秦的目的很明确,据他自己说:"今秦王欲吞天下,称帝而治,此布衣驰骛之时,而游说者之秋也。"(《史记·李斯传》)也就是说,他揣摩当时形势,欲助秦吞并六国,完成统一天下的大业。初入秦,投吕不韦门下为舍人,不韦很赏识他,任为郎,得以会见秦王。秦自孝公任用商鞅变法以来,国势日强,早已威压六国。秦王嬴政即位后亦早有成帝业之雄心。于是李斯向秦王陈说了当时"诸侯服秦,譬若郡县"的有利形势,劝说秦王抓住时机,削弱六国,以一统天下。于是秦王乃拜李斯为长史,后又用李斯的计谋,收买或刺杀六国的名士,离间六国君臣之间的关系。李斯由是更得秦王的赏识,被擢拜为客卿。正在此时,韩派水工郑国假称助秦修水利,而实际在阴谋削弱秦国国力的案件被发觉了。秦宗室大臣便借机倡议驱逐他国来的所有客籍人士,说:"诸侯人来事秦者,大抵为其主游间于秦耳,请一切逐客。"秦王接受了这一建议,下逐客令。李斯亦在被逐之列。这一人才政策,显然是十分荒谬的。李斯急上书秦王,陈述了"逐客"的危害,很有说服力地驳斥了"一切逐客"的错误。这篇上书写得理足文茂,成为我国政治史和散文史上的一篇名文。秦王因李斯的上书而悔悟,取消了逐客令,派人把已上路的李斯从骊邑追回,派其使韩,继续加以重用,使之官至廷尉。

秦王二十六年(前221),秦兵灭掉了最后的一个诸侯国——齐国,从而结束了长达数百年的诸侯纷争局面,天下归一,秦王自称为"始皇帝"。秦灭六国建立统一的帝国是符合历史发展潮流的,但在政治制度上如何使之巩固下来,还是一个新课题。秦王朝中出现了两种不同的意见,一种主张继续实行分封制,一种主张实行郡县制。李斯则极力主张改革,实行郡县制。为此,李斯曾两次参加争辩。一次丞相绾等向秦王提出:"诸侯初破,燕、齐、荆地远,不为置王,毋以填之。请立诸子,唯上幸许。"始皇让群臣讨论,结果"群臣皆以为便"。只有李斯坚决反对,他举出历史上周封子弟同姓为诸侯王,结果"更相诛伐"为例,说明分封制的弊端,从而反对恢复分封制。秦始皇同意了李斯的意见,认为"天下初定,又复立国,是树兵也",于是"分天下以为三十六郡"。郡县制的设立,是中国政治史上的一个划时代创举,是一项进步的措施。李斯参与创建,是有历史功劳的。但一个新制度的确立,往往会一再遭到非难和反对。始皇三十四年,在一次置酒咸阳宫的宴会上,齐人淳于越又向秦王提出恢复分封制的建议,并倡言"事不师古而能长久者,非所闻也"的复古论调。这时李斯已任丞相,始皇让他发表看法。李斯在上书中,除斥守旧派的言论为"道古以害今,饰虚言以乱实"外,为了杜绝一切反秦意识,还提出了禁私学、除诗书的主张,他说:"今陛下并有天下,别黑白而定一尊;而私学乃相与非法教之制,闻令下,即各以其私学议之,入则心非,出则巷议,非主以为名,异趣以为高,率群下以造谤。如此不禁,则主势降乎上,党与成乎下。禁之便。臣请诸有文学《诗》《书》百家语者,蠲除去之。令到满三十曰弗去，黥为城旦。所不去者，医药卜筮种树之书。若有欲学者，以吏为师。"始皇同意了这一意见，果然实行了"焚书坑儒"的政策。法家当时在促使社会变革方面是有进步作用的，但也带有极大的片面性和严酷性。李斯的主张无疑是极端的文化专制主义，其结果则造成了中国文化史上的一场空前浩劫，从这方面说，李斯是难逃历史罪人之名的。

李斯作为秦始皇的辅佐、政治家，对秦制的建立是起了全面的、重大的作用的。例如秦为了建立统一大帝国而实行了许多重要措施："明法度，定律令""车同轨，书同文"，以及统一全国度量衡等，都是由李斯参与制定和推行的，这不仅在当时，而且对后世历史的发展也是有进步作用的。李斯还劝导始皇封禅泰山，巡狩四方，以显示威德，这在当时是有镇抚六国旧贵族和巩固国防（"外攘四夷"）的政治意义的。于是秦始皇曾东巡至泰山、芝罘（在今山东烟台北）、琅琊（在今山东胶县境），南至会稽（今浙江绍兴），所到之处，立碑刻石，而其碑文多出李斯之手。

始皇三十七年（前210），秦始皇巡守西还时，猝然病死于沙丘（今河北广宗西北）。公元209年立胡亥为二世皇帝。

二世胡亥即位后，用赵高计诛杀诸公子、公主；又广为聚敛，作阿房宫，治驰道，一味追求淫乐。于是各地起义军相继而起，李斯虽上书谏劝，而二世不听，反欲责李斯不能禁乱之罪。"李斯恐惧，重爵禄，不知所出"，为了阿谀二世以求容，竟上书劝二世"行督责之术"，即用严刑峻法、独断独听来维护统治。结果"刑者相半于道，而死人日成积于市。杀人众者为忠臣"。朝政更加黑暗，更加激化了阶级矛盾和统治阶级内部的矛盾。这时赵高为了独揽朝政，逞其野心，故意挑拨二世与李斯的矛盾，使李斯失去二世信任。最终设计诬李斯与他的儿子李由谋反，将之收捕入狱，腰斩而死。

第二节　李斯的散文

李斯不仅是一位政治家,又是一位精书法、善文章的人。他现存文字主要有《上书谏逐客》《上书对二世》《狱中上书》等四五篇,另有较完整的刻石碑文五篇,以及其他零散文字(见严可均辑《全秦文》)。其中以《上书谏逐客》为最有名。此文写于秦王政十年(前237),后世选本又称为《谏逐客书》。

文章为谏秦王不顾国家后果,排斥他国入秦人才而写。作者针对当时秦宗室大臣"请一切逐客"的错误论调,发抒了自己的意见,是一篇带有驳议性质的政论文。

文章以"臣闻吏议逐客,窃以为过矣"一语开端,起始便接触本题,亮明态度,警动读者,置对方以被驳斥的地位。故宋人李涂《文章精义》中说:"文字起句发意最好,李斯上秦始皇逐客书起句,至矣尽矣,不可以加矣。"

接着作者便议论风发地论述了对方的"过"在何处。首先作者以秦国的历史事实为根据,列述了秦先世四君(穆公、孝公、惠王、昭王)皆因任用外籍人才,而取得丰功伟绩,从而说:"由此观之,客何负于秦哉!向使四君却客而不纳,疏士而不用,是使国无富利之实,而秦无强大之名也。"用具体事实为"客"摆功,从而也就驳斥了逐客之错误,揭露了逐客"为过"。

既而文章铺陈秦国宫廷中藏纳的各种宝物、玩好,役使的各地美女,以至所演奏的许多乐曲,都是从异国采聚来的。作者设问说:"若是者何也?快意当前,适观而已。"把异国所产的珍品美物,聚集来供我所用,本无可厚非,实际上秦国也是这样做了。但作者笔锋一转,指斥秦在人才问题上却倒行逆施,实行为渊驱鱼、为丛驱雀的错误政策,"不问可否,不论曲直,非秦者去,为客者逐",这岂不是"所重者在乎色乐珠玉,而所轻者在乎人民"吗?这哪里是欲"跨海内,制诸侯"所应当实行的政策呢?作者上述的一大段议论,说理中含有讽刺,更增加了文章的力度。

最后,作者从纳客和逐客的不同后果立论,特别剖析了实行"逐客"会给秦国带来的严重危害。文章说:

> 今乃弃黔首以资敌国,却宾客以业诸侯,使天下之士退而不敢西向,裹足不入秦,此所谓"藉寇兵而赍盗粮"者也。夫物不产于秦,可宝者多;士不产于秦,而愿忠者众。今逐客以资敌国,损民以益仇,内自虚而外树怨于诸侯,求国无危,不可得也。

作者认为实行错误的"逐客"政策,无疑正如拿武器和粮食去资助敌人,其结果必将导致秦政权的危亡,这种振聋发聩的警告,不能不使秦王为之警动,从而听从他的意见,撤销错误的"逐客令"。

李斯的这篇上书所以能产生预期的效果,并成为后世的名文而流传,是有它的道理的。首先是他所表述的观点是正确的。论辩文的作用是要争辩是非,因此,论辩文的说服力和价值,主要还应看它是否占理,是否符合真理。李斯的老师荀子就说过:"辨说也者,心之象道也。"(《荀子·正名篇》)意思是说,辩论有双方,而首先要看辩论者的认识是否符合"道"。荀子又说:"道也者,治之经理也。"道是指治理国家的根本道理。李斯辅佐秦国,主张不抱偏见地广泛招揽和任用诸侯各国人才,以利于完成统一大业。统一是当时历史的趋向,李斯的主张有利于秦对这一事业的完成,无疑是正确的。

其次,作者在申述自己的观点时,是有着缜密的构思的。当时秦王下逐客令,李斯亦在被逐之列。但李斯在立论、行文中,却并不谈到自己。他只是从秦国的安危出发,特别是从秦是否能完成"跨海内,制诸侯"的大业出发,来说动秦王。这是秦国的切身利益,更是秦王的政治雄心所在。李斯的上书,必然触动秦王的心弦,引起他的再三思虑,并触动秦王的感情。

另外,论辩文章贵在有说服力,而这只靠抽象的讲道理是不行的。

因此,作者一开始就胪列了充分的例证来说明,如果没有客卿的帮助,秦国就没有今天这样的强大,言外之意是如今要是逐走李斯和摒弃一切客卿,秦王所孜孜以求的"蚕食诸侯,使秦成帝业"也就没有希望了。而且作者在这里还不是举孤例作证,而是依秦之历史,顺流而下,列举了四君和他们所任用的八位客卿(由余、百里奚、蹇叔、邳豹、公孙支、商鞅、张仪、范雎)作为例证,从而把秦国的振兴史与客卿的作用完全统一起来,这就给自己的论点提供了极强的说服力。再加上紧接的后一段对秦王只知爱异国之物而不知爱外来之才的指责,就使文章既充分说理,又形成了咄咄逼人的气势。

李斯的这篇上书也是极富文采的。如文中写到秦王赏爱异国之珍玩、美女等一段:

> 今陛下致昆山之玉,有随和之宝,垂明月之珠,服太阿之剑,乘纤离之马,建翠凤之旗,树灵鼍之鼓。此数宝者,秦不生一焉,而陛下悦之,何也?必秦国之所生然后可,则是夜光之璧不饰朝廷,犀象之器不为玩好,郑卫之女不充后宫,而骏良駃騠不实外厩,江南金锡不为用,西蜀丹青不为采。所以饰后宫、充下陈、娱心意、说耳目者,必出于秦然后可,则是宛珠之簪、傅玑之珥、阿缟之衣、锦绣之饰不进于前,而随俗雅化,佳冶窈窕赵女不立于侧也。

这一大段文字,罗列了各种珍玩、器物以及美女,并在玉、珠、剑、马、旗、鼓以及美女之前,都精心加上光彩照人的修饰语,写得真是花团锦簇,耀人眼目。陆机《文赋》云:"理扶质以立干,文垂条而结繁。"理与文并茂,正使李斯的这篇上书富有了强烈的文学特征。从文章风格上说,李斯这篇散文论据充分,说理周密,继承了荀子散文的优点;而在铺叙写物、抑扬开合方面,又有纵横家的气势。这对汉初贾谊、晁错等的政论文,是有影响的。又由于他在文中多用排句、对偶,对骈体文的产生亦曾起到影响,故后世评文者曾许它"是骈体初祖"(李兆洛《骈体文钞》卷十一)。

李斯除《谏逐客书》外,尚有《上书对二世》《上书言赵高》《狱中上书》等。《上书对二世》主要是建议秦二世胡亥实行严刑峻法以驾驭臣民,巩固统治的。当时人民困于秦之暴政,纷起反抗,在这种情势下,本应实行宽政薄敛以缓和矛盾,而李斯却大讲法家"督责之术",以邀宠二世。因此,对于秦末社会矛盾的进一步激化,李斯是难逃其责的。这篇上书虽亦不乏文采,但从政论角度看,所发表的意见是错误的。另外两篇上书,则主要反映了他与赵高的矛盾和李斯入狱后企图摆功以自救的心情,从内容和文章来看均无可取。

另值得一提的是李斯为秦始皇巡游各地时所撰写的碑文。这些碑文当时称作"刻石",现存者计有《绎山刻石》《泰山刻石》《琅琊台刻石》《之罘刻石》《碣门刻石》《会稽刻石》等。这些刻石不仅为李斯所撰,而且李斯善书法,均为李斯所书写。从内容看,主要是歌颂始皇诛灭六国、统一天下的历史功绩的。如有名的《会稽刻石》首先歌颂了秦始皇统一天下的功业:"皇帝休烈,平一宇内,德惠修长。卅有七年,亲巡天下,周览远方。遂登会稽,宣省习俗,黔首斋庄。群臣诵功,本原事迹,追首高明。"接着歌颂了秦统一后在厉行法治和整齐风俗上所取得的成效,最后以"从臣诵烈,请刻此石,光垂休铭"作结。全文采取三句一押韵的形式,语约义丰,声调铿锵,具有一种浑朴、清峻的风格。刘勰说:"始皇勒岳,政暴而文泽。"(《文心雕龙·箴铭》)鲁迅评说:"质而能壮,实汉晋碑铭所从出也。"(《汉文学史纲要》)从碑铭文体来说,李斯的刻石为我国古代纪功碑文奠定了基础。

第三节 《吕氏春秋》

《吕氏春秋》是在秦相吕不韦主持下,由其门客集体编撰的一部学术著作。

吕不韦(前?—前235),原为富商,"往来贩贱卖贵,家累千金",后助秦公子楚继承王位(即庄襄王),因此为丞相,封文信侯。庄襄王死,太子嬴政(即秦始皇)年幼即位,不韦仍为丞相,并被尊为"仲父"。

后获罪流放西蜀,自杀而死。

《吕氏春秋》由十二纪、八览、六论三个部分组成,凡二十六卷。每部分又各分若干命题短文,共一百六十篇,近二十万字。① 后世又简称它为《吕览》。据说书成后,曾"布咸阳市门,悬千金其上,延诸侯游士宾客,有能增损一字者予千金"(《史记·吕不韦传》)。

《吕氏春秋》一书,《汉书·艺文志》把它列为"兼儒墨,合名法"的"杂家",即认为它是先秦以来儒、墨、名、法等各家的折中与调和。观其内容,的确十分庞杂,书中除包含上述各家思想内容外,还杂有道、农、兵、阴阳等各家的思想资料。但《吕氏春秋》的产生,是有它的时代需要的。编撰者的主要目的是想"取于众",即所谓杂取众书之长,构成一个统一体系,来为秦的兼并六国、统一天下做舆论和理论上的准备。但实际上先秦各家之说都是自成体系的,《吕氏春秋》虽然自铸框架,企图网罗众说,但仍失于庞杂不伦,这就是它于诸子中地位始终不高的原因。但从文学角度看,书中有不少文章推理有条不紊,语言简练流畅,特别是它也与先秦其他子书一样,常借寓言故事说理,且不乏精辟、动人之作,从而提高了它在文学史上的地位。

如书中《慎大览·察今》篇,专论法制应随着时势而变迁,不能墨守"先王之成法"而不变,否则就会脱离实际而误国害民。其中借故事以说理,十分生动:

> 荆(楚国)人欲袭宋,使人先表(作标记)澭水。澭水暴益,荆人弗知,循表而夜涉,溺死者千有余人,军惊而坏都舍。向其先表之时可导也,今水已变而益多矣,荆人尚犹循表而导之,此其所以败也。今世之主法先王之法也,有似于此。其时已与先王之法亏矣,而曰此先王之法也,而法之。以此为治,岂不悲哉!

---

① "十二纪"是按春夏秋冬四季十二个月来编排内容的,表示顺应天道以谈人事,体现所谓"无逆天数,必顺其时"的准则。每纪有文五篇,共六十篇。"八览",每览八篇,今存六十三篇(《有始览》佚《廉孝》一篇),是"天斟万物,圣人览焉;以观其类"的意思,主要论述治国之道。"六论"每论六篇,共三十六篇,主要论君臣、伦理之道等问题。

这里用楚人不顾水情的变化，仍然按照原先的标记过河，以至惨遭失败的故事，说明"先王之法"不可依，如果墨守成规，也必然导致悲剧的结局。接着文中又举出第二个故事：

> 楚人有涉江者，其剑自舟中坠于水，遽锲其舟，曰："是吾剑之所从坠。"舟止，从其所锲者入水求之。舟已行矣，而剑不行，求剑若此，不亦惑乎？以故法为其国，与此同。时已徙矣，而法不徙，以此为治，岂不难哉！

这里用"刻舟求剑"的故事，来说明在时过境迁的情况下，时变而法不变的可笑。文中又举出第三个故事：

> 有过于江上者，见人方引婴儿欲投之江中，婴儿啼。人问其故，曰："此其父善游。"其父虽善游，其子岂遽善游哉？以此任物，亦必悖矣。

这里用"引婴投江"的极为悖理的故事，说明头脑僵化、依"先王之法"来处理事情的极端愚蠢。作者用这样三个故事，分别从三个角度，说明了治国必须因时、因地、因人制宜的道理，极有说服力地阐述了自己"世易时移，变法宜矣"的主张。

《吕氏春秋》还经常引证一些历史人物故事来说理，如在《孟春纪·去私》篇中，作者为了说明秉政治国应该贵公去私，列举了这样两个历史故事：

> 晋平公问于祁黄羊曰："南阳无令（县令），其谁可为之？"祁黄羊曰："解狐可。"平公曰："解狐非子之仇耶？"曰："君问可，非问君之仇也。"平公曰："善。"遂用之，国人称善焉。居有间，平公又问祁黄羊曰："国无尉，其谁可而为之？"对曰："午可。"平公曰："午非子之子耶？"对曰："君问可，非问臣之子也。"平公曰："善。"又遂用之，国人称善焉。孔子闻之，曰："善哉，祁黄羊之论也！外举不避仇，内举不避子。祁黄羊可谓公矣！"

> 墨者有钜子(墨子死后墨家的领袖)腹䵍居秦,其子杀人。秦惠王曰:"先生之年长矣,非有它子也,寡人已令吏弗诛矣。先生之以此听寡人也。"腹䵍对曰:"墨者之法曰:'杀人者死,伤人者刑。'此所以禁杀伤也。夫禁杀伤人者,天下之大义也。王虽为之赐(赐恩)而令弗诛,腹䵍不可不行墨者之法。"不许,惠王遂杀之。子,人之所私也;忍所私以行大义,钜子可谓公矣。

前一则故事写祁黄羊举荐人才不避仇不讳亲,后一则故事写墨者腹䵍大义灭亲,都是令人十分警动的。这样的故事或源于历史传闻,或竟是作者虚构,但为了说明或佐证作者所要宣示的观点,都是十分有效果的。从文学角度看,故事很简短,但描绘生动,人物对话传神,一问一答,很有真实感。

《吕氏春秋》的内容兼容各家,网罗精博,保留了许多有识见的文字;同时对各家文体亦多有吸取。故刘勰《文心雕龙》中说"《吕氏》鉴远而体周"(《诸子》篇),它的成就也是不容忽视的。

第二章　汉　赋

第一节　汉赋的兴起和演变

赋是汉代最流行的文体。在两汉四百年间，一般文人多致力于这种文体的写作，因而盛极一时，后世往往把它看成是汉代文学的代表，在文学史上有所谓"汉赋"的专称。

赋作为一种文体，早在战国时代后期便已经产生了。从现在所见的资料看，最早写作赋体作品并以赋名篇的是荀子。据《汉书·艺文志》载，荀子有赋十篇（现存《礼》《知》《云》《蚕》《箴》五篇），是用通俗"隐语"，铺写五种事物。旧传楚国宋玉也有赋体作品，但所流传之作，或疑为后人伪托，并不可靠。从现存荀赋来看，这时赋体还属萌芽状态。赋体的进一步发展，当受到战国后期纵横家的散文和新兴文体楚辞的巨大影响。赋体的主要特点，是铺陈写物，"不歌而诵"，接近于散文，但后来在发展中它吸收了楚辞的某些特点——华丽的辞藻、夸张的手法，因而丰富了自己的体制。刘勰《文心雕龙·诠赋》篇谓："然赋也者，受命于诗人，拓宇于楚辞也。"（旧说赋产生于《诗经》"六义"之一的所谓"赋"，故说"受命于诗人"。）正由于赋体的发展与楚辞有着密切关系，所以汉代往往把辞赋连称，初期不甚区分。我们从文学史上看，西汉初年的所谓"骚体赋"，确实与楚辞相当接近，难以显著地加以区分。

汉赋的形成和发展，可以分为几个阶段：汉初的赋家追随楚辞的余绪，这时流行的主要是所谓"骚体赋"。骚体赋的突出特点是在体制上极力模仿楚辞,虽尚铺陈,但篇幅不太长,且富有抒情色彩,句式整齐,通篇用韵,带"兮"字调。其后则逐渐演变为有独立特征的所谓散体大赋,这是汉赋的主体,也是最兴盛的阶段。散体大赋的体制特点是篇幅长,规模大,句式参差不齐,韵散间出,以铺陈叙事为主,"兮"字调基本消失,散文意味浓重。后世所称"汉赋",主要指这种体类而言。东汉中叶以后,散体大赋逐渐衰微,抒情、言志的小赋开始兴起。这类赋篇幅上比大赋短小,一般不采用大赋那种问答体和韵散间出的结构;多通篇押韵,但与汉初的"骚体赋"也有区别,如"兮"字调基本不用,在语言风格上华饰之风也有所收敛,而思想性有所增强。以上是汉赋发展演变的一个总的情况。汉赋的这种发展变化过程,与汉代社会政治状况的变化有密切的关系。

汉赋发展的第一个时期,是自高祖初年至武帝初年。当时所谓"大汉初定,日不暇给"(《两都赋序》),封建统治者在思想文化上还禁锢不严,儒家思想尚未占据统治地位。从当时诸王纳士、著书的情况看,文化思想还比较活跃。这一时期的辞赋,主要是追随《楚辞》的传统,内容多是抒发作者的政治见解和身世感慨之作,而在形式上初有转变。这时较有成就和代表性的作家是贾谊,此外还有淮南小山和枚乘等人。

汉赋发展的第二个时期,是西汉武帝初年至东汉中叶,共约二百多年的时间,这个时期的作家作品最多,特别是武帝、宣帝时代,汉赋达于鼎盛。《汉书·艺文志》著录汉赋九百余篇,作者六十余人,大部分是这一时期的作品。而从流传下来的这个时期的赋作看,内容大部分是描写汉帝国威震四邦的国势、新兴都邑的繁华、水陆物产的富饶、宫室园囿的富丽,以及皇室贵族们田猎、歌舞时的壮观场面等等。从思想感情说,他们一方面对当时的国势和一时文物之盛进行夸耀,充满自豪的感情;一方面又对统治者挥霍资财、追求享乐的行为流露出不满,并进行委婉的劝说和讽谏。显然,这些作品的出现,是与当时的社会现实生活和政治状况有密切关系的,也与当时这些作家们所处的环境地位和思想状况有密切的关系。

从当时社会状况看,自汉武帝刘彻到宣帝刘询的时代,即所谓西汉中叶,这是汉帝国经济大发展和国势最强盛的时期。汉武帝是一个具有雄才大略的皇帝,他上承历史上有名的"文景之治",为了进一步保卫国家和巩固政权,北向出击匈奴,弭除了历史的边患;又用兵南方,结束了南方一些部族纷争的局面。于是一个空前繁荣统一的强大帝国在东亚出现了。这在一般封建文人眼里,无疑是一个值得颂扬的"盛世"。又加武帝好大喜功,附庸风雅,招纳了许多文学侍从之臣在自己身边,提倡辞赋,诱以利禄,因而大量歌功颂德的作品,就在所谓"兴废继绝,润色鸿业"的借口下产生了。这正如班固在《两都赋序》中所表述过的:

> 赋者,古诗之流也。昔成、康没而颂声寝,王泽竭而诗不作。大汉初定,日不暇给。至于武、宣之世,乃崇礼官,考文章,内设金马石渠之署,外兴乐府协律之事,以兴废继绝,润色鸿业。是以众庶悦豫,福应尤盛……故言语侍从之臣,若司马相如、虞丘寿王、东方朔、枚皋、王褒、刘向之属,朝夕论思,日月献纳。而公卿大臣,御史大夫倪宽、太常孔臧、太中大夫董仲舒、宗正刘德、太子太傅萧望之等,时时间作。或以抒下情而通讽谕,或以宣上德而尽忠孝,雍容揄扬,著于后嗣,抑亦雅颂之亚也。故孝成之世,论而录之,盖奏御者千有余篇。

班固在这里为我们简要地描述了汉赋繁荣时期的盛况,同时也使我们认清了汉赋的社会作用和本质。它基本上同《诗经》的"雅""颂"一样,是一种宫廷文学,是为统治阶级"润色鸿业"服务的。但具体到每一位作家和他们的创作,应该说也有不同的情况,例如某些赋作家作为皇帝的侍从,又受到功名利禄的诱惑,对皇帝不能不采取歌功颂德态度;但他们对皇帝把他们放在弄臣的地位,也时时感到某些不满,如东方朔、枚皋等人就是这样的人物。另外某些作家作为封建文人,他们对当时汉帝国空前繁荣强盛的局面,不能不感到鼓舞和喜悦;但其中某些人也还有一定清醒的头脑,他们对皇室大量挥霍资财和沉迷于奢侈享乐的生活,无论从历史教训出发,还是从当时的民生出发,也曾感到担忧。这就构成了当时一些鸿篇巨制大赋在思想内容方面的普遍特点,它们往往既歌颂夸耀于前,又讽谕劝诫于后。也就是说,他们所写作的这些赋,既歌颂皇帝的文治武功,也对统治者的过分享乐行为进行讽谕和劝诫,这两者往往又统一在一篇作品中,因而造成了这些汉大赋思想内容的复杂性。另外,也由于当时某些赋作家的上述思想情况,他们往往既写一些歌功颂德为主的作品,同时也写了某些感慨自己的身世地位,以及主要以讽谕为主的作品。如果不正视这样一些复杂情况,就难以对当时产生的赋作和某些赋作家作出全面公正的论断和评价。

武帝至成帝时代是汉赋主要盛行时期,赋家众多,作品云构。而其中最主要的代表作家是司马相如、东方朔、王褒、扬雄等。

东汉中叶以后,为汉赋发展的第三个时期。这一时期,汉赋从思想内容、体制和风格上都开始有所转变,那就是歌颂国势声威、美化皇帝功业、专以铺采摛文为能事的散体大赋显著减少了,而反映社会黑暗现实、讥讽时事、抒情咏物的短篇小赋开始兴起。这一转变主要是因为当时社会状况有了巨大变化。东汉中叶以后,宦官外戚争权,政治日趋腐败,加以帝王贵族奢侈成风,横征暴敛,造成社会动乱频仍,民生凋敝。面对这种社会现实,文学家不能不有所感受。如果说东汉以前汉帝国强大的形势还使一些文人为之鼓舞,使他们有某些奋发蹈厉的精神,那么这时的社会政治现实就只能使之失望,已经无"功"可歌、无"德"可颂了。而且西汉武、宣之世的那种献赋得官的进阶亦已不复存在,倒是与朝廷分庭抗礼的名士反而受到社会的尊敬。这就使赋的题材有所扩大,作家写作态度也和过去不同。开始这一转变的是张衡,然后还有蔡邕、赵壹、祢衡等人。

第二节　两汉著名的赋家

一　贾　谊

贾谊(前200—前168),洛阳人。他是汉代初年的一位年轻的政论家、文学家。据《汉书·艺文志》记载,贾谊有赋七篇,现仅存《吊屈原赋》和《鵩鸟赋》两篇。

据史书上记述,贾谊"年十八,以能诵诗属书闻于郡中",又"颇通诸子百家之书",是一位年轻博学的人。受到廷尉吴公的举荐,汉文帝召他为博士,他很受宠信,一年后为太中大夫。他曾为朝政的改革提出过积极的建议和方案。贾谊所处的时代,汉中央政权还不十分巩固,内有地方割据势力的威胁,外有匈奴族的侵扰,特别是由于地主阶级疯狂地兼并土地,造成了大量无地、少地的游民,构成严重的社会问题。有鉴于此,贾谊认为当时社会上表面的所谓一片升平之象,不过只是"抱火厝之积薪之下而寝其上,火未及燃因谓之安"(《治安策》),为了消除危机,必须"更定法令",进行一定的政治改革。他是当时地主阶级中较有远见、有抱负的政治家。但他在朝廷中却受到排挤,失掉汉文帝的信任,被贬为长沙太傅,后又为梁怀王太傅。不久,梁王坠马死,贾谊"自伤为傅无状",没有尽到责任,经常哭泣,一年过后就死了,年纪只有三十三岁。

贾谊一生的遭遇,与他之前的伟大诗人屈原是有类似之处的;他的《吊屈原赋》也正是以屈原自况,是一篇表达他在政治上的不平,很有真情实感的作品。赋的开头这样写道:"共承嘉惠兮,俟罪长沙。侧闻屈原兮,自沉汨罗。造托湘流兮,敬吊先生。遭世罔极兮,乃陨厥身。呜呼哀哉,逢时不祥!"接着像屈原一样,他用一些形象的比喻描绘了是非颠倒的社会现实:"鸾凤伏窜兮,鸱枭翱翔,阘茸尊显兮,谗谀得志;贤圣逆曳兮,方正倒植。世谓伯夷贪兮,谓盗跖廉;莫邪为钝兮,铅刀为铏。于嗟默默兮,生之无故!斡弃周鼎兮宝康瓠,腾驾罢牛兮骖蹇驴,骥垂两耳兮服盐车。"在表现其不妥协的精神时写道:"袭九渊之神龙兮,沕深潜以自珍。弥融爚以隐处兮,夫岂从蚁与蛭螾?所贵圣人之神德兮,远浊世而自藏。使骐骥可得系羁兮,岂云异夫犬羊?"这些意思都是屈原作品中已反复咏叹过的,可以看出贾谊这篇作品的模仿性。但他所构思的比喻却新颖不同,有创造性,且以深情出之,所以还是很能打动读者的。

贾谊的《鵩鸟赋》写于他寄居在长沙三年之后,《汉书》谓:"谊为长沙傅三年,有服(鵩)飞入谊舍,止于坐隅。服似鸮,不祥鸟也。谊既以適居长沙,长沙卑湿,谊自伤悼,以为寿不得长,乃为赋以自广。"这是一篇愤郁不平的咏怀之作,在构思上颇别致,采用了人禽问答体,借鵩鸟回答的方式,抒写了作者的积愫,表述了一种所谓人生祸福无常、应该"知命不忧"的思想。从它所宣扬的忘物我、齐生死、等荣辱等所谓自命"达观"的思想看,显然是受老庄消极思想的影响。但也不难看出其中包蕴着对当时黑暗现实的不满和对自己不幸遭遇的牢骚不平。

《鵩鸟赋》与《吊屈原赋》不同,它采用问答体,语句散文化,更接近汉代辞赋体的形式。艺术上也有值得注意的地方。作品的内容不是铺陈写物,而主要是发议论、述哲理,但它往往用一些巧妙的比喻使之形象化,以及用反问、感叹的语气增加感情色彩,而且语凝字炼,音节鲜明。如:"水激则旱兮,矢激则远,万物回薄兮,震荡相转。""且夫天地为炉,造化为工,阴阳为炭兮,万物为铜,合散消息兮,安有常则?""乘流则逝兮,得坻则止;纵躯委命兮,不私与己。其生兮若浮,其死兮若休。澹乎若深渊之静,泛乎若不系之舟。"均表现了作者有较成熟的技巧。刘勰说:"贾谊《鵩鸟》致辨于情衷。"(《文心雕龙·诠赋》。按:今本"衷"作"理",据唐写本改。)意思是说,《鵩鸟赋》鲜明清晰地表现了作者的情愫和胸臆。又说:"贾谊才颖,陵轶飞兔(骏马名),议惬而赋清,岂虚至哉!"(《文心雕龙·才略》)总之,贾谊赋作思想感情充沛,不像后来汉赋表现得那样往往以堆砌辞藻、追求篇幅为能事,在赋体文学中,这是它较为明显的优点。

二　枚　乘

枚乘(？—前140),字叔,淮阴(今江苏淮安)人,他主要的活动时期在汉文帝和景帝两代。最初他在吴王濞宫廷中任郎中。吴国地处东南,地域广大,十分富庶,又有江淮之险。吴王日益骄横,对汉中央政权时存叛心。枚乘上书,论说祸福,企图劝阻吴王,吴王不听,于是他离开了吴国,去投奔梁孝王。景帝时,吴王参与六国谋反,出兵西向,枚乘又上书给吴王,劝止他休兵,吴王仍不听,后来吴终于被灭。由于他积极维护汉中央统一政权,受到景帝的信任,汉平七国后,曾拜他为弘农都尉,他没有接受,仍在梁孝王宫廷做侍臣。当时,在梁孝王周围聚集着许多"善属辞赋"的能手,枚乘在其间水平属于最高的。武帝继位后,想利用他的文名点缀朝政,曾派"安车蒲轮"去接他,他却因年老死在路上。

据《汉书·艺文志》记载,枚乘有赋九篇,现存只有《七发》《柳赋》和《菟园赋》三篇,后两篇又被后人怀疑是伪作,这样他的赋作至今只有《七发》一篇了。

《七发》是一篇明显的讽谏性作品。它假托吴客与楚太子的问答,构成了八段文字。第一段是叙述事情的缘起,写吴客前去探问楚太子的病。通过对楚太子病症的叙述和分析,吴客认为太子的病是由于贪欲过度、享乐无时、荒淫糜烂的宫廷生活造成的,因此,非一般"药石"所能医;必须靠"博见强识"的人,经常给太子以启发和提醒,使太子改变原来的生活和欲念,才有希望治好。于是文中借吴客之口,叙说了启发太子的七件事:音乐、饮食、车马、游乐、狩猎、观涛、听有学识的人讲论天下是非之理。在讲前六件事的时候,太子并没有真正得到启发和震动,只是讲到最后一件事时,太子则"据几而起",出了一身透汗,霍然病除。

可以看出,这篇作品的用意,是在劝说上层统治阶级摆脱腐朽糜烂的生活,振作精神,关心一些对维护统治阶级利益有意义的事。这篇作品对上层统治阶级荒淫纵欲的生活客观上是有所暴露的,也表达了作者的不满和批判,但他所开列的"药方",包括最后的所谓"要言妙道",也不过仍是从统治阶级可能接受的生活方式出发,要求其扩大些生活面,以及关心一下治国统治之术罢了。《文选》李善注说:枚乘这篇作品是为谏梁孝王而作的,也有人说是谏吴王濞的。刘勰说:"枚乘摛艳,首制《七发》,腴辞云构,夸丽风骇。盖七窍所发,发乎嗜欲,始邪末正,所以戒膏粱之子也。"(《文心雕龙·杂文》)

从艺术性上看,枚乘的这篇作品是有较高的技巧的。如赋中有关音乐的一段描写,为了表现乐曲的巨大感染力量,而作了这样的渲染:"飞鸟闻之,翕翼而不能去;野兽闻之,垂耳而不能行;蚊、蚙、蝼、蚁闻之,拄喙而不能前;此亦天下之至悲也。"这是夸张的,而对很难用语言文字来描述的音乐这一事物来说,又是很富于表现力的。再如关于狩猎场面的描写:"于是极犬马之才,困野兽之足,穷相御之智巧;恐虎豹,慑鸷鸟。逐马鸣镳,鱼跨麋角;履游麕兔,蹈践麖鹿,汗流沫坠,冤伏陵窘;无创而死者,固足充后乘矣:此校猎之至壮也。"虽然着墨不多,但把一个犬马奔驰、伏虎逐鹿、威猛雄壮的校猎场面,绘声绘色地描写出来了。最有名的是观涛一段的描写:

> 其始起也,洪淋淋焉,若白鹭之下翔;其少进也,浩浩溰溰,如素车白马帷盖之张;其波涌而云乱,扰扰焉如三军之腾装;其旁作而奔起也,飘飘焉如轻车之勒兵。六驾蛟龙,附从太白;纯驰浩蜺,前后络绎。颙颙卬卬,椐椐强强,莘莘将将;壁垒重坚,杳杂似军行。訇隐匈磕,轧盘涌裔,原不可当。观其两旁,则滂渤怫郁,暗漠感突;上击下律,有似勇壮之卒,突怒而无畏。蹈壁冲津,穷曲随隈,窬岸出追;遇者死,当者坏。

通过对江涛的形、色、声、势的描绘,繁音促节,气壮神旺,使人动心惊耳,如临其境。这在汉赋中,以至在古代文学中也是少有的。

从构思上看,枚乘的《七发》也是有创造性的。他把上层统治阶级腐朽的生活比作侵蚀身心的毒剂，沉溺其中，"久执不废，大命乃倾"。因而以吴客探病为缘由，引出八段文字，咏物记事，铺叙了各种场面，而最后以"要言妙道"作结，表达了作者的讽谕思想。本来意思是很平常的，但经过作者这种艺术构思，文字虽长，但并不平板，艺术手法是有可取之处的。

《七发》的形式对后来的辞赋是有影响的。这种结构体制后来被看作赋体文学中的一个专体，称作"七"，仿作的人层出不穷。更重要的是，枚乘的《七发》是标志着汉赋（散体大赋）正式形成的第一篇作品，在赋的发展史上有重要地位。

三　司马相如

司马相如（前179—前117），字长卿，蜀郡成都（今四川成都市）人。少好读书击剑，景帝时为武骑常侍。景帝不好辞赋，他称病免官，去梁国，与梁孝王的文学侍从邹阳、枚乘等同游，著《子虚赋》。梁孝王死，相如往蜀，过临邛，结识卓王孙寡女卓文君，携之私奔归成都。家贫，后又与文君返临邛，以卖酒为生，二人故事遂成佳话。武帝即位，读了他的《子虚赋》，深为赞赏，因得召见。复写《上林赋》，武帝大喜，拜为郎。后又拜中郎将，奉使西南，对沟通汉与西南少数民族关系起了积极作用，并写有《喻巴蜀檄》《难蜀父老》等文。后被免官，岁余，复召为郎，后转迁孝文园令。郁郁不得志，"常称疾闲居"，病卒。

据《汉书·艺文志》著录：司马相如赋二十九篇。现仅存《子虚赋》《上林赋》《大人赋》《长门赋》《美人赋》《哀二世赋》六篇，另有《梨赋》《鱼葅赋》《梓桐山赋》三篇仅存篇名而无文。《子虚赋》《上林赋》为司马相如的代表作品。这两篇赋虽非一时所作，但内容前后衔接，故《史记》将它们视为一篇。① 《子虚赋》是假托楚国有位子虚先生，在齐国的

---

① 《史记·司马相如列传》称为《天子游猎赋》。《昭明文选》分称《子虚赋》《上林赋》两篇。

乌有先生面前夸说楚国的云梦之大和楚王的田猎之盛,乌有先生批评他"不称楚王之德厚,而盛推云梦以为高;奢言淫乐而显侈靡",但同时也把齐国土地之广、物产之多夸耀了一番。《上林赋》是写亡是公听了子虚和乌有的对话,又大肆铺陈汉天子上林苑的壮丽及天子射猎的盛举,以压倒齐楚,表明诸侯之事不足道。而最后则以汉天子幡然悔悟,觉醒到"此太奢侈""乃解酒罢猎"作结,而对于齐楚"以诸侯之细,而乐万乘之所侈"的越礼行为和给百姓所带来的危害也作了批评。就作品的主旨说,作者显然意在讽谏封建统治者不可过于奢侈和淫靡,但由于作品以大量篇幅来描写和渲染贵族的宫苑之华丽和设置之繁奢,反而迎合了最高统治者夸耀权势、尊贵和好大喜功的心理,正如扬雄论赋所批评的那样,只不过起了"讽一而劝百"的作用。在艺术表现方面,《子虚赋》《上林赋》两赋结构宏大,描写场面雄伟壮观,富有气魄。如《子虚赋》写云梦一段:

  云梦者,方九百里。其中有山焉。其山则盘纡弗郁,隆崇嵂崒。岑崟参差,日月蔽亏。交错纠纷,上干青云。罢池陂陀,下属江河……其东则有蕙圃,蘅兰芷若,芎䓖菖蒲。江蓠蘪芜,诸柘巴苴。其南则有平原广泽,登降陁靡,案衍坛曼。缘以大江,限以巫山。

其所以要这样"其东""其南""其西""其北"地分段铺陈描写,就是要为下面楚王的田猎游玩展开宏伟的场面。其次是词汇丰富,文采华茂,表现了作者有较高的驾驭文字的能力。但终以过于夸奇炫博,堆砌辞藻,好用生词僻字,转成文章病累。他的《长门赋》《美人赋》和《大人赋》《哀秦二世赋》都是骚体作品。《长门赋》据序中说,是为武帝陈皇后失宠而作,赋中写失宠女子的心理,委婉曲折,悲凄动人,是作者别具一格的抒情小赋,也是一篇最早写"宫怨"题材的作品,后世文学作品中所谓"长门怨"的典故,就是由此而来。《美人赋》据传是一篇自刺的作品,表示爱情专一,不被前来诱己的美人所动。①《大人赋》是讽谏汉武帝好神仙的。② 从文辞上看,都十分形象、动人,表现了作者的文学才华。司马相如在作赋的理论上,提出了"合綦组以成文,列锦绣而为质"和"囊括宇宙,总览人物"(《西京杂记》)的主张,这说明他在作赋时比较重视广博的资料和辞采、结构等形式方面,而忽略统摄作品的思想。但司马相如在赋史上有重要地位,他的《子虚赋》《上林赋》在写法上有其创造性,为汉赋这一文体创建了成熟的形式。后来的一些描写京都、宫苑、田猎、巡游的大赋,都模拟相如赋而难以逾越。故扬雄说:"如孔氏之门用赋也,则贾谊升堂,相如入室矣。"(《法言·吾子》)鲁迅高度评价司马相如对汉赋"变体创新"的贡献,说他"不师故辙,自摅妙才,广博闳丽,卓绝汉代"(《汉文学史纲要》)。

四 赵 壹

赵壹,生卒年不详,与蔡邕同时。字元叔,汉阳西县(今甘肃天水)人。为人耿直,狂傲不羁,为乡党所排斥,屡得罪,几死,经友人救援才免。灵帝光和元年,为上计吏入京,见司徒袁逢,长揖不拜,受到袁逢的敬重,经袁等人推荐,名动京师。后西归,公府十次征召皆不就,卒于家。著有赋、颂、箴、诔、书、论等十六篇。《刺世疾邪赋》是他的代表作。赋中以激愤的感情揭露了东汉末年政治黑暗,指斥统治者"宁计生民之命!唯利己而自足"的不顾人民死活的残酷利己本性,和当时弥漫于官场上的"舐痔结驷""抚拍豪强"的种种丑行。他洞察到当时的社会危机,敏感到汉代实已沦为末世,说:"安危亡于旦夕,肆嗜欲于目前。奚异涉海之失柁,坐积薪而待燃?"最后表示"宁饥寒于尧舜之

---

① 《西京杂记》曾记载:"司马相如将聘茂陵人女为妾,卓文君作《白头吟》以自绝,相如乃止。"

② 《史记·司马相如列传》:"相如以为列仙之传居山泽间,形容甚臞,此非帝王之仙意也,乃遂就《大人赋》。"可知是一篇讽谏劝诫之作。但赋中大量描绘了游仙的内容,却起了相反的效果。扬雄曾以此为例,说明赋的缺点:"往时武帝好神仙,相如上《大人赋》,欲以风(讽谕),帝反缥缥有凌云之志。由是言之,赋劝而不止,明矣。"(《汉书·扬雄传》)

荒岁兮,不饱暖于当今之丰年。乘理虽死而非亡,违义虽生而匪存",强烈地表达了不满现实、愤世嫉俗的反抗精神和坚持操守的坚定信念。这篇赋语言犀利,感情激烈,揭露颇有深度,在汉赋中是少有的作品。从风格上说,它变汉赋堆砌、板滞为疏荡流畅,变雕琢、华丽为通俗平易,对汉赋的变化和发展是有贡献的。

两汉著名的赋家,西汉尚有扬雄(前53—18),东汉尚有班固(32—92)、张衡(78—139),他们与司马相如一起被后世共称为"汉赋四大家"。扬雄的代表作品有《甘泉赋》《羽猎赋》《长杨赋》《河东赋》,主要是描写皇帝的宫室和畋猎场面,但也寓有劝诫统治者要去奢从俭之意。班固的代表作品是《两都赋》,赋中极写西都长安宫馆的华丽奢侈,再写东都洛邑的宫室建筑完全符合法制,借东都天子的崇俭,来讽谕逾制奢侈。张衡的代表作品是《二京赋》,内容是描写东、西两个京城的繁华风貌,也是有感于统治阶级"莫不逾侈"而作。这些著名的大赋作品,虽在写法上都各有某些创新,但其基本体制和创作意图,都不出司马相如《子虚赋》《上林赋》的轨迹。但需要提到的是张衡除大赋作品外,还写有著名的《归田赋》一篇,内容是写自己对官场生活的厌倦和对归返田园生活的向往。赋中以抒情的笔触描写了田园风光和闲逸生活的情趣,如其中一段:

> 于是仲春令月,时和气清,原隰郁茂,百草滋荣。王雎(鸟名,即雎鸠)鼓翼,仓庚(即黄莺)哀鸣。交颈颉颃,关关嘤嘤。于焉逍遥,聊以娱情。

写春日的田园,风和日丽,百草丰茂,群鸟飞鸣,一片生意盎然景象;于是作者感到心情十分愉悦,自由自在。在赋的后几段,作者更写了归隐后观景、垂钓、弹琴、读书的乐趣,最后以"安知荣辱之所如"作结。这篇赋在题材内容、思想文笔方面,已完全与汉大赋不同,开了东汉后期抒情咏志赋的先河,在赋的发展演变上是一个转折。此后有蔡邕(132—192)的《述行赋》,写他的一次旅途所见,兼以反映时事和咏怀;

祢衡的《鹦鹉赋》，借咏禽而发自己的政治苦闷，这些都是抒情短赋的名篇，语言上颇有骈偶成分，为以后魏晋赋的形成和发展准备了条件。

第三节　汉赋在文学史上的地位和影响

赋作为一种文体来说，是继《诗经》、楚辞之后在我国文坛上兴起的又一种新的文体，在汉末文人五言诗出现以前，是两汉四百年间文人创作的主要文学样式，自是"一代文学"的代表。从汉赋本身来看，无论从形式上还是从思想内容上看，如上所述它是有一个发展和转变过程的，不同的作家，甚至同一作家往往创作了不同思想内容和不同形式的作品，因此，对所谓"汉赋"在文学史上的地位和作用，实不应作笼统的评价。封建社会的辞章家非常推崇汉赋，被他们奉为汉赋正宗的却是枚乘、司马相如、扬雄，以至于班固、张衡等人所创制的那些描写宫苑、畋猎、都邑等内容的大赋，但也正是这些"大赋"，在思想和艺术形式上表现出了较多的局限性。从思想内容说，这些所谓"大赋"的题材主要局限于宫廷都邑等上层贵族生活的描写，为了供统治者阅读，思想上主要是歌颂帝王的功业和大汉的声威。在艺术上，又都以炫博斗奇为能事，竞为宏丽浮夸之词。虽然多数这样的赋也往往存有某些讽谏之意，但也只是"讽一而劝百"，主要还是起着渲染、夸耀、赞扬统治者的威风和豪华生活的作用。故前人（其中包括某些赋作家本身）对汉大赋的缺点就有所觉察，如《汉书·扬雄传》记述了扬雄晚年对赋的看法："雄以为赋者，将以风也，必推类而言，极丽靡之辞，闳侈巨衍，竞于使人不能加也。既乃归之于正，然览者已过矣。往时武帝好神仙，相如上《大人赋》，欲以风，帝反缥缥有凌云之志。由是言之，赋劝而不止，明矣。又颇似俳优淳于髡、优孟之徒，非法度所存，贤人君子诗赋之正也，于是辍不复为。"西晋的挚虞在《文章流别论》中批评说："古诗之赋，以情义为主，以事类为佐；今之赋，以事形为本，以义正为助。"他所谓"今之赋"，就是指汉代兴起的大赋。他认为它们"假象过大，则与类相远;逸辞过壮,则与事相违;辨言过理,则与义相失;丽靡过美,则与情相悖。"上述对汉赋的社会作用、赋作家所处的身份地位,以及汉赋艺术上的某些根本缺陷所作的批评,应该说还是十分切中要害的。

汉赋,特别是那些大赋,尽管有上面谈到的种种缺点,但是它们在文学史上仍然有其一定的地位,不能完全抹杀。

首先,即以那些描写宫苑、畋猎、都邑的大赋来说,它们确实有着时代色彩。汉帝国兴起于毕六王、一四海的强秦之后,是我国历史上第一次出现的统一强大帝国。疆域的开拓、经济的繁荣、物资的丰足和对外关系的发展,都极大地开阔了人们的眼界,也使当时一部分文人感到振奋,而统治者为了宣扬所谓大汉的声威和巩固中央专制政权,也正需要这种文学的出现。从现在流传下来的一些描写苑猎、京都著名的大赋来看,大都对国土的广阔、山川的壮丽、水陆物产的丰盛、宫苑建筑的华美、都市的繁荣,以及汉帝国的文治武功等作了描写和颂扬,这在当时并不是毫无意义的。而赋中对封建统治者的劝谕节俭之词,也反映了这些赋作者反对帝王过分华奢淫靡的思想,表现了这些作者并非是帝王贵族们毫无是非原则的奉承者和阿谀者。司马迁评司马相如赋时曾谓:"相如虽多虚辞滥说,然其要归,引之节俭,此与《诗》之风谏何异?"(《史记·司马相如传》)尽管当时直接呈给皇帝看的汉大赋,这方面的思想往往表达得很委婉,以至效果薄弱,但仍然是不应抹杀的。

其次,汉大赋虽然炫博耀奇,堆垛辞藻,以至好用生词僻字,但它在丰富文学作品的词汇、锻炼语言词句,增进描述山川景物、宫殿建筑以及某些都市生活、畋猎、朝会场面的技巧方面,也表现出一定成就。晋代葛洪说:"《毛诗》者,华彩之辞也。然不及《上林》《羽猎》《二京》《三都》之汪濊博富也。"(《抱朴子·钧世》)当然葛洪的主要着眼点是在辞藻方面。刘勰则对汉赋那些描写山川、宫殿的技巧有更高的评价,他说:"至如气貌山海,体势宫殿,嵯峨揭业,耀耀焜煌之状,光采炜炜而欲然,声貌岌岌其将动矣。"(《文心雕龙·夸饰》)这样的评语其实只切合汉大赋作品中的某些精彩片断。但是我们也应承认,建安以后的很多诗文,往往在语言、辞藻和叙事状物的手法方面从汉赋得到不少启发,这也是事实。

另外,从文学发展上看,两汉辞赋的繁兴,对我国文学观念的形成也起到促进作用。我国的韵文从《诗经》《楚辞》开始,由于中经西汉以来辞赋的发展(当然也由于散文的发展),到东汉开始初步把文学与一般学术区分开来,《汉书·艺文志》除《诸子略》外,便有了专门的《诗赋略》,除了所谓儒术经学以外,又出现了"文章"的概念。如《汉书·公孙弘传赞》中说:"文章则司马迁、相如。"又说:"刘向、王褒以文章显。"清代刘天惠曾考察了这一点,他在《文笔考》中说:"汉尚辞赋,所称能文,必工于赋颂者也。"又说:"则西京以经与子为艺,诗赋为文矣。"沿此以往,《后汉书》便在《儒林传》外专立了《文苑传》,至魏晋则出现了"诗赋欲丽"(曹丕《典论·论文》)、"诗缘情而绮靡,赋体物而浏亮"(陆机《文赋》)等对文学基本特征的探讨和认识,文学观念也日益走向明晰化了。这说明作为一代鸿文的汉代大赋,虽在思想、艺术上均颇有局限性,但它们在文学史上毕竟留下了影响;从某些方面看,它们对后代文学创作的发展,还是起过促进作用的。

第三章　司马迁和《史记》

第一节　司马迁的生平和著述

司马迁是我国古代伟大的历史学家、文学家。他的不朽的巨著《史记》,不仅是一部空前巨大的历史著作,而且也是一部卓越的文学作品,特别是其中的人物传记部分,具有很高的传记文学价值,对后世的散文以及各类文学如小说、戏剧等都有巨大影响,因此,《史记》一书在文学史上也有崇高地位。鲁迅曾称《史记》这部书为"史家之绝唱""无韵之《离骚》",也正是从史学和文学两方面肯定了它的性质和伟大成就。

司马迁,字子长,公元前145年(汉景帝中元五年)生于龙门(今陕西韩城北)。他的卒年已不可考,大约卒于公元前87年,即武帝末年,他的一生,据王国维《太史公行年考》推断,当是"与武帝相终始"。①

关于他的生平事迹,有三点与他写作《史记》有重要关系。

(一)司马迁的家世和家庭。司马迁的先代"世典周史",都是周代的史官。他的父亲司马谈在汉武帝时曾做太史令。司马谈是一个学识渊博,在学术上很有抱负的人。他曾写过一篇《论六家要指》的文

---

① 关于司马迁生卒年,《汉书·司马迁传》未记载。后世有各种考证,据唐司马贞《史记索引》引《博物志》逸篇语推测,司马迁生于公元前135年(汉武帝建元六年),然据唐张守节《史记正义》所述,当为公元前145年(汉景帝中元五年)。今从后者。至于其卒年,主要根据武帝后元二年(前87)郭穰已为中谒者令(见《汉书·宣帝纪》)。此说明司马迁这时或已去官,或已死去。故司马迁卒年已失考。

章,所谓"六家",即指阴阳、儒、墨、名、法、道六家。他对于法家等前五家作了分析批判,而对于道家作了充分的肯定,认为它兼具五家之长而没有它们的短处,并直接指责儒家"博而寡要,劳而少功"。司马谈的学术思想和这种勇于批判的精神,对司马迁的思想和治学态度是有影响的。

另外,司马谈任太史令时,就曾想利用"百年之间,天下遗文古事靡不毕集太史公"的便利条件,修著一部能继承《春秋》的史书,但未能如愿,临死时,就把这一未能实现的学术理想留给了司马迁,他在遗嘱中说:"余死,汝必为太史。为太史,无忘吾所欲论著矣!"当时司马迁也感动得流下泪来,对父亲说:"小子不敏,请悉论先人所次旧闻,弗敢阙。"(《太史公自序》)司马谈死后三年,司马迁继父职为太史令,他就开始搜集材料,做写作上的准备。至武帝太初元年(前104),即着手起草。可见司马迁在学术思想上、事业理想上,是与他的家庭环境和父亲的影响有密切关系的。

(二)青、中年时代的漫游。司马迁写作《史记》,不仅与他博览群书、整理过大量历史文献有关,而且与他漫游祖国各地,广泛地访问遗闻旧事,考察各地社会状况和了解风土人情有密切关系。司马迁在青、中年时代,曾有过三次较大的出游。第一次在汉武帝元朔三年(前126),司马迁二十岁左右,他出游到了长江中、下游和山东、河南等许多地方。他曾经到过屈原流放的沅水、湘水地区,并到屈原自沉的汨罗江上凭吊。后来他在《史记》中写了《屈原列传》,为我们留下了关于屈原的最早史料。在写这篇传记的时候,司马迁还特意追述了他当年访古的心情:"(余)适长沙,观屈原所自沉渊,未尝不垂涕,想见其为人。"他还到庐山、九嶷、会稽等地,收集了关于帝舜、夏禹的传说,访察了春秋时越王勾践的遗迹。他北上淮阴,访问了汉将韩信的故乡,搜求韩信早年在乡里的故事;到山东曲阜,观察了儒家旧存的礼器文物;过徐州,考察了楚汉相争的战场;归途在魏都大梁,观看了信陵君的遗迹。这次漫游的收获,对他后来写《屈原列传》《五帝本纪》《夏本纪》《淮阴侯列传》《越王勾践列传》《魏公子列传》以及楚、汉相争的社会、政治、地理形势,都有很大帮助。

司马迁回到长安不久,便入仕做了郎中,开始了他的政治生涯。但时隔不久,他又有了第二次出游机会,这就是奉汉武帝的命令,去巡视四川南部和云南边境一带。他在《太史公自序》中说:"奉使西征巴、蜀以南,南略邛(今四川邛崃县)、筰(一作筰,今四川汉源县境)、昆明。"这一地区属我国少数民族居住的地方,司马迁在这次远路出行中,作了许多实地考察。所收集到的资料,使他后来写出一篇关于古代少数民族地区情况的文献《西南夷列传》,并在《货殖列传》中,对巴、蜀、邛、筰等地的地貌、物产作了详尽的记载。另外,他还对当地通往四方的"栈道"和交通情况作了记述。如果没有这次的经历,这些资料是很难得到的。

司马迁的第三次出游,是在汉武帝元封元年(前110),这年武帝从长安出发,东行到泰山举行"封禅"典礼。司马迁作为皇帝的扈从,一路随从。武帝到了泰山,曾见神弄鬼地做出了许多虚妄可笑的事,后来《史记》里那篇充满嘲笑和讽刺的《封禅书》,就是这次见闻的记录。封禅之后,他又从武帝"帅师巡边","出长城,北登单于台(今内蒙古自治区呼和浩特附近)",又东至碣石(今河北昌黎县北)、辽西(治所乐阳,在今辽宁义县西),考察了当时中国北部、东部许多地区。这次出行的经历,为他后来写《秦始皇本纪》《武帝本纪》《蒙恬列传》等创造了条件。

总之,在不到二十年的时间里,司马迁东至会稽、泰山和海滨,南至巴蜀、昆明,西至陇西,北至长城内外,足迹遍及黄河、长江以至粤江流域。所至之处,他考察社会风土人情、经济状况和物产情况,访问各地名胜古迹、耆旧故老,扩大了视野,增益了知识,收集了大量的历史故事和文物史料,并对社会现实和各个社会阶层,以及各种职业人们的生活有了较多的了解。这一切对他的进步社会观和历史观的形成以及丰富《史记》一书的内容,都有着重大影响。

(三)遭李陵之祸。司马迁三十八岁做太史令。四十二岁那年,武帝下令实行太初历,即改秦历为夏历。司马迁认为这应该是一个新纪元的开始,便在这年着手写《史记》。① 正当司马迁专心著述的时候,于武帝天汉二年(前99),发生了李陵出击匈奴、被俘投降的事件。司马迁根据平时对李陵的了解,认为李陵并非真心投降,而是想找机会报答汉朝。武帝认为他是在有意为李陵辩护,因此,把他下狱治罪。他因"家贫,财赂不足以自赎,交游莫救,左右亲近不为壹言"(《报任安书》),到天汉三年,遭到残酷的"宫刑"(阉割)。这桩极不幸的遭遇,对司马迁的思想影响很大。一方面他对统治者的残酷性和上层社会的世态炎凉有了很痛苦、深切的感受;一方面他为了雪清耻辱,更加发愤著书,以十分刚毅的精神完成《史记》的写作,并通过《史记》一书来鞭挞黑暗,表彰正义,以寄托自己的理想和思想感情。关于后一点,在后来的《报任安书》中他曾作了详细的表白,说他在被拘囚受刑时,未尝没想到死,但想到"人固有一死,死有重于泰山,或轻于鸿毛",想到许多古人发愤著书的例子:"西伯拘而演《周易》;仲尼厄而作《春秋》;屈原放逐,乃赋《离骚》;左丘失明,厥有《国语》;孙子膑脚,《兵法》修列;不韦迁蜀,世传《吕览》;韩非囚秦,《说难》《孤愤》;'诗三百篇',大抵圣贤发愤之所为作也。此人皆意有所郁结,不得通其道,故述往事,思来者。及如左丘明无目,孙子断足,终不可用,退而论书策以舒其愤,思垂空文以自见。"司马迁认为历史上多少有名的人物,都是在遭遇到不幸之后,发愤著书,以鸣其不平于天下后世的。因此,他也就决计忍辱含垢,坚持他的著作理想。《史记》大约写了十年,在极端悲愤中完成。

司马迁遭李陵之祸,于四年以后,即太始元年(前96)遇赦出狱。出狱后,任中书令(相当于皇帝近旁的秘书)。这个职务当时是由宦者担任的,所以他说"每念斯耻,汗未尝不发背沾衣"(《报任安书》),残酷的现实,痛苦的回忆,时时袭击着他的心灵,司马迁实际就在屈辱中度过了后半生。

---

① 汉初沿用的是秦代《颛顼历》,元封七年太史公司马迁与公孙卿等上书武帝,称"历纪坏废,宜改正朔",议改为以正月为岁首的"太初历",武帝由此亦将元封七年改为太初元年(前104)。

由上可知,司马迁不朽巨著《史记》的写作,是与他的家庭和他的特殊经历(漫游、遭祸)有密切关系的。当然,从社会背景来看,《史记》在当时的出现也有时代的条件和要求。司马迁生当西汉帝国建立以后的武帝之世,这正是周秦以来第一个统一大帝国昌盛的时代。随着政治的发展和经济的繁荣,武帝也比较重视文化上的建树。据《汉书·艺文志》说:"汉兴,改秦之败,大收篇籍,广开献书之路。迄孝武世……建藏书之策,置写书之官,下及诸子传说,皆充秘府。"又据刘歆《七略》说:"孝武皇帝敕丞相公孙弘广开献书之路,百年之间,书积如山。"有了这么大量的图书,而且按照当时的制度,"天下遗闻古事靡不毕集太史公",即都掌管在史官手里,这就为编纂大规模的历史著作准备了极其有利的条件。另外,从社会发展来看,西汉统一大帝国的建立,是一件具有划时代意义的事。从西周至秦以前,中国社会一直处在分裂和纷争的局面。秦统一了中国,但历史很短。直到汉代,特别是武帝时代,中国大一统的局面才算巩固下来。这时中央集权的封建制度形成了,各项具体法令制度基本建立起来了。因此,对以往的历史作全面总结的要求也就提出来了。中国本来是一个很注重修史的国家,汉以前出现的史书虽不少,但它们或分国,或断代,无论从规模或体例上,都不再能满足社会发展以后的新要求。于是一种通古今之变的新体裁的历史著作,也就适应当时的时代要求而出现了。从这个意义上讲,司马迁的《史记》,是他的天才独创,但也是时代的产物。

司马迁的著作,除《史记》外,还有著名的《报任安书》和《悲士不遇赋》等。①

《报任安书》是司马迁在武帝太始四年写给他的朋友任安(字少卿)的一封长信。信中主要内容是说他遭李陵之祸的经过和受刑后屈辱、愤懑的心情,以及他发愤著书的理想。信中充满了悲凉沉痛和压抑

---

① 司马迁的著作,《隋书·经籍志》有《司马迁集》一卷,已久佚;《报任安书》见《汉书·司马迁传》与萧统《文选》;《悲士不遇赋》见《艺文类聚》卷三十。另外,有《与挚伯陵书》,见皇甫谧《高士传》,一般认为此文系后世伪托之作,不足信。

不住的愤激之情,如文中最后一段:

> 且负下未易居,下流多谤议。仆以口语遇遭此祸,重为乡党所戮笑,以污辱先人,亦何面目复上父母之丘墓乎?虽累百世,垢弥甚耳!是以肠一日而九回,居则忽忽若有所亡,出则不知所如往。每念斯耻,汗未尝不发背沾衣也!身直为闺阁之臣,宁得自引深藏于岩穴邪?故且从俗浮沉,与时俯仰,以通其狂惑。今少卿乃教以推贤进士,无乃与仆私心刺谬乎?今虽欲自雕琢,曼辞以自饰,无益,于俗不信,适足取辱耳。要之,死日然后是非乃定。书不能悉意,略陈固陋,谨再拜。

这无疑是一纸对专制制度的控诉书,读之令人落泪!刘勰曾用"志气槃桓"(《文心雕龙·书记》)来评论此文。它的最大特点就是用千回百转之笔,写出了自己的光明磊落之志,抒写了愤郁不平之气,传达了曲肠九回之情。

《悲士不遇赋》大约写于司马迁的晚年,是一首咏怀之作。赋中概括地写出了自己的生活悲剧。它一方面对"美恶难分"的世态作了揭露,感慨自己"生之不辰",同时也表示"将逮死而长勤"。它为我们留下了一个历尽沧桑而又一生持正不阿的志士的形象。

第二节 《史记》的思想内容

我国的史书,从《春秋》《左传》《国语》《战国策》到司马迁的《史记》,无论在著作的规模上、体例上,以及历史散文的发展上,都是一个飞跃。《史记》是我国第一部以写人物为中心的纪传体通史①,它记载

---

① 《史记》原是古代一般史书的泛称。唐以前司马迁的这部史书称《太史公》《太史公书》或《太史公记》。最早称司马迁"述《史记》",见于《魏书·王肃传》,但此乃就《太史公记》而言的略称。至唐人修撰《隋书》方正式称"《史记》一百三十卷,汉中书令司马迁撰",成为专称。

了从黄帝到汉武帝太初年间大约三千年的历史①,是一部有五十二万多字的巨著。全书共一百三十篇,由十二本纪、十表、八书、三十世家、七十列传五部分组成。②"本纪"记载历代最高统治者的政绩,"表"是各个历史时期的大事记,"书"是关于天文、历法、水利、经济、文化等方面的专史,"世家"是先秦各诸侯国和汉代有功之臣的传记,"列传"为历代有影响人物的传记(少数列传记外国史和少数民族史)。这五种体例互相补充配合,构成了《史记》全书的整体。其中本纪、世家、列传三部分,都是以写人物为主的,这样用纪传体来写历史,是司马迁的开创。后来我国封建社会许多历史家撰写史书,虽在体例、名目上略有不同,但主要沿袭了《史记》的体例。③

　　司马迁写作《史记》的目的,照他自己的说法,是要"究天人之际,通古今之变,成一家之言"(《报任安书》)。所谓"究天人之际",就是要探究天道和人事之间的关系。在这个问题上,司马迁是继承了先秦以来所谓"天人相分"的唯物主义传统的。他反对天道可以干预人事,认为社会现象是由人的活动构成的,天是天,人是人,天属于自然现象,与人事没有什么必然联系。这种观点是与当时汉武帝所提倡的被视为儒学正宗的所谓"阴阳五行""天人感应"学说相对立的。在当时的思想界,董仲舒讲"公羊"学,他把本来是讲自然现象的阴阳五行学说,附会到社会人事方面,制造出一套专用天象来占卜吉凶的迷信思想。他一方面说一切人事都是由天有目的有意识地作出安排的;另一方面又说天对人事间的活动也会有反应,如果有谁违背了天道,不服从天意行

---

　　① 关于司马迁《史记》记事年代的下限,据司马迁自称:"余述历黄帝以来至太初(前104—前101)而讫,百三十篇。"班固《汉书·司马迁传》称"讫于天汉(前100—前97)"。据近人王国维《太史公行年考》,说最晚之记事为征和三年(前90)。司马迁卒年已不能确考,《史记》确记有太初以后事,此为后人续补的缘故,还是司马迁写《自序》后又有突破,已很难确定。

　　② 《史记》七十列传包括最后《太史公自序》,这篇序文,虽记《史记》一书之大要和写作缘起,亦记自己家世和经历,而带有自传性质。

　　③ 如《汉书》《后汉书》《三国志》等无《世家》。《汉书》改"书"为"志",《五代史》改"志"为"考"等。但以写人物为中心的"纪""传"体例都沿袭了下来。

事，天就要降灾"谴告"，加以惩罚，这就是所谓"天人感应"学说。董仲舒的这种神学思想，受到汉武帝的大力支持，成为当时风靡一时的统治思想。司马迁的观点却相反，他把对于自然现象的研究和阴阳五行的迷信说法加以区别。在《太史公自序》中，他全文引用了他父亲司马谈的《论六家要指》，认为那种把"阴阳四时"加以神秘化，说什么"顺之者昌，逆之者不死则亡"的观点，其实是"未必然"的。他说如果相信这些就会"使人拘而多畏"，完全失去了人的主观能动性，那还做得成什么事呢？接着他又对所谓阴阳五行作了唯物主义的解释，说："夫春生，夏长，秋收，冬藏，此天道之大经也，弗顺则无以为天下纲纪，故曰：'四时之大顺，不可失也。'"认为人要研究阴阳五行，重视阴阳五行，目的和意义只在于能按照春夏秋冬四季运行和自然规律从事生产活动。这显然正是对当时假借"阴阳五行"来宣扬迷信思想的批判。与此同时，他还批评了当时的所谓占星术、望气术和相信神仙等许多迷信思想，他说："星气之书，多杂机祥，不经。"意思是说，那些用观星象和所谓望云气等来占卜人事的书，都是些荒诞不经之谈，是不可相信的。在《封禅书》和《武帝本纪》中，司马迁对汉武帝求神仙的迷信活动也作了讥刺，说汉武帝相信方士的鬼话，劳民伤财，一次一次地求仙访道，但又毫无结果，"其效可睹矣！"认为这实在是荒诞可笑。在《伯夷列传》中，司马迁更公开地向传统的"天道"思想提出挑战，认为通常所说的"天道无亲，常与善人"，即上天是无私而公平的，它总会帮助好人的这样一种思想，其实是完全无根据、不能令人相信的。因为从许多历史人物的具体遭遇来看，那些品行不端、行为不轨的奸邪之人，却往往权势煊赫、安富尊荣地度过一生，而那些纯洁公正之士，却往往遭苦受难终身。因而他尖锐地提出了疑难："余甚惑焉！傥所谓'天道'，是邪非邪？"在《项羽本纪》中，他更抓住项羽失败后所说"天之亡我，非战之罪也"，加以评论："及羽背关怀楚，放逐义帝而自立，怨王侯叛己，难矣。自矜功伐，奋其私智而不师古，谓霸王之业，欲以力征经营天下，五年卒亡其国，身死东城，尚不觉寤，而不自责，过矣。乃引'天亡我，非用兵之罪也',岂不谬哉!"这是说,项羽的失败,完全是由于他在政治上、军事上犯了一系列错误,决非什么"天意"的结果。

正是由于司马迁有这种"天人相分"的朴素唯物主义思想,因此,他在写历史的时候,总是对人事、人谋作仔细的观察和记载,并从历史人物的客观活动中,分析其成败得失的原因,总结出有益的历史教训。这也正是《史记》一书比较能够保证历史科学的科学性的一个原因。

在"通古今之变"方面,司马迁的《史记》也表现出许多进步的观点和卓越的见解。所谓"通古今之变",就是要说明历史的发展演变,寻找出历代王朝兴衰成败之理。司马迁在《史记》中所表现出来的历史观,与董仲舒"天不变,道亦不变"的形而上学的唯心史观不同,他认为历史是通过各种变革向前演进的。因此,他对历史上出现的政治改革,总是采取称赞的态度。如战国时期,吴起的改革、商鞅的变法,都在我国古代社会转变时期起过重大的进步作用,司马迁虽未必能自觉地意识到这一点,但他在《吴起列传》《商君列传》中,却对吴、商两人当时为了打击旧贵族所采取的进步措施,以及所取得的政绩作了记载。他记吴起在楚国实行社会改革:"明法审令,捐不急之官,废公族疏远者,以抚养战斗之士。"然后称赞吴起的政绩说:"诸侯患楚之强。"(《史记·吴起列传》)同样,商鞅在秦孝公六年(前356)实行变法,"废井田,开阡陌",奖励耕织,司马迁赞扬他的政绩说:"居五年,秦人富强。""行之十年,秦民大说,道不拾遗,山无盗贼,家给人足。民勇于公战,怯于私斗,乡邑大治。"(《商君列传》)司马迁虽也曾批评他们"刻暴少恩",但对他们的变革促使了历史的前进还是有一定认识的。在对待秦始皇的问题上,司马迁也是这样。司马迁曾称秦为"暴秦"(《陈涉世家》)、"无道秦"(《陆贾列传》)、"虎狼之秦"(《楚世家》),在《六国年表》序里,他也说秦"暴戾",但对于秦始皇实行社会变革的功绩还是肯定的,他说:"然战国之权变(指社会改革)亦有可颇采者,何必上古?秦取天下多暴,然世异变(随时代不同而改变政治制度),成功大。传曰'法后王',何也?以其近己而俗变相类,议卑而易行也。学者牵于所闻,见秦在帝位日浅,不察其终始,因举而笑之,不敢道,此与以耳食无异。悲夫!"这里反映出一种厚今薄古的思想,同时还认为不能因秦的"多暴"、朝代短等,就否认秦统一六国的进步和它顺从时变而在政治制度上有所改革、有所建树的功劳。这正表现出司马迁作为一个历史家的"通古今之变"的眼光。

其次,司马迁写《史记》还给自己提出一个具体任务,就是"原始察终,见盛观衰"。意思是说,要透过一些历史现象,来观察一个时代或一项具体制度由盛而衰之理,也就是说,历史的盛衰都不是偶然的、无缘无故的,都是有迹可循的;而且往往是在"盛"中已包含了"衰"的因素。例如《史记》在《平准书》中记述说:"至今上即位数岁,汉兴七十余年之间,国家无事,非遇水旱之灾,民则人给家足,都鄙廪庾皆满,而府库余货财。京师之钱累巨万,贯朽而不可校。太仓之粟陈陈相因,充溢露积于外,至腐败不可食。众庶街巷有马,阡陌之间,成群而乘,字牝(母马)者傧而不得聚会。守闾阎者食粱肉,为吏者长子孙,居官者以为姓号。故人人自爱而重犯法,先行义而后绌耻辱焉。当是之时,网疏而民富,役财骄溢,或至兼并豪党之徒,以武断于乡曲。宗室有土,公卿大夫以下争于奢侈,室庐舆服僭于上,无限度。物盛而衰,固其变也。"这里,首先记述了武帝承文、景之治以后,府库充实,国家富庶,官吏守职,众人守法,社会安定,一片升平气象。但也正是在这所谓盛世之中,逐渐孕育了衰败的因素。如社会上积聚了财富的富民,开始"役财骄溢",欺压百姓,作威作福;上层统治者"争于奢侈",而且不再安分守己,开始破坏礼仪制度。这样社会矛盾加剧了,文、景以后这样一段有名的盛世时期,也就成为过去,"物盛而衰,固其变也"。这说明司马迁在研究历史时,注意历史事实的因果关系,注意说明历史的转化,带有朴素的辩证法思想。

《史记》叙述的历史,战国以前写得简略,而战国以后写得详细,特别是汉初时代,从经济、政治、文化到民族关系、中外交往等各方面都有广泛的记述。在《平准书》里,集中记叙了汉兴百年之间,特别是武帝继位以后社会经济的变化。在《货殖列传》里,详细地描述了当时各地生产和交易的现象。在《河渠书》里,着重描写了武帝时代的水利。在《礼书》《乐书》里,叙述了文化发展。在《匈奴列传》《大宛列传》《西南夷列传》《南越列传》和《朝鲜列传》等篇里,叙述了民族史和邻近各国交往史。《史记》的这一规模和其中体现出来的历史观念,在它以前是没有的。这是秦汉以来的统一事业在史学上的反映。司马迁的伟大创造,正是给他的时代以最充分的反映。

　　司马迁写作《史记》,据他自己说是要"成一家之言"的。所谓"成一家之言",就是说他要借写这样一部历史著作,来表达出他的某些独到的历史见解,表达他的某些社会、政治思想。司马迁写《史记》自许是很高的,他在《太史公自序》中说,他写《史记》的理想,是要使他自己成为第二个孔子,使《史记》成为第二部《春秋》。《春秋》这部书,在我们今天看来,不过是一部编年体的历史大事记,但在司马迁当时却不这样看待;当时一般认为《春秋》一书是孔子晚年寄托自己一生的理想之作,所谓"因史记(指鲁史)作《春秋》,以当王法"。这部王法,"记天下之得失,而见所以然之故,甚幽而明,无传而著",它"上明三王之道,下辨人事之纪,别嫌疑,明是非,定犹豫,善善恶恶,贤贤贱不肖"(《太史公自序》),也就是说它含有"微言大义",是存褒贬于其中的。当时的人还认为,孔子之所以借作《春秋》写历史来寄寓理想,是因为孔子说过:"我欲载之空言,不如见之于行事之深切著明也。"(《太史公自序》)意思是说,我与其凭空地发议论,还不如通过具体历史事实来表明我的见解和理想更为深切明白。这是当时一般人对《春秋》的看法,同时也正是司马迁写《史记》要窃比《春秋》的意思。由此可知,司马迁写《史记》也是寓理想于其中的,而他的理想又主要是靠对历史事实的叙述来体现的。

　　《史记》是纪传体史学,它主要是用记录各种历史人物生平活动来反映历史情况的。《史记》里面的人物传记包括了各个阶级、各个阶层,以及各种职业的各式各样人物。它写了许多帝王将相、贵戚豪门和富贾,也写了当时被视为地位卑贱的平民;它写了伟大的杰出的政治家、军事家、学者,也写了刺客、游侠、倡优和占卜的人;他还写了农民起义领袖,失败的历史人物;等等。《史记》写这些人物,不是客观主义地描写,而是几乎在每个人物身上都表明了作者的态度,表现了作者褒贬、爱憎的感情。

司马迁写作《史记》,特别是在他的《史记》人物传记中,主要表现了哪些进步倾向呢?

(一) 在《史记》中,作者以"不虚美,不隐恶"的态度,揭露了统治者的许多暴行、暴政,记录了他们的丑恶面目。

在《史记》人物传记中,我们可以明显地看到《史记》作者司马迁对于历史人物所持的褒贬尺度和所表现出来的爱憎感情,是与当时的封建正统思想有所不同的。他对于封建帝王,即使是当代帝王,也并不是一味地歌功颂德,而是既写他们的功绩和作为,也写他们的缺点,以至暴露和批判他们的黑暗和残暴,凛然表现出一个史学家"不虚美,不隐恶"的公正不阿的态度。当时统治者大讲阴阳五行之学,对刘氏的获得统治权一事加以神秘化,既渲染他们是"受命帝王",又把他们树立为精神偶像。但司马迁却从他朴素的唯物主义思想和批判的精神出发,基本上本着实事求是的态度,还他们以本来的面目。这是司马迁独有的勇气和胆识。如《史记》中写汉高祖刘邦,固然没有抹杀他推翻暴秦、统一天下、开创大汉帝国的历史作用,还写出了他的知人善任、深谋远虑等政治家的眼光和作为,但也没有放过对他的虚伪、狡诈和无赖品质的揭露。书中写刘邦原是个"不事家人生产作业""好酒及色"的市井歹徒,在与项羽争天下时,他固然很有计谋,但也处处表现出残酷无情和市井无赖嘴脸。如在《项羽本纪》中,记载他有一次被项羽军追逐,为了自己逃命,竟将自己的儿子孝惠、女儿鲁元推下车去,他的车夫滕公看不下去,"常下收载之",而他却"如是者三",即一而再再而三地把孝惠、鲁元往车下推。有一次项羽被围困,军粮断绝,为了解围,说要杀刘邦的父亲,刘邦却说:"吾与项羽俱北面受命怀王,曰'约为兄弟',吾翁即若翁,必欲烹而翁,则幸分我一杯羹。"在当了皇帝后,写刘邦当着众人的面讽刺自己的父亲:"始大人常以臣无赖,不能治产业,不如仲力;今某之业所就,孰与仲多?"叔孙通为他制定朝仪,引群臣行礼,他顿时飘飘然,说"吾乃今日知为皇帝之贵也",完全是一副小人得志、得意忘形的嘴脸。在《张丞相列传》里,还写出刘邦白日拥戚姬取乐,正好被前去奏事的大臣周昌碰上,周昌见状急忙避开。而刘邦竟追上周昌,骑在周昌脖子上,厚颜无耻地问道:"我何如主也?"戆直的周昌也直言不讳地回答道:"陛下即桀纣主也。"在《萧相国世家》中写刘邦猜忌功臣,而在《淮阴侯列传》中,更具体地揭露了刘邦诛杀功臣的罪行,借韩信之口,道出了"狡兔死,良狗烹;高鸟尽,良弓藏;敌国破,谋臣亡"的话,揭露了刘邦对开国功臣的刻薄寡恩,同时也进一步揭示了封建社会君臣间的互相利用关系和互相猜忌的现象。作者正是通过这些不避忌讳的描写,揭露了汉代开国之君的真实面貌,这在当时是很需要些勇气和胆识的。

《史记》对"今上"汉武帝同样作了许多大胆的揭露。据说司马迁在《史记》中原著的《武帝本纪》因触犯忌讳太多已被抽掉,今本《史记》里的《景帝本纪》《孝武本纪》是后人补撰的。[①] 但从《史记》的其他篇章里,我们仍旧可以看到,司马迁对与他同世的帝王武帝的揭露和讽刺,并不亚于对高祖刘邦的揭露和讽刺。如在《封禅书》中,着意写下了武帝求仙访道的一些荒唐可笑的事实;在《平准书》里,记载了武帝为了享乐和对外发动战争而加重税敛,迫使老百姓服役的状况。特别是对汉武帝的暴力统治,作者更作了无情的揭露,并流露出十分愤激的情绪。在《酷吏列传》中,司马迁着意对围绕在汉武帝周围的一群酷吏

---

① 《汉书·艺文志》著录"《太史公》百三十篇",附注"十篇有录无书"。《史记》成书后曾以单篇流传,至东汉已有亡佚。据后人说《武帝纪》等系"元、成之间,褚先生(少孙)补缺"(见《汉书》注引张晏语)。至于景、武两《本纪》因触犯武帝而被削去之说,见《魏志·王肃传》:"汉武帝闻迁述《史记》,取孝景及己《本纪》览之,于是大怒,削而投之。"

作了细致的记述,勾画了他们作为统治者爪牙鹰犬的狰狞面目。如写张汤"为人多诈,舞智以御人",但最受武帝的信任。他治狱时,善于巧立名目,不问是非,专以武帝的私心好恶为准。杜周也是同样角色,他治狱,"上所欲挤者,因而陷之;上所欲释者,久系待问,而微见其冤状"。有人质问杜周:"君为天子决平,不循三尺法,专以人主意指为狱。狱者固如是乎?"杜周说:"三尺安出哉?前主所是著为律,后主所是疏为令。当时为是,何古之法乎?"这里揭露了封建社会所谓法律的实质,同时也说明了那些爪牙鹰犬们能够取得重要政治地位、掌握生杀大权的主要原因。又记王温舒任河内太守时,大肆捕人,"连坐千余家","流血十余里"。按照古代律令,立春后即停止用刑,这个嗜杀的酷吏竟气急败坏地顿足说:"嗟乎!令冬月益展一月足吾事矣。"作者接着满腔愤怒地揭发说:"其好杀伐行威不爱人如此!天子闻之,以为能,迁为中尉。"汉武帝就正是这群刽子手的后台。

(二)同情人民的起义和反暴斗争。

司马迁不仅大胆地揭露了统治集团的罪恶,而且也热情地描写了广大被压迫人民的起义和反抗。在《酷吏列传》中,作者在描写酷吏们"以恶为治"的同时,也以同情的态度描写了各地人民的反抗活动:"大群至数千人,擅自号,攻城邑,取库兵,释死罪,缚辱郡太守、都尉,杀二千石,为檄告县趣具食。小群以百数,掠卤乡里者,不可胜数也。"这些反抗从来没有间断过,虽为统治者所镇压,但不久又"复聚党阻山川者,往往而群居,无可奈何"。司马迁一方面无情地揭露统治者的黑暗统治和对人民的压迫,一方面又着意描写人民的这些反抗斗争,说明他在一定程度上对"官逼民反"的必然性和合理性是承认的。司马迁热情地肯定和歌颂了历史上的一些反暴斗争,最突出的是他以极同情和尊敬的态度写了秦末陈胜、吴广的起义史。陈胜是秦末农民起义军最初的一个领袖,从起事到失败,不过半年,但司马迁却给以极高的评价。他说:"陈胜虽已死,其所置遣侯王将相竟亡秦,由涉首事也。"从而破例地把陈胜列入"世家"里去叙述,充分肯定了陈胜、吴广的历史地位和农民起义的历史作用。他还公然宣称:"桀纣失其道而汤武作……秦失其政而陈涉发迹。"把陈胜看作同于商汤周武一样的灭虐创新的历史人物。如果说在这以前许许多多人民起义由于史官们的偏见和敌视而湮没不彰,那么发生在大泽乡的这个历史的伟大一幕,却因司马迁的尊崇而流传下来,这是值得珍视的。同样地,司马迁也以非常饱满的热情写了《项羽本纪》,主要是因为项羽也是一个在秦末"乘势起陇亩之中"、一往无前地摧毁暴力统治的英雄人物。

因为痛恨暴政,所以历史上一些反抗暴政的志士,都成为司马迁歌颂的对象。在《刺客列传》中,他写了曹沫劫齐桓公,专诸刺吴王僚,豫让刺赵襄子,聂政刺韩相侠累,荆轲刺秦王政,对他们视死如归、勇敢无畏的反抗暴政的行为作了生动描写。当然,从我们今天看来,刺客们所采取的孤注一掷的个人暴力活动,任何时候都不可能触动统治者的根本统治制度,也就是说并不能真正解决社会上、政治上的任何实质问题,但在那种强暴欺凌孤弱的社会,在强权残酷地统治人民的时代,刺客们自我牺牲、反抗强暴的侠义精神,他们的悲壮事迹,却是可歌可泣的。司马迁刻画这些人物,也正好抒发了他对封建暴政的不满。司马迁在《游侠列传》中还写了一些救人之急、解人之难的侠义之士。当然,在当时的黑暗社会中,出现少数游侠之士,也是不能根本解决社会问题的。但在当时强权的压迫之下,广大被侮辱、被损害的人民,有苦无处诉,有冤不能申,在赴告无门的情况下,自然也会把希望寄托在主持公道和正义的侠义之士身上,渴望他们见义勇为,拔刀相助,拯救自己于水深火热之中。司马迁称赞:"今游侠,其行虽不轨于正义(按这里指的是封建统治者所认为的"王法"、道德规范),然其言必信,其行必果,已诺必诚,不爱其躯,赴士之厄困;既已存亡死生矣,而不矜其能,羞伐其德,盖亦有足多者焉。"意思是说,游侠的行为虽不符合封建统治者的道德,但他们对人忠诚,讲信用,能以自我牺牲精神来解救人的困厄,而且成功以后,还一点儿也不夸耀自己的功劳。当时的游侠成分是很复杂的,因此司马迁特地加以区分,他说:"至如朋党宗强比周,设财役贫,豪暴侵凌孤弱,恣欲自快,游侠亦丑之。"就是说,那些拉帮结伙,以财势压人,横行乡里的豪强,却并非什么游侠,相反地"游侠亦丑之"。他所认为的游侠,就是像他所着意歌颂的朱家、郭解等人物,他们"振人不赡,先从贫贱始""振人之命,不矜其功",这才是人民所欢迎的。司马迁歌颂游侠,实际上是歌颂了广大人民反抗强暴的愿望。

《史记》除写游侠、刺客外,还写了其他一些出身中下层的社会人物,如《魏公子列传》中为魏公子出计窃符救赵的夷门监者侯嬴,椎杀大将晋鄙的屠者朱亥,促醒魏公子归救魏国的毛公、薛公。虽然他们地位低下,但都有一些优良的品质,在历史事件上起过作用,司马迁对他们进行了热情的歌颂。作为历史著作来说,以后封建时代两千年的"正史",绝少写这样一些人物和内容。再加上它敢于揭露和讽刺当朝的开国之君和在位的皇帝,因此,封建正统史学家班固曾指责说"其是非颇缪于圣人"(《汉书·司马迁传赞》),东汉末王允还攻击《史记》是一部"谤书"(《后汉书·蔡邕传》引)。实际上,这正显示出司马迁的思想有高出于那些正统思想家和学者之处,是需要我们加以充分肯定的。

(三) 热情歌颂爱国人物和有重大历史贡献的人物。

除上述谈到的以外,《史记》里面写到一些帝王将相和一些文武官吏时,也表现了鲜明的倾向性。它以巨大的热情歌颂了一系列的爱国人物和有重大历史贡献的人物。例如在《魏公子列传》中,作者以极大的热情写了信陵君礼贤下士的行为及窃符救赵、驱车归魏的爱国精神。① 在《廉颇蔺相如列传》中,作者热情地表彰了蔺相如的有胆有谋以及"先国家之急而后私仇"的高贵品质。文中写他为了完璧归赵,曾怒斥秦王无信,并欲与璧俱碎,终于使得强秦屈服;为了维护大局,着眼

---

① 信陵君不耻下交,受到看门人侯嬴、屠者朱亥的帮助,得以窃符救赵。秦犯赵,赵、魏是邻国,赵亡魏亦将不保,故救赵也是救自己的祖国。后来信陵君畏魏王对他报复,留赵十年不归。秦兵攻魏,信陵君毅然驱车回归,保卫了祖国。

国家利益，他忍辱退让，不与廉颇争位。文中对于廉颇也是肯定的，写他豪迈率直，勇于认错，所谓"负荆请罪"的故事，也正说明他是一个深明大义的爱国将领，有着知错就改的优良品质。在《李将军列传》中，作者以十分景仰的心情写了飞将军李广的生平事迹。文中详细地记述了他保卫祖国的功绩，有声有色地描写了他超凡绝伦的勇敢，以及使敌人闻之丧胆的声威。还写他廉洁奉公和爱护士卒："为二千石四十余年，家无余财，终不言家产事。""广之将兵，乏绝之处，见水，士卒不尽饮，广不近水；士卒不尽食，广不尝食。"可是就是这样一位勇敢善战、清廉正直、不惮劳苦的爱国将领，却终生受到贵戚们的排挤，在受压抑和受迫害中过了一生，最后竟落得被迫"引刀自刭"的悲惨结局。因此，作者对此表现了极大的不平和愤慨，在篇末特意作了这样的记载，说李广死后，"广军士大夫一军皆哭。百姓闻之，知与不知，无老壮皆为垂涕"。他把人民和士卒对李广的爱戴和统治阶级对李广的迫害，作了强烈的对比，深刻地揭露了汉朝政治的黑暗和腐败。《屈原列传》既记载屈原事迹，同时又是作者的抒愤之作，作者一方面抨击了楚国贵族集团的腐朽卖国，一方面热情地歌颂了屈原"正道直行""九死不悔"的品德和伟大的爱国主义精神。作者歌颂和赞美这些人物，都寄寓着自己的政治理想和爱憎感情。

《史记》的内容是很丰富的，作者还描述了历史上许多卓有贡献的政治家、军事家、思想家、医学家等等，记述了他们的生平和历史贡献。如果没有司马迁为这些人物立传，他们的光辉业绩很可能就泯灭不存了。

从以上许多事例可以看出，司马迁在撰写历史人物传记和记载历史事件时，极其深刻地表现了自己鲜明的爱憎。司马迁歌颂历史上反抗暴政的英雄人物，称赞那些有爱国思想、有高尚品格，以及在政治、军事、科学、文化上有重大贡献的历史人物；他讽刺和斥责残暴的统治者及其他一些丑恶现象。这正是司马迁及其《史记》的进步性的具体表现。

第三节 《史记》人物传记的文学成就

《史记》开创了我国纪传体的史学,同时也开创了我国的传记文学。司马迁《史记》以前的历史著作,或系年记事,或分国记事,虽然也写到许多人物,但一般都流于片断,不够集中,而且在更多的情况下,人物是作为某一历史事件的附庸而出现的,目的只在记述某一时期发生了某事,在某事件中有某些人物在活动而已。因此,它们虽然也写到一些人物,甚至在某些篇章里也较生动地刻画了人物性格,但总的来说,是分散而不完整的,给人的印象是不够深刻的。而司马迁的《史记》则采取了以写人物为中心,即用记录人物一生事迹的办法来反映历史情况。这样,它就有可能更充分、更集中地刻画人物性格,并较完整地写出人物的一生和命运。因此,司马迁的这种主要以写人为对象的纪传体的创立,就更接近作为"人学"(高尔基语)的文学,也就是说,它与文学主要靠描写人物来反映生活的这一特征,在精神上有更多的一致性。

其次,《史记》写人物的生平,并不是一般的、概括的叙述,而是通过对人物生活经历的具体描绘,即通过人物的言行,通过人物活动场面的具体描写,来再现历史人物的生动面貌。这种对历史人物具体、形象的描写,显然使之增强了文学特征。不仅如此,作者还善于通过他对某一历史人物的主要思想、主要贡献的认识,而对历史材料进行精心的取舍,把能够表现人物主要特征的事件加以详细的记述和描写,把不能表现主要特征的事件加以摒弃或简单带过。这样,就使得人物的思想、性格突出出来,而且一般都能带有鲜明的个性色彩。因此,《史记》中所写的历史人物众多,但其面貌并不雷同,即使是同一阶级、同一阶层或活动在同一时期的人物,其性格、性情也各有特点。这也是《史记》人物传记富有文学特征和文学色彩的一个原因。

另外,《史记》在描写历史人物时,不仅秉承着"实录"精神对人物的生平活动加以如实记录,而且也寄寓着自己的褒贬和鲜明的爱憎感情。但作者的褒贬和爱憎,主要不是靠发议论、作判断表现出来的,而是"寓论断于叙事"之中,也就是说,作者的倾向性,主要是通过对人物形象的具体描写,自然地流露出来的。关于这一点,古人早已有发觉,如顾炎武《日知录》卷二十六说:"古人作史,有不待论断而序事之中即见其指者,惟太史公能之。"也就是说,《史记》的倾向性是靠形象的感染力表现出来的,这也是它与一般历史著作不同,而更接近文学作品,具有文学特征的地方。明茅坤说:"读《游侠传》即欲轻生,读《屈原贾生传》即欲流涕,读《庄周鲁仲连传》即欲遗世,读《李广传》即欲力斗,读《石建传》即欲俯躬,读《信陵平原君传》即欲好士。"这种动人心弦、移人性情的效果,并不是一般史书所能达到的,这正是司马迁《史记》一书所特有的成就,是它独以被视为传记文学的缘故。

我们知道,历史与文学本是两种不同的学科,它们分别表现出人类两种不同的认识形式,前者属于科学的范畴,后者是艺术的范畴,而《史记》的人物传记则是它们的巧妙结合和统一。也就是说,《史记》既是一部伟大的史学著作,同时也是一部伟大的古典文学作品;司马迁既是一位伟大的历史学家,也是我国文学史上卓有成就的文学家。在中外文学史上,常常有这样一种现象,一个卓越作家的名字,往往是与他作品中的一些具体的、个性鲜明的主人公的名字紧紧联系在一起的。如说到曹雪芹,就会联想到贾宝玉、林黛玉、薛宝钗和王熙凤;提到托尔斯泰,就会使人联想起安娜·卡列尼娜、喀秋莎·玛斯洛娃;同样,提到司马迁的名字,我们就会联想到项羽、李广、刘邦、陈胜、张良、韩信、廉颇、蔺相如等许多栩栩如生的历史人物。《史记》在传记文学中所达到的这一境界,也正说明它是完全可以厕身于世界文学名著之林的。

《史记》的人物传记在描写人物上有极高的艺术成就,下面我们就讲一下《史记》作者司马迁在写人物时具体运用了哪些艺术手法。

(一)善于抓住历史人物一生中最具有典型意义的事件和行动,突出人物的主要性格特征。

司马迁在《留侯世家》里曾说过这样的话:"(张良)所与上从容言

天下事甚众,非天下所以存亡,故不著。"张良是辅佐汉高祖刘邦定天下的人物,是当时的一位著名的谋臣,他平时对刘邦谈论天下的事绝不会少,但凡是和天下存亡没有大关系的言行,都不足以表现这个人物,所以就都舍弃不录。这虽然是司马迁就写张良传时说的,而实际上乃是司马迁写人物传记选择材料方面的一项总的原则。我们知道,任何一个人,他的生平活动总是很多的,在写人物传记的时候,既不可能,也无必要都完全写到传记中去,应该抉择那些对这一人物来说最具有代表性的事件和言行,只需能够说明和表现出他的主要业绩和性格特征就可以了。相反地,如果有闻必录,巨细不分,反而会模糊人们对这一人物的基本认识。因此,严格地取舍材料,可以说是能否成功地写好一篇人物传记的关键。司马迁在写人物传记时,是十分精于材料的取舍和选择的。我们可以举《项羽本纪》为例。项羽是秦末反秦起义中的一个具有传奇色彩的英雄人物。他性格的突出特点是勇武过人,所向无敌,为人直率磊落,不善于也不屑于使用计谋;又加以刚愎自用,残酷暴烈,因而最终遭到了失败。作者是把他作为一个失败了的盖世英雄来加以描写和歌颂的。对于这样一个叱咤风云,不可一世,而又在短短的时间里骤然覆灭的悲剧性人物,作者是抓住他生平中三件大事来表现的:一是钜鹿之战,二是鸿门之宴,三是垓下之围。作者在《项羽本纪》中紧紧抓住这三个重大事件做了详细描写,淋漓尽致地刻画了项羽主要性格特征。钜鹿之战写他如何叱咤风云,勇冠三军,摧毁秦军主力,成为反秦运动中众望所归、天下注目的英雄人物。鸿门之宴写他坦率、天真,以"不忍"之心,轻纵了敌手,以至于坐失良机,为自己留下了后患和悲剧的种子。垓下之围写他慷慨别姬,勇敢突围,斩将杀敌,所向披靡,后退至乌江,乌江亭长要他渡江,他不愿忍辱偷生,因"无颜见江东父老"而不肯东渡,终于从容不迫地把头颅送给了敌人,自刎而死。作者正是抓住了有关项羽兴败存亡的这三项重大经历和事件,生动地显示了项羽这一传奇人物的主要性格特征,也表达了作者对这一英雄人物的深切同情和对他身上某些弱点的批判。

再以《史记》中著名的《廉颇蔺相如列传》和《李将军列传》为例。蔺相如是一位文臣,但他能够做到不畏强权、不避性命之危,来维护国家利益;在他位列上卿之后,又能谦虚忍让,顾全国家大局,正是历史上一位有名的高尚爱国之士。司马迁在传中则主要抓住他的三次活动来表现他的业绩和为人:一是完璧归赵,表现他勇敢机智,不负重任;二是渑池之会,表现他凛然正气,不辱国体;三是引车避让,表现他以国为重,不念私仇。正是通过这三个生动场面的描写,把蔺相如这样一个功勋卓著、品德高尚、对国家有高度责任感的人物形象充分地表现了出来。李将军即李广,是汉代一位有名的军事家和爱国将领。他一生的主要事迹是抗击匈奴,历任边郡太守,"以力战为名"。传中记述他"结发与匈奴大小七十余战",是个勇敢善战、屡奏奇功的人物。但司马迁在传记中却只选择了其中的三次遇敌和战斗。一是写他有一次率领百骑做随从,追击匈奴射雕者(善射的猎手),忽然遭逢匈奴劲旅数千骑,他的百骑随从"皆大恐,欲驰还走",而他却冷静地分析了当时的情势说:如果逃走,必遭匈奴兵追击,在众寡悬殊的情况下,会被"匈奴追射我立尽"。于是他毅然下令靠近敌人,用疑兵之计,使匈奴不敢接战,最后终于脱离险境,显示出他的智勇双全。二是写他有一次出雁门山北击匈奴,因伤病被匈奴生俘,在中途他竟佯装已死,在敌人不备时,伺机夺取弓马,射杀追骑,脱归汉营。再一次表现了他的勇敢和机智。三是写他有一次率领四千骑出征,深入敌境后,突遭匈奴四万骑的包围,他的部下都很恐惧。为了稳住军心,他派遣儿子李敢带领数十骑直冲敌阵,再分两路杀回来,以示敌人没什么了不起。于是令军士布成圆阵,以抵御四面之敌。在"矢下如雨,汉兵死者过半,汉矢且尽"的情况下,李广亲挽巨弓,射杀敌军副将,以振奋士气:"会日暮,吏士皆无人色,而广意气自如,益治军。军中自是服其勇也。"这样一直力战坚持到援军来到,解围而还。司马迁在李广亲身经历的大小七十多次战斗中,特意选择了这样三场惊险的战斗来写,是因为这三战足以表现出李广有智有谋的军事才能和他作为"汉之飞将军"的英雄本色,以及某些令人神往的传奇色彩。李广虽一生驰骋疆场,才气无双,屡奏战功,但政治遭遇却非常不幸。与他同时守边出战的大小同僚以至下属,"名声出广下甚远"者,先后都得封侯,他却不得升迁,最后竟遭迫害而死于军中。司马迁在传中通过具体事件的描写,歌颂了他的爱国思想和军事才干,也对他的不幸寄寓了深厚的同情。

司马迁写的是历史人物,必须根据历史事实,对人物事迹是不能够凭空虚构、添加或改动的。但他在刻画人物时,却精于判断和剪裁。司马迁善于在一个历史人物身上,窥测出他一生中最值得注意的事迹,判断出他的主要倾向而给以公正的评价;特别是善于抓住人物一生中最具有典型意义的事件和行动,加以细腻的描写,突出人物的主要性格特征。因此,司马迁所写的史传,既形象鲜明,深刻动人,又不损害历史的真实。

为了突出某一历史人物的基本倾向和主要性格特征,司马迁还常用"互见法"。所谓"互见法",就是把关于某一历史人物的部分材料,不放在本传中写,而移到其他人物传记中去写。司马迁这样来处理材料,可能出于几种目的,如为了避免重复,为了避免遭祸(如对汉高祖刘邦、汉武帝的描写)等,但最主要的目的依然是从对某一历史人物的基本认识出发,将材料加以有意识的安排和剪裁,以使它们服务于对某一人物形象的塑造。如在《项羽本纪》中,作者集中了一切有关重要事件,突出了项羽叱咤风云、气盖一世的英雄形象;为了不损害他的英雄性格,便把他的许多政治、军事上的错误放在《淮阴侯列传》中写。又如《魏公子列传》主要写出一个谦虚下士的贵公子形象,因而传中就集中地叙述了这位贵公子信陵君怎样"自迎夷门侯生"和"从博徒卖浆者游"的故事,至于秦国索取范雎的仇人魏其的头颅,信陵君害怕秦国,不肯容纳魏其,以致引起魏其"怒而自刭"的事,《魏公子列传》中就没有写,而是放置在《范雎列传》中。这样做显然也是为了不损害信陵君的形象。这是司马迁普遍采用的方法。他有时注明"其事在《商君》语中"(《秦本纪》)、"语在《晋》事中"(《赵世家》)、"语在《淮阴侯》事中"(《萧相国世家》)、"语在《田完世家》中"(《滑稽列传》)等等,不胜枚举。有时不注明,而实际在运用。这种写法不只是为了避免重复,主要还是为更好地描写人物服务。这样做既忠于历史的真实,又不损害人物形象的完整性。这些可以充分地说明,司马迁善于抓住人物性格的基本特点,然后对事实加以抉择,选择主要事件作集中的表现,这就使人物性格表现得十分鲜明突出,而且也比较清楚地表达出作者对某一人物的褒贬、爱憎。

《史记》传记中对人物的描写,固然主要是描写他们的重大社会活动,靠对重大历史事件的描写来表现人物的思想性格的,但《史记》有时也描写了一些似乎离主要事件较远的琐事,有些描写看似闲笔,无关宏旨,却在展示人物思想性格上起着作用。如《项羽本纪》中,一开始便描写了项羽这样两件事情:

> 项籍少时,学书不成,去,学剑,又不成。项梁怒之。籍曰:"书,足以记名姓而已;剑,一人敌,不足学。学万人敌。"于是项梁乃教籍兵法;籍大喜,略知其意,又不肯竟学。……
>
> 秦始皇帝游会稽,渡浙江,梁与籍俱观。籍曰:"彼可取而代也!"梁掩其口,曰:"毋妄言,族矣!"梁以此奇籍。籍长八尺余,力能扛鼎,才气过人,虽吴中子弟,皆已惮籍矣。

这两段对于项羽少年时代事情的描写,并不能说是项羽故事中的主要情节,但作者还是较细致地写到了它们,因为这对读者了解项羽的性格是有作用的。由项羽同项梁的几句对话中,充分表现了他的粗犷、不驯的性格和少年时即已具有的奇异不凡的抱负,还从对他的身材、膂力以及少时就威慑乡里的描写中,依稀地透露出后来他作为一个西楚霸王的影子。

又例如荆轲一生的主要事件是刺秦王,但传记中也描写了他与盖聂论剑的事,描写了他与鲁勾践下棋争道的事,描写了他与高渐离在市井上慷慨悲歌的事。同样,对于韩信,除描写了他的复杂的政治生活以外,也描写了少年时被乡间恶少欺凌的故事等等。这些描写虽不是一个人物的主要事迹,但也绝不是毫无目的的。这种描写乃是为了更好地烘托出人物的性格。如从对荆轲的多方面的描绘,就使我们知道荆轲虽是一个大胆的刺客,却不是一个无理性的莽汉,他有着自己坚强的个性和远大的抱负,对人对事都很有侠义风度。对韩信宁可出人胯下而不乘一时之怒去惹灾祸的描写,表现出他的阔大胸怀和善于忍小辱而图大谋的性格。《史记》中有不少细节描写是十分传神的,如《李将军列传》中写"广出猎,见草中石,以为虎而射之,中石没镞。视之,石也。因复更射之,终不能复入石矣",这个细节显示出李广的神武和多力善射,写出在危急中当他用尽全部力量射箭时是多么有威力。而这个细节也更给飞将军李广添上了传奇色彩。又《李斯列传》写李斯"年少时,为郡小吏。见吏舍厕中鼠食不洁,近人、犬,数惊恐之;斯入仓,观仓中鼠食积粟,居大庑之下,不见人、犬之忧。于是李斯乃叹曰:'人之贤不肖,譬如鼠矣,在所自处耳!'"这里,充分表现了李斯精神面目的卑污。他用老鼠自比,认为自己一生只要像仓中老鼠那样所占多有就行了。这一龌龊的思想和卑污的灵魂,正与他后来虽然做了宰相,却只知道保有自己的富贵利禄,不肯坚持正义的性格是一致的。再如《陈涉世家》开始写陈胜为人佣耕时与同伴的一场对话:

> 陈涉少时,尝与人佣耕,辍耕之垄上,怅恨久之,曰:"苟富贵,无相忘!"庸者笑而应曰:"若为庸耕,何富贵也?"陈涉太息曰:"嗟乎!燕雀安知鸿鹄之志哉!"

从陈胜的这些话中,一方面使我们看到当时处在贫贱地位的陈胜是有不平、有大志的,对于一起的伙伴也是有着同命运、共甘苦的阶级感情的;但也不难看出,他很自负,对同伴有一种轻蔑态度。他有不平,有大志,后来发展到大泽乡起义;但又很自负,轻蔑别人,后来起义为王,由于阶级地位的变化,性格的这一方面就更为发展,竟产生了杀旧时伙伴的行动,导致"诸陈王故人皆自引去,由是无亲陈王者"。这就不仅写出了陈胜失败的原因,也从一开始就预示着人物日后的发展。由此可知,《史记》于人物写大事,不遗漏人物的主要事迹,但常常也有抉择地写某些小事,这对写历史来说或许并非必要,但对写人物来说,却有助于使人物形象更为丰满,个性更鲜明,特别是有些细节,有助于展示出人物的思想发展,脉络清晰地写出人物的性格史。

(二)善于把人物事迹、历史事件故事化。

《史记》写人物还有一个重大的特点,就是具有强烈的故事性。它写人物的生平,既不是平铺直叙地介绍梗概,也不静止地介绍人物的言行,而是具体地写出人物之间的关系、矛盾和冲突,构成曲折动人的故事情节,引人入胜。《项羽本纪》中"鸿门宴"一节就是有代表性的例子。

鸿门宴的故事写刘邦攻入秦都咸阳以后,想独霸秦地称王。刘邦手下的曹无伤使人向项羽告密,项羽大怒,想消灭刘邦军。项羽的叔父项伯,素与刘邦的谋臣张良友善,便劝说张良早日离开刘邦军,以免遭祸。张良不肯,反入见刘邦,报告了这一紧急情况。刘邦很惊恐,便通过项伯向项羽疏通,表白自己绝无野心,并于次日亲至羽军驻地鸿门来谢罪。于是一场惊心动魄的鸿门宴上的斗争就这样展开了。在宴会上,项羽的谋臣范增看出刘邦是项羽最危险的潜在敌手,坚决主张趁机杀掉刘邦。他几次向项羽示意,项羽皆默然不应,不肯下手。范增令项庄舞剑刺杀刘邦,又得到项伯的掩护。在这紧急关头,刘邦的随从战将樊哙闯进帐来,为刘邦说话,项羽很欣赏他的壮武,赐酒食使他同坐。不久,刘邦便借机溜走了。文章最后写,当范增闻知刘邦已逃时,便拔剑砍碎了刘邦送来的玉斗,感叹地说:"唉!竖子不足与谋!夺项王天下者,必沛公也,吾属今为之虏矣!"刘邦回军后,立时诛杀了曹无伤。

从"鸿门宴"这一节文字看,《史记》作者十分善于把人物事迹、历史事件故事化。这段文字写刘、项集团面对面的斗争,从发端、发展、高潮到结尾,结构完整,惊险曲折,引人入胜。同时,作者通过这种紧张、复杂的情节描写,也成功地揭示了不同人物的不同性格。

我们看这段文字是怎样写出项羽和刘邦之间的不同性格的。

当曹无伤把刘邦"欲王关中"的野心偷偷地报告给项王的时候，"项羽大怒，曰：'旦日飨士卒，为击破沛公军！'"可是当鸿门宴上刘邦把事先准备好的一席温顺言语对项羽讲过以后，他不但不肯杀刘邦，反而将曹无伤通报消息的事向刘邦讲了出来："此沛公左司马曹无伤言之，不然籍何以至此！"这是多么过于天真，说明项羽实在是一个缺乏机智、轻信人言的莽撞汉。

又如当范增嘱咐项庄假借用舞剑上寿的机会去刺杀刘邦的时候，张良忙出去，把刘邦的卫士樊哙叫了进来。"樊哙侧其盾以撞，卫士仆地，哙遂入。披帷西向立，瞋目视项王，头发上指，目眦尽裂。"在这剑拔弩张的情况下，项羽却丝毫没有体会到斗争的尖锐性，反而称赞樊哙为"壮士"，并赐予酒食。当樊哙又将一席巧言动听的话说给项羽听的时候，项羽则"未有以应，曰：'坐'！"我们似乎真的看到项王在刘邦、樊哙的一片巧言愚弄下，竟自己感到惭愧和内疚的情态。

我们再反过来看看，沛公刘邦在这件事的前前后后是怎样做的。

当刘邦得知项羽要发兵攻打自己的时候，便虚心听取了张良的建议，想利用项伯来度过这个难关。我们看下面的一段对话：

> 沛公曰："君安与项伯有故？"张良曰："秦时与臣游，项伯杀人，臣活之。今事有急，故幸来告良。"沛公曰："孰与君少长？"良曰："长于臣。"沛公曰："君为我呼入，吾得兄事之。"张良出，要项伯。项伯即入见沛公。沛公奉卮酒为寿，约为婚姻……

这表现出刘邦是多么精细老练，多么会拉拢人和利用人。他先问张良与项伯关系的深浅，以思忖是否靠得住，接着又问年纪的长幼，然后想出了一套如何逢迎项伯的办法。这一切都表现了刘邦机智权变的性格。

又如刘邦由鸿门脱险回营以后，便立刻斩了内部的敌人曹无伤；可是项羽对于项伯通风报信、维护敌人的一些表现却不闻不问。这也表现了他们两人在政治警觉方面的差异。

总之,作者通过鸿门宴这个具有戏剧般的冲突的情节,成功地展示了项羽和刘邦两个历史人物的个性:一个是豪爽、无谋和轻敌;一个是机智、老练和精细。同时,其他人物如范增、张良、樊哙、项伯等的性格,都由于在这场斗争中的不同态度而有很好的表现。

再从故事情节来看,这段文字也颇为波澜起伏,奇绝动人。如故事首先写曹无伤告密,项羽大怒,"旦日飨士卒,为击破沛公军",好像项、刘的一场火拼即将发生,但突然出现了项伯顾念与张良的私情,去通风报信,并被刘邦所利用,使一场迫在眉睫的厮杀缓和下来。接着是鸿门宴的场面,"范增数目项王,举所佩玉玦以示之者三"。这时只要项羽一点头,刘邦就要人头落地。但"项王默然不应",使冲突又暂时按捺下来。但是一波未平,一波又起,接着出现了"项庄舞剑,意在沛公"的场面。不料项伯又再次出场,"常以身翼蔽沛公",使项庄不得击。但刀光剑影,在席间闪耀,只要项伯稍有破绽,遮挡不住,刘邦即刻就要被刺亡身,形势已十分紧迫。这时张良急引樊哙入内,樊哙手执武器,闯帐而入,与项王怒目而视,似乎一场你死我活的较量就要开始了。但性情暴烈的项羽,却对樊哙这种"死且不避"的胆量、风度大为欣赏,尊为"壮士",赐以酒食,矛盾反而得到缓解。接着是刘邦的不辞而别,一场险绝、奇绝的斗争就此结束。故事从曹无伤告密开始,波澜起伏,大起大落,直至曹无伤最后被诛而结束,有首有尾,结构严谨而又曲折动人。总之,故事化的手法和紧张场面的运用,使《史记》的叙事更为生动而饶有波澜,人物形象也各具特征而更为个性鲜明,因而成为历史与文学互相结合的典范著作。

(三)对话语言符合人物个性,生动传神;抒情、叙事极富表现力。

最后,我们也应谈到《史记》在运用语言方面的突出成就。《史记》写人物写得那样活现,写场面写得那样动人,是和它在语言上的巨大成就分不开的。《史记》在人物的对话语言和叙述语言上都有极大的创造。《史记》里面的对话语言都力求表现人物的性格。《史记》所写的人物,各有不同的性格,也各有不同的语言。每个人物所说的话都是和其性格、身份以及心理状态相一致的。例如《吕不韦列传》中,吕不韦看见安国君的儿子子楚质于赵,处境很不得意,就想利用他"以钓奇"。"见而怜之,曰:'此奇货可居!'"这句话的口吻,充分表现出"往来贩贱卖贵,家累千金"的大商人吕不韦的身份和心理。

《淮阴侯列传》中,描写韩信年轻时受到里中少年的欺侮,他们对韩信说:"若虽长大,好带刀剑,中情怯耳!""众辱之曰:'信能死,刺我;不能死,出我袴下!'"这多么真实地写出了一群流氓恶少在欺侮人、奚落人时的无赖口吻。

在《廉颇蔺相如列传》中,写蔺相如自愿为赵王奉璧入秦时说:"王必无人,臣愿奉璧往使。城入赵而璧留秦;城不入,臣请完璧归赵。"这表现了蔺相如的谦虚本色和对事负责的态度。

此外,像《魏其武安侯列传》中,写窦婴和田蚡廷辩后,太后因袒护田蚡而向武帝发脾气:"今我在也,而人皆藉吾弟,令我百岁后,皆鱼肉之矣!且帝宁能为石人耶?此特帝在即录录,设百岁后,是属宁有可信者乎!"这种唠叨的口吻,十足表出一个不问是非曲直、只知袒护私人的老太婆生着气、埋怨人的情态。

为了达到通俗、传神的目的,《史记》有时还直录口语入文,如《张丞相列传》写周昌口吃:"臣口不能言,然臣期期知其不可!陛下虽欲废太子,臣期期不奉诏!"把周昌在急切的情况下口吃的样子生动地表现了出来。又如《陈涉世家》中写陈胜旧时的伙伴来访,见他所居宫殿的豪华、众多,惊讶地说:"夥颐!涉之为王沉沉者!""夥颐",是陈涉故乡楚地的口语,是多的意思;"沉沉"是形容殿宇的广大深邃。这是典型的农民口吻,生动地表现了那个农民惊讶的神态和质朴的性格。

另外,《史记》中的叙述语言也是感情充沛和极富表现力的。所谓叙述语言,是指《史记》所写各种人物对话语言以外的部分,它包括作者直接叙写史实、发表议论、抒写感慨的部分,也包括在传记中描写人物情态、动作的部分。

前者我们可以举《屈原贾生列传》和《伯夷叔齐列传》为例。这两篇在这方面是特别突出的。

作者在记叙屈原、贾谊、伯夷、叔齐这四个人物的生平、遭遇时,是充满着强烈而真挚的感情的。我们看《史记》作者叙述屈原的遭遇:

> 王怒而疏屈平。屈平疾王听之不聪也,谗谄之蔽明也,邪曲之害公也,方正之不容也,故忧愁幽思而作《离骚》。《离骚》者,犹离忧也……屈平正道直行,竭忠尽智,以事其君,谗人间之,可谓穷矣。信而见疑,忠而被谤,能无怨乎?屈平之作《离骚》,盖自怨生也。《国风》好色而不淫,《小雅》怨诽而不乱,若《离骚》者,可谓兼之矣!

这种夹叙夹议、笔端饱和着真挚感情和强烈爱憎的叙述,不仅可以帮助我们更正确地认识到屈原的性格、品质和他作品的伟大意义,而且也使我们感到一种巨大的力量——也就是通过司马迁所表现出来的伟大的正义力量,即对于历史是非的公正裁断,对于真、善、美的维护和颂扬,对于假、丑、恶的谴责和抨击。这种对于爱国诗人充满同情、爱护和对于黑暗势力充满激愤、斥责的语言,本身就是一种抒情作品,与贾谊的名文《吊屈原赋》有着"异曲同工"的文学效果和价值。鲁迅即曾看到这一点:"《史记》里的《伯夷叔齐列传》和《屈原贾生列传》除去了引用的骚赋,其实也不过是小品,只因为他是太史公之作,又常见,所以没有人来选出、翻印。"(《且介亭杂文二集·杂谈小品文》)在《史记》全书中,这种情文并茂的叙述文字还是很多的。通过这些具有丰富的感情和鲜明倾向的抒情性语言,构成和涌现出新的性格,正像透过抒情诗可以看到抒情主人公的形象一样,在我们面前也有一个伟大的太史公的形象。

在描写人物动作、情态部分,《史记》特别显示了它的语言简练、精确的特点。它往往使用一两句话,甚至只用很少几个字,就能够生动、有力地渲染出环境气氛或人物的情态、心理。

如写蔺相如在秦王面前:"王授璧,相如因持璧却立,倚柱,怒发上冲冠,谓秦王曰:'……大王必欲急臣,臣头今与璧俱碎于柱矣!'相如持其璧睨柱,欲以击柱。"简单的几句描写,就把一个十分紧张的场面,把蔺相如在暴君面前的一副英雄气概,充分无余地描绘了出来。又如写荆轲刺秦王,未成功,反而被秦王所击,"断其左股","被八创",但荆轲却"倚柱而笑,箕倨以骂",这八个字,活脱地表现出一个义侠志士虽死不屈的悲壮场景。又如写刘邦破咸阳后欲王关中,误听人言过早地暴露了自己的企图,以致项羽要发兵来攻伐,张良入见刘邦,报告了这个消息,并带着责备的口吻问刘邦:"料大王士卒,足以当项王乎?""沛公默然,曰:'固不如也,且为之奈何?'""默然"两个字就非常形象和深刻地描绘出当时刘邦的心理活动——担心、后悔、自责,以至一筹莫展的无可奈何心情。《张仪列传》中,描写张仪受秦的主使,到楚国去挑拨齐、楚的关系。他伪称秦将以商於之地六百里予楚,以令楚绝交于齐。楚王发觉受骗后,大怒伐秦,但楚兵大败,于是"秦要楚,欲得黔中地,欲以武关外易之。楚王曰:'不愿易地,愿得张仪而献黔中地。'秦王欲遣之,口弗忍言"。末后的这九个字是多么深刻地揭示了秦王的心理。他为了一己之利,竟打算把刚刚为他冒险立了大功的人出卖掉,但这件事究竟太露骨了,所以"口弗忍言",迟疑间不好一下说出口来。这样简短的两句话,毕现了当时秦王的心理和情态。像这种例子,在全部《史记》中是俯拾即是、不胜枚举的。

由此可见,《史记》人物形象描绘的深刻和生动,乃是与作者熟练的语言技巧分不开的。《史记》在叙事和记言中还常常引用民谣、谚语和俗语。如《淮南衡山列传》引用民谣"一尺布,尚可缝;一斗粟,尚可舂。兄弟二人不能相容",用以讽刺汉文帝和诸王兄弟们的内部倾轧。又如《李将军列传》引谚语"桃李不言,下自成蹊",来说明李广并不自我宣扬,却自然获得了别人的尊崇。司马迁吸取了这些民谣谚语,不仅使《史记》的语言更丰富多彩,更富于表现力,而且也直接地反映出人民的思想感情和情绪。《史记》在引用古代史料时,还常常把那些古奥难懂的古书,改写为汉代通行的书面语言,如他写《五帝本纪》《宋微子世家》时,把《尚书》中的《尧典》和《洪范》里"佶屈聱牙"的古语,改写为明白晓畅的今语,表明作者在语言上是赞成通俗化而反对复古的,从而也保证了《史记》全书语言风格上的统一。总的说来,《史记》的语言简洁、精练、明白、晓畅,成为后代中国散文的典范。

第四节 《史记》在文学史上的地位和影响

《史记》是伟大的历史著作,也是传记文学名著,是一部文学性很强的散文作品。它在史学和文学上都有崇高的地位。

从史学上讲,司马迁的《史记》是我国第一部从远古传说时代写到汉武帝时代的通史,也就是说它是第一部从古至今(对司马迁而言)的伟大历史巨著。同时,它还是我国纪传体史书的开创者。它以传记体的形式,比较完整地记载了汉代当世和以前的许多重要历史人物的生平事迹和种种活动,使后代对这些人物有史可察,有案可稽,这乃是一个极为巨大的贡献。而且它所记述的人物,既有上层贵族人物,也有社会下层人物;不仅写汉族,也写少数民族;不仅记中国,也记当时接触到的外国。因此,无论从内容的丰富或所包括时代的长远上看,《史记》都是一部前无古人的巨著,是后世史家的优秀楷模。宋代史学家郑樵曾评价《史记》一书说:"使百代而下,史官不能易其法,学者不能舍其书,《六经》之后,惟有此书。"(《通志·总序》)后来清代史学家赵翼也认为:"司马迁参酌古今,发凡起例,创为全史……自此例一定,历代作史者遂不能出其范围。"(《廿二史札记》卷一)事实上,自班固《汉书》以下至《明史》,以至《清史稿》这一系列的史书,在某些名目和门类上尽管有所改变,但基本上都是沿袭《史记》的体例。

作为一个伟大的史学家,司马迁的史学观点、修史的态度也是值得肯定和推崇的。从《史记》所反映的复杂、丰富、深刻的思想来说,司马迁无疑是他的时代中一位有独到见解的思想家。班固曾从封建正统思想出发,指责司马迁说:"论大道则先黄老而后六经,序游侠则退处士而进奸雄,述货殖则崇势利而羞贱贫,此其所蔽也。"(《汉书·司马迁传赞》)实际上,他所指责的"蔽",正是司马迁敢于冲破正统思想束缚的表现,是其进步历史观点之所在。当然,班固到底也不能不服膺司马迁治史时的实事求是的精神,说它"其文直,其事核,不虚美,不隐恶,故谓之实录"(《汉书》卷六十二《司马迁传赞》)。这种在写史时持正不阿、公正严肃、敢于求实的态度和精神,也正是后世许多进步的史学家和文学家所追踪的。

  从散文的发展史上看,司马迁把中国的历史散文推向一个新的高峰。在《史记》以前,著名的历史散文名著已有《左传》《战国策》等。《左传》把《春秋》中一条条简单的记事,铺张成有细节描写和人物活动的叙事文,反映了一些具体历史事件,增强了形象性。但《左传》的叙事为年月所分割,限制了叙事的连贯性和完整性,语言也不够流畅浅近。后来《战国策》在叙事和人物形象的描绘上比较生动,但也还是片断的、不完整的。《史记》无论是写人物、记场面都十分集中、完整;故事性强,结构谨严,匠心独具;而语言也平易简洁,生动传神。它不但对历史散文有影响,对唐、宋以后的古文发展也有重大影响。唐、宋古文家在反对形式主义的繁缛和艰涩古奥的文风时,即曾标举《史记》为典范。著名的所谓"唐宋八大家"以及明清的古文家,无不熟读《史记》,受到《史记》散文的熏陶。

  小说和戏剧同样受《史记》影响。《史记》传记中的故事化手法原具有小说的特点。它在人物的塑造、性格的刻画方面,人物对话的声口毕肖,以及细节的描绘和情节的安排方面,都给后世小说作家以很大启发。《史记》又是元明戏曲的一个重要题材来源。[①] 这说明《史记》的

[①] 据今人王伯祥统计,明人臧懋循刻印的《元曲选》中,取材于《史记》的作品有《伍员吹箫》《楚昭王疏者下船》《赵氏孤儿》《庞涓夜走马陵道》《冻苏秦衣锦还乡》《须贾诨范叔》《汉高皇濯足气英布》《随何赚风魔蒯通》八种。明末清初刻的《六十种曲》中有《浣纱记》《八义记》《千金记》三种,其他刊本流传的不在内。京剧剧目更不在少数。

影响是十分广泛而深远的。

第五节　班固的《汉书》

司马迁开创了纪传体的历史学,同时也开创了传记文学。最先继承《史记》体制而写的一部有名的史书是班固的《汉书》。《汉书》又名《前汉书》,跟《史记》《后汉书》《三国志》并列称为"四史"①,是我国正史中的名著。

《汉书》的著者班固(32—92),字孟坚,扶风安陵(今陕西省咸阳市东)人。他的父亲班彪(字叔皮),是东汉初年的一位很有名的学者。《论衡》的作者、著名的哲学家王充,就是他的学生。班彪专心史籍,他因《史记》只写到汉武帝时代,欲续《史记》写完西汉一代,于是写了百余篇《后传》来续补《史记》。② 班固父亲班彪的修史理想启发了班固,班彪死后,班固便以班彪的遗著为基础,开始写作《汉书》。班固开始写《汉书》在汉明帝永平元年(58),五年后,有人上书汉明帝控告他私改国史,因而使他被捕入狱。后来他的弟弟班超上书替他申辩,明帝阅读了他著作的初稿,认为他很有才能,不但没有惩罚他,反而召为兰台令史。过了一年,升为郎,典校秘书,并命令他继续把《汉书》写下去。经过二十余年的努力,至章帝建初七年(82),班固将书稿基本完成。和帝永元初,在窦宪军中充中护军,参与谋议。窦宪失势,班固于永元四年(92)系死狱中,时年六十一岁。③《汉书》中有一部分"志""表",是在他死后由其妹班昭和马续续写成的。班固原有集十七卷,已散佚,

---

① 《汉书》之名,系班固自定,《汉书·叙传》称"缀辑所闻,以述《汉书》"。《前汉书》系对范晔撰《后汉书》而言。"前、后《汉书》"之称,始于梁代,见梁元帝《金楼子·聚书篇》。又上述"四史",也惯称"前四史"。

② 王充《论衡》卷十三《超奇篇》:"班叔皮续《太史公书》百篇以上,记事详悉。"《后汉书·班彪传》:"作《后传》数十篇。"《史通·古今正史篇》:"作《后传》六十五篇。"说法不同,今从《论衡》。

③ 《班固传》附见《后汉书·班彪传》。

秦汉文学 | 304

后人辑有《班兰台集》。

《汉书》记载西汉一代历史,从汉高祖元年(前206)起,至王莽地皇四年(23)止,是我国第一部纪传体的"断代史"。全书共一百篇,分为一百二十卷,有十二纪、八表、十志、七十列传。①《汉书》在体制上基本沿袭《史记》而又有所发展。如它将《史记》的"八书"扩充为"十志",比之《史记》更为丰富和完备,保存了更多的社会、文化史料。其新增的四篇"志"中,《五行志》记述灾异,搜集和保存了大量的关于自然灾害如地震和天文方面的日食、月食等资料。《艺文志》是在刘向《七略》的基础上写成的,著录了当时流传可见的图书,论述了古代学术思想的源流派别,并对古代学术思想作了评论,是中国第一部粗具规模的文化史。其他如《刑法志》《地理志》等门类,也是一种创新,这些新设的志目开创了更广泛的史学领域,后代续修的各朝史书基本上沿袭了这些志目。另外,班固《汉书》在表类中还新创了《古今人表》和《百官公卿表》。《古今人表》分历史人物为九等,是对汉代以前历史人物的评价。《百官公卿表》记录秦、汉官制的沿革和汉代公卿百官的迁免,是关于我国古代职官制度的重要资料,补充了《史记》在这方面的缺略。

《汉书》写西汉一代二百三十年间的史事。汉武帝以前的人物传记和历史事实基本上是根据《史记》,而作了某些增补或改易;汉武帝以后,都是新作。班固的《汉书》作为第一部断代史,其出现不是偶然的。班固所处的时代,正是东汉前期。这时封建王朝经历了西汉末年的社会大动乱,又重新得到相对稳定。东汉王朝统治者为进一步巩固政权,加强封建统治,需要总结前期的历史经验。但司马迁的《史记》只写到汉武帝太初年间(前104—前101),天汉以后的史事则缺记载,这样就未能反映出西汉一代由开国、兴盛到衰败的全面情况。另外,汉

---

① 《汉书》班固的自定本是一百卷。今本《汉书》一百二十卷,是经颜师古等后人重分的。现存《汉书》计本纪十三卷,表十卷,志十八卷,列传七十九卷。

代学者褚少孙和刘向、刘歆父子等,都曾收集史料企图来续补《史记》,但在当时统治者看来,这样不能突出汉代,不能更有效地宣传所谓"汉德"。而班固创作这样一部断代史,正是适应了统治者上述的这样一些要求。

班固崇奉的是正统的儒家思想。他在《汉书》中对一些历史人物也有批判和颂扬,但却与司马迁的《史记》不同,他的批判和颂扬是以儒家所提出的伦理道德为标准的。因此,它虽然编写时以《史记》为样板,但缺乏司马迁那种深刻的见识和大胆的批判精神。如《史记》把农民起义领袖陈涉列入"世家",把反秦的英雄项羽列入"本纪",而《汉书》则一律放入"列传"。又如《史记》也比较热情地歌颂中下层人物,为他们立传,特别是还着意为具有反抗精神的游侠、刺客立传,但《汉书》却说游侠之徒"不入于道德""其罪已不容诛矣"等等。这些都证明《汉书》处处维护封建正统思想,缺少《史记》中的进步精神。

但班固作为一个历史家,还是重视客观历史事实的,因此,在一些传记中也暴露了统治阶级的某些罪行。如在《外戚列传》中,作者对宫廷的丑行和帝王的残暴,作了一定暴露;在一些传记中,也接触到了人民的疾苦,对于能够体恤人民的官吏如龚遂等,给予了肯定。

《汉书》中写得最好的人物传记是《苏武传》。它表扬了苏武坚贞不屈的民族气节和高尚的品德,通过许多具体生动的情节描写,突出地表现了汉使臣苏武不畏强暴、不为利诱,受尽折磨、宁死不屈的民族英雄形象。如文章中写苏武出使匈奴,匈奴无理地扣押他,迫害他,千方百计地诱降他,但他终不动摇:

> 单于愈益欲降之,乃幽武,置大窖中,绝不饮食。天雨雪,武卧,啮雪与旃毛并咽之,数日不死,匈奴以为神。乃徙武北海上无人处,使牧羝,羝乳乃得归。别其官属常惠等,各置他所。武既至海上,廪食不至,掘野鼠去草实而食之。杖汉节牧羊,卧起操持,节旄尽落。

单于既迫降苏武不成,于是便想让前降将李陵前去劝降:

> 初,武与李陵俱为侍中,武使匈奴明年,陵降,不敢求武。久之,单于使陵至海上,为武置酒设乐,因谓武曰:"单于闻陵与子卿素厚,故使陵来说足下,虚心欲相待。终不得归汉,空自苦亡人之地,信义安所见乎?……来时,大夫人已不幸,陵送葬至阳陵。子卿妇年少,闻已更嫁矣。独有女弟二人,两女一男,今复十余年,存亡不可知。人生如朝露,何久自苦如此!陵始降时,忽忽如狂,自痛负汉,加以老母系保宫,子卿不欲降,何以过陵?且陛下春秋高,法令亡常,大臣亡罪夷灭者数十家,安危不可知,子卿尚复谁为乎?愿听陵计,勿复有云。"

尽管李陵动之以情义,诱之以利害,劝降的言辞娓娓动听,但苏武却丝毫不为所动。当李陵一再催降时,苏武则坚决表示出宁死不降、视死如归的态度:

> 陵与武饮数日,复曰:"子卿壹听陵言。"武曰:"自分已死久矣!王必欲降武,请毕今日之欢,效死于前!"陵见其至诚,喟然叹曰:"嗟乎,义士!陵与卫律之罪上通于天!"因泣下沾衿,与武决去。

班固《汉书·苏武传》通过这样一些情节描写和生动的人物对话,绘声绘色地表现了苏武的高尚民族气节及其在迫害下和诱降面前大义凛然的不屈态度。苏武的事迹是十分激动人心的,班固的文章也写得感情深厚、可歌可泣。如文中写匈奴王迫害苏武,绝其饮食,令其在北海牧羊一段,作者用了"杖汉节牧羊,卧起操持,节旄尽落"短短几句话,生动地写出了一位在身遭非人待遇的痛苦中,苦守节操的民族志士的形象,其中也透露出作者的无上敬意。特别是写苏武与李陵的对比,使苏武的形象显得更为高大。这篇文章具有动人的力量,千载之下,读之犹有生气。苏武故事在后世的广泛流传,以至家喻户晓,不能不归功于《汉书》对它的生动而详赡的记载。《汉书》中有部分传记写得不亚于

《史记》,虽然从整个成就来说还难于与《史记》比肩。后世学者往往把《史》《汉》并称,虽不无过誉,但也说明它仍然有相当的成就。

最后,应该说《汉书》还有一个特点,就是它在一些人物传记中喜欢全文收录历史人物的文章奏疏、辞赋等作品,几乎成了西汉文章总汇,保存了可观的哲学、政治、经济、文学史料。这也使《汉书》拥有很多读者,也是它具有史料学价值的一个方面。

第四章　汉代诗歌

在我国古代诗歌发展的长河中,两汉诗歌是一个承上启下的极为重要的时期。它上继先秦的诗、骚传统,而又有所新变。出现在这一时期的众多文人,在新的社会现实和人文环境中,经过酝酿和多方尝试,为诗坛创造出一个革故鼎新的绚丽多彩的崭新局面,从而为我国魏晋以后的诗歌繁荣和发展开辟了道路。因此,无论从我国古典诗歌发展、演变的过程看,还是从新型诗歌创作(包括文人诗和民间诗歌)所取得的巨大成就看,两汉诗歌都是我国诗歌发展极不容忽视的重要时期。

从现存的两汉诗歌的具体情况看,其成就和特点主要表现在以下几个方面:(一)上继先秦《诗经》的风雅传统,产生了一批四言体作品,其中虽不乏模拟之作,但也出现了某些题材不拘、富有时代气息的优秀篇章,特别是他们把四言韵语骈句有意地运用于其他文体,如赋、颂、赞、铭等之中,从而丰富、创新了许多文体的面貌。(二)两汉的诸多文人作家,上承先秦楚辞体作品的余绪,写出了大量的骚体辞赋,使屈、宋所创造的楚辞体,重耀于汉代文坛(此已见于本书"汉赋"章);而特别值得重视的是汉初的某些文人作家,还采取了早已经在楚地流传的楚歌体形式,写出了一些极为优秀的清新之作,给汉代文坛带来了独有的特色和光彩。(三)汉代继周王朝采诗制度之后,又一次向民间采集歌诗,其中大量的民间乐府歌辞,内容丰富,题材、形式多样,语言风格朴素清新,特别是大多来自社会生活底层,反映了广大劳动人民的呼声,是继《诗经》之后,我国文学史上的又一宗伟大瑰宝。(四)汉代诗歌形式呈现出极为多样化形态,除四言体、楚歌、骚体外,更出现了杂言、五言、七言体,五言诗的起源和发展与七言诗的出现,为我国古典诗歌确立了基本形式,为后世诗歌的繁荣发展奠定了基础。由此可知,汉代诗歌在我国文学史上占有极其重要的地位。下面我们将按照汉代诗坛上述的具体情况,简要地介绍一下两汉诗歌的发展及其主要成就。

第一节 汉初四言诗及其流变

汉代诗歌是在先秦诗歌的基础上发展起来的。产生于西周初年至春秋中叶的周人诗作,经周王朝乐师的采集和整理,得以保存和流传,约其数称"诗三百篇",即后世的所谓《诗经》。《诗经》按类编为风、雅、颂三个部分,其中大部分是民歌,也有相当部分是当时的贵族文人创作和出于巫史的庙堂颂诗。它们主要用四言体写成。逮至战国时期,又在我国南方文化的基础上,孕育出一种新的诗体,即伟大诗人屈原所创制的"楚辞"。"楚辞"是在我国南楚地区的民间歌诗——"楚歌"的影响下产生的,体制与《诗经》作品有很大不同。"楚辞"的代表作是屈原的长诗《离骚》,故又称为"骚体"。出现于先秦时代的诗、骚,由于时代早,成就辉煌,对后世有极大影响。特别是在汉初,五、七言体尚未产生以前,它们仍是汉代诗人所习于采取的主要形式,是流行于汉代诗坛的普遍诗体。

首先谈汉代的四言诗及其流变。

现存汉代四言诗大约有八十余首,按其性质有文人的述志言情之作,有庙堂歌辞,有民间谣谚和其他四言韵语,其题材、内容、风格也是多种多样的。

《四皓歌》据载为秦末汉初的隐者之作。《乐府诗集》题解云:"《汉书》曰,四皓皆八十余,须眉皓白,故谓之四皓,即东园公、绮里季夏、黄公、甪里先生也。"此歌一名《紫芝歌》:

> 皓天嗟嗟,深谷逶迤。树木莫莫,高山崔嵬。岩居穴处,以为幄茵。晔晔紫芝,可以疗饥。唐虞往矣,吾当安归?

据《古今乐录》称:"南山四皓隐居,高祖聘之,四皓不甘(一本作"出"),仰天叹而作歌。"诗抒发了超凡脱俗的隐逸情怀,以及对远古传说中尧、舜盛世的向往,并发出生当乱世的感慨,语言浅达,而风格清雅。晋代陶渊明在诗中曾咏道:"路若经商山(传说四皓归隐的地方,今陕西省商县东南),为我少踌躇。多谢绮与甪,精爽今何如?紫芝谁复采,深谷久应芜。"(《赠羊长史诗》)杜甫诗云:"吾慕汉初老,时清犹茹芝。"(《北风》)均表现了对四皓的无限仰慕崇敬之情。可知这首诗对后世还是很有影响的。

汉初四言诗的代表作是韦孟的《讽谏诗》和《在邹诗》。特别是前者,规模大,篇幅长(全诗一百零八句,四百三十余字),被后人誉为"四言长篇之祖"。关于作者韦孟与这两首诗的写作背景,班固在《汉书·韦贤传》中有所记载:"韦孟家本彭城,为楚元王傅。傅子夷王及孙王戊。戊荒淫不遵道,孟作诗讽谏。后遂去位,徙家于邹,又作一篇。"由此可知,韦孟为高祖时人。高祖统一天下后,封同姓王,其弟刘交受封于楚,为楚元王。韦孟曾为楚元王傅。元王死其子夷王(名郢客)、孙戊立,韦孟亦相继为傅。这篇《讽谏诗》,就是为了劝谏楚王孙戊而作。全诗大致分为四个段落。首段叙述韦氏家族的历史和周秦败亡的经过;次述汉兴后元王受封、夷王继立,自己辅弼两代王朝所建立的功业,其用意均在告诫天下兴亡不定,戊王应上继祖德,敬保其业。第三、四段都是针对戊王而发,是全诗主旨所在。从"如何我王,不知守保;不惟履冰,以继祖考"开始,直接指责了戊王不继祖业、荒淫无道的行径。说他"邦事是废,逸游是娱。犬马悠悠,是放是驱,务此鸟兽,忽此稼苗。蒸民以匮,我王以愉",即指责戊王专门游乐,不理国政,不恤民艰,以至百姓困乏,民不聊生。更批评他亲近奸佞,疏远老臣,不尚德行,轻嫚祖业,连被削封贬黜的后果也不顾了:"所弘匪德,所亲匪俊。唯囿是恢,唯谀是信,睮睮谄夫,谔谔黄发,如何我王,曾不是察。既藐下臣,追欲纵逸。嫚彼显祖,轻此削黜。"最后一段,则是期望戊王的悔过之辞。诗人担忧戊王仰仗自己为王亲而肆意妄行,最后必遭亡身坠国之难,因此谆谆劝诫他要以春秋时代秦穆公为榜样,虽有过失,而不忘改悔自新,以期"兴国救颠",挽救邦危。

刘勰在《文心雕龙·明诗》篇中称:"汉初四言,韦孟首倡,匡谏之义,继轨周人。"诚然,这首讽谏诗无论从内容性质或篇章体制上都是学习和继承《诗经》传统的。在《诗经》大、小雅中,有不少出于贵族文人之手的政治讽谕诗,它们大都是当时王臣、士大夫悯时伤乱,对昏庸的统治者们进行警戒、劝谕之作。如其中有代表性的《大雅·桑柔》《瞻卬》《民劳》等,《小雅·正月》《十月之交》《北山》《巷伯》等。这些诗人的作品,虽然都是从挽救王朝的危亡以便继续进行统治出发的,但表现了诗人的正直清廉品格和他们关心民生疾苦、担心国家前途的责任感,特别是他们对昏君佞臣的斥责,对统治者荒淫无道的大胆揭露,还是有重要社会意义的。韦孟的这首长篇政治诗,正是对这一传统的继承。这首诗虽为模仿《诗经》雅诗之作,但感情真实,不无气势。从诗中的恳切陈词中,令人似乎看到一位满怀忠心的老臣对少主的一颗直率忠诚之心。而全诗在构思布词、语言风格上也自成一体,清刘熙载称此诗"质而文,直而婉,雅之善也。汉诗'风'与'颂'多,而'雅'少。'雅'之义,非韦傅《讽谏》,其孰存之?"严羽《沧浪诗话》甚至说"四言起于汉楚王傅韦孟",这大约是就《诗经》之外,四言诗有主名的作家作品说的。

韦孟另有一首四言《在邹诗》,是戊王不听劝谏,诗人年老辞官移居邹地时写的。诗中写他虽远离王朝,仍不忘怀自己的责任,以至在梦中还在跟戊王廷争:"我既迁逝,心存我旧。梦我渍上,立于王朝。其梦如何?梦争王室。其争如何?梦王我弼。寤其外邦,叹其喟然。念我祖考,泣涕涟涟。"他梦见戊王听从了他的劝告,仍以他为辅弼,但梦醒后却发现自己早已远离了王朝。他愧疚于自己有负先祖的盛名,不禁伤心得老泪横流。这种不忘君国的情感和执着的责任心,正是这些政治上有远见、有抱负的文人们对诗骚精神的继承和在后世创作中仍能发扬光大的表现。从思想和体制上看,这些诗虽带有模仿性,未能脱离《诗经》雅诗的窠臼,但其感情真实,构思遣词不无创新之处,仍属汉初新体四言诗的代表。

嗣后,韦孟的后人韦玄成有四言体的《自劾诗》《戒子孙诗》,东汉傅毅有《迪志诗》,虽在题材上有所扩大,语言典奥有据,但思想上受儒家思想束缚,艺术上以《诗经》雅诗为典范,亦步亦趋,缺少新意和生气。只有傅毅的《迪志诗》作为一篇诚恳自勉的励志诗,对后世箴铭体的兴起不乏启发,如其末章云:"于戏君子,无恒自逸。组年如流,鲜兹暇日。行迈属税,胡能有迄?密勿朝夕,聿同始卒!"说岁月如流,年华不再,应坚持努力向前,始终不懈,表现了一种珍惜年华、自勉自励的情怀。但整个看来,并未超出雅诗的传统。

逮至东汉,文学观念有所变化,特别是各体诗文的繁荣发展,也给四言体诗注入了活力,带来了新的面貌。首先体现这一转变的是博学多才的著名作家张衡。张衡(76—139),字子平,南阳西鄂(今河南南阳市北)人。他生活于东汉安帝、顺帝之世,既是位大科学家,以发明浑天仪、地动仪享誉于世;又是位博雅的学者、辞赋家兼诗人。史书上说他"少属文,游于三辅,因入京师,观太学,遂通《五经》,贯六艺。虽才高于世,而无骄尚之情;常从容淡静,不好交结俗人"(《后汉书·张衡传》)。在文学创作上,他也是位通才,既以写《二京》《思玄》《归田》等赋名世,在诗歌创作上也兼试各体,都有佳作。

张衡四言体诗除三篇各余两句残句外,完整的今仅存《怨诗》一首。诗前仿《毛诗》有小序:"秋兰,咏嘉美人也。嘉而不获,用故作是诗也。"其诗云:

猗猗秋兰,植彼中阿。有馥其芳,有黄其葩。虽曰幽深,厥美弥佳。之子之远,我劳如何?

这是一首以秋兰比喻山中隐士,并赞美其高才美德的作品。张衡生当"天下渐弊"、政事日非的东汉顺、安之世,几次受征召都拒而不出。后虽出任太史令、侍中等职,但不久即作《归田赋》,向往"超埃尘以遐逝,与世事乎长辞"。这首诗以秋兰的芳馨比喻隐者的高洁,表达了对山中隐者的赞赏和向往。其特点是汲取了《诗经》中风、雅(《小雅》)的风神节奏和比兴手法,情真词美,风格清雅。刘勰评为"张衡怨篇,清典可味"(《文心雕龙·明诗》)。

汉末,另有两首著名的四言体作品是朱穆的《与刘伯宗绝交诗》和秦嘉的《赠妇诗》。

与刘伯宗绝交诗

> 北山有鸱,不洁其翼。飞不正向,寝不定息。饥则木揽,饱则泥伏。饕餮贪污,臭腐是食。填肠满嗉,嗜欲无极。长鸣呼凤,谓凤无德。凤之所趋,与子异域。永从此诀,各自努力。

朱穆(100—165),字公叔,南阳宛(今河南南阳)人。桓帝初为侍御史,后擢冀州刺史,为人正直,性情刚烈。刘伯宗是他的旧友,富贵不仁,故朱穆写此诗,坚决与之绝交。诗以"嗜欲无极"的鸱鸮比喻"饕餮贪污"的刘伯宗,把自己比喻为高洁的凤鸟,两者趋向不同,只能绝交,表现了作者清正廉洁的品德和爱憎分明的精神,其构思显系化庄子《秋水篇》中的"鹓鶵与鸱"的寓言故事而来。

《赠妇诗》的作者秦嘉亦为恒帝时人。今传诗五首,有两篇为四言体。《赠妇诗》是咏写他与妻子离别后的孤寂之感的。其诗写在一个明月当空、严霜凄怆的寒冷的夜晚,自己独居空室,思念起寝疾归家(回娘家)的妻子,不胜伤楚之情。诗末云:"寂寂独居,寥寥空室。飘飘帷帐,荧荧华烛。尔不是居,帷帐焉施?尔不是照,华烛何为?"既写自己的寂寞,又写出了对妻子的一片深情。可以看出,这两首四言诗,虽继承《诗经》体制,但已摆脱了对《诗经》作品的机械模仿,独出新意,自铸新词,为四言诗创造了新的艺术特色。

汉代文人四言诗确实不多,但也需要注意到两种情况,一是四言体向其他文体的转化和被利用,一是广泛流行于民间的四言谣谚。

两汉擅一代之胜的主要文体是汉赋。班固在论述赋体文学的来源和性质时曾说"赋者,古诗之流也",在述说赋的功用时又说:"或以抒下情而通讽谕,或以宣上德而尽忠孝,雍容揄扬,著于后嗣,抑亦《雅》《颂》之亚也。"(《两都赋序》)刘勰论赋时也称:"《诗》有'六义',其二曰赋。赋者,铺也;铺采摛文,体物写志也。"又说:"然赋也者,受命于诗人,拓宇于楚辞也。"(《文心雕龙·诠赋》)赋体的起源乃受多方面的影响,应该说更主要的是楚辞,这里可暂不涉及。但它确乎汲取了四言体雅、颂作为艺术成分。赋,带有半诗半文的属性,不少汉赋作家就直接运用四言韵语入赋,如著名的司马相如的《上林赋》、扬雄的《蜀都赋》、班固的《两都赋》,在铺陈景物时,几乎都采用四言。董仲舒《士不遇赋》的小序(二十句),司马迁《悲士不遇赋》的后半篇,皆为四言。张衡的《归田赋》中最精彩的"原隰郁茂"一段,其情景交融的描写,和谐的韵律,宛然是首优美的四言诗。更有甚者,如刘安的《屏风赋》、孔臧的《杨柳赋》、繁钦的《暑赋》、赵壹的《穷鸟赋》和较长篇的蔡邕的《青衣赋》、张超的《诮青衣赋》,都是全篇四言体,如果不以"赋"名篇,也就是四言诗。

另外,汉代各体文学都有发展,像颂、赞、箴、铭等多种应用文字,都要求简练典雅,并便于诵读,而四言韵语正有这样的功能。汉代的文人、士大夫又大都熟悉《诗经》四言诗及其修辞特点,因此在他们从事各体文字创作时,也就很自然地将其运用于各类文体。今举扬雄《赵充国颂》为例:

> 明灵惟宣,戎有先零。先零猖狂,侵汉西疆。汉命虎臣,惟后将军。整我六师,是讨是震。既临其域,谕以威德。有守矜功,谓之弗克。请奋其旅,于罕之羌。天子命我,从之鲜阳。营平守节,屡奏封章。料敌制胜,威谋靡亢。遂克西戎,还师于京。鬼方宾服,罔有不庭。昔周之宣,有方有虎。诗人歌功,乃列于雅。在汉中兴,充国作武。赳赳桓桓,亦绍厥后。

全篇用整练的四言句,风格古朴典雅,显然是承袭了《诗经》雅颂传统和语言艺术而成。

两汉民歌中的四言体也有所保存,除见于"乐府"所收集的以外(后面再专门论述),通过某些古文献的征引,也还可以见到它们的面影。

如汉武帝太初年间,在京师附近、渭水流域,曾流传着一首民歌《郑白渠歌》:

> 田于何所?池阳谷口。郑国在前,白渠起后。举臿为云,决渠为雨。水流灶下,鱼跃入釜。泾水一石,其泥数斗。且溉且粪,长我禾黍。衣食京师,亿万之口。

据《汉书·沟洫志》载,这首诗是歌咏赵中大夫白公兴修水利,民深得其利的。诗完全是提炼口语而成,通俗浅近而形象生动。特别是用"举臿(掘土的农具,即锹)为云,决渠为雨。水流灶下,鱼跃入釜(锅)"来形容当时群策群力来挖渠防旱和水到渠成后的便民富民情景,十分生动有味。另外,还有一些四言的短歌谣谚,如据《史记·曹参世家》中引载,惠帝时有《画一歌》:"萧何为法,讲若画一。曹参代之,守而勿失。载其清静,民以宁一。"是歌咏曹参代萧何为相,仍能守法安民的。《汉书·王吉传》载有歌咏王吉为人清正,不扰邻里:"如吉少时学问,居长安。东家有大枣树,垂吉庭中,吉妇取枣以啖吉。吉后知之,乃去妇。东家闻而欲伐其树,邻里共止之,因固请吉还妇。里中为之语曰:'东家有树,王阳(吉,字子阳)妇去。东家枣完,去妇复还。'"此外,还有《后汉书·张堪传》引《渔阳民为张堪歌》:"桑无附枝,麦穗两岐。张君为政,乐不可支。"是歌咏渔阳太守张堪能勤政爱民,"劝民耕种,以致殷富"的事迹。《后汉书·贾琮传》载《交址民为贾琮歌》:"贾父来晚,使我先反。今见清平,吏不敢饭。"是百姓歌咏交址太守贾琮能收抚流亡,澄清吏治的事。这些民歌谣谚或长或短,其共同特点是朴实无华,反映生活,接近口语,反映出汉代仍在民间流传的四言俗体的面貌。

另外,汉初统治者在崇尚儒家,称述功德,重新制礼作乐时,为了追求古奥典雅,也用四言体制作了一批庙堂颂歌,如汉武帝时《郊祀歌》中,《帝临》《青阳》《朱明》《西颢》《玄冥》和歌颂祥瑞的《景星》(一名《宝鼎歌》)、《齐房》(一名《芝房歌》),都是用四言体写成。

总的说来,汉代四言诗,在先秦以《诗经》为代表的四言体诗的基础上,又有某些新发展,但它在汉代诗坛上已不占主流,其作者既很分散,又仅有少数的作品清新可读。不过从文学史上看,在汉代多体文学并存共荣的情况下,四言诗也仍占有它的地位。特别是它对多种文体的渗透,对形成和繁荣多种文体也作出过独特的贡献。

第二节　楚声歌及其变体

楚歌是楚声歌曲,楚歌体作品是楚声歌曲的歌词。早在春秋、战国时代,它即广泛流传于楚地,曾是屈原创造楚辞体的重要来源和借鉴。楚歌本是楚地的民间歌谣短曲,其主要特征是多以上三、下三间以"兮"字短语构成,篇章不长,配楚声曲调歌唱。楚声曲调已亡佚不传,但从现存楚声歌辞来看,多表现悲怆激越的内容和情感,料想这与它的乐曲声调的感情色彩也是有关的。汉代楚歌体作品都是配乐歌唱的,故称"歌",创作则称"作歌",但也有个别称"辞",如汉武帝的《秋风辞》、息夫人的《绝命辞》,这大约是表明其作品已有仿"楚辞"的成分在内。楚歌,有时也称为"诗",如梁鸿的《适吴诗》、秦嘉妻徐淑的《答秦嘉诗》,这当是它在用词和风格上虽属楚歌体作品,但已脱离了楚声乐曲,不复歌唱的缘故。

现存汉代楚歌作品,西汉多于东汉。据统计,西汉作者十六人,存诗二十三首;东汉作者十一人,诗十五首,另外尚有庙堂歌辞和杂歌谣辞等十多首。

楚歌在汉代,特别是在西汉的兴盛,与统治阶层的爱好和提倡有关。秦末,群雄并起,逐鹿中原,最后集中于楚汉相争。西楚霸王项羽是楚人,汉王刘邦也是楚人(刘邦生于沛地,今江苏沛县,楚强大时,已领有其地)。楚歌,乃是他们最熟悉的乡音歌曲。楚汉经过历时五年的相争,最后楚亡汉胜,楚王项羽的最后败亡,汉王刘邦的兴国,就是通过他们各自的一首楚歌,在文学史上得到表现的。

据《史记·项羽本纪》载,项羽有《垓下歌》一首,是项羽败亡前,被围困在垓下时所作:

> 力拔山兮气盖世,时不利兮骓不逝。骓不逝兮可奈何?虞兮虞兮奈若何?

并记其事云:"项王军壁下,兵少食尽。汉军及诸侯兵围之数重,夜闻汉军四面皆楚歌。项王乃大惊曰:'汉皆已得楚乎?是何楚人之多也!'项王则夜起饮帐中,有美人名虞,常幸从,骏马名骓,常骑之。于是项王乃悲歌慷慨,自为歌。"这是一首英雄末路的悲歌。叱咤风云、不可一世的项羽,在临败亡时,并不承认自身有什么失误,他怨恨"天时"不利,战马"不逝"(不再能飞奔闯围),在绝境中,悲歌慷慨,豪气不减,振人心弦。

秦亡项败,得了帝王之位的汉高祖刘邦则以一曲《大风歌》,拉开了汉代诗歌的序幕:

> 大风起兮云飞扬,威加海内兮归故乡,安得猛士兮守四方!

据载,这首诗作于高祖还乡之时。"上十二年冬,上破布军于会缶,布走,令别将追之。上还,过沛,留。置酒沛宫,悉召故人父老子弟佐酒,发沛中儿得百二十人,教之歌。酒酣,上击筑自歌。"(《汉书·高帝纪》)诗仅三句,首写秦末天下大乱,群雄逐鹿,如风起云涌之势;次写自己独成帝业,荣归故里的得意心情;末句则又表现了对天下是否能长治久安的深忧。这是一首起调高昂,而又不无悲凉慷慨之气的作品。其缘由是由歌者的复杂心理构成的,经过戎马一生,百般辛苦,作为一位胜利者,他已拥有天下和一切荣华富贵,但苦心经营的这份基业能够长久保住吗?他从亲身经历中感到保天下比得天下更为艰难,特别是此时他正处在平定原功臣英布叛乱之际,目睹现状而远想未来,不能不有强烈的忧患意识。这是出自于一位开国君王之手的作品,也确有英主和帝王气概,所以后人对它评价颇高。《文中子·周公篇》曰:"《大风》,安不忘危,其霸心犹存。"葛立方《韵语春秋》称"高祖大风之歌,虽止于二十三字,而志气慷慨,规模宏远,凛凛乎已有四百年基业之气!"

项羽也好,刘邦也好,他们歌楚歌都是即兴而发,冲口而出;这说明楚歌是广大楚人所极为熟习的一种诗歌形式,每当真情实感积郁于心,他们便会用歌楚歌的方式来抒发。刘邦的一曲《大风歌》不仅拉开了汉代诗歌的序幕,影响所及,还使原本流传于楚地民间的这一民俗文体进入了汉代诗坛,特别是还成为帝王嫔妃及部分文人所习用的艺术手段。

高祖以后,集中有楚歌之作的是武帝刘彻。武帝继文、景之后,是一个雄才大略的皇帝,在文治武功方面都有重要成就。他现存楚歌体作品五首,《秋风辞》是其代表作。此诗作于元鼎四年(前112),是他行幸中与群臣宴饮时所作:

> 秋风起兮白云飞,草木黄落兮雁南归。兰有秀兮菊有芳,怀佳人兮不能忘。泛楼船兮济汾河,横中流兮扬素波。箫鼓鸣兮发棹歌,欢乐极兮哀情多。少壮几时兮奈老何!

这是一首感时思贤、悲秋叹老之作。诗中用香草美人为喻,表达自己治国思贤的渴望;又用人生易老,欢少哀多,抒发时不我待、世事多艰的感慨,表达了一位有所作为的皇帝的心事和心情。诗中以感物候为触发点,并用楚辞中的意象,其意含宋玉"悲秋"之思绪,其词有《九歌》的清丽和哀婉,大大提高了楚歌艺术的表现力,表现了作者有较高的美学趣味和文学修养。

武帝另有《瓠子歌》二首,写黄河支流瓠子河溢出故道,泛滥成灾,武帝亲临决口祭河,并"令群臣从官自将军以下皆负薪置决河",但久未有功,从而作歌祷之,有句云:"皇谓河公(河神)兮何不仁,泛滥不止兮愁吾人!"表现了作为帝王的武帝对社稷民生的关心,也显示出英明皇帝的胆识和气魄。另外,武帝还写有《天马歌》和《西极天马歌》两首,前者是歌颂祥瑞的,后者是欢庆由西域大宛喜得宝马的。《思奉车子侯歌》一首,是哀悼大将霍去病之子车都尉子侯暴亡的。其诗的后段云:"皇天兮无慧,至人兮仙乡。天路远兮无期,不觉涕下兮沾裳!"感情真挚,悲思动人。可知武帝刘彻不仅是一个有作为的帝王,在诗情文思上也不无才华。

武帝时代,另一首楚歌体的悲歌,是由一位贵族少女刘细君唱出的。据《汉书·西域传》载:"武帝元封中,遣江都王建女细君为公主,以妻乌孙王昆莫。公主至其国,自治宫室居,岁时一再与昆莫会,置酒饮食。昆莫年老,言语不通,公主悲,乃自作歌。"这首《乌孙公主歌》,又作《悲愁歌》,其词云:

> 吾家嫁我兮天一方,远托异国兮乌孙王。穹庐为室兮毡为墙,以肉为食兮酪为浆。居常土思兮心内伤,愿为黄鹄兮归故乡。

这首不幸女子的悲愁之歌,平白如话,直抒心曲,却极哀怨动人。明胡应麟称其"工至合体,文士不能过也"(《诗薮·外编》卷一)。

汉皇室出自楚人,加之汉高祖好楚声,并依声作歌,故楚声、楚歌就成了汉皇室贵族喜闻乐见的艺术形式,出现了不少出于帝王后嫔之手的楚歌作品,但其内容题材主要反映的是汉王室宫廷生活,特别是反映了王宫内部的残酷斗争事件。如高祖晚年的《鸿鹄歌》,是咏"上欲废太子,立戚夫人子赵王如意"所引起的宫闱之争的。赵王的《幽歌》,是惠帝时,诸吕用事,赵王刘友(高帝之子)遭受迫害,临死所作。燕王旦(武帝的四子)的《归空城歌》及《华容夫人歌》,则是他与昭帝争夺帝位,阴谋暴露,畏罪自杀时所歌。广陵王刘胥的《瑟歌》也是他觊觎帝位,企图用祝诅术害死昭帝,在宣帝时,其事发,于五凤四年(前53)被诛时所歌。这些诗篇,均真实地反映了汉代宫廷斗争的残忍,是宫廷悲剧的记录。

汉代也留存下来若干文人作家的楚歌体作品,其题材超出了宫廷的范围,但也多以写离愁别恨为主,而在形式上逐渐出现一些变体。如李陵的《别歌》:

> 径万里兮度沙漠,为君将兮奋匈奴。路穷绝兮矢刃摧,士众灭兮名已陨。老母已死,虽欲报恩将安归!

汉将李陵率兵击匈奴,矢尽粮绝被俘,武帝怒诛其家人。"昭帝即位,数年,匈奴与汉和亲,汉使求苏武等,单于许武还。李陵置酒贺武曰:'异域之人,一别长绝。'因起舞而歌,陵泣下数行,遂与武决。"(《汉书·李陵苏武传》)诗叙自己没于敌国的经过,末尾直用四、七言句,道出自己的怨愤。

西汉末,息夫躬的《绝命辞》是一首篇幅较长的楚歌体作品。躬,哀帝初,召待诏,擢光禄大夫左曹给事中,封宜陵侯。建平二年(前5),坐事系狱死。这首《绝命辞》是他"自恐遭害",事先写下的,可知其惶惶终日的痛苦心情。

> 玄云泱郁将安归兮,鹰隼横厉鸾徘徊兮。矰若浮菼动则机兮,丛棘栈栈曷可栖兮。发忠忘身自绝罔兮,冤颈折翼庸得往兮。仰天光兮自列,招上帝兮我察。秋风为我唫,浮云为我阴。嗟若是兮欲何留,抚神龙兮揽其须。游旷迥兮反亡期,雄失据兮世我思。

这首诗不仅篇幅长,而且用了多种句式,即除三、三对称,间以"兮"字句外,还用了七字句,尾加"兮",上三下二,间以"兮"字句等。另外,诗的后半段,是写他死后上天神游的想象之词。这显然都与他汲取楚辞艺术有关,表现出楚歌体作品的变化。

东汉梁鸿曾入太学,志节高尚。后东出关,过京师,感慨统治者的浮华奢侈、劳民伤财,作《五噫歌》,得罪章帝,遭到追捕,南逃吴郡,又作《适吴诗》以言志。《适吴诗》整篇用三、二间"兮"的短语写成,《五噫诗》更为创格:

> 陟彼北邙兮,噫!顾瞻帝京兮,噫!京阙崔嵬兮,噫!民之劬劳兮,噫!辽辽未央兮,噫!

全诗每句加"噫"字以加重感叹,并用四字句缀以"兮"字句式,这是楚歌中罕见的。另外,东汉末秦嘉妻、女诗人徐淑有回赠其夫的赠答诗一首:

> 妾身兮不令,婴疾兮来归。沉滞兮家门,历时兮不差。旷废兮侍觐,情兮有违。君今兮奉命,远适兮京师。悠悠兮离别,无因兮叙怀。瞻望兮踊跃,伫立兮徘徊。思君兮感结,梦想兮容辉。君发兮引迈,去我兮日乖。恨无兮羽翼,高飞兮相追。长吟兮永叹,泪下兮沾衣!

秦嘉,字士会,陇西人,为郡上计。在他被派遣赴京师时,其妻徐淑寝疾还母家,不获而别,留下《赠妇诗》三首,这是徐淑的答诗。诗叙别情,情真意切,深婉动人,而全诗均用二、二对称的"兮"字句写成,从其语言节奏上看,如不用"兮"字间隔,实际就是一篇整齐的四言诗。与前引梁鸿的《五噫歌》相仿,都与作者受传统四言诗的影响有关,可视为楚歌的变体。

还要附带说明的是,楚歌体除作为独立的一种诗体在汉代流传外,也与四言一样,曾渗透到其他文体中作为某种文体的补充形式而存在。如司马相如《美人赋》在铺写美女的情思时,就写:"女乃作歌曰:独处室兮廓无依,思佳人兮情伤悲。有美人兮来何迟,日既暮兮华色衰。敢托身兮长自私。"写深闺女子的迟暮之感和无限哀愁,无疑是一首楚歌体的言情之作。又如张衡的《定情赋》亦有歌云:"大火流兮草虫鸣,繁霜降兮草木零。秋为期兮时已征,思美人兮愁屏营。"辞赋家采用楚歌体当然是根据其艺术上的需要,因为楚歌体正是以抒发悲愁之思见长。

另外,在汉诗中还流传有一种被称为"琴曲"的作品,多附会历史故事和假托古人之名,实际多为东汉人所作,收入在汉末蔡邕《琴操》一书中,其中亦有相当数量的楚歌体作品。如《思亲操》云:

> 陟彼历山兮崔嵬,有鸟翔兮高飞。瞻彼鸠兮徘徊,河水洋洋兮清冷。深谷鸟鸣兮嘤嘤。设置张罝兮思我父母力耕。日与月兮往如驰,父母远兮吾将安归。

又有《雉朝飞》:

> 雉朝飞兮鸣相和,雌雄群游兮山阿。我独何命兮未有家,时将暮兮可奈何? 嗟嗟暮兮可奈何!

前一首据载:"舜耕历山,思慕父母,见鸠与母俱飞鸣相哺食,益以感思,乃作歌。"于后一首则曰:"《雉朝飞操》,齐独沐子所作也。独沐子年七十无妻,出薪于野,见飞雉雄雌相随,感之,抚琴而歌。"显然这都是后人的附会之词,实际上应是汉代人所作的历史题材作品,是配乐歌唱的楚歌唱词。

总的来说,楚歌来源于楚地的民间歌诗,汉初经笃爱楚文化的统治者引入宫廷,成为西汉宫廷上层所习用的艺术形式。其后也扩及某些文士创作,但逐渐失去了楚歌原型,出现了诸多变体。这固然与文人作家有多种文体知识和修养有关,更与楚歌在他们手中,已脱离了楚声乐舞,而变为单纯文字创作有很大关系。也就是说,楚歌一体,在流传中已逐渐诗化,并渗入到其他文体。但无论怎么说,楚歌体的流传和兴盛,不失为汉代诗坛的一大特点,是其他时代所未有的。

第五章　汉代乐府诗

第一节　汉乐府的设立和民歌的采集

汉代最初发展起来的是辞赋和散文,从高祖开始,经文、景到武、宣之世,一般文士都致力于散文的写作、辞赋的写作。相对说来,汉代诗坛却比较冷落。及至"感于哀乐,缘事而发"的汉乐府民歌的出现,才使沉寂已久的诗坛,又突焕异彩,并以强烈的现实主义精神和崭新的形式,为我国古代诗歌的发展增添了新的生命力。乐府民歌,在我国诗歌史上,是继《诗经》《楚辞》之后而出现的第三个重要发展阶段。

"乐府"是古代音乐机构的名称。乐,是音乐;府,是官署,是官设的音乐机构。后来就把由这一音乐机构所收集、编制的"歌诗"(配乐的诗歌)称为"乐府诗"或"乐府歌辞",也简称"乐府"。同时把其中来自民间的作品,称"乐府民歌"。这样"乐府"又成为文学史上一种诗体的名称。"乐府"这一机构,过去一直认为它是从汉武帝时代开始设立的,但据最近考古的新发现,秦代已有乐府的设置。1977年,在秦始皇陵墓附近出土的编钟,上有用秦篆刻记的"乐府"二字。但秦乐府的情况未见文字记载。又据《汉书·礼乐志》记载:"《房中祠乐》,高祖唐山夫人所作也……孝惠二年使乐府令夏侯宽备其箫管,更名曰《安世乐》。"可知早在秦和汉初已有乐府。但当时的乐府职能大约掌管的只是郊庙朝会的乐章,规模不大,特别是与民间歌辞还没有发生关系。

汉代朝廷设立乐府机关,大规模搜集民间歌辞,是从西汉武帝时开始的。武帝时代,西汉建国已有六十多年,经过文、景两代与民休息的政策,社会经济得到恢复和发展,到武帝则开始制礼作乐,建立一些文化设施。设立并扩大乐府的规模和职能,就是其中重要的一项。班固《两都赋序》说:"大汉初定,日不暇给。至于武宣之世,乃崇礼官,考文章。内设金马石渠之署,外兴乐府协律之事。"《汉书·礼乐志》说:"至武帝定郊祀之礼……乃立乐府,采诗夜诵①,有赵、代、秦、楚之讴。以李延年为协律都尉,多举司马相如等数十人,造为诗赋,略论律吕,以合八音之调,作十九章之歌。"这是关于西汉乐府设立时的具体记载。它说明了乐府产生的时代条件,同时也说明了当时乐府的任务:一方面是为一些文人创作的诗歌制谱配乐,进行演奏;一方面是采集各地的民间歌谣。

关于采诗的目的,《汉书·艺文志》说:"自孝武立乐府而采歌谣,于是有代、赵之讴,秦、楚之风,皆感于哀乐,缘事而发;亦可以观风俗,知薄厚云。"这是说当时采风是为了考察民情,实际这恐怕并非主要目的;主要目的在丰富乐府的乐章,供宫廷各种典礼以至娱乐之用。不管当时统治阶级采诗的目的如何,重要的是它起了收集和保存民歌的作用,使当时四散于民间的、仅靠口耳相传的民间作品得以保存下来,这在文学史上是具有极大意义的。又据同书著录,当时采诗的地域实不限于赵、代、秦、楚四地,而是北起燕、代,南至淮南、南郡,东起齐、郑,西至陇西,也就是说遍及黄河流域和大江南北,其采集地域之广、规模之大,可以说是继周代《诗经》以后,又一次收集民间诗歌的壮举。据载当时采集的各地民歌总计有一百三十八篇,而东汉作品尚不在其内;这个数字已接近《诗经》"国风"。可惜这些作品并没有全部保存下来,现在我们看到的乐府民歌,多是后来收集到的东汉时期的作品。西汉末哀帝时,因为他不喜"俗乐",曾下令裁减乐府人员,将八百二十九人削去四百多人,只留下部分人员掌管郊庙燕会的乐章。这可能正是使采

---

① "采诗夜诵",照字面不易解。范文澜《文心雕龙·乐府》注:"窃案,《说文》夕部:'夜从夕,夕者相绎也。'夜、绎音同义通,是夜诵即绎诵矣……反复推演之谓之绎。"又一说认为"夜"即"掖",指宫掖。

集的民歌散失的一个原因。东汉时乐府规模如何，史无明文，大约又有所恢复或部分地恢复，故东汉作品多流传下来了。

从当时乐府所掌管的诗歌来看，可以分为两大类。一部分是专供朝廷祀祖燕享使用的郊庙歌辞，犹如《诗经》中的"颂"，是典型的庙堂文学。它们华丽典雅，主要写些歌功颂德的内容，思想与艺术均不足取，如司马相如等人作的《郊祀歌》等就属这类作品。一部分则是从全国各地采集来的"俗乐"，当时，采其乐曲，兼及歌辞。它们是一些流传在民间的无主名的作品，其作者大都是劳动人民或一部分出身于下层社会的士人。这部分后世一般称之为乐府民间歌辞，不言而喻，它们是乐府诗中的精华，是最有价值的作品。

宋人郭茂倩所编的《乐府诗集》是收罗乐府诗最为完备的一部总集。① 其中的"相和歌辞""鼓吹曲辞""杂曲歌辞"都包含着汉代民歌。"相和曲"含有"丝竹更相和"的意思，是流行在当时南方的俗乐，歌辞多为江南楚地的民歌歌辞。鼓吹曲是武帝时代的北方民族的乐曲，当时主要用于军乐。今存"铙歌十八曲"，一部分歌辞是民歌。"杂曲歌辞"是指声调已经失传、无所归属的一些乐曲歌辞，其中也有不少民歌。另外《乐府诗集》中还有"杂歌谣辞"一类，其中收入了相当数量的民间歌谣以至俗谚性质的作品，它们既未入乐，当然也不宜称为乐府民歌，但性质与乐府民歌一致。因此，下面我们也附带一起来讲。

第二节　乐府民歌的思想内容

乐府民歌是"感于哀乐，缘事而发"的人民自己的作品，它真实地

---

① 郭茂倩《乐府诗集》一百卷，所收录的作品上自传说中的古歌谣辞，下至唐五代，分为十二类：一、郊庙歌辞，二、燕射歌辞，三、鼓吹曲辞，四、横吹曲辞，五、相和歌辞，六、清商曲辞，七、舞曲歌辞，八、琴曲歌辞，九、杂曲歌辞，十、近代曲辞，十一、杂歌谣辞，十二、新乐府辞。这部书不仅收辑作品，而且于每类之前还附有题解，对其时代、性质等作了说明和考证，故也是一部重要的研究著作。但他对乐府诗作了广义的理解，即把古歌与后世的拟乐府作品均包括在内。

反映着当时广阔社会现实生活和人民的爱憎感情。我们如果把它与同时代汉赋相比较，可以看出极明显的差别。出自宫廷侍从文人之手，为皇帝、贵族们所赞赏的那些汉代大赋，大都是描写豪华的贵族生活，并用以宣扬皇威和点缀升平之作，虽然某些赋中也婉而有讽，但一般都不敢接触社会的尖锐矛盾。而这些乐府民歌则相反，它们是社会底层人民被压迫、被剥削生活的真实反映。有的表现人民饥寒交迫的遭遇、贫病交加的痛苦；有的表现兵役、劳役的压迫，离乡背井的哀怨；有的表现封建家长制、封建夫权制对妇女的压迫；有的反映官僚地主的强暴和人民的反抗。总之，这些民歌正像汉代社会生活的一面镜子一样，多方面地反映了广阔的社会现实，暴露了社会的黑暗，写出了广大劳动人民在残酷的封建压迫下的不幸命运。有些作品，至今读之令人泪下。

现存汉乐府民歌作品大约有四十多篇，按照其所反映的社会内容，大致可以分为下列几类：

（一）反映劳动人民穷困生活和受压迫、遭迫害的作品。

汉乐府民歌是于武帝时开始采集的。汉武帝时期是西汉的鼎盛时期，由于以汉族为主体的各族人民的辛勤劳动，经济文化得到了高度发展，使我国屹立在当时世界文明的前列。但是，就在这繁荣昌盛景象的背后，却隐伏着千百万劳动人民的深重灾难。长期的对外用兵，消耗了大量的财力物力，"兵连而不解，天下共其劳"，"费数十百钜万，府库并虚"（《史记·食货志》）；而武帝又大肆修建宫室苑池及巡游挥霍，给人民增加了繁重的负担；土地兼并日益激烈，更加速了农民的贫困破产，一遇到灾害，农民不是大批死去，就是四处逃亡。武帝晚年已府库匮乏，社会动荡不安，有些地方人民"穷则起为盗贼"，并组织武装进行反抗。昭帝以后，统治阶级日益腐化，元帝只知享受取乐，赏赐佞臣石显的钱竟达一万万。成帝荒淫更甚，他为自己修建规模巨大的陵墓，消耗无数的人力物力，以至"天下虚竭"。成帝时，山东、河南、四川、陕西等广阔的地区不断燃起反抗的烈火。在社会危机日益明显地暴露出来以后，地主阶级中也有些人对汉朝统治者感到了绝望。哀帝死后，掌握了政权的外戚王莽(他是元帝皇后的侄子)趁机扮演了"代汉"的角色。王莽代汉以后,为了在社会危机中找出一条出路,便下令实行改制。改制的结果,不但没给人民带来任何好处,反而给灾难深重的人民添加了无数新的灾难。一场酝酿已久的农民大起义——赤眉绿林起义,就在这样的形势下爆发了。此后直到东汉末年,战争连年不断,奸吏豪强对人民的奴役、压榨有增无减;当然人民的反抗斗争也是从未间断的。

《东门行》描写了一个贫苦家庭,生活濒临绝境,家中男子终于被迫走上反抗的道路:

> 出东门,不顾归;来入门,怅欲悲。盎中无斗米储,还视架上无悬衣。拔剑东门去,舍中儿母牵衣啼:"他家但愿富贵,贱妾与君共铺糜。上用仓浪天故,下当用此黄口儿。今非!""咄,行!吾去为迟!白发时下难久居。"

诗中写男主人公从外面归来,看到家中妻子孩儿无衣无食、挨冻受饿,无法存活,悲愤之下就要铤而走险去寻求一条生路。他的妻子却不肯让他去冒险犯法,对他哭劝,害怕给家庭带来更大的灾难。妻子的话充满了夫妻的情义,充满了对更大灾祸的担心,其哀伤、无奈、眷恋之情,令人闻之落泪。但丈夫却什么也不顾了,他天也不怕,官也不怕,为了一家人活命,毅然出走,走上反抗的道路。这里写的是一个家庭的情况,实际上正形象地写出了当时千百万人民被迫走上反抗道路的过程。这首诗的尖锐性是显而易见的,也正因为如此,它在流传中曾遭到封建统治阶级的删改。①

《相和歌辞》中的《妇病行》一诗,描写了一个贫苦家庭的悲剧。诗中写一个妇女在贫寒久病后,即将死去。弥留之际,她放心不下自己的两三个孩儿,含泪嘱咐丈夫:"莫使我儿饥且寒,有过慎莫笪笞。"可是

---

① 这首出自民间的"古辞",在晋代配乐演奏时,曾遭到篡改,在原诗"上用仓浪天故,下当用此黄口儿"句意下,改为"今时清廉,难犯教言,君复自爱莫为非""平慎行,望君归"云云,可作为民歌被统治阶级篡改之一例。

当时家中已是一贫如洗,"抱时无衣,襦复无里",且连一点吃食也没有。于是孤儿的父亲"闭门塞牖,舍孤儿到市",把求乞得到的一点儿钱,托人买点儿吃的东西喂孩子。入门来,还不曾懂事的孩子"啼索其母抱"。穷人的一份日子是多么苦、多么难啊!读后令人伤心落泪。它形象地反映了当时人民极为悲惨的处境。

由于地主富商的剥削压迫,又加以赋税、灾荒相逼,当时城市、农村都有不少人流落他乡谋食,他们离乡背井,思念亲人,有家归不得。他们在外乡的生活是凄凉的、痛苦的,还乡也不是轻易办得到的事。他们的这种处境,也是受剥削受压迫的结果。如《艳歌行》一诗描写了破产农民三弟兄流落在他乡的凄苦情景。诗中写他们在一地主家里,终年劳动,却仍然衣不蔽体:"兄弟两三人,流宕在他县。故衣谁当补?新衣谁当绽?"孤身汉在外穿件衣服,缝缝补补都是难的。后来碰到个好心的女主人,为他们缝补衣裳,却遭到男主人的猜疑。因而引起这群流浪者的满心委屈和乡愁,感觉到"远行不如归",他乡作客的日子实在难熬。另有《悲歌》一首,写在外流浪者的心曲更为沉痛、感人:

> 悲歌可以当泣,远望可以当归。思念故乡,郁郁累累。欲归家无人,欲渡河无船。心思不能言,肠中车轮转。

开首两句,用无可奈何、自我宽解的话,反写出浓烈的乡情。远望本来代替不了归,但现在根本不能够归,因此认为"画饼充饥"也是好的,望一望也是一种安慰。这正写出了沉重的乡愁。三四两句,写因思念故乡而遥望,但路远多阻,无由归去。况且"欲归家无人,欲渡河无船",想归既不可能,而家破人亡,也早已无家可归。"心思不能言,肠中车轮转。"辗转在心头的痛楚,已经难以用言语表达了。这种情况正是当时异乡漂泊者的共同处境和心曲。这无疑是一首流浪者的悲歌。

(二) 揭露战争和徭役带给人民的灾难和痛苦。

汉代从武帝开始,就频繁地发动战争,大量地征调行役戍卒,造成人民的大批死亡,也使很多家庭遭到毁坏,引起人民的强烈不满。如

《战城南》一诗，通过对凄惨荒凉的战场的描写，揭露了战争的残酷性和穷兵黩武者的罪恶。诗歌开头写："战城南，死郭北，野死不葬乌可食。"陈尸荒野，无人收葬，任乌鸦啄食，本极触目惊心，诗人又假托死者与乌鸦对话，"为我谓乌：且为客豪(同嚎)，野死谅不葬，腐肉安能去子逃？"乞求乌鸦慢点儿下嘴，先给自己招一下魂再吃。古代风俗，人死后由亲人给举行招魂仪式，以慰魂灵；现在战死沙场，无人收葬，竟乞求啄尸的乌鸦叫几声，权作招魂。这一构思，实在奇特，真是想落天外；但是凄惨、悲凉之情，却得到了充分的表现。接着又用"水深激激，蒲苇冥冥；枭骑战斗死，驽马徘徊鸣"，渲染了激战之后战场上的荒凉凄厉景象。这首诗虽然没有明白地表示反对战争，但诗中竭力揭示战争的残酷性，也就是对于统治者穷兵黩武政策表示反对。诗的后半篇还对统治者发动战争，把大批劳动力驱上战场，因而荒废了耕作，破坏了生产表示不满："禾黍不获君何食？愿为忠臣安可得？"是说这样做对统治者也是不利的，带有一定的警告意味。当时还有一首《小麦童谣》："小麦青青大麦枯，谁当获者妇与姑。丈夫何在西击胡。"丁壮被驱遣西征，家中的农事只靠妇女承担，这怎能不影响到生产和生活呢？既反映了当时不正常的社会情况，也表达了人民的痛苦和不满。

另外，还有一篇题为《十五从军征》的诗，通过一个老兵的自述，反映了战争破坏人民生活的残酷，揭露了不合理的兵役制度对人民的残害：

> 十五从军征，八十始得归。道逢乡里人，"家中有阿谁？""遥望是君家，松柏冢累累。"兔从狗窦入，雉从梁上飞；中庭生旅谷，井上生旅葵。舂谷持作饭，采葵持作羹。羹饭一时熟，不知贻阿谁？出门东向望，泪落沾我衣。

主人公少小从军，八十方得归来，几乎终身服役。在归来的路上，碰到同乡就迫不及待地打探家人的情况，可是亲人早已一个不在了，故家院落也已成为一片废墟。盼了多年的归还故里、与家人团聚的愿望，一下落空了。九死一生,幸存归来,等待他的却是家破人亡、无衣无食、孤苦伶仃的残年。"出门东向望,泪落沾我衣",在老泪纵横、倚门远望中,他会想些什么呢?他的悲惨遭遇不正是万恶的社会带给他的吗?诗歌以白描的手法勾画出来的这一图景,令人同情,也是令人沉思的!

(三) 反映男女爱情和被压迫妇女的诗篇。

与《诗经》中的民歌一样,乐府民歌里,妇女的歌唱也占着重要地位。但不同的是,乐府民歌很少有描写男女之间自由相爱、情绪欢快的诗,而往往都笼罩着一层不幸和悲惨的阴影。这是因为汉代"独尊儒术",封建礼教压迫加强了,妇女的命运则更加可悲。

乐府民歌中写男女爱情的著名诗篇有《有所思》《上邪》等。《有所思》写一个热恋中的女子,突然听到男子有了"他心"以后的痛苦复杂心情:

> 有所思,乃在大海南。何用问遗君,双珠玳瑁簪,用玉绍缭之。闻君有他心,拉杂摧烧之。摧烧之,当风扬其灰。从今已往,勿复相思,相思与君绝!鸡鸣狗吠,兄嫂当知之。妃呼豨,秋风肃肃晨风飔,东方须臾高知之。

这首诗写出了一个失恋女子复杂而强烈的感情。首先,写她真心实意地思恋着远方的爱人,本打算送给他最珍贵的礼物来表达自己的心意和感情。但是男子变心了,她愤恨极了,一举烧掉了礼物,表示断绝。但是当她想到过去与男子幽会时的甜蜜情景,便又觉得实在不能一刀两断,结果弄得她心烦意乱,简直不知怎么办才好。正因爱之深,所以闻知对方变心时恨之也烈,但断之也难。顾茂伦《乐府英华》曾评点此诗说:"'双珠玳瑁簪,用玉绍缭之',极其珍重;'闻君有他心',忽然生疑,'拉杂摧烧之',继而发怒;'摧烧之,当风扬其灰',极其琐碎;'从今已往,勿复相思',尽情使性,须不作使性会,若谓便相绝者,是痴。"(卷三)这一分析是有见地的,这首诗可说是以朴素的语言、直白的写法,表现出一个性格爽直而又多情的女子在爱情遭受挫折时的典型心理。

这首诗在描写时不断采用重复的形容来加重语气,如"用玉绍缭之""摧烧之,当风扬其灰""相思与君绝"等,都是对上一句的加重形容,从而使感情色彩浓重、强烈,从艺术手法上讲,也是颇为新颖而带有创造性的。

《上邪》是一篇短诗,但更为奇警。①

> 上邪!我欲与君相知,长命无绝衰。山无陵,江水为竭,冬雷震震,夏雨雪,天地合,乃敢与君绝!

这是一首女子向她所爱的人表白自己心迹的诗。她一连用了天地间不可能出现的五件事来对天发誓,以表达自己决不动摇的爱情。坚贞不移的信念,火一样的热情,急管繁弦的倾吐,使这首小诗迸发出无限感人的力量。故前人评赞为"奇情奇笔"(顾茂伦《乐府英华》卷三)。我们知道在封建礼教的束缚和压迫下,要追求真挚、自由的爱情,就必须有坚强的信念和巨大的勇气,就必须有坚持自己理想的斗争精神。从这个女子坦率、大胆的声音中,可以想象她是一个性格坚强的女子,感到蕴藏其间的一般不可动摇的反抗力量。

封建社会妇女的地位是低下的,她们的愿望是"愿得一心人,白首不相离"(《白头吟》),但在当时封建家长制、夫权制的压迫下,她们常常会遭到不幸,《怨歌行》中的女子就用纨扇自比:"常恐秋节至,凉飙夺炎热;弃捐箧笥中,恩情中道绝。"这种忧心忡忡,以至遭受"弃捐"的命运,是一般妇女所常遇到的。乐府民歌中的《上山采蘼芜》《白头吟》《塘上行》就是写弃妇的作品。如《上山采蘼芜》一诗:

> 上山采蘼芜,下山逢故夫。长跪问故夫:"新人复何如?""新人虽言好,未若故人姝。颜色类相似,手爪不相如。""新人从门

---

① 关于此诗,有种意见认为与前首《有所思》有关联,应合为一篇,如余冠英《乐府诗选》说:"这也是情诗,似和上篇有关联,有人认为应合为一篇。两篇是同一女子的话,上篇考虑和情人断绝,欲决未决,这篇是打定主意后的誓辞。"按在此之前清代庄述祖《汉铙歌句解》、闻一多《乐府诗笺》即主此说。此意见可备一说,供参考。

入,故人从阁去。""新人工织缣,故人工织素。织缣日一匹,织素五丈余。将缣来比素,新人不如故。"

这首诗写一个弃妇与故夫偶然重逢时的一番简短问答。从故夫对弃妇的夸赞(颜色、手工)和所表现出来的一片旧情来看,大约造成这一悲剧的主要缘由不在故夫,或者竟如《孔雀东南飞》所反映的那样,是由于家长的迫害。从她长跪问故夫的话来看,她的心中是积蕴着强烈的隐痛和不平的。诗中写她颜色、手工都不比别人差,但还是不免于被弃,这就更显示出她的被弃是无辜的。诗中表现出对这一被弃女子的深厚同情。诗的写法也颇别致,基本上是由几句对答构成的,但情景毕现,显得十分质朴而感人。

另外,乐府民歌中还有一首题为《陌上桑》的叙事诗,它热情地歌颂了一个敢于反抗强暴的妇女形象。另一首著名的长篇叙事诗《孔雀东南飞》,写了一桩催人泪下的婚姻悲剧故事。这两篇作品思想和艺术都非常成熟,我们将留待下面专节来介绍。

(四) 揭露上层社会残暴和腐朽的作品。

如顺帝和桓、灵时代的一些小民谣,虽然很简短,但对当时统治阶级的讥讽却十分尖锐。顺帝时《京都歌谣》云:

直如弦,死道边;曲如钩,反封侯。

又一首桓灵时《童谣》云:

举秀才,不知书。举孝廉,父别居。寒素清白浊如泥,高第良将怯如黾。

对当时是非颠倒的官场讽刺得十分辛辣。前一首揭露黑暗的朝政,说正直敢言的人,受诬陷、迫害,以至惨死;专门阿谀奉承和圆滑处世的人,反而高官得做,追爵封侯。后一首更把当时上层社会的营私舞弊、沽名钓誉、腐朽无能,揭露得淋漓尽致。推荐出来的秀才,没读过书;举出的孝廉,跟父亲相仇,住不到一起;标榜寒素清白的,无恶不作,肮脏不堪;住在高门大第、号为良将的武官,却胆小、畏缩得像只青蛙。这种昏暗现象,令人愤慨。

乐府民歌中还有几篇寓言性质的诗,把动物拟人化,揭露了统治者胡作非为,对人民进行残害。如"鼓吹曲辞"中的《雉子斑》,描写小雉鸡被王孙捉住,送往行所,老雉鸡一雌一雄飞叫追寻,十分哀切感人。"相和歌辞"中的《乌生》,写老乌鸦带了八九只小乌鸦落脚在桂树间,不料却被闲来无事的游荡子所射杀。老乌鸦在临死时很后悔,不该离开南山以至遭祸;但又回念一想,林中的白鹿、摩天的黄鹄、深渊的鲤鱼,不是也都很难幸免吗?表现出生在险恶的环境中,弱者遭害是随时都可能发生,很难逃脱的。《枯鱼过河泣》仅四句:

　　枯鱼过河泣,何时悔复及!作书与鲂鲡,相教慎出入。

一条被捉的鱼被人提过河,它后悔莫及,于是捎书给同类,告诉他们千万要出入小心。清张玉穀说:"此罹祸者规友之诗。出入不谨,后悔无及,却现枯鱼身而说法,大奇大奇。"(《古诗赏析》卷六)这些鱼鸟故事,想象丰富,构思奇警,都寓意深刻地揭露了当时豪强、官家对无辜人民的残害。

另外,乐府民歌中还有少数写劳动主题的小诗,非常清新可喜,优美动人,如《江南》:

　　江南可采莲,莲叶何田田。鱼戏莲叶间,鱼戏莲叶东,鱼戏莲叶西,鱼戏莲叶南,鱼戏莲叶北。

这首小小的采莲曲,朴素,生动,别致。它用回旋反复的语句,描画出鱼儿在莲叶四周环游嬉戏的情景,表现出十分活泼以至生意盎然的气氛。这首小诗不仅展示出江南水乡的美丽自然风光,也写出了当时采莲人的一种愉悦的心情。

从以上的分析介绍可以看出,两汉乐府民歌现存的虽然不是太多,但所反映的社会面十分广阔,内容十分丰富。它是两汉社会全面、真实的反映,传达了人民自己的声音,是对《诗经》现实主义诗歌传统的继承与进一步的发展和发扬。

第三节 《陌上桑》和《孔雀东南飞》

《陌上桑》和《孔雀东南飞》是汉乐府民歌中有名的佳作。

《陌上桑》一名《艳歌罗敷行》，又名《日出东南隅行》，是一篇带有喜剧色彩的民间故事诗。它描写一个名叫罗敷的年轻女子，到城南去采桑，碰到一个声势煊赫的"使君"，想把她占为己有。罗敷是一位美丽、坚贞而机智的女子，她严词拒绝了使君的要求，并用夸说自己夫婿的地位、人品、才貌的方法，对使君进行了讽刺，使他自讨无趣，扫兴而去。两汉时代，上流社会的权贵们过着荒淫无耻的生活，他们凭借着富贵权势，往往大量霸占妇女，所谓"妖童美妾，填乎绮室；倡讴妓乐，列乎深堂"（《后汉书·仲长统传》）。他们还常常直接掠夺民女，只要遇到美貌女子，就要设法占为己有。显然，这首诗所写的内容，在那个时代是很有现实性和普遍意义的。

这首诗作为汉乐府的名篇，受到历代人们的喜爱并不是偶然的。它在思想和艺术上有不少独到的特点。诗歌的主题是暴露当时上层社会人物的轻薄和见了民间美丽女子就想掠夺的无耻行为，但它在艺术构思上，重点却没有放在写这个无耻官僚上，而是把民间女子罗敷作为整个故事的主人公，全力以赴地刻画这个民间采桑女的性格和形象。诗中写她的美丽，写她的机智，写她不畏权势、不贪富贵的高贵品质，因而从正面塑造了人民自己的完美形象。相反地，使那自恃权势的"使君"，处于愚蠢、可怜、可笑的地位。这样的写法，无疑写出了人民的志气，并巧妙地构成了一种喜剧冲突，大大增强了作品的思想性，也取得了更强烈的艺术效果。

全诗分为"三解"。"解"是乐章的段落，犹如《诗经》的"章"、后世"词"中的"阕"，是乐曲曲调暂时的休止。这首诗的"三解"，实际上也构成了三个自然段。第一解主要写罗敷女子的美。诗歌起始不仅夸饰

地写了罗敷的服饰之美,更别开生面地采用侧面烘托手法,对她的美作了极度夸张的形容:

> 行者见罗敷,下担捋髭须。少年见罗敷,脱帽著帩头。耕者忘其犁,锄者忘其锄。来归相怨怒,但坐观罗敷。

写罗敷之美,不是从描写她的容貌正面下笔,而是从周围人的强烈反应下笔,也就是从她的美得惊人,具体化地写出通常所谓的"惊人之美",这在艺术手法上是富有独创性的。这种描写,可以极大地调动人们的想象力,比从正面刻画和进行实写更具有艺术效果。同时这一段的描写,也极大地增强了诗歌生动活泼的喜剧气氛。

第二解,是全诗的主旨所在。先写"使君从南来,五马立踟蹰。使君遣吏往,问是谁家姝?"故意写出这位"使君"声势煊赫的派头儿。但罗敷的回答却是出其意外的:"使君一何愚!使君自有妇,罗敷自有夫。"这一答复,语气上还是很有节制的,但是软中带硬,所表现出来的态度是严正而坚决的。犹言说你这位身为"使君"的人,怎么也会这么愚妄,打错了主意呢?你是有妇之夫,我是有夫之妇,你自有你的妻子,我自有我的丈夫,两不相犯,是没有什么交道可打的。几句话,给这位太守的不法企图、无耻丑念浇了一盆冷水,使他狼狈不堪。

第三解,是写罗敷对"使君"的机智反击。她极尽夸饰地铺叙了自己夫婿地位的尊贵、仪表的不凡、才貌的出众,总之,意在说明自己的夫婿是如何的体面,如何值得自己去爱。当着要求把她"共载"的男子使君,大夸自己所倾心的人,而且越夸越高兴,这无疑是对"使君"的蔑视和嘲弄。诗尾以"座中数千人,皆言夫婿殊"作结束,言外之意似在说,凭你这位"使君"的嘴脸,能比得上我所爱的人吗?你想"共载"能办得到吗?正寄寓着对那位"使君"的讽刺,以至有意地刺痛。全诗最后虽并未再去写"使君"的反应,但在罗敷的这一席话之后,"使君"的一副狼狈之相是可以想象而知的。这个喜剧故事就是在这种充满胜利的快感和哄然大笑中结束。

如果说《陌上桑》是以喜剧的形式描写了一个在婚姻问题上抗击强暴的故事，那么长篇故事诗《孔雀东南飞》则是以悲剧的形式描写了一对青年男女在婚姻问题上对封建家长制的抗争。斗争虽然以叛逆者的牺牲告终，但却有力地揭露了封建礼教、封建家长制的罪恶。

《孔雀东南飞》最早见于陈代徐陵编的《玉台新咏》中①，题名《古诗为焦仲卿妻作》。《乐府诗集》编入"杂曲歌辞"，题为《焦仲卿妻》，因此诗首句为"孔雀东南飞"，故有今称。全诗长达三百五十三句，一千七百六十五字，是我国文学史上有名的一首长篇叙事诗。明代王世贞赞颂它为"长诗之圣"（《艺苑卮言》），清代沈德潜称它是"古今第一首长诗"（《古诗源》卷四）。总之，它代表了汉乐府民歌的最高艺术成就。自产生以来，它一直以强烈的反封建的精神和优美的艺术形式，广泛地受到人民群众的喜爱。

《孔雀东南飞》以诗歌的形式写了这样一个家庭悲剧故事：汉时有一名为刘兰芝的女子嫁与焦仲卿为妻，夫妻两人感情很好，但不为焦母所容，焦母硬逼着儿子焦仲卿把妻子刘兰芝休掉。焦仲卿劝母不成，只得暂把兰芝送归娘家，再作后图。不料，兰芝回娘家后，有太守为儿子来求婚，兰芝兄贪图财势对兰芝迫嫁，但兰芝拒不屈从，她在与仲卿见过最后一面以后，毅然投水自尽。仲卿得知后，也殉情自缢。全诗结尾写两人合葬后，即化为一对鸳鸯鸟，相偎相依，永不分离。

这个故事的主题思想是很明确的，诗中描写造成焦、刘婚姻悲剧的主要原因就是封建家长制。封建社会中的婚姻不是以男女双方的爱情为基础的，而是以家族的利益、家长的意志为决定条件的。它表现为男女的结合要由"父母之命，媒妁之言"来决定；婚后，仍然要受封建家长

---

① 《玉台新咏》为南朝陈代文学家徐陵（507—583）编撰的一部诗歌总集。全书十卷，收录了汉魏至梁代的诗歌作品七百六十九篇，计五言诗八卷，歌行一卷，五言二韵诗一卷。部分诗与《昭明文选》重复，但大部分为《文选》所未收，保存了不少重要资料。它收录的作品主要是关于男女爱情之作，即所谓"艳歌"，有些轻靡之作反映了当时的浮艳文风，但有不少有重要意义的爱情婚姻之作，也赖以保存而流传。

的支配,特别是女子,仍然要遵从所谓"三从""四德",成为封建家长的奴仆。封建礼教规定了妇女的"七出"条文,第一条是"不顺父母,去"。还规定说:"子甚宜其妻,父母不悦,出。"诗中写焦母指责兰芝的唯一罪名,就是"举动自专由",在封建家长看来,这就是"不顺父母""无礼节",冒犯了封建家长的权威和尊严。刘兰芝一不容于婆母,被遣回娘家后又不容于兄长,她是死在专横的封建家长压迫之下的。《孔雀东南飞》是一个悲剧性的故事,其所反映的社会意义和思想意义都是很深刻的。首先,它有力地揭露了封建礼教、封建家长制的专横和对善良男女,特别是对于年轻女子在婚姻、家庭生活中的奴役和迫害,在这方面它的揭露和鞭挞是颇有深度的。而它的巨大思想意义还不仅于此,在这个故事中,它更以满富同情的笔触,描写了焦、刘二人忠于爱情、坚贞不渝的美好品质,热情地歌颂了他们宁死不屈的叛逆精神。特别是在作品的结尾,还以积极的浪漫主义精神,表达了对封建黑暗王国的蔑视,表达了为争取婚姻自由所作的斗争必将取得最后的胜利。因此,这个悲剧故事虽然写了被压迫者的不幸、痛苦以至死亡,但它并不使人感到消沉和悲观;相反地,它却激励人心,使人认识到历史的必然要求,坚定人们为美好的未来而斗争的信念。

《孔雀东南飞》最突出的艺术成就,是它通过诗的形式、诗的语言,成功地塑造了几个鲜明的人物形象。这些人物既有鲜明的个性,又具有高度的典型意义。

诗中所写女主人公刘兰芝的性格是非常可爱、可敬的。她勤劳、善良、坚强、美丽,作者几乎把古代妇女的一切优美素质都赋予了她,使她焕发着光彩,表明了作者对这一人物的热爱。作者一开始就以民歌所特有的简练手法,对她作了概括的介绍:"十三能织素,十四学裁衣。十五弹箜篌,十六诵诗书。"表明她从小就受到很好的教育和培养,能做各种女红,还会音乐,知诗书。然而这样一位完美的女性,出嫁后却遭到种种不幸,受到封建社会蛮横无理地迫害,以至被逼得走投无路。我们听听她的倾诉:

>十七为君妇,心中常苦悲。君既为府吏,守节情不移。鸡鸣入机织,夜夜不得息,三日断五匹,大人故嫌迟,非为织作迟,君家妇难为。

于是下面作者用一系列的情节,既写了刘兰芝的不幸,也写了她的斗争和倔强的性格。故事写在这种无理、专横的刁难和迫害下,她知道自己在焦家势难存身了,便不等对方开口,自己提出了"遣归"的要求,她向丈夫说:"妾不堪驱使,徒留无所施。便可白公姥,及时相遣归。"丈夫焦仲卿是同情她的,于是便去乞求阿母,但焦母却对儿子大加训斥:"阿母得闻之,槌床便大怒。小子无所畏,何敢助妇语。吾已失恩义,会不相从许。"虽然如此,焦仲卿还抱有幻想,企图先把妻子兰芝送归娘家,以为权宜之计。但兰芝却是清醒的,认为自己嫁后一直勤劳、谨慎从事,"仍更被驱遣,何言复来还?"她在痛苦中唯一的希望,是纵使丈夫再娶以后,也不要忘怀与自己的一段情谊。当临行告别婆婆的时候,她故意"事事四五通"地打扮自己,表现得十分从容镇定。当她"上堂谢阿母,母听去不止"时,她竟说出"今日还家去,念母劳家里"的话,表现得是那么温厚、善良。她并非没有怨恨,没有痛苦,但她的教养,她的刚强的性格,使她能够自持。在无可挽回的事实面前,她处理得十分得体,表现得十分冷静。她十分痛苦,但在婆婆面前却不流一滴泪,这是她的自尊,也是她的抗议。下面写她与小姑作别时,就不同了:"却与小姑别,泪落连珠子。"她感今抚昔,泪流不止。特别是当她离家登车的时候,"出门登车去,涕泪百余行!"她的隐痛是如此之深之巨,她是重情的,但也是刚强的。

在封建社会里,一个被遣归家的女子,精神压力是很大的,实际上也是没有出路的。"入门上家堂,进退无颜仪。阿母大拊掌,不图子自归。"连亲生母亲也不能谅解。当她说明情况后,母亲会对她有所同情,却挽救不了她的命运,只能徒增难过而已:"儿实无罪过,阿母大悲摧。"果然,迫使她改嫁的事连踵而至,第一次赖有母亲的维护,得以无事;接着她的阿兄出面了,阿兄以封建家长的身份对她进行迫嫁,先用改嫁后的荣华富贵作引诱:"先嫁得府吏,后嫁得郎君。"再以家里不能容她作为胁迫:"不嫁义郎体,其往欲何云?"在这种情况下,她知道自己在母家也待不下去了。而且"虽与府吏要(约),渠会永无缘",她与焦仲卿的重聚也已经无希望了。她既不同意做一个不忠于爱情的人,那么只能采取最后的反抗手段,以一死来表示最后的抗议,以一死使封建的恶势力对她的压迫全盘落空。诗中写她对婚事索性表示应允,从而摆脱了家人对她的防范,得以最后与焦仲卿会面,并密定死计。在"新妇入青庐"的婚礼之夜,她"揽裙脱丝履,举身赴清池",给了压迫者一个有力的打击,达到誓死反抗的目的。刘兰芝在长诗中被塑造成一位既善良、温厚、多情,又具有倔强反抗性格的女性,她的崇高的正面素质,以及巨大的不幸和最终遭到毁灭,构成了强烈的悲剧性冲突。鲁迅说:"悲剧是将人生有价值的东西毁灭给人看。"(《论雷峰塔的倒掉》)刘兰芝作为中国文学史上的一个悲剧人物形象,是感人至深的。她的悲剧激发了人们对封建宗法制度无比的仇恨!

焦仲卿是诗中另一个正面人物形象。他对爱情忠诚专一,在兰芝和焦母的斗争过程中,始终站在兰芝一边。为了保护兰芝和保卫自己的爱情,他也跟自己专制的母亲作了抗争。他母亲曾用为他续娶美女来引诱他屈服,但他严正地拒绝了。"今若遣此妇,终老不复取!"他的态度始终是坚决的。但他最初对周围黑暗现实的认识不如兰芝清醒,"卿但暂还家,吾今且报府,不久当归还,还必相迎取",曾幻想母亲的态度能够转变。最后,残酷的现实终于使他清醒过来,并从思想上冲破了封建孝道对他的束缚,同兰芝一起以死殉情,对封建恶势力表示了坚决的抗争。焦仲卿这一形象,比起诗中刘兰芝的形象虽然似乎有些弱点,但同样是十分真实感人的。我们知道,在封建宗法制度下,男子的地位要高于女子,在婚姻问题上相对说来也比女子多些选择自由。但焦仲卿却始终同情兰芝,忠于爱情,最后走向抗母命而殉情的道路,这对悲剧的制造者来说,更是一种莫大的打击。这一悲剧性的社会效果,也是刘兰芝形象所不能完全代替的。

诗中所描写的反面人物焦母和刘兄,是封建礼教和宗法势力的代表。作者对这两个人物虽然着墨不多,但对前者的专横残暴、后者的势利无情,都作了深刻而形象的揭露,使他们的狰狞面目跃然纸上。这些反面人物也都是从现实生活中概括出来的,同样具有高度的典型性。诗中正是通过对他们的揭露,抨击了吃人的封建宗法制度。

作者善于通过人物的语言与行动来表现人物的性格。诗中的人物语言是十分个性化的。陈祚明《采菽堂古诗选》曾称赞说:"历述十许人口中语,各各肖其声情,神化之笔也。"诗中写兰芝和仲卿的大段对话不用说,即使是焦母、刘兄的三言两语也都非常传神。如写当仲卿不愿顺从她母亲的意愿,表示不肯将兰芝遣归时,"阿母得闻之,槌床便大怒:'小子无所畏,何敢助妇语! 吾已失恩义,会不相从许!'"槌床的动作和泼辣的语气活画出一个专横的封建家长老太婆的面目。又如写刘兄听到兰芝不愿改嫁太守儿子时,"阿兄得闻之,怅然心中烦。举言谓阿妹:'作计何不量! 先嫁得府吏,后嫁得郎君。否泰如天地,足以荣汝身。不嫁义郎体,其往欲何云?'"活画出刘兄的势利无情。诗中主要是通过人物的对话和动作来刻写人物、构成故事、表现主题的,但有时也加入一些作者抒情性的语言作为穿插。如全诗开头:"孔雀东南飞,五里一徘徊。"用飞鸟留恋往返、徘徊不前,写出一种忧郁缠绵之情,给这个爱情悲剧故事制造了气氛。如当兰芝和仲卿第一次分手时,作者写道:"举手长劳劳,二情同依依。"又如当兰芝和仲卿最后诀别时,作者写道:"执手分道去,各各还家门。生人作死别,恨恨那可论!"这些旁白式的抒情性穿插,充满着作者的同情,既有助于对人物的处境和心情的深入刻画,也大大增强了诗歌的抒情色彩。

作品在结构布局方面也很成功。全诗紧扣住兰芝夫妇的坚贞爱情和封建家长制的矛盾,展开了丰富而曲折的情节和尖锐的悲剧性的冲突。诗歌一开始是以女主人公兰芝不堪刁难、虐待,由长期的逆来顺受到起而抗争,要求归遣开始的。但兰芝刚强、清醒,仲卿较为软弱、存有幻想,因而出现了仲卿乞求焦母转变态度与母产生冲突的情节。仲卿求情未成,兰芝毅然别家归遣,仲卿由于幻想仍未破灭,也由于对兰芝的深厚感情,而与兰芝盟誓分手,以图后期。这时矛盾稍缓,使人们于"不久望君来"里仍寄存一点希望。可是接下去却又是新的矛盾和冲突,先是县令遣媒求婚,兰芝抗嫁,由母亲做主,得以缓解;可是接着太守求婚,阿兄逼嫁,太守行聘,矛盾激化。在无可挽回的尖锐矛盾中,仲卿、兰芝约定同死,终于双双殉情,以坚决果敢的行为表示了对封建压迫的反抗。故事情节的发展环环相扣,波澜起伏,逐渐推向高潮,同时也使读者完全沉浸在巨大的悲剧气氛中。全诗从开首到焦、刘二人双双殉情而死,基本上是以现实主义精神,如实地描绘了当时的社会现实及尖锐的社会冲突的。但于诗歌的结尾,诗人却以奇丽的幻想,给故事增添了浪漫主义、理想主义色彩。诗中写兰芝和焦仲卿死后合葬在一处,墓上的梧桐、松柏都枝叶相覆盖、相交结,而他们的精魂则化为一对美丽的鸳鸯鸟,朝夕相依,日夜和鸣,过着和谐的爱情生活。这表明了真正的爱情是永恒不渝的,黑暗不能吞没,死亡不能阻隔,世界上没有任何力量可以把它战胜和拆散。这是对叛逆的歌颂,对斗争的鼓舞,也是对理想的追求。从精神和手法上来说,这是浪漫主义的,但它表现了人们对黑暗统治的蔑视,同时也反映了人们相信争取婚姻自由的斗争必将取得胜利的坚定信念。

总之,《孔雀东南飞》无论从思想性或艺术性来说,都取得了很高的成就。它的出现,标志着我国古代叙事诗发展到了一个新的阶段,同时也为我国悲剧美学艺术奠定了基础。

第四节 乐府民歌的艺术成就和影响

汉代乐府民歌不仅具有广泛、深刻的思想内容,也具有新颖独特的艺术特色。汉代乐府民歌是继《诗经》《楚辞》之后,我国诗歌发展史上的又一重要阶段。汉代乐府民歌的出现,不仅给两汉文坛增添了光彩,而且它的许多艺术表现手法,以及在诗歌形式方面,都影响深远,在我国文学史上有着不可忽视的地位。

关于乐府民歌的艺术成就，可以概括为几个方面来谈：

第一，乐府民歌和《诗经》中的民歌一样，都是"感于哀乐，缘事而发"的现实主义作品，它们真实地反映着当时的现实生活，而且多是发自社会最底层的声音，直接表达着人民的爱憎。而如果我们把乐府民歌与《诗经》作品相比较，就会发现乐府民歌在反映现实生活的手法和反映现实生活的深度方面，均有不少新的突破。就以前面我们选讲到的一些作品为例，如反映人民悲惨处境的《妇病行》《东门行》，反映战争和不合理兵役制度带给人民痛苦的《十五从军征》，以及反映被压迫妇女和婚姻问题的《上山采蘼芜》《陌上桑》《孔雀东南飞》等，它们在反映现实的手法上，都有着一个共同特点，那就是采用典型化的概括生活的方法，即通过选择和捕捉现实生活中的典型事件、典型画面，来再现生活。它们描写的是某个人或某个家庭的不幸遭遇和命运，但这在当时社会又是极普遍的、具有代表性的。正是这种集中、概括、典型化的手法，使它们既具备现实生活图景的生动性，又在反映现实方面具有无比的广度和深度，从而极生动、鲜明深刻地反映出当时社会的本质。汉乐府诗的这一现实主义手法，曾给后世许多诗人以启发，并产生出许多伟大、优秀的现实主义作品。如唐代杜甫的著名诗篇"三吏""三别"，白居易的《秦中吟》《新乐府》等，都是直接继承汉乐府的这一现实主义精神和手法的产物。

第二，从诗歌体裁上说，乐府民歌大部分是叙事诗。《诗经》中已有某些叙事成分的作品。如"国风"中的《氓》《谷风》《七月》，《大雅》中的《生民》《绵》等，但那些诗一般来说还缺乏对人物和情节的集中描绘，有的只作了某些客观铺写，有的仍是通过作品主人公的主观倾诉来表达的，还是抒情形式，因此，只能说它们是抒情诗带有叙事成分，是叙事诗的萌芽状态。而在乐府民歌中，则已出现了由第三者叙述的故事作品，出现了人物对话和有一定性格的人物形象，有的客观地写出一个生活片断，有的写出一个有头有尾的故事，有比较完整和发展中的故事情节。如《陌上桑》《妇病行》《东门行》,特别是长篇叙事诗《孔雀东南飞》等,都是艺术性很高的叙事作品。因此,汉乐府民歌标志着我国叙事诗的一个新的更趋成熟的发展阶段。

第三,汉乐府诗与基本上是四言体的《诗经》不同,从句式上说,三言、四言、五言、七言都有,完整的五言体已不少见,但一般是杂言。鲁迅在《汉文学史纲要》中说:"诗之新制,亦复蔚起。《骚》《雅》遗声之外,遂有杂言,是为《乐府》。"如我们曾讲到的《战城南》《有所思》,小诗如《上邪》等,就都是典型的杂言体。汉乐府中的杂言,句法自由多样,整散不拘,自有一种跌宕起伏的气势。到了唐代则发展出自由奔放的所谓"歌行"体,在我国古体诗中独具特点,唐代许多大诗人,如李白、杜甫、岑参、高适等,都用这一形式写出了杰出的作品。除杂言体外,汉乐府民歌中还出现了不少完整的五言诗,如《孔雀东南飞》《陌上桑》《十五从军征》《江南可采莲》等等。五言体诗在乐府民歌中不仅已有相当数量,而且抒情状物也已相当成熟。五言诗虽比四言诗仅多一个拍节,但能够把单音词和双音词有机地搭配起来,既寓变化于整齐之中,又适应了当时社会语言的发展,扩大了诗歌的容量,增强了表现力。五言诗的产生和兴起,是由乐府民歌开其先河,而扩大到整个文坛的。

至于汉乐府民歌语言的朴实生动,剪裁的繁简得当,结构的紧凑,以至于多种多样非常成功的艺术表现手法,我们在讲解各篇代表性作品时都基本分析了,现不赘述。

第六章　五言诗的起源和《古诗十九首》

第一节　五言诗的起源

在讲到文学起源的时候,我们曾讲到诗歌起源于劳动。原始诗歌的韵律和节奏,是在原始人劳动时的呼声中产生和形成的。我们还通过实例,了解到原始诗歌是二言形式,这是因为劳动的节奏是短促的、鲜明的、整齐的,不能容纳较长的句子。同时,诗歌是语言艺术,它和本民族的语言特点是分不开的。而汉语最突出的特点之一就是以单音素为基础,特别是在古代,单音词占多数。然而要表达一个完整的意思,每个诗句至少由两个词组成。

随着社会生活的丰富和语言的发展,如双音词、联绵词的增多,二言体已经不能满足需要。但是,一种新诗体一定是在旧诗体的基础上形成的。二言诗最自然的发展趋势是把两句重叠成一句,形成四言体。四言体比二言体有了很大进步,它适应了当时语言的发展,可以比二言体更自由地抒发感情和描写事物。四言体是《诗经》时代最基本的形式,它开出了灿烂的花朵,出现了一大批优秀作品,这我们在讲《诗经》时已接触到了。此后,伟大诗人屈原根据楚地的民歌,创造了"骚体"(楚辞体),楚辞体相对于《诗经》的四言体是一次很大的突破,是一次诗体解放。但它的形式地方性很强,那种雄姿英发、鸿篇巨制的创作及其艺术形式,后人难以为继。虽然楚辞作品中曾出现过多种多样的句式,对后世也有启发,但从整体说来,它没有解决四言诗以后中国诗歌的民族形式问题。因为它形式不固定,诗句的节奏、韵的重复也缺少规则。

汉初的诗坛是冷落的,这固然有多方面的原因,其中诗体的守旧、缺乏创新,也是一个重要因素。当时文人写诗,主要因袭《诗经》以来的四言体或模仿屈原的楚辞体。如被认为"匡谏之义,继轨周人"(刘勰语)的韦孟的《讽谏诗》,司马相如的《封禅颂》,都属模拟雅、颂之作,内容既很平庸,形式亦复呆板,完全缺乏诗味。汉初另一批人则模仿楚辞,如东方朔的《七谏》、庄忌的《哀时命》、王褒的《九怀》等,也是专以模拟为能事,思想、艺术均无新的开拓。又加上当时许多文人都热衷于写赋,文坛上的诗歌创作遂落得一片冷清局面。但当汉代封建文人正在模拟《诗》《骚》,在僵化的道路上难以前进的时候,广大劳动人民却真正从活生生的现实生活出发,以当时生动、丰富的口语为基础,创造出从内容到形式都崭新可喜的新民歌。

我们知道,在文学史上,民间文学常常是新的文学以及文学中新体制的源泉。它们就像深山的清泉一样,静静地、无穷无尽地流着,赋予各个时代的文学以新的生命。新颖、完整的五言诗,首先是在汉代民歌中出现的。据现存的两汉乐府民歌来看,杂言多西汉作品,五言多东汉作品。可知五言诗的形成,在民间歌谣中也是有一个逐渐演进过程的。在乐府民歌的影响下,文人创作的五言诗开始出现了。

为什么四言诗会演进到五言,而五言一经出现和形成,就很快地代替了四言诗的地位,而风行于整个文坛,以至历久不衰呢?

南北朝诗论家钟嵘在他所著的《诗品》序中,曾对五言诗胜于四言诗的情况作了一些说明。他说,四言"每苦文繁而意少,故世罕习焉。五言居文词之要,是众作之有滋味者也";又指出,五言"指事造形,穷情写物,最为详切"。这话说明了四言诗不如五言诗为优越。但为什么五言诗只比四言诗多了一个字,就表现出如此的优越性呢?这是因为四言体主要由两字一拍四字一句构成,节奏虽鲜明,但句式短,拍节太单调,特别是使单音词和双音词的配合受到限制。它既限制了内容自由、充分地表达,在韵律上也过于呆板,不能表现出抑扬顿挫之美。所谓"每苦文繁而意少",即说四言诗要充分地表达感情,就必须靠增加篇幅、章节,以至于重复吟咏。而五言由五字组成,既可方便地容纳双音词,也可以容纳单音词,以至三音词。它的二、三结构,即三字尾,在一句诗的拍节上起到了有偶、有奇、奇偶相配,有变化、不呆板、不单调的作用。更重要的是,它适应了当时语言中双音词逐渐增多的情况,使诗歌更易接近口语,从而也容易获得生活气息。我们从现存的汉代五言乐府诗来看,如《陌上桑》:

> 日出东南隅,照我秦氏楼。秦氏有好女,自名为罗敷。罗敷喜蚕桑,采桑城南隅。

自然流畅,语句圆熟,现在读起来都十分上口,通俗好懂,说明一定很接近当时口语,与当时的语言发展状况是适应的。

当时的民间歌谣既已开风气之先,表现了五言的优越性,于是引起了文人的注意,他们开始学习、模仿,从民歌中汲取营养,这样五言诗就被引进文坛,逐渐发展、普遍流行起来了。

文人创作的五言诗究竟产生于什么时期?它的首创者又是谁?前人的看法颇不一致,有人认为枚乘、卓文君、班婕妤、李陵等人是文人五言诗的始创者,但是考察当时诗歌发展的情况,证明这种说法并不可靠。比较可信而且得到公认的说法是,最早的文人五言诗是班固写作的《咏史》:

> 三王德弥薄,惟后用肉刑。太仓令有罪,就递长安城。自恨身无子,困急独茕茕。小女痛父言,死者不可生。上书诣阙下,思古歌《鸡鸣》。忧心摧折裂,晨风扬激声。圣汉孝文帝,恻然感至情。百男何愦愦,不如一缇萦。

这首诗写的是汉文帝时孝女缇萦为赎免父亲刑罚请求没身为婢的故事。但它只是老实地叙述事实,缺乏文采和形象性,所以钟嵘《诗品》评为"质木无文"。这说明文人运用这一种新体还很不熟练,不免质朴幼稚。但从表现形式看,它已经是一首典型的五言诗了。班固以后,作这种新体诗的逐渐多起来,如张衡的《同声歌》、秦嘉的《赠妇诗》、赵壹的《疾邪诗》、蔡邕的《翠鸟》等,其中秦嘉的《赠妇诗》三首、赵壹的《疾邪诗》二首(见于他所作的《刺世疾邪赋》后),比起班固的《咏史》已有长足的进步。这些都是有作者姓名的完整的五言诗。此外还有一些无名氏的作品,如《古诗十九首》,以及曾经被误认为是苏(武)、李(陵)的一些作品,大概也产生在这一时期。①特别是《古诗十九首》,代表了汉代文人五言诗的最高艺术成就。

第二节 《古诗十九首》的思想和艺术

在上节,讲五言诗的起源和形成时,我们说五言诗最初起源于民间,是首先在两汉乐府歌辞和其他民间歌谣中出现的,由于它适应了当时社会语言的发展,更接近当时的口语,在节拍韵律上也表现得比四言更为优异,同时比起杂言体诗来,也表现出句式整齐、用韵规则等优点,于是引起某些文人的注意和模仿、试作。从班固开始至东汉末年,五言诗已逐渐成熟,无名氏的《古诗十九首》代表了这一时期五言诗的最高艺术成就。

《古诗十九首》之名,最早见于梁萧统的《文选》。② 所谓"古诗",本是晋南北朝对古代诗歌的统称,当萧统编《文选》时,把已失去主名的十九首五言古诗选编在一起,题作《古诗十九首》,从此,《古诗十九首》便成了专门名称。

关于《古诗十九首》的作者和时代,曾是文学史上一个聚讼纷纭的

---

① 《昭明文选》卷二十九载李陵《与苏武诗》三首,苏武诗四首。又《古文苑》卷四收录李陵《录别诗》八首,苏武《答诗》一首、《别李陵》一首。这些诗均为五言体。据近代学者研究,断定并非真苏、李所作,乃出自东汉文人伪托,真正作者已不可考。

② 《文选》是我国现存的最早一部诗文总集,梁代昭明太子萧统(501—531)编,故后世又称《昭明文选》。全书三十卷,收录了上起先秦,下至当代(梁普通七年,即公元526年)的一百三十二个作家及其五百一十四篇作品(不录生人)。所收作品按文体分为三十八类,自称其选录作品的标准是"事出于沉思,义归乎翰藻",比较强调文学特征,对划分文学和学术文的范围起过积极作用。《文选》著名注本有唐李善的《文选注》和唐五臣(吕延济、刘良、张铣、吕向、李周翰)注本。南宋合李善注与五臣注为一本,题称《六臣注文选》。

问题,说法很不一致。这种意见分歧,早在齐梁时代便开始了。如刘勰《文心雕龙·明诗》篇说:"《古诗》佳丽,或称枚叔,其《孤竹》一篇则傅毅之词。"按照这个说法,这组优美的《古诗》是西汉时代枚乘(字叔)作的,其中《冉冉孤生竹》一篇,是东汉初年傅毅的作品。① 钟嵘《诗品上》则说:"《去者日以疏》四十五首……旧疑是建安中曹、王所制。"这里所说的四十五首,是包括《古诗十九首》大部在内的;所谓曹、王,是指建安时代的曹植和王粲。这两种说法用了"或称"和"旧疑",可知在当时也是传闻臆测之说。

关于第一种推测,说《古诗》是出于西汉初年的枚乘之手,这是很难让人相信的。与《文心雕龙》差不多同时期的《昭明文选》,就不承认是枚乘所作。在西汉一代不但没有任何文人写过五言诗,正如《文心雕龙》所说的"辞人遗翰,莫见五言",而且从诗歌发展上看,不仅西汉初年的枚乘,就是与班固同时的傅毅,也不可能在五言诗上取得如此成就。那时文人才开始试作五言诗,不可能有《古诗十九首》这样的成熟之作。如说《古诗》产生于曹植、王粲时代,也有很多疑问。因为《古诗》里写到洛阳的几首,都不曾反映洛阳的残破,显然写在董卓焚烧洛阳以前。现代一般文学史研究者认为,这组古诗并非一人一时之作,但因风格内容相近,被编辑在一起。其产生时代,先后亦不甚远,大约不出于东汉后期桓、灵之世。② 无论从五言诗发展的情况或是从某些篇章所反映的社会生活和思想看,这样推测都是合理的。

《古诗十九首》的内容主要反映的是当时中下层知识分子的生活和思想感情,概括地说大致可以分为两大类:一是写游子思妇的离别相思之苦,一是写求官不遂、仕途失意的苦闷和悲哀。

东汉时代中下层知识分子为了寻求出路,常常要离乡背井外出游

---

① 傅毅(?—约90),字武仲,扶风茂陵(今陕西兴平境)人。今存《舞赋》《七激》等十余篇作品。
② 关于《古诗十九首》作者、时代的考订,可参阅梁启超《中国之美文及其历史》和余冠英《汉魏六朝诗选·前言》。

宦或游学。他们或游京师,上太学;或奔走权门,进谒州郡,请求推荐,以便得个一官半职。这些人就是诗中的所谓"游子"。他们长期远离乡里,自然有许多羁旅离愁之思需要抒发。另外,与游子思归相对应的,还有若干思妇诗。这或者是思妇所写,或者竟是这些游子揣摩对方处境、心理而写,这些游子思妇诗既写的是他们真实的思想感受,又加以他们有一定的文化修养,有一定的艺术表现力,因此,这些充满了对故乡的眷恋和男女相思情爱的作品,往往写得十分真切动人。例如其中的第一篇《行行重行行》:

> 行行重行行,与君生别离。相去万余里,各在天一涯。道路阻且长,会面安可知?胡马依北风,越鸟巢南枝。相去日已远,衣带日已缓。浮云蔽白日,游子不顾返。思君令人老,岁月忽已晚。弃捐勿复道,努力加餐饭。

这首诗写思妇对丈夫久别不归的思念和怨情。诗的前四句写丈夫在外行行不已,越离越远,再四句写相隔遥远,会面无期,并用胡马、越鸟为喻,责备丈夫反不知留恋家乡;接着四句写自己的相思之苦,并写自己的猜疑;结尾哀叹年华易逝,写自己的迟暮之感,并转而勉强宽慰自己。这首诗用浅近无华的语句,委曲尽致地表达了一个思妇的心曲。全诗主要表达的是对丈夫久别不归的浓重的怨情。如开首"行行重行行,与君生别离;相去万余里,各在天一涯",表面上是叙述句,实际上字里行间却流露着埋怨丈夫远走的无情。犹言你在外边只顾走了又走,哪知我在家与你生离别的滋味?而且越行越远,一去就是万里,以至"各在天一涯"。说远离各在天边,固然是夸张,但凡是夸张都带有主观性,都带有感情色彩,这里所表达的正是对远离的不满和怨恨。为什么对"远"这么怨恨呢?这是因为相离越远,相会越难,"道路阻且长,会面安可知?"因此引出"胡马""越鸟"的比喻,深深责怪丈夫尚不如马、鸟有情。强烈责怪丈夫无情,正说明自己怀有深情。"相去日已远,衣带日已缓",极写自己刻骨的相思;同时由于情笃思深而引出"浮云蔽白日,游子不顾返"的猜度,担心丈夫久别不归,是不是由于别有所恋?表现出此情此景下女子所特有的心理。"思君令人老,岁月忽已晚",进一步形容了离忧的深度,先说由于思念忧愁而变瘦了,又说由于思念忧愁而变老了;岁月又是如此地不待人,这叫人如何忍耐得了?其幽思怨愁之情,写到这里已到了无以复加的地步,若再多写下去,会重复无进展。于是诗的结尾猛然一转:"弃捐勿复道,努力加餐饭。"表面上写思妇的豁达,实际上写出了一种无可奈何的痛楚。

《冉冉孤生竹》一首,更写出了新婚夫妇的别离:

> 冉冉孤生竹,结根泰山阿。与君为新婚,兔丝附女萝。兔丝生有时,夫妇会有宜。千里远结婚,悠悠隔山陂。思君令人老,轩车来何迟!伤彼蕙兰花,含英扬光辉。过时而不采,将随秋草萎。君亮执高节,贱妾亦何为!

诗人开端先用"孤生竹"的比喻说明自己未嫁时本是个孤苦伶仃的弱女,接着又用"兔丝附女萝"比喻婚后对丈夫的依托,兼写出自己的一片柔情。可是谁料远嫁之后接着来的却又是远离,仍是一样孤独无依。丈夫的迟迟不归,使她感到青春虚度的悲哀,于是又用"蕙兰花"作比,一方面用"含英扬光辉"表现自己的青春风采,同时也表现出"将随秋草萎"的对迟暮的恐惧和担忧。诗末"君亮执高节,贱妾亦何为",表面上是写对丈夫守节情不移的信任,实际上是内含着对"浮云蔽白日,游子不顾返"的隐忧。对于思妇来说,她们往往既要忍受离别无依的痛苦,更有唯恐丈夫负心的担忧,这深深表现了在当时社会里妇女不能掌握自己命运的痛苦和她们屈辱的地位。全诗比喻贴切,感情回荡,可称得上是抒情的佳作。

另外,写客子思乡的作品有《明月何皎皎》:

> 明月何皎皎,照我罗床帏。忧愁不能寐,揽衣起徘徊。客行虽云乐,不如早旋归。出户独彷徨,愁思当告谁?引领还入房,泪下沾裳衣。

这首诗形象地写出了一个久客思家的游子夜不成寐的情境。皓月当空,明月窥人,这时正是易于引动离人思乡的时刻。诗中写这个游子,对着照进罗帏的皎皎月光,离愁思绪一时涌上心头,再也不能安枕,只得揽衣而起,徘徊于空房之中,"客行虽云乐,不如早旋归",他对于客游有些后悔了。这时明月满地,夜凉如水,为了排遣一下压抑不住的愁思,索性打开门走了出去。"出户独彷徨,愁思当告谁?"满怀愁绪,仍然无处可诉。无奈何只得又回到房间,不觉泪落满襟。写到这里,一个孤独难耐,被强烈的乡愁所折磨着的游子形象就如在眼前。

《古诗十九首》写游子思妇内容的还有《青青河畔草》《去者日以疏》《凛凛岁云暮》《孟冬寒气至》《客从远方来》《迢迢牵牛星》等,约占十九首的将近一半左右。这些闺妇怨别、游子怀乡的作品,虽然没有涉及什么重大的社会问题,但它们写男女情思比较真挚,思想感情基本上也是健康的,又加风格朴素自然,是一些优美的抒情之作。

《古诗十九首》的另一类作品,主要是写宦途失意者的苦闷的,即所谓伤时失志之作。东汉末年,政治黑暗,外戚和宦官把持政权。他们只要一上台就要结党营私,安插大批自己的亲信以巩固其地位。这就大大影响了一般士人的出路。因此,在中下层士人中就产生了许多伤时失意的作品,有的愁荣名不立,有的恨知音稀少,有的愤慨世情凉薄,有的叹老嗟卑。这些诗中表现着他们的矛盾、苦闷和不满。但这些人在政治上并没有什么进步政治理想,因而他们的不满往往不是指向对社会的批判,而是表现了消极的人生态度与追名逐利、及时行乐的人生观。我们看看他们是怎样想的:"人生寄一世,奄忽若飙尘。何不策高足,先据要路津。无为守贫贱,坎坷长苦辛。"他们感到贫贱的难耐、生活坎坷的痛苦,就想在仕途上追逐一番,猎取富贵荣华;但当时政治黑暗,仕途堵塞,因此,消极情绪也就油然而生了,什么"人生非金石,岂能长寿考""人生天地间,忽如远行客";他们感到人生无常,没有出路,于是生发出一连串的纵情享乐思想,"荡涤放情志,何为自结束""不如饮美酒,被服纨与素""昼短苦夜长,何不秉烛游。为乐当及时,何能待来兹"。这些就是这类诗中常常出现的内容和情绪。这些诗虽然也曲折地反映出东汉末年黑暗现实的某种面影,有一定历史认识意义,但它们散发出来的这种消极以至颓废情绪,正是《古诗十九首》的糟粕,必须严加批判。

　　《古诗十九首》的艺术成就是很突出的。它的主要艺术特色是长于抒情。它风格平易淡远,语言浅近自然,没有刻意雕饰的痕迹,却往往表达出十分复杂曲折的思想感情。鲁迅在《汉文学史纲要》中说:"其词随语成韵,随韵成趣,不假雕琢,而意志自深,风神或近楚《骚》,体式实为独造,诚所谓'畜神奇于温厚,寓感怆于和平,意愈浅愈深,词愈近愈远'①者也。"明陆时雍《古诗镜》亦称其"深衷浅貌,短语长情"。《古诗十九首》之所以取得这样卓越的艺术成就,主要在于它吸取了楚辞中的某些抒情技巧,又保持了乐府民歌朴素自然、平易流畅的特色。由于这些作者有着较高的文化素养,因此,在工整、细致方面又有所独创和提高。这组诗数量虽然不多,但对后代的影响很大。它是我国文学史上早期文人五言诗的典范,为五言新诗体的发展起了奠基的作用,所以刘勰曾称誉它为"五言之冠冕"(《文心雕龙·明诗》)。

---

① 鲁迅所引四语,出自明胡应麟《诗薮》。

参考文献

《殷墟卜辞综述》,陈梦家著,中华书局,2004年4月。
《两周金文辞大系图录考释》,郭沫若著,上海书店出版社,1999年7月。
《周易大传今注》,高亨撰,齐鲁书社,1979年6月。
《周易古经今注》,高亨撰,中华书局,1984年3月。
《周礼正义》,[清]孙诒让撰,中华书局,1987年12月。
《礼记集解》,[清]孙希旦撰,沈啸寰、王星贤点校,中华书局,1989年2月。
《三礼通论》,钱玄著,《中国传统文化研究丛书》本,南京师范大学出版社,1996年10月。
《山海经笺疏》,[清]郝懿行笺疏,巴蜀书社,1985年6月。
《山海经校注》,袁珂校注,上海古籍出版社,1980年7月。
《淮南鸿烈集解》,刘文典撰,《新编诸子集成》本,中华书局,1997年5月。
《淮南子集释》,何宁撰,《新编诸子集成》本,中华书局,1998年10月。
《神话与诗》,闻一多著,孙党伯、袁謇正编,《闻一多全集》本,湖北人民出版社,1994年1月。
《古神话选释》,袁珂著,人民文学出版社,1979年12月。
《穆天子传西征讲疏》,顾实撰,中国书店,1990年8月。
《西周史》,杨宽撰,上海人民出版社,2003年4月。
《丰镐考信录》,[清]崔述撰,崔东壁遗书本,上海古籍出版社,1983年2月。

《三代考信录》，[清]崔述撰，崔东壁遗书本，上海古籍出版社，1983年2月。

《诗集传》，[宋]朱熹集注，上海古籍出版社，1980年2月。

《诗经通论》，[清]姚际恒著，顾颉刚标点，中华书局，1958年12月。

《诗经原始》，[清]方玉润撰，李先耕注，中华书局，1986年2月。

《诗毛氏传疏》，[清]陈奂撰，中国书店，1984年6月。

《读风偶识》，[清]崔述撰，崔东壁遗书本，上海古籍出版社，1983年2月。

《毛诗传笺通释》，[清]马瑞辰撰，中华书局，1989年3月。

《诗三家义集疏》，[清]王先谦撰，吴格点校，中华书局，1987年2月。

《古典新义》，闻一多编著，《闻一多全集》，湖北人民出版社，1993年12月。

《诗经与周代社会研究》，孙作云著，中华书局，1966年4月。

《尚书今古文注疏》，[清]孙星衍撰，陈抗点校，中华书局，1986年12月。

《尚书核诂》，杨筠如撰，学海出版社，1978年2月。

《尚书通论》，陈梦家撰，中华书局，1985年10月。

《老子校释》，朱谦之撰，《新编诸子集成》本，中华书局，1984年11月。

《论语集释》，程树德撰，程俊英、蒋见元点校，中华书局，2006年11月。

《庄子集释》，[清]郭庆藩撰，中华书局，2006年1月。

《庄子集解》，[清]王先谦撰，三秦出版社，2005年3月。

《孟子正义》，[清]焦循撰，中华书局，1987年10月。

《荀子集解》，[清]王先谦撰，中华书局，1988年9月。

《墨子间诂》，[清]孙诒让撰，孙启治点校，中华书局，2001年4月。

《墨子校注》，吴毓江撰，孙启治点校，中华书局，2006年2月。

《韩非子集解》，[清]王先慎集解，钟哲点校，中华书局，1998年7月。

《管子校注》，黎翔凤撰，中华书局，2004年6月。

《列子集释》，杨伯峻撰，《新编诸子集成》本，中华书局，1997年1月。

《春秋左传注》，杨伯峻编著，中华书局，1981年3月。

《国语集解》，徐元诰撰，中华书局，2002年6月。

《战国策集注汇考》，诸祖耿编撰，江苏古籍出版社，1985年7月。

《战国史》，杨宽撰，上海人民出版社，2003年4月。

《楚辞补注》,[宋]洪兴祖撰,中华书局,1983年3月。

《泽螺居诗经新证泽螺居楚辞新证》,于省吾撰,中华书局,1982年11月。

《重订屈原赋校注》,姜亮夫校注,天津古籍出版社,1987年3月。

《楚辞书目五种》,姜亮夫编著,中华书局,1961年12月。

《楚辞选》,马茂元选注,人民文学出版社,1958年4月。

《楚辞今注》,汤炳正、李大明、李诚、熊良智注,上海古籍出版社,1996年12月。

《楚辞章句疏证》,黄灵庚疏证,中华书局,2007年9月。

《汉赋新选》,龚克昌主编,湖北教育出版社,2001年5月。

《吕氏春秋校释》,陈奇猷校释,学林出版社,1984年4月。

《贾谊集校注》,王洲明、徐超校注,人民文学出版社,1996年11月。

《新书校注》,[汉]贾谊撰,阎振益、钟夏校注,《新编诸子集成》本,中华书局,2000年7月。

《说苑疏证》,[汉]刘向撰,赵善论疏证,华东师范大学出版社,1985年2月。

《新序疏证》,赵善诒撰,华东师范大学出版社,1989年3月。

《史记》,[汉]司马迁撰,[南朝宋]裴骃集解,[唐]司马贞索引,[唐]张守节正义,中华书局,1982年11月。

《史记会注考证附校补》,[汉]司马迁撰,〔日〕泷川资言考证,〔日〕水泽利忠校补,上海古籍出版社,1986年4月。

《史记笺证》,[汉]司马迁撰,韩兆琦编著,江西人民出版社,2004年12月。

《春秋繁露义证》,[清]苏舆撰,钟哲点校,《新编诸子集成》本,中华书局,1992年12月。

《汉书补注》,[清]王先谦注,中华书局,1983年9月。

《汉书艺文志通释》,张舜徽著,华中师范大学出版社,2004年3月。

《后汉书集解》,[清]王先谦撰,中华书局,1984年2月。

《乐府诗集》,［宋］郭茂倩撰,影傅增湘藏宋本,人民文学出版社,2010年2月。

《古诗源》,［清］沈德潜编,中华书局,1977年7月。

《古诗十九首初探》,马茂元著,作家出版社,1957年6月。

《汉魏乐府风笺》,黄节笺释,陈伯君校订,人民文学出版社,1958年3月。

后　记

　　这部《中国文学史纲要》(先秦、秦汉文学),是为中央广播电视大学的教学需要编写的,1983年曾作为试用教材出版。在教学过程中,我曾接触到不少电大学员,也曾收到不少热情洋溢的来信,他们的求知好学、刻苦奋进的精神令我深为感动。电大在教与学方面都有它的特点,我深感从事此项工作的不易。就以"中国古代文学"课来说,如何编写出适合广播电视教学特点的教材,就很无把握。幸而在教学过程中,受到各地广大学员,特别是电大辅导教师们的关心和鼓励,他们肯定了这本书的优点,同时也提出不少宝贵的意见和建议,不少意见和建议提得既热情又具体,这无疑给我很大鼓舞,也增加了我的信心。本书即将再版,我就自己的能力与时间所及,尽可能作了一些修订。

　　这次再版修订,除改正了一些文字上的错讹外,有些部分还作了增补、改写;同时还以注释的形式,增加了若干解说和资料。这样做主要是为了答疑和扩大知识面。在我前一段教学中,发现许多学员好学深思,围绕教材提出一些问题,但电大是远距离教学,求答不易。另外还有些学员,对古代文学很有兴趣,并有志于进一步钻研以至深造,但也苦于无线索。因而我想试着用注释的方式,适当解决和满足这方面的需要。书中所加注释大致包括这样的内容:对教材内容作某些补充和申说,对教材的论点提供某些原始资料,对涉及的某些古书和重要参考书加以介绍,对学术界一些有争论的问题提供一些情况,以及其他某些我认为需要补充的知识。总的说来,是为了适当扩大知识视野和便于自学。另外,据了解,这本教材除电大学员在使用外,还有许多进修教师和自学者也在参考阅读,因此也想带给他们一些方便。我的主观意图如此,但能否对大家有所帮助,或还需做什么改进,是要靠读者多提出意见的。

本书的编写,曾参考了国内的文学史教材和有关的研究论著,有所资取吸收者,有的已随文注,但或未能一一注明,在此一并表示感谢。至于书中我个人的一些学术见解,肯定还有很多不成熟的地方,切望读者和专家多所指正。

褚斌杰

1986. 3. 10

再版后记

本书初版于1983年,1986年曾作过一次修订,主要是改正了一些文字错讹和增加了一些注释,未及作大的改动。近十多年来,学术又有了不少发展,我个人通过学习和研究,对一些问题的认识也有所深入和更新。因此,趁这次重排再版之际,我对书中的若干章节重新作了补充、改写和修订。变动较大的是:一、改写了第一章"文学艺术的起源和上古劳动诗歌";二、《诗经》一章增写了"祭祀诗和宴饮诗"一节;三、原"宋玉"一节,扩充改写为"杰出的辞赋家宋玉"一章;四、增写了"秦文学"一章。其目的是想反映出新的研究成果,使这部教材的内容更为丰富、充实一些。当然是否正确得当,尚需读者鉴察、指正。

褚斌杰

1997.10.31 于北京大学

第四版后记

《中国文学史纲·先秦　秦汉文学》(初版书名为《中国文学史纲要》[一])第一次出版是在二十世纪八十年代,褚先生在世时曾作过修订、再版。但中国学术近几十年的变化非常迅猛,为适应新形势下读者阅读的需求,作新的修订便成为必要。出版社把这个任务交给了我,虽说义不容辞,但毕竟才力有限。先生的思想、学术自成体系,故此次修订未敢做大的改动,只是对二十世纪惯用而现在已经逐渐淘汰的提法和概念作了些修正,个别地方作了些必要的改动和补充。仅此而已。

刘毓庆谨记

2016 年 8 月 10 日